Karen Blixen

OUT OF AFRICA

走出非洲

〔丹〕凯伦·布里克森 著
姚瑶 译

民主与建设出版社
·北京·

© 民主与建设出版社，2024

图书在版编目（CIP）数据

走出非洲 / (丹)凯伦·布里克森著；姚瑶译 . --
北京 : 民主与建设出版社，2024.1
　　ISBN 978-7-5139-4456-4

　　Ⅰ . ①走… Ⅱ . ①凯… ②姚… Ⅲ . ①自传体小说－
丹麦－现代 Ⅳ . ① I534.45

中国国家版本馆 CIP 数据核字（2024）第 010757 号

走出非洲
ZOU CHU FEIZHOU

著　　者	〔丹〕凯伦·布里克森	
译　　者	姚　瑶	
责任编辑	彭　现	
封面设计	灥　玖	
出版发行	民主与建设出版社有限责任公司	
电　　话	（010）59417747　59419778	
社　　址	北京市海淀区西三环中路 10 号望海楼 E 座 7 层	
邮　　编	100142	
印　　刷	天宇万达印刷有限公司	
版　　次	2024 年 1 月第 1 版	
印　　次	2024 年 1 月第 1 次印刷	
开　　本	880mm×1230mm　1/32	
印　　张	10.5	
字　　数	256 千字	
书　　号	ISBN 978-7-5139-4456-4	
定　　价	48.00 元	

注 : 如有印、装质量问题，请与出版社联系。

"骑马，射箭，说真话。"

目录

第一卷

OUT OF AFRICA

卡曼特和露露

我们来了，

我们来了，

从高原，从森林……①

---

① 引自英国诗人雪莱的诗作《潘之歌》。——译者注，后文如无特殊说明，皆为译者注。

第一章　恩贡农场

　　我曾在非洲拥有一座农场，就在恩贡山脚下。赤道距离北境一百英里[①]，横跨这片高地，农场则坐落于海拔超过六千英尺[②]处。白日里，你感到自己远离地面，高高升起，贴近太阳，但清晨和傍晚却清朗而闲适，夜晚则寒冷凛冽。这样的地理位置，再结合陆地高度，创造出了一种举世无双的景观。

　　这里没有肥沃之处，也毫无繁茂生机；它是经过六千英尺海拔蒸馏过的非洲，仿佛整片大陆强烈而高纯度的浓缩精华。色彩枯燥，火燎过一般，一如陶器的色泽。树木的叶子轻盈纤脆，与欧洲树叶的构造截然不同；树木并不长成弓形或圆顶状，而是水平铺开，这种构造使得彼此孤立的高耸树木看起来颇像棕榈树，或者说给了它们一种充满史诗感与浪漫气息的氛围，仿佛扯帆上桅的大型帆船，也使得树林边缘呈现出一种奇异的外观，好像整个树林都在微微颤动。在广袤平坦的草地上，散落着虬曲光秃的老荆棘树，草地仿佛调了味，散发出百里香和香杨梅一般的气味；在某些地方，香气异常浓烈，甚至刺痛鼻腔。所有你在平原或原生林的蔓生与藤生植物上发现的花朵，都像丘陵地带的花朵一样小巧，只有在长雨季伊始，才会有大量硕大且香味浓烈的百合在平原上绽

---

① 英制单位，1 英里约合 1.6 千米。——编者注
② 英制单位，1 英尺约合 0.3 米。——编者注

放。视野开阔极了。目之所及的一切都无垠而自由，高贵无比。

这片地貌的主要特征在于空气。这也是你在这里的生活的特质。回顾在非洲高地的旅居生涯，你会感到自己在空中生活了一段时间，因此深受触动。天空的颜色最深也就是淡蓝色或紫罗兰色，一团团硕大无朋、轻若无物、千变万化的云朵高高耸起，在空中航行，但天空又蕴含一股蓝色的活力，在短距离内，把山脉与树林涂抹成鲜亮的深蓝色。正午时分，空气生机勃勃，笼罩大地，仿佛火焰熊熊燃烧；又如奔腾的水流般浪花飞溅、摇摆涌动、熠熠生辉，映照一切物体，让一切成双成对，并创造出美妙至极的海市蜃楼。在这样的高空中，你可以轻松呼吸，深深吸入生命的确凿与心灵的轻盈。在高原，你于晨间醒来，思忖：我在这里，这就是我的归宿。

恩贡山脉沿一条长长的山脊自北向南延伸，四座壮丽主峰宛如岿然不动的深蓝色海浪直指天际。它高出海平面八千英尺，东部高出周边国家两千英尺；但西边的落差却更深，也更陡峻，山丘垂直落入东非大裂谷。

高原上的风从东北偏北方向稳定吹来。这风和非洲及阿拉伯海岸的风同根同源，名为季风，或东风，也是所罗门王的爱马。爬升到这里，它仿佛只是地球将自身推向太空时的空气阻力。风直冲恩贡山脉，山坡是架设滑翔机的理想场所，气流能托举起机身，飞过山顶。随风飘移的云朵撞上山坡，将山丘环绕，或困于山巅，化作大雨而落。但那些选择了更高路线、驶出暗礁的云朵则消融在山脉西侧，弥散在大裂谷炎炎如炽的沙漠上方。有很多次，我都在屋里追随这些以队列行进的非凡云朵，惊奇地看到，一旦那骄傲飘浮的团块越过山脉，便消失在蓝色的空气中，不见踪影。

一天之中，农场上的山丘会频频变换特质，有时看起来近在咫尺，有时看起来又远在天边。傍晚时分，天色渐暗，当你凝视它们时，一眼望过去，空中仿佛沿着漆黑的山脉轮廓勾勒出一条细细的银线；而后，随着夜幕降临，四座山峰似乎被推倒抚平，仿佛山脉正在伸展并扩张。

从恩贡山远眺，你将拥有独一无二的视野，能望到南部大型狩猎区的广袤平原，这片平原一路延伸到乞力马扎罗山；向东向北则能俯瞰山麓丘陵公园般的乡村，背后是一片森林，还能看到基库尤人①保留地的波纹状土地，这片保留地延伸至一百英里外的肯尼亚山，是由一小块一小块方形玉米地、香蕉林和草原拼接成的马赛克，土著村庄的蓝色烟雾零星升起，活像一小群有尖顶的鼹鼠丘。但向西望，则是非洲低地国家月球表面般的干燥风光。棕色的沙漠上不规则地点缀着荆棘丛，歪歪扭扭的深绿小径与蜿蜒的河床并驾齐驱，那小径是含羞草树林，它们很高大，枝丫宽阔，有着钉子般的棘刺；仙人掌在此处生长，这里也是长颈鹿和犀牛的家园。

一旦进入山区，你将发现它幅员辽阔、风景如画、神秘莫测，长长的山谷、灌木丛、绿色山坡与嶙峋峭壁形态万千。在更高处的某座山峰之上，甚至有一片竹林。山中有清泉与水井，我曾在水边露营过。

在我那个年代，水牛、大角斑羚和犀牛都生活在恩贡山，年事极高的土著还记得曾有大象在此的日子。我一直很遗憾整座恩贡山没有被划入禁猎区。只有一小部分地区是野生动物保护区，南峰的信标标志着禁猎区的边界。等到殖民地繁荣发展，首都内罗毕膨胀为大都市时，恩贡山可能会成为它无与伦比的野生动物保护区。但我在非洲的最后几年里，有很多

---

① 基库尤人：肯尼亚的主体民族，分布在肯尼亚中部，主要从事农牧业。——编者注

年轻的内罗毕商贩会在周日冲进山里，骑着摩托，看到什么就射什么，我相信，猎物们将被迫逃离山区，穿过荆棘丛与不毛之地，向更远的南方迁徙。

行走在山脊和四座山峰上轻而易举；草地的草矮矮的，如草坪一般，偶有灰色石头冲破草皮露出地面。沿着山脊，上下山峰，宛如一条平缓的之字形路线，那里有一条野生动物们踩出的羊肠小道。一天早上我踏上这条小路，当时我正在山上露营，沿着小径往前走，发现了一群大角斑羚的新鲜足印与粪便。这些庞大而和平的动物一定是在日出时刻爬上山脊，排成长长的一列向前行进，除了登高俯瞰两侧山脚下的土地，你无法想象它们来到这里还能有什么别的理由。

我们在农场种植咖啡。对咖啡而言，这片土地的海拔略微高了些，维持农场艰苦卓绝，我们从来就没靠农场赚到钱。可是啊，咖啡种植园是你一旦涉足其中便难以自拔的事业，总有事情可做，因为你的工作进度总是稍显落后。

在这片荒蛮野性且不规则的区域，开辟出一块土地，按照规则栽种，看起来相当不错。后来，当我飞行在非洲大地上，并日益熟悉我的农场从空中俯瞰下去的模样，我对自己的咖啡园充满了钦佩。它躺在灰绿色的土地上，是那么鲜绿明媚，我也意识到人类的头脑对几何图形有多么渴望。所有环绕内罗毕的区域，特别是在城镇北部，都以类似的方式进行规划，这里生活着一群人，他们不断思考并谈论种植、修剪或采摘咖啡，夜晚躺下时，还要深思咖啡工厂的改进。

咖啡种植是一项漫长的工作。当你还年纪轻轻、充满希望时，冒着倾盆大雨，从苗圃里一箱箱地搬运闪闪发光的咖啡幼苗，和所有的农场工人一起下地，仔仔细细将这些树苗种进土坑。这一行行土坑在潮湿土壤上均匀分布，咖啡树就要在这里生根成长。之后你要从灌木丛里砍来树枝，为它们遮上浓密阴凉，抵挡阳光，因为阴凉是幼苗的特权。你做了这么多，它却不会轻易如你所愿。要过四五年，咖啡树才能结果，与此同时，它们可能会遭遇干旱与病灾，田里还会长出厚厚一层本地野草，这种草黝黑粗壮，又名黑杰克，有着又长又粗糙的种皮，会粘上你的衣服和长筒袜。有些咖啡树种得不好，主根弯曲，这些树甫一开花就会死去。每英亩①土地要种植超过六百棵咖啡树，而我有六百英亩的咖啡。我的牛拉着耕田机在田间来回穿梭，在树列之间走上数千英里，耐心等待即将到来的犒赏。

咖啡庄园里也有诸多绝美时刻。雨季开始时，种植园里百花齐放，真是一派灿烂景象，在薄薄的雾气与毛毛细雨之中，六百英亩的土地上仿佛笼罩着一大团白垩土。咖啡花有一股略带苦涩的清香，就像黑刺李的花一样。当浆果成熟，整个农场一片火红，所有女人和孩子（大家管孩子们叫"托托"）都被叫出来，和男人们一起采摘咖啡，而后马车与手推车将摘下来的咖啡豆运到河边的工厂。我们的机器始终没有达到应有水平，但工厂是我们亲自规划并建造的，所以我们对它评价很高。曾有一次，整个工厂都烧毁了，必须重新建造。巨大的咖啡烘干机转啊转，咖啡豆在它的铁皮肚子里持久而低沉地轰鸣，那声音就像海滩上不断被冲刷的鹅卵石一样。有时，咖啡豆会在午夜时分烘干完毕，随时都能从烘干机中取出。那可真是个如诗如画的时刻，工厂巨大而黑暗的房间里亮着许许多多防风灯，灯悬满了角角落落，那里还挂着蛛网和咖啡豆外壳，在灯光照耀下，满含热望、容光焕发的黑色面庞浑圆而干燥，你会觉得整间工厂宛若埃塞

---

① 英制单位，1 英亩约合 0.4 公顷。——编者注

俄比亚人耳垂上的明亮宝石一般，悬挂于壮阔的非洲之夜。随后，咖啡脱壳，分级，分类，纯手工进行，最后用缝马鞍的大针封口、打包。

最后，一大清早，天色未明，我躺在床上，听见车队开始沿着绵延的工厂山路朝内罗毕火车站进发，每辆车都由十六头公牛拉着，高高地堆满咖啡袋，十二袋够一吨重，车队里充斥着吵嚷的人声与车子的咔嗒声，车夫们跟在车旁奔跑。在他们从农场去往城镇的路上，这是唯一的上坡路，因为农场比内罗毕城区高出一千英尺，想到这里我很欣慰。到了晚上，我走出门去迎接凯旋的队伍，疲惫的牛在空荡荡的车前垂头耷耳，一个同样疲惫的小托托领着它们，精疲力竭的车夫们拖着鞭子走在满地尘土中。至此，我们已经尽力了。咖啡将在一两天内到达海上，我们只能寄希望于在伦敦大拍卖会上能有好运。

我有六千英亩土地，因此除了咖啡种植园，还有很多富余土地。农场的一部分是原生森林，大约有一千英亩是非法占地者的土地，占有者称之为他们的"香巴田"①。非法占地者都是当地土著，他们和家人一起，在白人的农场上持有几英亩土地，作为交换，每年都要为农场主工作一定天数。可我认为，我的占地者是从不同角度来看待这种关系的，因为他们中有许多人就出生在农场，在他们之前，他们的父亲也出生在此，所以他们极有可能把我看成他们庄园里的高级占地者。相比农场的其他部分，占地者的土地更有生命力，一年到头随季节变化而变化。当你走在被人踩踏出的狭窄小径上，走在高高大大、沙沙作响的绿色军团之间，玉米长得比你还高，长成后又被收割。豆子在田野里成熟，由妇女们采摘并打脱，秸秆和豆荚则收集起来烧掉，因此在某些季节，农场各处都会升起薄薄的蓝色

---

① 原文为斯瓦希里语，意思是农田。——编者注

烟柱。基库尤人还种植红薯，这种作物有着藤蔓状的叶子，遍布大地，仿佛一张密密织就的小地毯，笼罩地面，还有许多不同品种的南瓜，有硕大的黄色南瓜，也有生着绿色斑点的南瓜。

无论何时，但凡你走在基库尤人的农田里，率先映入眼帘的一定是个小个子老太太的后背，正在田间地头忙活耕作，那画面活像鸵鸟将头埋进沙子。每个基库尤家庭都有一些小小的尖顶圆屋和储物棚舍，棚舍间的空地是个生机勃勃的场所，地面如混凝土般坚硬，在这里，人们碾碎玉米，给山羊挤奶，孩子和小鸡奔来跑去。过去，我常常于蓝色弥漫的傍晚时分，在占地者小屋周围的红薯地里射斯氏彩鹬鸪，鸽子则在树干高耸、枝叶如流苏般的树上咕咕叫着，这些树属于曾经覆盖整片农场的森林，如今零星残留在农田里。

此外，我在农场上还有几千英亩草地。长长的青草迎着强风，如海浪般奔涌、流淌，基库尤小牧童们在这里放牧父亲的奶牛。在寒冷的季节，他们会随身携带从棚舍里弄来的烧红的煤炭，搁在小小的柳条篮里，有时会引发大面积的草原火灾，对农庄里的牧场而言可谓灭顶之灾。干旱的年份，斑马和大角斑羚会到农场的草原上来。

内罗毕是我们这儿的都市，位于十二英里外，坐落于丘陵间的一块平坦地带。这里有总督府和各大中央机构，统治者们便是在此治理国家。

城市不可能不影响你的生活，甚至于，你对它的评价是好是坏都无关紧要，它就是能通过某种心理上的万有引力法则，让你对它牵肠挂肚。夜晚，我能从农场上的某些地方看到城市上空发着光的薄雾，令我思绪万千，想起欧洲的那些大城市。

第一次来到非洲时，整个国家都没有汽车，我们得骑马前往内罗毕，或是驾一辆六匹骡子拉的车去，并把牲口拴在"高地驿站"的马厩里。我在非洲期间，内罗毕一直是个五光十色的地方，虽有一些新建的漂亮石头建筑，但整个区域遍布瓦楞铁皮搭建的老旧商店、办公室和平房，桉树沿着光秃秃、灰扑扑的长街夹道而立，齐齐整整。高等法院、土著居民事务部和兽医部的办公室全都破败不堪，我对这些政府官员充满崇高的敬意，他们被安排在炙热而黢黑的小房间里，却能胜任一切工作。

但内罗毕总归是个都市，在这里，你可以购物、听到新消息、在酒店用午餐或晚餐、在俱乐部跳舞。这是个鲜活的地方，如奔腾的水流一样始终在流动，也像个年轻人一样不断成长，每一年都在变化，哪怕在你出门游猎期间，它依然在变化的路上步履不停。新总督府落成，是一栋宏伟优雅的凉爽房子，拥有漂亮的舞厅和美丽的花园，大酒店拔地而起，极具影响力的农业展览与精美花展在此举办，我们的"殖民地准时髦群体"时不时连续演上几场快节奏的情节剧，活跃城市气氛。内罗毕对你说："充分利用我，充分利用时间，Wir kommen nie weider so jung[1]，如此无拘无束，如此贪得无厌。"我和内罗毕一向心意相通，有一次，我开车穿城而过，心想：没有内罗毕的街道，就没有这个世界。

与欧式城镇相比，当地土著和有色移民的居住区域相当广阔。

斯瓦希里人的聚居区位于去往穆萨伊加俱乐部[2]的路上，名声不佳，却是个充满活力、脏乱而艳俗之所在，每时每刻都有很多事情正在发生。这里的房屋大多由锤扁的破旧煤油罐搭建而成，附着形形色色的锈迹，如同珊瑚岩，呈现老化腐朽的结构，先进文明的精神正从此地稳步逃离。

---

① 德语，我们再也不会如此年轻。
② 当时位于东非的贵族俱乐部，在 1913 年除夕开业。——编者注

索马里人的城镇离内罗毕更远，我想是因为索马里人禁闭女性的制度。在我那个年代，有一些年轻貌美的索马里女子，她们的名字全城无人不晓，她们到集市上活动，让内罗毕的警察手忙脚乱。她们聪明过人，令人着迷。但是，城里见不到诚实的索马里女人。索马里城镇敞开来面对狂风，毫无遮蔽，尘土飞扬，必然会让索马里人想起他们出生的沙漠。在同一地方住了很久的欧洲人，哪怕住了几代人，都无法对此妥协，做不到像游牧民族一样对家居环境视若无睹。索马里人的房屋零星散布在荒瘠的土地上，看上去就好像是用一大堆四英寸①钉子给钉在一起，顶多能撑上一周。可一旦你步入其中一间房屋，便会惊讶地发现里面是如此整洁而清新，散发着阿拉伯香料的香气，屋里有精美的地毯与墙幔，铜器与银器琳琅满目，还有象牙制柄、刀刃华美的宝剑。索马里女子本身待人接物端庄而温驯，热情好客，艳丽明快，笑声如银铃。通过我的索马里仆人法拉赫·阿登，我得以在索马里村庄舒服自在。身处非洲期间，法拉赫一直陪伴在我身边。我参加了许多索马里人的节日。大型索马里婚礼真是一场壮观且传统的庆典。作为贵宾，我受邀入新房，墙壁与婚床都挂着古老织物与刺绣品，散发着温柔光芒，黑眼睛的年轻新娘纹丝不动，宛若元帅手中镶满沉重丝绸、金子与琥珀的指挥杖。

索马里人是牲口贩子，是商人，生意遍及全国。为了运送货物，他们在村庄里养了大量小灰驴，我也在那里见过骆驼，那是沙漠高傲而冷硬的产物，超脱了一切俗世苦痛，如同仙人掌，如同索马里人。

索马里人因为可怕的部落斗争给自己招惹了诸多麻烦。在这件事上，他们同别人的感受和理解大不相同。法拉赫属于哈布·尤尼斯部落，因此

---

① 英制单位，1英寸约合2.54厘米。——编者注

在争吵中我私心站在他们这一边。有一回，索马里城内发生了一次真刀真枪的剧烈冲突，冲突发生在杜巴·汉蒂斯部落和哈布·查奥洛部落，出现了枪击及纵火，有十人还是十二人被杀害，直至政府出面干预。当时法拉赫在自己的部落有个年轻朋友，名叫赛义德，常来农场看他，是个风度翩翩的男孩子。赛义德去拜访了哈布·查奥洛的一家人，恰逢一个愤怒的杜巴·汉蒂斯部落成员经过，朝着房子的墙壁随意开了两枪，结果打断了赛义德的腿，当仆人们告诉我这一消息，我难过极了。我就法拉赫朋友的不幸表达了慰问。"什么？赛义德？"法拉赫愤怒地叫喊道，"那对赛义德再好不过了。他为什么非得去哈布·查奥洛的人家里喝茶呢？"

内罗毕的印度人主宰着市集上的大型原住民商业区，了不起的印度商人们的豪宅就在城外，其中包括杰旺吉、苏莱曼·维尔吉和阿里迪纳·维斯拉姆。他们全都偏爱石雕台阶、栏杆和花瓶，都是用当地软石雕刻而成，工艺糟透了，就像孩子们用粉色装饰砖搭出的房子一样。他们在花园里举办茶话会，供应符合庄园风格的印度油酥糕点，他们都是聪明机智、旅行经验丰富、彬彬有礼之人。但在非洲的印度人都是贪得无厌的商人，和他们在一起时，你永远也不知道你面对的是一个人类个体还是一家公司的大老板。我去过苏莱曼·维尔吉的房子，有一天我看到他的大仓库上方降了半旗，便问法拉赫："苏莱曼·维尔吉死了吗？"

"半死不活。"法拉赫回答。

"他们会在他半死不活的时候降半旗吗？"我问。

"苏莱曼死了。"法拉赫说，"维尔吉还活着。"

接管农场前，我醉心于射击，参加了多次游猎。然而成为一名农民后，我便放下了步枪。

马赛人是养牛的游牧民族，是农场的邻居，住在河对岸。他们中有些人时不时到我家来，抱怨狮子抢走了牛，请求我帮忙射杀，只要可以，我也都照做了。星期六时，我偶尔会步行去奥朗吉平原上射一两只斑马给我的农场工人加餐，我身后还跟着一长串喜气洋洋的基库尤年轻人。我在农场上打鸟，打鹧鸪和珠鸡，都是美味佳肴。但多年来，我都没再参加任何游猎远征。

但我们还是经常在农场谈论曾参加过的游猎活动。露营地深深烙印在你的脑海之中，就好像你在其中度过了一段漫长的人生时光。你会记得平原上的草地里印下马车行过的弯曲车辙，宛如好友的面容挥之不去。

游猎途中，我曾看到一群水牛，一百二十九只，从晨雾中走出来，走在铜紫色的天空下，一只接一只，强有力的犄角左右摆动，这些漆黑、庞大、铁一般的动物仿佛并不是在向我靠近，而是在我眼前被创造出来，造好后一只只送出去。我曾见过一群大象穿过茂密的原始森林，阳光从厚重的藤蔓植物间漏下，洒落成小小的光点与光斑，它们步调一致，仿佛要去世界尽头赴一场约定。那里幅员辽阔，宛如极为古老且珍贵的波斯地毯的镶边，染成绿色、黄色与黑褐色。我一次又一次地目睹长颈鹿走过平原，缭绕着妖娆奇特、无与伦比、植物般的优雅，仿佛它们并非一群动物，而是一簇簇举世罕见、花茎修长、布满斑点的巨型花朵正缓慢迁移。我曾追随两只清晨散步的犀牛，它们在黎明时分的空气中呼哧嗅探，空气那么冰冷，刺痛鼻腔，那两只犀牛看上去就像两块嶙峋巨石，在绵绵山谷中嬉闹，一起享受生活。我曾见过狮王，日出之前，残月之下，它猎杀完毕，走在归家路上，横穿灰色的平原，在银光闪闪的草地上绘出一道黑色尾迹，它的脸仍旧红到耳根。抑或是午间小憩时，它心满意足地躺在家人之间，躺在浅草地上，躺在金合欢树柔和、宽阔的阴影中，躺在属于他的非洲公园。

农场生活枯燥无聊，回想上述一切都让人心情愉悦。而那些大型猎物仍在外面，在属于它们自己的国度，只要我愿意，完全可以再一次去搜寻它们。有它们为邻，农场的氛围便平添了荣光与活力。尽管随着时间推移，法拉赫逐渐对农业事务产生浓厚兴趣，但他和我年迈的土著游猎随从们一样，都怀抱着一丝希冀，期待着再一场游猎。

在野外，我学会了谨小慎微，不要突然动作。在荒野之中，你面对的生物无不羞怯且警觉，它们极有天赋，能在你最不经意的时候躲开。没有任何家畜能像野生动物一样岿然不动。文明人已经失去了静止的天资，必须默默从野外学习，才能被野外接纳。轻手轻脚，绝不一惊一乍，这是猎人首先要学会的艺术，尤其是携带相机的猎人更应如此。猎人不能随心所欲，一定要顺应风向以及景物的颜色与气味，他们必须将这场大合奏的节奏变成自己的节奏。有时，动物会一遍又一遍重复某个动作，猎人们也必须跟上。

当你掌握了非洲的节奏，便会发现她的所有音乐都是同样节拍。这个国家的野生动物教给我的一切，都对我与土著居民的交往大有用处。

对女性和女性气质的钟爱是一种男性特质，对男性和男子气概的钟情则是女性特质，对南方国家和种族的敏感则是北欧人的特征。诺曼人①必定是先爱上了外国，先是法国，接着是英格兰。那些写入十八世纪历史与小说中的年迈贵族，频繁旅行于意大利、希腊和西班牙，他们本身没有一点南方特质，却完全被与自己截然不同的事物所具备的魅力深深吸引，牢牢掌控。旧日德国与斯堪的纳维亚的画家、哲学家及诗人，当他们初次抵

----

① 诺曼人：北欧维京人的一支，"诺曼"的意思就是北方人。

达佛罗伦萨和罗马时，皆跪倒在地，对南方顶礼膜拜。

这些毫无耐心的人却对异国世界表现出了一种怪异到不合逻辑的耐心。就像一个女人往往不可能激怒一个真正的男人，对女人们来说，只要一个男人依然是男人，他就永远不会那么可鄙，不会让人完全无法接受。那些急躁的红发北方人亦是如此，对热带国度与种族有着无限的容忍度。他们绝不会忍耐自己国家或亲戚的废话，但他们忍下了非洲高地的干旱少雨、中暑问题、牛瘟蔓延以及土著仆人的无能，容忍他们既谦逊又放任。他们对个性本身的感知迷失在对可能性的感知中，他们相信有些人互补协调，可以因此达成大同。但南欧人和混血人则没有这种特质，他们要么谴责，要么不屑一顾。所以阳刚的男子鄙视叹息的情人，对自家男人缺乏耐心的清醒女子对格丽塞尔达①也同样义愤填膺。

至于我，自抵达非洲的第一周起，我就深深喜欢上了当地土著。那是一种强烈的感情，包罗所有年龄与性别。于我的世界而言，发现黑色人种是一次壮丽拓展。若是一个天生喜爱动物的人在没有动物的社会环境中长大，晚年才得以接触动物；或者，若是一个对树木与森林有本能喜好的人在二十岁时才初次步入林中；再或者，如果一个有音乐细胞的人在长大成人后才第一次听到音乐；我的状况可能就是和这些人相似。遇见土著人之后，我将自己日常生活的例行公事编排进了这支管弦乐团。

我的父亲曾是丹麦和法国军队的军官，在杜佩尔时，他是个年轻气盛的中尉，写信回家说："回到杜佩尔，我是一个长纵队的军官。这是艰苦的工作，但令人着迷。对战争的热爱是一种激情，你爱上士兵如同你爱上年轻妇人，爱到疯狂，这种爱并不排斥其他的爱，女孩们都能明白。但女

---

① 女性名，常用来代指顺从而有耐心的女人。

人们的爱一次只能容纳一人，而对士兵的爱则要包括整个兵团，如果可能的话，你必定愿意扩大这份爱。"我和土著人之间的感情也是一样。

了解原住民并不容易。他们听觉敏锐，眨眼无踪；若是你吓到他们，他们可以瞬间退回自己的世界，就像野生动物一样，因为你突然的动作而消失不见，就是这样原地无踪。在你同一个土著人相熟之前，几乎不可能从他那里得到直截了当的回答。对于他拥有多少头牛这样直接的提问，他会答得含糊其词——"和我昨天告诉你的一样多。"欧洲人习惯于得到礼遇，土著人的回答违背了他们的感受，而用这种方式向土著人提问，也极可能违背了他们的感受。若我们逼迫或追问，非要从他口中得到为何要如此行事的解释，他们便会竭尽所能地往后退，随后用一种荒诞而幽默的幻想来引导我们步入歧途。在这种情况下，哪怕是小孩子也有着扑克老手的一切才能，他们不介意你高估或低估他们的手牌，只要你不知道它的真实面目就行。一旦我们真正闯入土著人的生活，他们的反应很像你用棍子捅进蚂蚁窝时蚂蚁们的表现，他们会以不知疲倦的精力消除损害，迅速而无声，如同掩盖一件不体面的事。

他们究竟怕我们的手造成怎样的伤害呢，我们无法知晓，也无法想象。我个人认为，他们之所以怕我们，更多是怕我们的行事风格，就像害怕突如其来的巨大噪声，而不是像你对痛苦和死亡所抱有的那种恐惧。但还是很难说清楚，因为土著人极其擅长假装的艺术。在农田里，有时你会在清晨偶遇一只鹧鸪，冲到你的马前，仿佛翅膀受了伤，生怕被狗给抓住。但它的翅膀并没有受伤，它也不怕狗，它可以随时在它们前面凌空而起，只是因为它有一窝幼鸟在附近，所以想将我们的注意力从幼鸟身上引开。就像这只鹧鸪，土著人可能会假装对我们的恐惧，只因为还有其他更深层的恐惧，而这种恐惧的本质我们无从猜测。或者说到底，他们面对我们的反应可能只是某种古怪的玩笑，这些腼腆的人其实压根不怕我们。土著人对生活的风险意识远远不如白人。有时候，在游猎中或在农场上，正是千钧一发的时刻，我曾对上土著同伴们的目光，感觉我们之间隔着十万八千里的鸿沟，他们对我的杞人忧天惊诧不已。这让我联想到，也许在原原本本的生活中，他们身处自己的族群，我们永远也无法身处其中，就像深水中的鱼，终其一生也无法理解我们对溺毙的恐惧。我认为，他们所拥有的这种自信，这种游泳的艺术，是因为他们保留了某种知识，而我们的先祖却遗失了。综观所有大陆，唯非洲会将这知识教给你：上帝和魔鬼是一体的，是共生永存的威严，并非两种永生，而是一个永恒的存在，土著人既不混淆人，也不分裂物质。

在游猎中，在农场上，我和土著居民之间的交情渐渐变得稳定而亲密。我们成了好朋友。我让自己接受了这样一个事实，即我永远不可能彻底了解或理解他们，但他们却完完全全了解我，在我自己犹豫不决、拿不定主意时，他们就已清楚我的决策。有段时间，我在吉尔-吉尔有个小农场，我住帐篷，搭火车往返吉尔-吉尔和恩贡。在吉尔-吉尔时，一旦下起雨，我就有可能突然决定回家去。然而，每当我到达基库尤站，就会有我的家仆带着骡子等在那儿，让我骑上回家。这里是铁路线上的一站，距农场有十英里。当我问他们怎么知道我要回来时，他们便扭开脸，似乎很不安，好像很怕又好像很厌烦，若是有个聋子坚持要我们给他解释交响乐，我们便会是这副模样。

当土著居民不再因我们唐突的举动和突然的吵闹而害怕，对我们有了安全感后，在我们讲话时就会无比坦诚，比两个相互交谈的欧洲人更坦荡。他们从不可靠，却相当真诚。在土著人的世界里，好的名声（也就是所谓的威望）无比重要。他们似乎在某一时刻对你做出了共同评估，此后不会有任何人表示异议。

有时，农场生活非常孤单，在傍晚的寂静中，时间一分一秒从钟表上嘀嗒流走，生命也仿佛随之从你身上流逝，只因缺少白人跟我聊天。但我一直都能感受到土著人沉默而隐蔽的存在，与我自身的存在并驾齐驱，只是存在于不同的平面上。回声从一个平面回荡至另一个平面。

土著人就是非洲的血肉之躯。高耸的死火山隆戈诺特在东非大裂谷拔地而起，枝叶漫阔的含羞草树沿河生长，大象和长颈鹿漫步其中，但这幅风景并不比土著人更像真实的非洲，土著居民是无垠风光中的小人物。所有这些都是一个概念的不同表达，是同一主题的变奏。这不是异质原子意气相投的堆积，而是一种相宜原子的参差堆积，就像橡树叶、橡子以及橡木制品一样。我们自己，脚踩靴子，总是匆匆忙忙，常常同周围景观不协调。土著人却与之一致，当高大、纤细、黝黑、黑眼睛的人们走在路上——往往是一个接一个的，因此即便是土著人的交通大动脉也不过是羊肠小道——或是耕种土地，放牧牛群，举行盛大舞会，又或是给你讲个故事，那都是非洲在漫游，在舞蹈，在款待你。在高地之上，你想起诗人的句子：

高贵的人发现；

我终究是个土著人，

移民是如此乏味

殖民地正在变化，自我栖居那里以来也已经改变。当我尽可能准确地写下我在农场的经历，在乡村的生活，与平原及林地居民相关的故事，或许能具有某种历史意义。

第二章　土著儿童

　　卡曼特是个基库尤小男孩，是我这里一个佃农家的儿子。我对这些佃农家的孩子很熟悉，因为他们都在农场上为我工作，经常在我家周围的草坪上放羊，笃信这里总会发生什么有趣的事。但在我遇到卡曼特之前，他在农场上绝对已经生活了好几年，我猜他可能一直过着隐居生活，如同一只生病的动物。

　　初次遇见他是某一天，我正骑马穿过农场上的平原，他正在那儿给族人放牧山羊。他简直是你目之所及最最可怜的对象。他的头很大，身体瘦小得骇人，手肘和膝盖如同棍子上的节一样突出，两条腿从大腿到脚踝都覆盖着连续不断的深色溃烂。在这片平原上，他看起来是那么小，以至于这情形如同一桩怪事一样击中你，那么多的苦难竟然能被压缩成这样一个小点。当我停下来同他说话，他没有回话，仿佛完全看不见我。在他那一马平川、棱角分明、疲惫不堪、耐心无限的脸上，眼睛没有光芒，如死人的眼睛般黯淡。他看起来就好像只能再活几个星期，你完全可以预见秃鹫高高盘旋在他头顶苍白灼热的空中的情景，这些秃鹫从来不曾远离平原上的死亡。我让他第二天早上到我家来，让我试试给他治疗。

　　多数时候的早上九点到十点，我都是农场居民们的医生，一如所有了不起的江湖郎中，我有一大堆病人，通常会有两到十二个病人来我家附近等着看病。

　　基库尤人随时可以对始料未及的事做出相应调整，也对意外事件习以为常。在这方面，他们与白人不同，后者最主要的努力就是确保自己免于未知，免遭命运袭击。黑人与命运友好相处，终其一生都生活在命运的掌中。对黑人而言，命运在某种程度上就是他的家，是陋室里熟悉的黑暗，是其根系的深层面貌。他以波澜不惊面对生命中的千变万化。我相信，他期待在主人、医生或上帝身上看到的品质中，想象力必定高居榜首。或许是基于这样的喜好，哈里发哈伦·拉希德①才在非洲和阿拉伯人心中保有完美统治者的地位；在他身上，没人知道接下来会发生什么，他的行踪飘忽不定。当非洲人谈论上帝的个性时，他们说起话来就像《天方夜谭》或是《约伯记》的最后一章，能够令他们钦佩的是同一种品质，即无穷无尽的想象力。

有赖我的住民具备这一特质，使得我作为医生赢得了人气，或者说名声。第一次来非洲时，我和一位伟大的德国科学家一起乘船前来，他已经是第二十三次前往非洲进行昏睡病②治疗的实验，并且带了一百多只老鼠和豚鼠上船。他告诉我，与土著病人打交道时，他的困难之处从来不是病人们缺乏勇气，在面对疼痛或大手术时，他们通常不会表现出恐惧感，棘手之处是土著居民深深厌恶有规律的事物，厌恶一切重复治疗或是整个治疗过程的系统化，这位伟大的德国医生无法理解这一点。但是，当我自己逐渐了解土著人时，他们身上的这一特质恰恰是我最喜欢的。他们拥有真正的勇气——对危险的纯粹喜好，是对造物主命运宣言的真正回答，是天堂开口后大地给予的回声。我有时想，在他们心底，我们身上最令他们害怕的其实是迂腐气。落入书呆子手中，他们会伤心而亡。

---

① 哈伦·拉希德（764—809）：阿拉伯帝国阿拔斯王朝第五任哈里发，同时也是最著名的哈里发。

② 也称为嗜眠性脑炎，由采采蝇传播的热带疾病。

病人在房外铺了砖的露台上等我。他们蹲着，一把老骨头的男人们咳得撕心裂肺，泪流不止；身材单薄、皮肤光滑的年轻斗殴者，眼圈乌黑，嘴巴瘀青肿胀；还有妈妈们携着发烧的孩子，孩子如小小的干花一样挂在她们的脖子上。我经常要处理严重烧伤，因为晚上在棚屋里，基库尤人都是围着火堆睡觉，燃烧的木柴或木炭堆可能会坍塌并滑落到他们身上，药品库存耗尽，我因此发现蜂蜜是种不错的烧伤药膏。露台的氛围朝气蓬勃，激动人心，仿佛欧洲赌场的气氛。我出来时，低沉而热烈的交谈会停下来，但寂静中孕育着可能性，此刻一切都有可能发生。然而，他们总是等我来选择第一位病人。

我对医疗知之甚少，我懂的不过是你从急救课程中能学到的那些皮毛。但我很走运，偶然治愈了一些病例，作为医生的名声便由此传播出去，并且不曾因我犯下的灾难性错误而声誉滑坡。

如果我能在每一个案例中都保证病人得到治愈，谁能说土著的人数就不会减少呢？若是如此，我就应当获得职业声望——这显然是一位来自佛拉雅的高明医生——但他们还会确信上帝与我同在吗？因为他们对上帝的了解是来自那些大旱年份，来自夜晚平原上的狮子，还有孩子独自在家里时徘徊在房屋附近的豹子，来自成群结队飞抵陆地、却无人知晓来自何方的蝗虫，它们所经之处寸草不留。他们也从难以置信的幸福时刻中认识上帝，当蝗虫群飞过玉米地却没有停留，或是春日里雨水早至而丰沛，让所有田野与平原都开满鲜花，硕果累累。因此一旦考虑生命中真正至关重要的大事，这位来自佛拉雅的医生可能终究是个局外人。

令我惊讶的是，第一次照面后的翌日一早，卡曼特就出现在了我家门口。他站在那里，与另外三四个病人稍稍保持了一些距离，站得直挺挺的，脸色半死不活，像是终于感受到了对生命的些许依恋，现在决心最后一搏，试试能不能抓住它。

他用时间证明了自己是个杰出的病人。他按照指示前来就诊，从不出错，我告知他每三四天就得回来一次，他甚至能记住，这对当地土著而言极不寻常。他能默默忍受疮痕治疗的疼痛，我还从未见过这样的人。凡此种种，我本可以将他树为其他病人的榜样，但是我没有这么做，因为他同时让我内心不大自在。

我真的鲜少遇见这样一头野兽，这样彻底与世隔绝的人类，经由某种坚定的彻底放弃，对周遭的一切生命完全封闭自身。问他问题时，我可以听到回答，但他从不主动说一个字，也从不看我。他的内心没有丝毫怜悯，在其他病童哭着被清洗包扎时，他只报以些许鄙夷的嘲笑，自认懂得更多，但也从不看他们。他不愿与周遭世界有任何接触，他曾了解的那些接触都太过残酷。面对疼痛时他灵魂的坚忍是属于老兵的坚忍。事情再坏也别想让他惊讶，鉴于自己的生活经历与人生信条，他早已为最坏情况做好了准备。

所有这些都以隆重的方式盛大呈现，让人想起普罗米修斯的信仰宣言："痛苦是构成我的元素，一如仇恨是你的本性。此刻你们撕裂我，我不在乎。"还有"噢，使出你的看家本领吧。你无所不能。"但在他这种体格的人身上，这种呈现令人难受，会让你灰心丧气。我心想，一个弱小人类身上展现出如此态度，若是上帝面对他，又会怎么想呢？

我清楚记得他第一次主动看向我、同我说话的情形。我们肯定已经相处了一段时间，因为我已经放弃了第一种疗法，正在尝试一种新方法，是我在书上查找到的一种热泥敷剂。我热切地想把这件事做好，结果把敷料搞得过烫，当我把敷剂放到他的腿上，并拍打时，卡曼特说了话——"姆萨布①", 并用力瞥了我一眼。土著人在称呼白人女性时会用这个印度词, 但他们的发音略有不同, 并把它变成了一个非洲词语, 也带给了它不同意味。此刻在卡曼特的口中, 这是一声呼救, 但同时也是一句警告, 就像忠实的朋友可能给你的警示, 阻止你继续不值得的工作。之后我每次想起这个词, 就心怀希望。作为医生, 我有雄心壮志, 我很抱歉把泥敷剂弄得太烫, 但我还是很高兴, 因为这是我和这个野孩子间头一回闪现了一丝共鸣。这显而易见的受苦之人, 除了痛苦之外没有任何期待, 却不希望在我这里遭受痛苦。

然而, 就我对他的医治而言, 进展似乎不太乐观。有很长一段时间, 我一直给他清洗并包扎腿部, 但这种病超出了我的能力范畴。他时不时略有好转, 然后疮口又会在新的区域爆发。最终, 我决定带他去苏格兰布道团的医院。

仅此一次, 我的这一决定足以致命, 并且有充分可能让他毕生难忘, 因为他并不想去。尽管他的生活经历和人生信条阻挠他对任何事情进行过多反抗, 然而当我驾车把他带去布道团时, 身处全然陌生而神秘的环境之中, 他瑟瑟发抖起来。

苏格兰布道团的教堂就在我家附近, 在西北方十二英里处, 地势高出农场五百英尺。东边十英里则是法国罗马天主教布道团, 地势较为平坦, 比农场低五百英尺。我并不支持这些布道团, 但私底下同两个团关系都不错, 并遗憾于他们之间处于敌对状态。

法国神父们是我最要好的朋友。我常和法拉赫一起骑马过去, 周日早上同他们一起听弥撒, 我这么做, 部分原因是想再次讲讲法语, 还有一部

---

① 原文为 "Msabu", 是 "女士" 的意思。——编者注

分原因是去往布道团的骑行路线赏心悦目。有很长一段路，道路穿过林业部的老荆棘种植园，金合欢树浓烈清新的松香味在早晨是那么甜美，那么鼓舞人心。

罗马教堂无论行至何处都自带专属氛围，看到此情此景真是奇特极了。神父们在土著会众的协助下，亲手设计并建造了教堂，他们有理由为此感到自豪。这里有一座精美的灰色大教堂，其上建有钟楼。它建在一处宽敞的庭院内，建在露台和楼梯之上，就坐落在咖啡种植园中心处。这里是殖民地最为古老的咖啡种植园，且经营有方。庭院的另外两侧是有拱廊的食堂和女修道院楼群，学校和磨坊位于河边，要进入通往教堂的车道，就必须得骑过一座拱桥。整座桥都用灰色石头建造而成，当你打马而来，即将踏上拱桥时，在整片风光之中，它看上去清爽整洁，令人印象深刻，仿佛它本应坐落在瑞士南部或是意大利北部。

弥撒结束时，好客的神父们会在教堂门口等候我，邀我穿过庭院，前往宽敞凉爽的食堂喝上一小杯酒①。他们对殖民地发生的一切无所不知，甚至连最偏僻的角落也了解入微，在那里听他们聊天美妙极了。在欢乐而慈悲的对话中，他们也会从你身上引出你可能掌握的任何新闻，活像一群毛茸茸的棕色小蜜蜂，活泼而忙碌，为了花蜜紧盯一朵花不放——因为他们全都蓄着又长又密的胡子。但是，他们虽然对殖民地的生活兴趣浓厚，却始终处在自己的法式流亡状态里，对神秘大自然所具备的更高等级的秩序恭敬有加，耐心十足，兴致盎然。要不是因为未知权威将他们留在此地，你会觉得他们不可能身在此处，有着高高钟楼的灰石头教堂不会在，拱廊也不会在，学校、整洁的种植园以及教区的任何其他建筑也不会在。

---

① 原文为法语，un petit verre de vin。

因而，一旦允诺他们得到解脱，所有人都会将殖民地的事务留给殖民地自己去处理，抄近道迅速返回巴黎。

在我去教堂和食堂期间，法拉赫一直牵着那两匹矮脚马，回农场的路上，他会发现我精神振奋。他本人是虔诚的穆斯林，不喝酒，但他将弥撒和葡萄酒视为我的宗教信仰的必备仪式。

法国传教士们有时会骑摩托车到农场来吃午餐，他们给我讲拉封丹的寓言故事，并为我的咖啡种植园提供良好建议。

我不是很了解苏格兰布道团。从他们的教区那里望出去，视野壮阔，能俯瞰周围所有的基库尤聚落，但布道所还是同样给我一种双目遮蔽的印象，仿佛它什么也看不到。苏格兰教会努力让土著人穿上欧洲服饰，但我认为，无论从哪方面来看，对他们都没好处。但他们的布道团有一家非常好的医院，我在非洲期间，医院由主治医生亚瑟博士负责，为人乐善好施，机智聪敏。他们挽救了许多农场居民的生命。

在苏格兰布道团，他们将卡曼特留了三个月。在那期间，我只见过他一次。我骑马去基库尤站，路上经过布道团，这条路有一小段是贴着医院而行。我看见卡曼特在医院里，独自站着，离其他三三两两聚在一起的病人有一段距离。此时他已经好多了，都能跑步了。看见我后，他来到篱笆旁，跟着我一起跑，路有多长他就跑了多远。他在篱笆那一侧快步小跑，活像围场里的小马驹，每当你骑在马背上经过，小马驹就会这样追着跑。他一直盯着我的矮脚马，但一个字也没说。到了医院的拐角处，他不得不停下来，我则继续骑马向前，当我回过头，发现他正一动不动地站着，高高仰起头，盯着我，也同小马驹的动作一模一样，当你驾马离开它时，它就会这样。我朝他挥了几次手，一开始他完全没有回应，而后突然间，他的手臂如长矛般直直竖起，但只做了一次。

卡曼特在复活节早上回到我家来，并且交给我一封医院那边的人写来的信，他们宣布卡曼特已经好多了，并认为他已经永久痊愈。他想必已然知晓信中的一些信息，因为在我读信时，他专心致志地盯着我的脸看，可他却不想讨论这封信，他的心里装着更伟大的事。卡曼特向来冷静自持，或是散发着有礼有节的庄重感，但这一次，他也闪耀出一种克制的胜利感。

所有土著居民都对戏剧性效果颇为心醉。卡曼特小心翼翼地将之前的绷带缠绕在双腿上，一直裹到膝盖，想给我制造惊喜。很显然他看出了这一刻的重要性，不是因为自己有幸运，而是毫无私心地要把这份开心送给我。我对他的治疗曾不断失败，他很可能对那些时刻记忆犹新，他看出了我的沮丧，而且他知道，医院的治疗结果惊人可喜。当卡曼特一点点、一点点解下绷带，从膝盖到脚踝，绷带下出现了一双光滑无损的腿，只留下淡淡的灰色瘢痕。

当卡曼特以他平静而高傲的态度充分享受了我的惊讶与喜悦后，他又宣称自己现在是个基督徒了，从而再一次延长了刚刚的戏剧性效果。"我和你一样。"他说。他还补充说他觉得我或许可以给他一卢比，因为基督也是在这一天站起来的。

他离开我家，去看望自己的族人。他的母亲是个寡妇，住得离农场很远。后来她告诉了我一些情况，由此我相信卡曼特的确在这一天脱离了往日习惯，向她和盘托出在医院时，那些奇怪的人与处事方式给他留下的印象。但在造访完母亲的棚舍后，他回到了我家，仿佛理所当然地认为他理应属于这里。从那一刻起，他就开始为我服务，直到我离开这个国家，大约有十二年之久。

第一次遇见卡曼特时，他看起来像是只有六岁，但他有个看上去八岁左右的兄弟，两兄弟又都认同卡曼特年纪比较大，所以我猜他很可能是因为长期患病而生长受限，那时他可能已经九岁。如今他长大了，但总是给人一种侏儒的印象，或是有某种畸形，虽然你没办法确切说出究竟是什么地方不对劲，让他看起来如此。他棱角分明的脸随着时间推移圆润起来，行动也很自如，我本身也不觉得他难看，但我可能是以某种创造者的眼光来看待他。他的腿永远细如木棍。他始终是个奇异的形象，半是搞笑半是邪恶，稍加变化，说不定他就可以坐上巴黎圣母院的尖顶，俯瞰众生。他身上有些明亮鲜活的特质，在一幅画中，他会成为色彩异常醒目的斑点，因此给我的住所增添了一抹生动之美。他向来头脑不大正常，抑或说，至少他总是像白人说的那样，就是个怪胎。

他是个深思熟虑之人。也许是走过了经年累月的痛苦，所以在心中演化出了一种对事物进行反思的倾向，并通过亲眼所见去得出自己的结论。终其一生，他都是以自己的方式遗世独立之人。哪怕他和别人做一样的事，也会用不同的方式去做。

我为农场居民开设了夜校，由土著教师来教他们。我都是从布道团找的老师，身处非洲期间，我一共聘请过三位教师，分别是罗马天主教、英国国教和苏格兰教会的老师。乡村地区的土著教育严格按照宗教范畴进行，据我所知，除了《圣经》和《赞美诗》外，没有其他书籍被翻译成斯瓦希里语。我在非洲期间，一直都在计划翻译《伊索寓言》，从而造福土著居民，但始终没能找到时间来践行这一计划。尽管如此，学校于我而言仍旧是我在农场上最喜欢的地方，是我们精神生活的中心，学校就设在一个由瓦楞铁板搭建的长条状老仓库里，我便在此度过夜晚那愉快的几小时。

卡曼特会和我　起来，但不会和孩子们一起坐在长凳上，他会站在离他们有点距离的地方，仿佛刻意对教学充耳不闻，嘲笑那些愿意被带进来听课的人简单淳朴，为此喜形于色。但在我的私人厨房里，我曾见过他凭借记忆，缓慢又滑稽地抄写他在学校黑板上看到的字母和数字，依样画葫芦。我认为就算他愿意，也不可能和其他人一起步入课堂。生命早期，他内心的某些东西就已经被扭曲或定型了，可以这么说，如今对他来说，与众不同就是正常的。他意识到了自己的疏离，他拥有真正的侏儒那傲慢而崇高的灵魂，当他发现自己与全世界的人都不同时，便认定是这个世界扭曲了。

卡曼特在金钱方面极为精明，花费很少，并且同其他基库尤人做了大量明智的山羊交易。他早早结了婚，而结婚在基库尤世界中是个昂贵项目。与此同时，我听过他在金钱无价值这件事上的高谈阔论，明智犀利，见解独到。大体上，他同生活的关系极为独特，他掌控生活，却瞧不上生活。

他一点儿都没有称赞他人的天赋。他可能会承认动物的智慧，并对此称赞有加，但是，打从认识他起，我只听过他赞许一个人的明智决策，那是个年轻的索马里女子，几年后来到农场生活。无论在什么情况下，他都会发出略带嘲讽的笑声，但主要是针对其他人的自信或夸夸其谈。所有土著人内心都有一股强烈的恶意，对事情出了差错幸灾乐祸，这本身就会让欧洲人受挫且反感。卡曼特将这一特质发挥得淋漓尽致，甚至发展为独特的自嘲，让他从自身的失望和灾祸中也能获得乐趣，近乎同他人的灾殃带给他的快乐不分伯仲。

我曾在老年土著妇女身上遭遇过相同的心态，她们历尽煎熬，血液与命运相互交织，无论在哪里遭逢命运，都能心怀怜悯接受嘲弄，仿佛对待自己的姐妹。在农场上，我常常让男仆在周日早上给这些老妇人分发鼻烟（土著人管它叫"汤博科"），而我自己则继续赖床。因为这个缘故，周日早上家周围总是聚集着一大群奇怪的来客，就像是个老旧、凌乱又荒凉的家禽养殖场，他们咯咯咯的低声窃笑直接穿过卧室敞开的窗户飘了进来（土著人鲜少高声说话）。某个周日早上，基库尤人温和而活跃的交谈声骤然变成了波浪般起伏流泻的欢笑，滑稽至极的冲突正在爆发，我叫法拉赫进来，让他告诉我发生了什么事。法拉赫不愿告诉我，是因为他忘了买鼻烟，所以这一天，老妇人们长途跋涉而来，如她们自己所言，真讨厌，白来一趟。之后，这次意外成了基库尤老妇人的快乐源泉。有时，当我在玉米地的小径上遇见她们中的某一人，她便站定在我面前，伸出弯曲嶙峋的手指戳戳我，衰老的黑色面庞笑靥如花，以至于牵引着脸上所有的皱纹褶皱在一起，仿佛被一根隐秘的线拉扯。她们会提醒我那个星期天，她和吸鼻烟的姐妹们长途跋涉来到我家，却发现我忘了准备烟草，什么都没有——哈哈，夫人啊！

　　白人常说基库尤人不知感恩。但无论如何，卡曼特都不是不知感激的人，他甚至用语言表达过，他觉得感恩是一种义务。初次见面过去多年后，有许多次，他都特意为我做一些事，而我并没有要求他去做，当我问他为何这样做时，他说要不是因为我，他早就死了。他还通过另一种方式来表达他的感激，以特殊的仁慈、相助态度来对待我，或许更贴切的说法应当是极度忍让。或许是因为他始终铭记和我有着同一种宗教信仰。我想，在愚人的世界里，对他来说我就是超级大傻瓜之一。从他为我服务、将他之命运依附于我之命运的那一天开始，我就感受到他警觉而有洞察力的目光一直注视着我，我的全部生活方式都处于一览无余、不偏不倚的批判之中。我相信从一开始，他就将我自找麻烦给他治病视为一次无望的古怪之举。但他一直对我表现出极大的兴趣与同情，并全力以赴启蒙我那极度的无知。有时候，我发现他已经花了时间和精力去解决问题，并做好准备说明他的操作，以便让我更容易理解。

　　一开始卡曼特在我家做狗童，后来则成为我的医疗助手。我发现他有一双巧手，虽然从外表看来你不会认同。于是我派他到厨房去做小工，也就是小学徒，在老厨师埃萨手下工作，后来埃萨被谋杀了。埃萨死后，他继承了埃萨的职位，在我身边的日子里，他一直都是我的主厨。

　　土著人对动物往往没什么感情，但卡曼特在这方面与众不同，正如其他方面一样。他是一个权威狗童，对狗感同身受，会过来向我传达狗狗们想要什么、缺什么或者对事情怎么看。他让狗免于跳蚤这种非洲害虫的侵扰。很多次夜深人静时，狗狗们会号叫着呼唤他和我，我们在防风灯的映照下，一只一只给它们摘掉那些凶残的大蚂蚁——行军蚁，这些蚂蚁独自前行，沿途吞噬一切。

　　在布道团医院时，他肯定也用上了他的眼力见，哪怕他只是如平时那样，毫无敬畏与偏见，并没有刻意做什么，但他生来就是个有思想、有创造力的医生助手。卸任这份工作后，他还是会偶尔从厨房冒出来，介入病情，并给予我合情合理的建议。

　　但作为厨师，他就大不相同了，根本无法归类。大自然在这里跨越并斩断了能力与天赋的优先次序，如今这件事变得神秘难解，无论你在何处应对天才，都会有如此感受。在厨房里，在这个烹饪世界中，卡曼特拥有一切天才的属性，包括那属于天才的厄运，即面对自身力量时，个体往往无能为力。要是卡曼特出生在欧洲，并进入聪明的老师麾下，可能会名声大噪，并在历史中塑造出一个喜剧人物。而在非洲，他为自己赢得了声誉，对待自己的技艺，他的态度就像一位大师。

我本身对烹饪非常感兴趣，第一次回欧洲旅行时，我向一家著名餐厅的法国大厨学了几堂课，因为我觉得，能在非洲做出美味的食物会是件有趣的事。当时，这位大厨派罗奎特先生邀请我参与他的餐厅业务，全因我对这门艺术极为热忱。如今我发现有卡曼特在身边，能和这个熟悉的精灵一起烹饪，那份热忱再度占据我心。和他一起工作，对我意义重大。我认为，一个野蛮人竟然对我们的烹饪艺术具有水到渠成的本能，再没什么比这更为神秘了。这让我在看待自身文明时又有了崭新视角，毕竟，从某种程度上而言，它可能是天赐且注定的。我如同重获对上帝信仰之人，因为颅相学家向他展示了神学雄辩在人类大脑中的位置：如果神学雄辩的存在能够得到证明，那么神学本身的存在也能随之得到证明，最终，上帝的存在也得以证明。

卡曼特在一切烹饪事务中皆心灵手巧，出人意料。对他那双黝黑蜷曲的手而言，厨房里的妙招与绝技不过儿戏，那双手本就深谙制作蛋卷、酥皮肉馅饼、酱汁和蛋黄酱。他拥有让食物变轻盈的特殊才能，就像传说中婴儿时期的耶稣用黏土捏鸟，命令它们飞翔。他鄙视所有复杂工具，仿佛无法容忍它们过于独立，我给他一台打蛋器，他弃置一旁，放到生锈，却用我原先除草用的刀来打蛋白，他打的蛋白如轻飘飘的云朵般高高隆起。身为厨师，他目光犀利，充满灵感，能从整个家禽饲养场中挑出最肥的那只鸡，严肃地用手给鸡蛋称重，并知晓这颗蛋的落地时间。他为改进我的餐饮苦思冥想，并通过某种方式，从朋友那里为我搞到了一种真正优良的莴苣种子，那是我遍寻多年而未果的，这位朋友为一个住得很远的乡村医生工作。

他对菜谱的记忆力惊人。他不识字，也不懂英语，因此烹饪书对他毫无用处，但他肯定已经按照自己的分类方式，把所有学过的东西都存在了那并不优美的头脑中，而我永远也不可能了解究竟。他给菜起名字，认识那些菜的那一天发生了什么，他就用那个事件来命名，他会讲起"闪电击中大树"的酱汁，讲起调"死去灰马"的酱汁。但他绝不会搞混任何两种酱汁。只有一点，是我试图让他牢记却没能成功的，那就是一顿饭的上菜顺序。每当有客人来吃晚餐，我就得把用餐顺序给我的主厨画出来，仿佛一张配图菜单：头盘是汤，接着是鱼，然后是山鹑，或者洋蓟。我不太相信他的这一欠缺是因为记性不好，但我认为，在他心里，肯定固执己见地认为万事都有极限，对于完全无关紧要的事，他绝不会浪费自己的时间。

和精力充沛的人一起工作动人极了。名义上厨房是我的，但在我们的合作中，我感到不仅仅是厨房，甚至我们相互协作的整个世界都转移到了卡曼特手中。在这里，他能完美理解我希望他做什么，有时我都还没告诉他，他就已经实现了我的愿望。可是我呢，却无法弄清楚他是怎样工作的，或者说到底为什么这样工作。在我看来真的很奇怪，竟然有人能在自己并不理解其中真义的艺术领域如此出色，何况他对此还只有鄙夷。

我们的菜吃起来究竟应该是什么味道，卡曼特恐怕毫无概念，尽管他已经皈依基督教，与文明社会产生联系，但内心依然是个基库尤人，扎根于部落传统，以及他本人对这些传统的信仰，他坚信这是人类唯一值得采纳的生活方式。有时他的确会尝尝自己做的食物，但紧接着就露出怀疑的表情，仿佛女巫试了一小口锅里的东西。他坚持吃父辈们吃的玉米棒。在土著饮食方面，哪怕以他的聪明才智也会偶尔失败，他带着基库尤人的美食过来给我——烘烤的甜土豆，或是一小块绵羊的肥肉，等等，简直就像一条开化的狗，和人类一起生活久了，就会将一根骨头放在你面前的地板上作为谢礼。我觉得，在他心中，他对我们在食物这件事上自找麻烦的看法，真的和看待精神失常是一样的。有时我试图从他那里榨取出他对这些事情的想法，然而，尽管他在谈论许多话题时都非常坦率，可除此之外还是格外戒备，就这样我们在厨房并肩工作，把彼此对于烹饪重要性的想法搁置一旁。

我把卡曼特送去穆萨伊加俱乐部学习，送去内罗毕向朋友们的厨师取经，每当我在他们家里尝到没吃过的美味佳肴就会让他去学，经过学徒期的锻炼，我家因餐桌在殖民地声名鹊起。这让我高兴极了。我渴望有人来欣赏我的技艺，朋友们来我家共进晚餐让我心花怒放，但卡曼特却不在乎任何人的赞美。但他还是记住了最常来农场吃饭的那些朋友们的口味。"我会用白葡萄酒烧鱼给伯克利·科尔老爷，"他严肃地说，仿佛在谈论一个疯子，"他会亲自给你送来白葡萄酒让你做鱼。"为了听取权威意见，我邀请了我的老朋友，内罗毕的查尔斯·布尔佩特先生过来吃饭。布尔佩特先生是老一辈的伟大旅行家，与斐利亚·福克①隔了一代。他曾环游世界，品尝过各地最美味的食物，只要能享受当下，他就不在乎未来。五十年前，有关运动和登山的书籍中记载了他身为运动员的赫赫功绩，以及他在瑞士及墨西哥的登山经历，还有一本写著名赌局的书《来得容易去得快》，在这本书中你可以读到他是怎样为了一个赌注而穿着晚礼服、头戴高脚帽在泰晤士河中游泳，但之后，更为浪漫的是，他像利安德②和拜

---

① 法国作家儒勒·凡尔纳小说《八十天环游地球》中的人物。

② 希腊神话中爱上女祭司的小伙子。传说，他每天晚上游过达达尼尔海峡与祭司相会。最终，他在一个暴风雨的夜晚溺水而亡，悲痛的祭司也跳海自杀身亡。——编者注

伦勋爵①一样畅游达达尼尔海峡。当他来到农场，和我一对一用晚餐时，我开心极了，能够亲手给你喜欢的人做好吃的，有一种特别的幸福感。作为回报，他分享了他对食物的看法，以及对世界上诸多其他事物的想法，并告诉我，他从来没在其他地方吃过比这里更美味的饭菜。

我很荣幸威尔士亲王来到农场用餐，并恭维了我的坎伯兰酱汁②。在向卡曼特复述亲王对其烹饪的称赞时，他兴致勃勃地聆听，这种情形仅此一次，因为土著居民非常崇拜国王，很喜欢谈论他们。好几个月后，他涌起再听一次赞美的渴望，突然像一本法语读本似的问我："苏丹的儿子喜欢猪肉酱吗？他吃光了吗？"

不仅是在厨房里，厨房之外卡曼特也对我表现出善意。他想帮助我，当然是按照他自己的想法，对人生的有利因素与危险因素，他有自己的判断。

有天晚上，午夜过后，他突然手持防风灯走进我的卧室，一言不发，仿佛在值班。那肯定是他刚来我家不久的时候，因为他的个头还很小。他站在我的床边，仿佛误入房间里的黑蝙蝠，有一双大大的招风耳，又像一团小小的非洲鬼火，手中掌着灯。他一本正经地对我说："夫人，我想你还是起床为好。"我困惑地坐起来，心里想着，要是发生了什么严重的事，来找我的人应当是法拉赫才对。然而，当我让卡曼特离开时，他没动弹。"夫人，"他再次说道，"我想你还是起床为好。我觉得上帝要来

---

① 英国诗人拜伦。他于1810年抵达达尼尔海峡西岸。为了追忆希腊神话，他跳进海中游到对岸。之后，他在自己的长诗《恰尔德·哈洛尔德游记》中描述了此事。——编者注

② 坎伯兰酱汁是一种柑橘味的深色葡萄酒酱汁，在英国被用来给鹿肉、猪肉、野味和冷肉调味。

了。"听到这话我便起来了，并问他为何这样想。他严肃地领我进入餐厅，里面可以看到西边的山丘。透过门上的窗户，我目睹了一番奇异的景象。一场大火正在草地上呈燎原之势，熊熊燃烧在远处的山丘上，野草从山顶一路燃至平原，从屋子里看出去，火焰几乎连缀成一条垂直的线。一眼望去，的确像是巨人在移动，正朝我们而来。我驻足凝视片刻，卡曼特也在我身边看着，而后我开始向他解释这件事。我本打算安抚他，因为我觉得他肯定是吓坏了。但无论我怎么解释，对他好像都没什么用，他显然认为，在他叫醒我时，就已完成了他的使命。"好吧，"他说，"可能是这样。但我觉得你最好还是起来，万一是上帝来了呢。"

第三章　移民家里的野蛮人

有一年，长雨季没能到来。

那真是一种可怕至极的经历，但凡经历过的农民永远也不会忘怀。离开非洲多年后，在北方国度潮湿的气候中，午夜时分，他会在突如其来的阵雨声中惊醒，高呼："终于下雨了，终于下雨了。"

正常年份，长雨季从三月的最后一周开始，一直持续到六月中旬。雨季前夕，每一天都在变得更加炎热、更加干燥，如发高烧一般，很像雷雨前夕的欧洲，但有过之而无不及。

马赛人是我的邻居，住在河对岸，那个时候，他们会点燃干透的平原，以期第一场雨为牛群浇灌出新鲜的绿草。平原上方的空气与熊熊烈火共舞，烟雾袅袅，如彩虹般五颜六色，层层叠叠，沿着草原滚滚蔓延，烧灼带来的高温与气味漫入耕地，仿佛是从熔炉里飘出来。

灰色的草地上方，庞大的云团正聚拢又消散，遥远的零星阵雨在地平线上划过一道斜斜的蓝色条纹。全世界只有一个念头。

一天晚上，刚刚日落，周遭风景渐渐向你聚拢，山峦近在眼前，周身呈清晰而深邃的蓝色与绿色，充满活力，意义非凡。数小时后，你走出门去，发现星星已经消失，你感到夜晚的空气温柔而深邃，充满恩惠。

当迅速增强的急速流动声回荡在你头顶上方，那是风呼啸着穿梭在林中高大的树木间，并非雨声。当那声音贴着地面奔涌时，那是风掠过灌木与高草丛，并非雨声。当那声音在大地上方沙沙或咔嗒作响时，那是玉米地里的风声，听起来太像雨声了，你会一次又一次上当受骗，甚至会从中获得一种满足感，好像你至少看到了自己渴望的事物登台演出，但那并不是雨声。

然而，当大地如共鸣板一般用低沉雄浑的咆哮来回应时，当世界全方位环绕你，上下左右万马齐鸣时，那才是雨。这感觉就像你离开大海很久很久之后，重回海边，仿佛回到恋人的怀抱。

但是有一年，长雨季没能到来。那时候，仿佛全宇宙都背弃了你。天气变得凉爽，有些日子甚至很冷，但大气中没有丝毫的潮湿迹象。万物都变得愈加干燥而坚硬，就好像所有的力量和优雅都撤离了这个世界。这并不是坏天气或好天气，而是拒绝了所有天气，仿佛天气被无限期推迟了。一阵凄风，如一股穿堂风，吹过你的头顶，万事万物都失去了颜色。田野与森林也失去了气味。被强权抛弃的感觉重重压在心头。在南方，烧焦的平原漆黑平躺，废弃荒芜，布满一道道灰白相间的灰烬。

随着我们白白等待雨水的日子一天天过去，农场的前景和希望逐渐黯淡，直至彻底消失。过去几个月的耕地、修剪与种植都变成了愚人的劳作。农事慢了下来，停滞不前。

在平原和山丘上，水坑干涸，许多没见过的鸭子和鹅来到我的池塘。农场边界处的那片池塘，斑马在清晨与日落时分前来徘徊，一列列排成长队，足有两三百只，小马驹贴着母马往前走，我骑着马闯进去，它们也不害怕。但是为了牛群着想，我们还是试图撵它们走，因为池塘的水量在下降。

但去池塘依旧很愉快，在棕色的风景中，灯芯草长在泥淖之中，在棕色地表绘出一块绿洲。

大旱之中，土著人变得沉默寡言，接下来究竟会如何，我无法从他们口中得到只言片语，尽管你原本以为他们明明比我们更了解天气迹象。这就是他们危如累卵的生存问题，对他们或他们的祖先而言，绝不是什么闻所未闻之事，大旱之年，他们失去九成以上的家畜，农田干枯，只剩一些垂头丧气、枯萎凋敝的红薯和玉米植株。

过了一段时间，我从他们那里依样画葫芦，放弃谈论时事多艰，不再像个失宠之人那样怨声载道。但我是个欧洲人，在这个国家住得还不够久，尚未习得土著人身上那种绝对的被动，有些在非洲住了几十年的欧洲人就是这样的脾性。我还年轻，如果不想被农圃路上飞扬的尘土或平原上的烟雾吹走，就必须把精力集中在某件事上才行。于是我开始在晚上写故事、童话和浪漫小说，写作能将我的思绪带向远方，飘往别的国度与其他时代。

我一直把其中一些故事讲给一位朋友听，每当他来农场小住，我都会讲给他。

当我起身出门，烈风在吹，天空晴朗，布满亿万冷硬的星星，一切都干巴巴的。

一开始我只在晚上写作，但后来，我也常在早晨坐下来写作，而那时我分明应该去农场才对。然而在农场，很难决定是否应该重新翻一遍玉米田，重新种植，是否应该从树上摘下枯萎的咖啡浆果来拯救整棵树。要还是不要，我一天天拖延着决定。

我经常坐在餐厅里写，纸张铺满整张餐桌，因为写故事的间隙，我还有农场的账目和成本估算要处理，也有来自农场经理的绝望便条要回复。仆人们问我在做什么，当我告诉他们我正尝试写一本书时，他们将其看作是困难时期拯救农场的最后尝试，对此充满兴趣。后来他们会追问我的书进程如何。他们会走进来，长时间站在一边观察书的进展，一直背靠墙壁陪伴我，在镶了木板的房间里，他们的脑袋同嵌板的颜色实在太过相似，夜间看上去就好像是一件件白色长袍。

我的餐厅朝西，有三扇长窗，开向铺了石砖的露台、草坪和森林。这里的地面向下倾斜，一直倾斜到在我和马赛人之间设下边界的那条河。你从屋里无法直接看到那条河，但可以通过沿河生长的深绿色金合欢树来追寻它蜿蜒的流径，这些金合欢树全都茁壮繁茂。河对岸，被林木覆盖的土地再次抬升，林地上方是一直延伸到恩贡山脚下的绿色原野。

"倘若我的信仰如此坚定，足以移动山脉，我要让那座山朝我走来。"

东风起，我的餐厅门朝背风处，因此长期开着，房屋西侧也由此深受土著人欢迎，他们自行其是绕着房子走，好随时摸清屋内状况。出于同样的动机，土著小牧童会带着山羊群过来，让它们在草坪上吃草。

这些小男孩带着父亲的山羊或绵羊群在农场上四处游荡，为羊群寻觅牧场，的确从某种程度上构成了我的文明之屋与荒野生活之间的纽带。我的仆人并不信任他们，不喜欢他们进到屋里来，但孩子对文明怀有真正的爱与热情，对他们来说，这栋房子里没有任何危险，因为他们随时都能离开。对他们来说，文明的核心象征是挂在餐厅里的古老德国布谷鸟自鸣钟。在非洲高原上，钟表绝对是奢侈品。一年到头你都能通过太阳的位置判断时间，因为不必与铁路打交道，所以可以按照自己的意愿来安排农事生活，时间变得无足轻重。但这座钟精美极了，在一簇粉玫瑰当中，每到整点，布谷鸟就会推开小门冲出来，用清楚傲慢的嗓音宣布时刻。它的出现每次都会给农场上的年轻人带来新鲜的欢乐。通过太阳的位置，他们能够准确判断钟表在正午的报时时刻，等到十一点四十五，我便能看到他们跟在羊群屁股后面，从四面八方朝我家走来——他们可不敢把山羊丢在后面。孩子们和山羊的脑袋在森林中的灌木与高草丛里穿梭，宛如池塘里的青蛙脑袋。

他们将羊群留在草坪上，无声无息地光脚进来。年纪大一些的十岁左右，最小的只有两岁。他们举止得体，来访过程中保持着某种自发的礼仪，方式如下：只要他们不碰任何东西，不坐下，除非有人同他们说话否则不能开口，这样他们就可以在屋里自由活动。布谷鸟冲到他们面前时，孩子们便兴奋地骚动起来，克制的笑声在他们之中蔓延。有时会发生这样的情况：一个非常年幼的牧童，对羊群没有丝毫责任感，一大清早便独自过来，在小门紧闭、寂静无声的钟前杵上很久，用基库尤语同它说话，缓慢而抑扬顿挫地表达对它的爱，而后庄严肃穆地走出去。我的男仆们嘲笑这些牧童，对我说这些孩子也太无知了，竟然认为布谷鸟是活的。

然而男仆们自己也会过来围观打字机工作。晚上，卡曼特有时会在墙边站上一个小时，他的眼睛像睫毛下的黑色水滴一样来回滚动，仿佛想充分了解这台机器，从而可以把它拆掉再重新组装起来。

一天晚上，当我抬起头来，正撞上这双深邃而专注的眼睛，过了一会儿，他开口了。"夫人，"他说，"你相信自己能写一本书出来吗？"

我回答说我不知道。

一个人若要想象与卡曼特的谈话，那必须设想在每个短句之前都有一个漫长的、意味深长的、极有责任感的停顿。土著人全都是停顿艺术大师，由此把自己的观点加入到讨论中来。

此刻卡曼特就是在进行这样一个漫长的停顿，随后他说："我不信你能。"

没人能跟我讨论我的书，于是我放下纸，问他为什么不信。这时我才发现，他其实一直都在思索这次对话，并做好了准备。原本他是将《奥德赛》放在身后站着，现在将书放到了桌子上。

"你看，夫人，"他说，"这是一本好书。从上到下都绑在一起。就算你拿起来，使劲摇晃，也不会散架。写这本书的人真是聪明绝顶。但你写的东西吧，"他继续说了下去，既轻蔑又怀有某种友善的怜悯。"这里那里到处都是。一旦人们忘了关门，就会被吹跑，甚至掉到地上去，你就会生气。这不可能是本好书。"

我向他解释，在欧洲，会有人将它们全都装订到一起。

"那到时候，你的书会和这本书一样重吗？"卡曼特掂了掂《奥德赛》，问道。

当他发现我有些迟疑，便将书递给我，好让我自行判断。

"不，"我说，"不会的，但图书室里还有其他书，你知道的，它们都要轻得多。"

"那也会这么硬吗？"

我说把书做得这么硬会很贵。

他一言不发地杵了片刻，随后从地板上捡起散落的纸张，放回餐桌，借此表达出对我的书抱有了更大期望，或许还为自己的怀疑感到懊悔。但他还是没有离开，依然站在桌边，等待着，随后严肃地问我："夫人，这些书里都有什么？"

作为例子，我给他讲了《奥德赛》中英雄奥德修斯和波吕斐摩斯的故事，讲了奥德修斯如何自称为"乌有人"，如何弄瞎了波吕斐摩斯的眼睛，并牢牢攀在一只公羊肚皮下逃跑。

卡曼特听得津津有味，并表示在他看来，那只公羊肯定是和埃尔门泰塔的隆先生的绵羊是同一品种，就是他在内罗毕家畜展上看过的。他又回到波吕斐摩斯身上，问我他是不是也像基库尤人一样是黑人。当我回答不是时，他想知道奥德修斯是否是我的族人或家人。

"他是怎么，"他问，"用他自己的语言，说出'乌有人'这个词的？说一下。"

"他说的是欧提斯，"我告诉他，"他管自己叫欧提斯，在他的语言中，欧提斯就是乌有之人的意思。"

"你必须写同样的东西吗？"他问我。

"不，"我说，"人们可以写任何自己想写的东西。我或许会写你。"原本在谈话过程中已经敞开心扉的卡曼特突然再度封闭起来，他低头看着自己，低声问我，我会写他的哪一部分。

"我可能会写你生病那时候，和羊一起在平原上，"我说，"那时你在想什么？"

他的目光在房间里飘忽不定，上下挪移，最后，他含糊地说："塞朱利"①。

"你害怕吗？"我问他。

停顿了片刻后，"是的，"他坚定地说，"平原上的所有男孩都会有害怕的时候。"

"你怕什么？"我问。

卡曼特默默站了一会儿，脸色变得镇静而深沉，他的眼睛是在凝视内心。随后他露出一丝揶揄的怪相看着我：

"害怕欧提斯，"他说，"平原上的男孩们害怕欧提斯。"

几天后，我听到卡曼特向其他用人解释，在欧洲，我正在写的书可以

---

① 斯瓦希里语，意即不知道。

粘在一起，花上很大一笔钱就能做得像《奥德赛》一样坚硬，于是《奥德赛》再次被拿出来展示。然而他自己并不相信我的书可以染成蓝色。

卡曼特自有一种才能，在我家，这才能对他颇有用处。

我相信，他只要想哭就能马上哭出来。

要是我真的严肃训斥他，他就会在我面前挺直身子，直视我的脸，流露出一种警惕又深沉的悲伤，这是土著人瞬间就能做出的表情，紧接着，泪水上涌，沉重的泪珠一颗接一颗，沿着脸庞缓缓滚落。我很清楚这纯粹就是鳄鱼的眼泪，出现在别人脸上，绝不会对我有丝毫影响，但出现在卡曼特脸上，就是另一回事了。在这种情况下，他那扁平如木头般的脸孔又沉溺回那个暗无天日、孤独至极的世界，那个他栖居多年的世界。如此沉重而沉默的泪水，在他还是那个身在平原的幼童、被羊群环绕时，肯定也流下过。这些泪水让我感到不安，让我训斥他的那些过错摇身一变，变得如此微不足道，以至于我不想再继续谈论它们。在某种程度上，这样真的让人很泄气。但我还是相信，我们之间存在人类相互理解的真正力量，凭借这股力量，卡曼特心中一定知道，我看穿了他的忏悔之泪，并不是我小题大做，事实上，他自己也是更多地将这些眼泪看作面对更高权威的仪式，并不是想要蒙混过关。

他经常把自己说成基督徒。我不知道他是怎么理解这一称谓的，有那么一两次，我试图和他进行教义问答，但他解释说，他相信我所相信的，因此，我肯定知道自己相信的是什么，那么问他便毫无意义。我发现这不仅是一种逃避，从某种意义上而言，这是他确定无疑的预设，或者说是信仰表白。他已经将自己献给白人的上帝。在为上帝服务时，他随时准备好执行任何命令，但绝不会主动请缨，去给这套运作系统做什么解释，因为最终，这套系统可能会被证明并不合理，就像白人自己的工作体系一样。

有时我的行为举止可能会同他皈依的苏格兰教会的教义产生冲突，这种时候，他会问我哪个才是正确的。

原住民没有偏见，这一特质非常惊人，因为你显然认定能在原始人身上发现什么阴暗的禁忌。我相信这是由于他们同各色人种及部落都打交道，以及东非的活跃社交。这种交往活动最早都是象牙和奴隶贩子带来的，到了我们这个时代，则是由移民和大型狩猎者带来。几乎每一个原住民，哪怕是平原上的小牧童，都曾在他的人生中与一系列截然不同的民族面对面，这些人对他而言，就像因纽特人面对西西里人，他们是英国人，犹太人，布尔人，阿拉伯人，索马里的印度人，斯瓦希里人，马赛人和卡维朗多人。就对不同观念的接受度而言，比起郊区或外省的殖民者或传教士，土著居民反而更像是世界公民，前者在整齐划一的社区中长大，有一套稳固的观念。白人与原住民之间的诸多误会都源于这一事实。

代表基督教面对土著居民是一种令人惶恐的经历。

有个给我帮佣的基库尤年轻人，来自基库尤保留地，名叫吉陶。他是个喜欢沉思的男孩子，是个善于观察、细心专注的仆人，我很喜欢他。三个月后的一天，他请我帮他写封推荐信，给我的老朋友阿里·本·萨利姆酋长，他住在蒙巴萨海滨的莱瓦里，吉陶曾在我家见过他，现在，吉陶说想去为他工作。这栋房子里的日常事务吉陶才刚刚上手，我不愿在此刻让他离开，于是我说宁愿给他加薪。他说他不是为了更高的薪水才离开，而是因为无法留下来。他告诉我，在保留地他就已经下定决心，要么成为基督徒，要么成为穆斯林，只是还不知道究竟要做哪一个。所以他才来找我工作，因为我是个基督徒，他在我家待了三个月，看到了基督徒的本质，包括行事方式与生活习惯。他要离开我，去蒙巴萨的阿里酋长那儿，同样也待三个月，好研究穆斯林的本质，之后他将做出抉择。我相信，就算是位大主教，目睹这样的事也会像我一样说："我的天啊，吉陶，你来这儿的时候就可以告诉我啊。"就算不说出口，至少也会这么想。任何肉类，只要不是阿訇以正统方式进行割喉，穆斯林就不会吃。游猎时，这往往很棘手，因为你只能带极少的补给，并且仆人的饮食全都依赖于你所猎杀的动物。当你射中一只东非狷羚，它倒在地上，你的穆斯林仆人会飞一般冲上前去，在它彻底断气前及时割断喉咙，你则忧心忡忡地注视着他们，目光焦灼，若是看到他们垂头丧气围着猎物，便意味着东非狷羚在他们抵达前已经咽气，你就得再去追踪另一只东非狷羚，否则你的扛枪手们就会挨饿。

战争伊始，我正要跟牛车队外出，出发前夜，碰巧在基加贝遇到了穆罕默德的后裔，我问他能否在远行期间豁免我的仆从。

这位后裔是个年轻人，但很睿智，他同法拉赫及伊斯梅尔交谈后宣布："这位女士是耶稣基督的信徒。当她开枪时，她会说，或至少在心中默念——以上帝之名，这会使她的子弹等同于正统穆斯林的刀。因此在这段旅途中，你们可以吃她打死的动物。"

一个基督教会与另一个基督教会水火不容，这削弱了基督教在非洲的威望。

在非洲期间的圣诞夜，我经常开车到法国布道团去听午夜弥撒。一年里的这个时节往往天气炎热，当你驾车穿过金合欢种植园，便能远远听见布道团的钟声响彻清冽而温暖的夜空。当你抵达，会看到欢乐活泼的人群把教堂团团围住，内罗毕的法国店主、意大利店主及家人们都来了，教会女校的修女们也在场，土著会众身着盛装来回翩跹。数百支蜡烛和神父们亲手制作的巨大幻灯片点亮了高大美丽的教堂。

卡曼特来到我家的第一年，圣诞节来临时，我告诉他，我要带上身为教友的他一同去参加弥撒，并用神父们的方式向他描述他将在那里看到的美好事物。卡曼特全都听了进去，灵魂深受震动，于是穿上了最好的衣服。但是当车停在门口时，他心烦意乱地退了回来，说他不可能跟我一起去。他不想告诉我理由，对我的问题避而不答，最后他还是说出来了。不，他不能去，他现在已经意识到我要带他去的是法国布道团的教堂，在医院的时候他就已经接到针对那个布道团的强烈警告。我向他解释，这完全就是误会，他必须现在就去。但那一刻，他在我眼前逐渐石化，整个人面如死灰，眼睛上翻，只剩下眼白，脸上汗流如瀑。

"不，不，夫人，"他低声说，"我是不会跟你去的。那个大教堂里面，我清楚得很，有一个坏透的夫人。"

听到这话我非常难过，但我认为，现在我非得带他一起去不可，这样圣母玛利亚就能亲自开导他。在教堂里，神父们有一尊真人大小的纸板圣母像，全身蓝白相间，土著总能被雕像打动，却很难理解画像所传达的含义。因此，我向卡曼特保证，我会保护他，绝对寸步不离。当他紧贴着我步入教堂时，霎时忘掉了所有顾虑。这一次恰好是布道团举办过的最好的圣诞弥撒。教堂里有一幅巨大的耶稣降生图——洞窟里是神圣家族，画是从巴黎运来的，蓝蓝的天上星斗光芒四射，将画面照亮，画幅周围还环绕了一百只动物玩偶，有木制奶牛和纯白棉毛做的羔羊，完全没有考虑尺寸大小，这必定在基库尤人的心中引发了狂喜。

成为基督徒后，卡曼特不再害怕触碰尸体。

人生早期，他曾恐惧接触死尸，当一个男人被担架抬到我家露台，并在那里死去时，卡曼特和其他人一样，不愿帮忙将他抬回去。他没有像其他人一样往后退，一直退到草坪上，而是一动不动地站在露台上，立成一座小小的黑色纪念碑。为什么基库尤人对死亡不存半分恐惧，却如此害怕触碰尸体，而那些恐惧死亡的白人却可以轻松处理死者，我不明白。在这件事上，你又一次感受到他们的现实与我们的现实截然不同。但是，所有农场主都知道，在这一范畴内，你无法控制土著人，如果你打从一开始就立刻放弃这个念头，便能省去诸多麻烦，因为他们真的是宁愿死也不愿改变自己的行事方式。

现如今，恐惧已经从卡曼特心中消失，对亲友们的恐惧他则嗤之以鼻。他甚至想在这方面卖弄炫耀，就好像是要吹嘘上帝的力量。恰好我有机会测试他的信仰，卡曼特和我在农场生活期间，一起搬运过三次死尸。一个是基库尤小女孩，在我家门外被牛车轧死。第二个是基库尤青年，他在森林中伐木时遭杀害。第三个是年迈的白人男子，来到农场居住，参与农场生活，并在农场去世。

他是我的同胞，是个年迈的丹麦盲人，名叫克努德森。有一天我在内罗毕时，他摸索着走到我的车旁，做了自我介绍，请求我在我的土地上给他一间房，因为他在这世上再没有其他地方可住。适逢我正在裁减种植园里的白人员工，刚好有一栋空置平房可以借给他，于是他搬到农场上来，住了六个月。

在高地农场，他是个独树一帜的人，更像是个海洋生物，就好像我们身边有一只折翼的老信天翁。生活的艰辛、疾病与酗酒已经完全摧毁了他，身体佝偻弯曲，红发人特有的奇异发色也尽数变白，头上仿佛洒满了逼真的灰烬，又或者，他仿佛是被自身元素做了标记，被盐渍了一样。但是他心中依然有着难以扑灭的火焰，任何灰烬都无法掩盖。他出身于丹麦渔民家庭，曾是一名水手，后来无论是什么风把他吹到了非洲，他都成了最早来此的拓荒者。

老克努德森这一生中尝试过无数工作，他自己最喜欢的是同水啦、鱼啦、鸟啦有关的事，却没有一件能做好。有一次他告诉我，他曾在维多利亚湖拥有一桩相当不错的渔业生意，那数英里渔网放诸全世界也是数一数二的，他还有一艘摩托艇。但在战争期间，他失去了一切。在他讲述这段悲惨经历时，似乎有个至暗时刻，是一次致命误会或是一个朋友的背叛。我不清楚究竟是哪一个，因为这个故事他给我讲了无数次，可每一次都不大一样，每每讲到此处，就会让老克努德森心情极差。尽管如此，这个故事中还是有一些真实成分，因为和我一同生活期间，政府为了赔偿他的损失，给他发了一天一先令的养老金。

这一切都是他每次来我家拜访时对我说的。他常常来我这儿避难，因为困在自己的小平房里他浑身别扭。我给了他几个土著男孩当仆人，但他们一次又一次从他身边跑开，因为他会盲目朝他们冲过去，头冲前，用手杖胡乱摸索，因而吓到了孩子们。不过情绪高涨时，他会坐在我的门廊上喝杯咖啡，给我唱丹麦的爱国歌曲，活力四射。对我们俩来说，用丹麦语交流是件乐事，因此我们就农场发生的琐事交换了诸多看法，只是为了享受说话的乐趣。但我并非总能对他耐心十足，因为他只要来了，就很难让他闭上嘴离开，在我们的日常交往中，毫无意外，他更像是老水手或海上老人。

在渔网制造方面他曾是个伟大的艺术家，他对我说，那可是世上最优质的渔网，而在这里，在农场的小平房里，他制作"奇波科"，即用河马皮裁剪成的一种当地皮鞭。他会从奈瓦沙湖的土著或农民那里买一块河马皮，如果运气好，可以用一块皮革做出五十条"奇波科"。我到现在还留着一根他送我的马鞭，的确是非常好用的鞭子。这项工作让他的房子周围臭气熏天，和衰老秃鹫的巢穴周围缭绕的臭味异曲同工。后来，我在农场上挖了个池塘，几乎总能在池塘边看见他陷入沉思，倒影笔直地映照在脚下，宛若动物园里的一只海鸟。

在老克努德森瘦弱凹陷的胸口，蕴藏着属于小男孩的心脏，简单、凶猛、易怒、野性，体内熊熊燃烧着对争斗的热爱，他是个伟大的浪漫恶霸，也是战士。他真的很记仇，对于接触到的几乎所有人与机构他都满怀愤慨与怒火，他呼唤上天往他们身上降下大火与硫黄，并以米开朗琪罗的方式"将恶魔画在墙上"——我们丹麦人总这么说。能挑拨别人吵起来他就欢欣鼓舞，活像让两只狗或一狗一猫打起来的小男孩。老克努德森历经漫长而艰辛的人生，当他最终——打个比方——被冲刷到一条宁静的溪流中，他本可以偃旗息鼓躺下，可灵魂仍然渴望对抗与逆境，宛如小男孩的灵魂，真是令人钦佩又敬畏。这让我对他狂战士①般的灵魂充满敬意。

他只用第三人称谈论自己，总是自称为"老克努德森"，张口便极尽夸夸其谈、自吹自擂之能事。这世上没有任何一件事是老克努德森无力承担且搞不定的，也没有任何一个拳击冠军是老克努德森打不倒的。但凡涉及他人，他就是个邪恶的悲观主义者，并预见别人的所有活动都会以灾难性的方式飞快结束，并且全都是他们罪有应得。但在自身利益上，他又极端乐观。他去世前不久，在我答应保密的前提下，他向我透露了一个惊天计划。这个计划最终能让老克努德森成为百万富翁，让他所有的敌人颜面扫地。他告诉我，他打算从奈瓦沙湖底部打捞起坠落于此的数十万吨鸟粪，都是创世以来由水鸟们制造的。在最后的奋力一搏中，他离开农场，跋涉至奈瓦沙湖，研究并制定计划细节。他在这计划的万丈光辉中去世

---

① 狂战士是北欧神话和维京人传说的一种战士。在发怒时，可以进入出神的狂暴状态，不着铠甲迎向敌人进行战斗。

了。这项计划包含了所有他挚爱的元素——深水、鸟类、隐藏的财宝，整件事甚至还有一丝不应跟女士谈论的味道。在他的脑海中，他看到了这个计划的高光时刻，旗开得胜的老克努德森手持三叉戟，控制住波涛。我不记得他是否向我解释过，那些鸟粪要如何从湖底捞上来。

对我豪言壮语的老人虚弱又无能，而老克努德森则立下丰功伟绩，处处卓越，在他向我讲述这些时，我感受到明显的矛盾，最终，你觉得自己是在同两个彼此独立、截然不同的个体打交道。老克努德森伟岸的形象在背景中崛起，战无不胜，高奏凯歌，是所有大冒险的英雄，而我所认识的却是他弯腰驼背、疲惫不堪的老仆役，永远不知疲倦地给我讲述他的主人。这个瘦小谦逊的人将维护并歌颂老克努德森的名誉当成毕生使命，至死不休。因为他真的见过老克努德森，除了上帝之外，再无其他人见过，所以他绝不容许任何人对此持有异议。

我只听他用过一次第一人称代词。那时距离他去世还有几个月。他曾有过一次严重的心脏病发作，这也最终成为他去世的导火索。那时我已有一星期没在农场见到他，于是就去他的小屋看看状况，结果发现他躺在床上，房间简陋而凌乱，被河马皮散发的恶臭包裹。他面如死灰，黯淡的双眸深深凹陷。我对他说话，他却不予回答，只字不言。过了很长时间，当我起身要走时，他突然用微弱而沙哑的声音说："我病得很重。"那时，他没有提到老克努德森，因为老克努德森绝不可能生病，从无败绩，只是这个仆人，仅此一次，允许自己表达个人的悲惨与痛苦。

老克努德森在农场上闷闷不乐，因此时不时就锁上房门，远离我们的视野，消失无踪。我想，这往往是因为他听说有老朋友——从前光辉岁月里的拾荒者——来到内罗毕。他会离开一两周，直到我们几乎忘记他的存在，而他回来时总是病入膏肓，筋疲力尽，几乎无法拖着自己往前走，也没法开门。而后他会独自待上几天。我相信，在这些情况下他害怕我，因为他认定我百分百会反对他不计后果的冒险举动，我肯定会利用他的虚弱趁机击败他。尽管老克努德森有时会歌唱热爱海浪的水手新娘，但他内心深处对女人极为猜疑，并将其视为男性的敌人，她们总是凭本能与原则拼命阻挠他的乐趣。

在他离世的那一天，他也同样离开了两星期之久，农场上没人注意到他已经回来了。但这一次，他必定是打算破个例，因为摔倒并身亡时，他正走在从自己家到我家的路上，这条小路恰好穿过种植园。傍晚时分，我和卡曼特出了门，正要往平原上寻些蘑菇，于是发现他躺在小径上，躺在短短的新草里，那是四月，正是长雨季的开端。

是卡曼特发现了他，倒也合适，因为在农场的所有土著人中，只有卡曼特对老克努德森表示过同情。卡曼特甚至对他颇感兴趣，那是一个偏离常轨之人对另一个异类的惺惺相惜，所以时不时就主动带鸡蛋给他，盯着他的那几个小仆人，让他们没办法一起跑掉。

老人仰面躺着，摔倒时帽子滚落到一边，眼睛并没有完全合上。在死亡之中，他看上去泰然极了。我心想，终于找到你了，老克努德森。

我想把他抬回他的房子，但我清楚，把任何可能在附近或自家农田里工作的基库尤人叫来帮忙毫无用处，他们只要一看到我为什么叫他们就会立刻逃走。我命令卡曼特回家去找法拉赫来协助我，但卡曼特没有动。

"你为什么要让我跑掉？"他问。

"你也看到了，"我说，"我一个人可扛不动这位老先生，你们这些基库尤人都是傻瓜，你们害怕扛死人。"

卡曼特露出意有嘲讽的无声笑容，"你又忘了，夫人，"他说，"我现在是个基督徒。"

卡曼特抬起老人的脚，我抱着他的头，一起把他抬到了他的小屋里。我们时不时就得停下来，把他放下，喘口气，然后卡曼特直起身子，直视老克努德森的脚，我认为这是苏格兰布道团面对死亡时的举动。

我们把老克努德森安顿在床上，卡曼特在房间里忙活，他去厨房，想找一块毛巾来盖住他的脸，结果只找到一张旧报纸。"医院里的基督徒们就是这样做的。"他对我解释道。

这个例子很好地证明了我的无知，很久以后，卡曼特只要一想到就扬扬得意。和我一起在厨房工作时，他会偷偷地心情大好，突然放声大笑。"你还记得吗，夫人，"他说，"就是你忘了我是基督徒的那次，还觉得我会害怕帮你抬那个白人老头？"

作为基督徒，卡曼特不再怕蛇。我听到他对其他男孩说，一个基督徒随时都可以用后脚跟踩住最大的蛇头，将它踩个粉碎。我并没有见他试着这样做，然而当一条鼓腹巨蝰出现在厨房的屋顶时，我看到他动弹不得地站着，面色凝重，手背在身后，与小屋保持着一小段距离。家里的所有孩子散成一个大圈，围住这条蛇，他们高声哀号，如同风中的谷壳，法拉赫则进屋去拿来了我的枪，打死了鼓腹巨蝰。

事情过去、波澜平息后，锡克的儿子恩约尔对卡曼特说："卡曼特，你为什么没有把脚后跟踩在那条大毒蛇的头上，把它给踩扁呢？"

"因为它在屋顶上啊。"卡曼特回答。

有一次，我尝试射箭。我是很强壮，但要将法拉赫找给我的万德罗博弓给拉弯还是很困难，不过到最后，经过长时间的练习，我还是成了娴熟的射手。

当时卡曼特还很小，我在草坪上射箭时他常常在一旁看着，似乎对这项事业充满怀疑，并且有一天对我说："当你弯弓射箭时，还是基督徒吗？我以为基督徒都是用来复枪的。"

于是我向他展示了绘图本《圣经》中的一幅插图，描绘的是夏甲儿子的故事："上帝与这个小孩子同在；他逐渐长大，栖居荒野，成为一名弓箭手。"

"好吧，"卡曼特说，"他和你一样。"

卡曼特对待生病的动物很有一手，一如他对待土著病人。他曾把尖尖的碎片从狗爪上取出来，还有一次治好了一只被蛇咬伤的狗。

有段时间，我在家里养了一只翅膀折断的鹳。它真是个醒目的角色，穿梭于各个房间，每当它走进我的卧室，便同镜子里的自己进行殊死决斗，仿佛手持轻巧细长的双刃剑，神气十足地拍打翅膀。它跟着卡曼特在房屋间进进出出，很难相信它不是在故意模仿卡曼特那僵硬迟缓的走路姿态。它们的腿几乎一样细。土著小男孩对这种夸张的效果异常敏感，每当这对组合经过，他们就会开心地大喊大叫。卡曼特能明白这个笑话，但他向来不太在乎别人怎么看他。他派那些小男孩去沼泽里收集青蛙给这只鹳吃。

照顾露露的也是卡曼特。

第四章 一只薮羚

露露从森林来到我家，就像卡曼特从平原来到我家。

我的农场东边是恩贡森林保护区，当时那里几乎全是原始森林。在我眼中，旧日森林被悉数砍倒，桉树与银桦鸠占鹊巢，真是令人难过，它本可以成为内罗毕独一无二的游乐场和公园。

非洲原始森林是一片神秘区域。你仿佛是骑马深入了一块老旧的挂毯，有些地方褪了颜色，其他地方则因岁月累积而愈加醇厚，绿色的深浅浓淡惊人丰富。在那里，你完全看不到天空，但阳光以形形色色的奇妙方式玩耍，穿过树叶洒落下来。树上的灰色真菌如同长长垂落的胡须，蔓生植物悬得到处都是，为原始森林平添了一丝隐秘而深奥的气息。星期天的时候，我常常和法拉赫一起在这里骑马，那时农场无事可做，我们便沿着山坡上上下下，穿过蜿蜒的林中溪流。森林中的空气如水清凉，馥郁着植物的香气，在长雨季伊始，藤蔓植物花开繁盛，我们骑着马穿过一簇又一簇的芬芳。一种名为非洲瑞香的树木，开奶油色、黏糊糊的小花，散发出势不可当的浓烈香气，宛如丁香，又像山谷里的野百合。空心树干用兽皮绳挂在树枝上，零星散落。基库尤人把它们挂在那里让蜜蜂筑巢，从而获取蜂蜜。有一回，当我们在林中一角转弯时，看到一只豹子蹲坐路上，真是花毯般的生物。

在这里，远离地面之处生活着一个喋喋不休、焦躁不安的族群，那就是小灰猴。但凡群猴所经之路，它们的气味便会久久残留在空气中，是一种干燥陈腐的老鼠般的气味。你继续骑马前行，会突然听到头顶传来仓促掠过的嗖嗖声，那正是一群猴子用自己的方式与你擦身而过。若是你在同一地点逗留一段时间，可能会看到其中一只猴子纹丝不动地坐在树上，片刻后，你会蓦然惊觉，周围的整片森林里全是它的家人，一个个如同水果挂在枝头，因为光照角度不同而呈现出灰色或黑色，长长的尾巴一水垂在身后。它们发出的声音很特殊，宛若一个响亮的吻，之后还伴随一点咳嗽声。如果你在地面上模仿它们的声音，就会看到猴子们装模作样地摇头晃脑，但你若突然动一下，它们会在刹那间一哄而散，飞快蹿上树梢消失无踪，如鱼群消失于海浪，你能追索的只有那逐渐消失的窸窸窣窣。

在恩贡森林，我也曾于赤日炎炎的正午，在一条穿过浓密草木的小径上看到过巨林猪，这真是罕见的角色。它突然打我身旁经过，同妻子及三只小猪崽一起，一闪而过，整个家族看起来整齐划一，仿佛是用黑色纸张剪裁出来，大小不一，它们背后是洒满阳光的绿林。这真是绚烂的景象，宛如森林池塘中的倒影，仿佛发生在一千年以前。

露露是一只年轻的薮羚，或许也是所有非洲羚羊中最漂亮的。薮羚只比贴鹿稍微大一点，生活在树林或灌木丛中，害羞且难以捕捉，因此不像平原上的羚羊那般常见。但恩贡山及周边地区最适合薮羚生存，如果你在山上扎营，并在清晨或日落时分出去狩猎，便能看到它们走出灌丛，进入林间空地，当阳光落在它们身上，被毛便闪烁着赤铜般的红色光泽。雄羚生有一对精美的旋角。

露露是这样成为我的家庭一员的：

一天早晨，我从农场开车去内罗毕。农场上的磨坊不久前烧毁了，我不得不多次开车进城办理保险理赔。一大清早，我的脑袋里充斥着数字和估价。我正沿着恩贡路往前开时，一群基库尤小孩在路边冲我大声嚷嚷，我看到他们正高举一只非常迷你的薮羚给我看。我知道他们肯定是在灌木丛里找到"这只小鹿"的，现在想卖给我，但内罗毕约好的会面我已经迟到，压根没有停车打算，所以我继续往前开。

晚上返程时，我又驾车经过了同一个地方，路边再次传来洪亮的叫喊，那个小团伙还在原地，有点疲惫，还有点失望，因为这一天里，他们可能已经尝试过把"这只小鹿"卖给其他路人，但此刻，他们急于在太阳落山前完成交易，于是高举着薮羚引诱我。可我在城里度过了漫长的一天，保险事宜也不大顺利，不想停车或交谈，因此直接驾车掠过了他们。我回到家，吃晚饭，上床睡觉，甚至没想起他们。

刚一睡着，我就在强烈的恐惧感中惊醒。那几个男孩和那只小薮羚的画面浮现眼前，此时此刻是如此完整而具象，那么清晰，仿佛是画出来的。我骇然坐在床上，仿佛有人试图扼住我的喉咙。我思索着，天气那么热，抓住小薮羚的那些人就这样站了一整天，小薮羚在他们手中，四条腿被攥在一起高高举着，下场会怎样？它显然过于幼小，无法自主进食。而我在同一天里两次驾车经过它，就像牧师与利未人①的合体，完全没有顾虑过它，而现在，此时此刻，它在哪里呢？我万分惊恐地起床，叫醒了所有仆人。我告诉他们必须把小薮羚找到，早上带来给我，否则他们全都会被解雇。他们立即照做。这一天，有两个小男孩和我一起在车里，对那群小家伙或小薮羚都不曾展现出任何兴趣，此刻他们站了出来，给其他人列出了长长一串细节，详细说明了地点、时间以及那些孩子的家庭情况。这是个明月夜，我的手下全体出动，四散开去，热烈地讨论当前的状况。我

---

① 《圣经》中，利未是雅各和利亚的第三子，利未部落的祖先。

听到他们在详细讨论说，万一找不到那只薮羚，他们全都要被解雇。

第二天清晨，法拉赫给我端茶来时，朱玛和他一同进来，怀里抱着那只小薮羚。那是一头母薮羚，我们给她起名叫露露，他们告诉我，在斯瓦希里语中这是珍珠的意思。

那时的露露只有猫咪那么大，有一双大而安静的紫色眼睛。她的腿是那么纤细，你会担心它们无法承受她躺下时折起、起身时再舒展。她的耳朵如丝绸般光滑，极富表现力。她的鼻子黑得像松露。小巧的蹄子让她看起来像传统学校里的缠了足的中国少女。手捧这样一个完美无瑕的小东西真是千载难逢的体验。

露露很快就适应了这座房子和其中的居民，表现得逍遥自在。最初几周，房间里抛光的地板是她的人生难题，只要迈出地毯，四条腿就朝四个方向去了，那情形简直惨不忍睹。但她并不是很困扰，并且最终学会了在光滑的地板上行走，脚步声就像怒敲指尖发出的一连串敲击声，声音小小的。她的行为习惯无不灵巧利落。小时候她就已经很固执了，但是当我阻止她做想做的事情时，她表现得好像在说：干什么都行，就是别吵。

卡曼特用奶瓶把她喂大，晚上则把她关起来，因为夜幕降临后，会有豹子在房屋周围出没，因此我们必须小心她的安全。所以她很依赖卡曼特，走哪儿跟哪儿。若他没有按照她的意愿去做，她就时不时用自己的小脑袋狠狠顶一下他干瘦的腿。她是那么漂亮，当你看到他们俩在一起时，很难不看成是"美女与野兽"这个悖论的新颖范例。凭借惊人的美丽与优雅，露露在这栋房子里为自己赢得了至高无上的地位，所有人都对她尊重有加。

在非洲，除了苏格兰猎鹿犬外我从来没有养过其他种类的狗。没有比它们更高贵、更亲切的狗了。想必它们已经和人类一起生活了数百年之久，才能理解并融入我们的生活及环境。你也能在古老的画作和壁毯中看到它们的身影，它们似乎倾向于通过自己的外表与举止，将周遭的一切都变成一张壁毯。它们能够带来一种封建时代的氛围。

我养的第一只猎鹿犬名叫达斯科，是我收到的新婚礼物，在我开始非洲生活时和我一同出发，乘着"五月花号"而来。它是个英勇、慷慨的角色。在战争打响后的最初几个月，我在马赛保护区用牛车帮政府跑运输，达斯科就一直陪伴在我身边。但是几年后，它被斑马杀死了。露露来到我家生活时，我已经有了达斯科的两个儿子。

苏格兰猎鹿犬与非洲景观及当地土著极为登对。可能是由于海拔高度，这三者全都有着高地的旋律，因为放诸蒙巴萨的海平面高度，它就不那么和谐了。就像是壮阔、空荡的地貌，有着平原、山丘与河流，直到猎鹿犬也身在其中，才变得完整。所有猎鹿犬都是伟大的猎手，嗅觉比灵缇更灵敏，但它们是靠视觉猎杀，目睹两只猎鹿犬一起工作真是精彩绝伦。去禁猎区骑马时我都会带上它们，其实这样违反规定，因为它们会惊得斑马群和牛羚群满平原散开，仿佛空中的所有的星辰漫天狂奔。然而，当我在马赛保留地打猎时，只要身边有猎鹿犬在，就从未失去过一头受伤的猎物。

它们与原始森林也交相辉映，深灰色的毛皮掩映在暗绿色的林荫中。在这里，其中一只猎鹿犬全凭一己之力杀死了一只巨大的老年公狒狒，战斗中它的鼻子被狒狒径直咬穿，使得高贵的形象受损，但农场上的每一个人都认为这是一道光荣的伤疤，因为狒狒是极具破坏性的野兽，土著居民非常痛恨它们。

猎鹿犬非常聪明，知道我的仆人中谁是穆斯林，他们不能接触狗。

在非洲生活的头几年，我有个名叫伊斯梅尔的索马里扛枪侍从，我还在非洲时他就去世了。他是旧时代的一名扛枪侍从，现在已经没有这样的工人了。他由20世纪初伟大的王牌老猎手们抚养长大，那时整个非洲都是真正的鹿园。他与文明的接触全在狩猎场上，他讲的是狩猎世界的英语，因此会谈论我大大小小的来复枪。伊斯梅尔回到索马里后，我收到一封他的信，收件人写的是"母狮布里克森"，开头是"尊敬的母狮"。伊斯梅尔是个恪守教规的穆斯林，一辈子都不会触碰狗，在职业生涯中，这一点给他带来了诸多麻烦。但他对达斯科破了例，从不介意我带它一起上骡车，他甚至让达斯科睡在他的帐篷里。他说，因为达斯科一看到穆斯林就能认出来，永远不会去碰对方。真的，伊斯梅尔言之凿凿，达斯科一眼就能认出谁是真正虔诚的穆斯林。他曾对我说："我现在知道达斯科和你是同族的。它总冲人们笑。"

现在，我的狗们明白了露露在家中的权力和地位。同她相处时，伟大猎手们的傲慢就化成了水。她把它们从牛奶碗边推开，从火炉前它们最喜欢的位置推开。我在露露的脖子上系了缰绳，拴了个小铃铛，有一次狗狗们听到铃铛声穿堂而来、渐渐靠近，便乖乖从火炉边的温暖床铺上起来，去房间的其他地方躺下。当露露走过来躺下，举手投足全然是淑女一枚，端庄地将裙子拢在身体周围，绝不挡别人的路，没有任何人能比她更加举止温柔。她喝牛奶的神态彬彬有礼、吹毛求疵，仿佛是一个亲切过度的女主人强迫她喝的。她坚持要人给她挠耳后，摆出一副动人的克制模样，宛如年轻的妻子傲慢地允许丈夫爱抚她。

当露露长大，正是风姿绰约的曼妙年华，她出落成修长而适度丰满的母羚，从头到脚都美得不可方物。海涅有一首诗，吟唱的是恒河畔那智慧而温柔的瞪羚，露露看上去就像为这首诗精心绘制的插图。

但露露其实并不温柔，她有所谓的"恶魔"本性。她拥有最浓烈的女忭特征，看起来似乎完全处在守势，专注于守卫自身的完整，可实际呢，她的身上蕴藏有一股力量，一门心思只想进攻。攻击谁呢？攻击全世界。她的情绪超出掌控，无法预估，如果我的马惹她不高兴了，她就会攻击它。我想起汉堡的老哈根贝克①，他曾说过，在所有动物中，包括食肉动物，鹿是最不可靠的，你或许可以相信一头豹子，但如果你相信一只年轻的雄鹿，它迟早会从背后袭击你。

即便露露表现得像个不知廉耻、卖弄风情的豆蔻少女，她仍旧是这个家的骄傲，可我们却没能让她开心。有时她会离开家数小时，甚或一整个下午。有时，一旦她情绪上头，对周遭的不满达到顶峰，便会在屋前的草坪上来一场战舞，看似对撒旦进行了一场短暂的之字形祷告，只为了满足自己的内心。

"哦，露露，"我心想，"我知道你强壮极了，能跳得比你自己还高。你现在对我们大发雷霆，你希望我们全都去死，实际上，若你真想费心杀死我们，我们必死无疑。但问题不是你现在想的那样，你觉得我们把障碍设得太高，让你跳不过去，我们怎么可能做到呢，你可是个伟大的跳跃者。我们根本就没有设置障碍。你身上有了不起的力量，露露，而障碍也同样在你心中，问题在于，时候未到。"

一天晚上，露露没有回家，我们找了她一个星期也没找到。这对我们所有人而言都是个沉重的打击。

一个清亮的音符离开了房间，使得这栋房子看起来与其他房子无异。我想起了河边的豹子，有天晚上我和卡曼特谈起了它们。

---

① 1907年，哈根贝克在汉堡城门前开设了哈根贝克动物园。至今一直保留着哈根贝克所开创的闻名世界的"全景"式观赏和露天饲养场的特色。

如往常一样，他要等上一段时间才会回答，好搞清楚我竟如此缺乏洞察力。直到几天后，他才就这个问题来找我。"你认为露露死了，夫人。"他说。

我不愿意这样直接说出来，但我告诉他，我在疑惑她为什么没有回来。

"露露，"卡曼特说，"没死。但她结婚了。"

这可真是个令人愉快而惊讶的消息，我问他是怎么知道的。"哦，是的，"他说，"她结婚了。和她的主人一起住在森林里。"——主人在这里指丈夫或男主人——"但她并没有忘记大家，多数早晨，她都会回到房子这儿来。我把碎玉米撒在厨房后面给她，然后，就在太阳升起之前，她从树林里出来，走到那里去吃玉米。丈夫跟她一起，但他很怕人，因为他从没见过人。他就站在草坪另一边的那棵大白树下。但他不敢靠近房子。"

我让卡曼特下次看到露露时要来找我。几天后，日出之前，他叫我了。

这是一个美妙的早晨。我们等待时，最后的星辰消失了，天空清澈而平静，但我们行走其间的世界依旧黯淡，一片死寂。草地湿漉漉的，树丛旁地势倾斜，露珠闪烁，如同朦胧的硬币。早晨空气凛冽，有刺骨之感，在北方国度这意味着霜冻不远了。我想，无论你经历过多少次，仍旧难以相信，在这样的凉爽与背阴之中，不出几小时，太阳的炽热与天空的刺目就会变得难以忍受。灰色的薄雾笼罩山丘，并由山体而获得了形状，真是不可思议。如果此刻水牛正在山坡上吃草，那一定像在云中一样寒冷。

头顶上广袤的苍穹渐渐清晰，宛如一杯斟满的酒。忽然间，山顶上温柔地洒下第一缕阳光，染红天际。随着地球向太阳靠近，山脚下青草如茵的斜坡缓缓变成了灿亮的金色，接着便是地势更低处的马赛人的树林。此刻，在我们这一侧的河岸，森林里高大树木的冠顶也染成了铜色。这是属于硕大的紫色珠颈斑鸠的飞翔时刻，它们栖息于河对岸，飞过河来吃我森林里的栗子。每年它们只在这里短暂停留一季。鸟儿们以迅雷不及掩耳之速飞来，宛如空中的骑兵突袭。因此在这个季节，农场早间的鸽子射击活动很受我在内罗毕的朋友们欢迎，为了在太阳升起时准时抵达，他们会早早出门，以至于抵达我家车道时车灯还亮着。

像这样伫立在清澈的阴凉中，仰望金色的高峰与澄明的天空，你会涌出一种感觉，觉得自己实际上是在海底漫步，水流漫过身侧，而你仰起头，凝视海面。

一只鸟儿开始鸣唱，而后我听到不远处的森林里传来铃铛的声响。是的，这叫人喜悦，是露露回来了，回到了她的老地方！铃声越来越近，我能通过铃声的节奏追踪她的移动，她正走走，停停，再继续走。她在某个男孩的小屋旁转了弯，出现在我们面前。看到一只薮羚如此靠近屋舍忽然成了一件不寻常且有趣的事。现在她站定脚步，似乎已经做好了看到卡曼特的准备，但没准备好看到我。不过她没有逃走，她看着我，毫无惧意，也毫无回忆，不记得我们之间那些小小的冲突，也不记得自己忘恩负义、毫无征兆的离家出走。

林中的露露是个高傲而独立的存在，她经历了心灵上的转变，如今完全掌控了自我。如果我碰巧认识一位流亡的年轻公主，当时她还是个篡位者，而后又在她恢复身份、稳坐王位后再次遇见她，我们的会面也会是这般光景吧。当路易·菲力普国王宣布，法国国王不记得与奥尔良公爵之间的积怨时，内心不怀丝毫卑鄙，露露所展现出的则更甚。她现在是完整的露露了。进攻的精神已彻底消退。她要进攻谁呢，又为什么要攻击呢？此刻的她安安静静行使自己的天赋君权。她记得我，足以感觉到不用惧怕我。她注视了我一分钟之久，那雾气朦胧的深紫色眼眸全无表情，眼皮一眨不眨，我想起神明从不眨眼，感到自己面对的是大眼睛赫拉①。走过我身边时，她轻咬一片草叶，优美地跳了一小步，朝厨房后面走去，卡曼特已经在那儿撒了玉米。

卡曼特伸出一根手指碰了碰我的胳膊，随后指向树林。我朝他指的方向望过去，看到高高的好望角栗子树下有一只雄性薮羚，小小的、褐黄色身影嵌在森林边缘处。他有一对漂亮的角，如树干般岿然不动。卡曼特观察了他一会儿，随后笑了起来。

"你看，"他说，"露露已经向她的丈夫解释了，这些房子周围没什么好怕的，但他还是不敢过来。每天早上，他都想着今天一定会走过来，可一旦看到房子和人，他胃里一沉，心凉了半截。"——这在土著人的世界里稀松平常，常常妨碍农场上的工作——"于是他就停在了树旁。"

在很长一段时间里，露露每天清晨都会到房子这儿来。她清脆的铃声宣告着太阳已爬上山丘，我常常躺在床上等待这一刻。有时候她会离开一两周，我们很想她，开始谈论那些去山上打猎的人。但仆人们会再一次来宣布："露露来了。"仿佛家里的已婚女儿回娘家一样。我又有好几次看到林木间那只薮羚的身影，但卡曼特是对的，他始终不曾鼓起足够的勇气走到房子这儿来。

有一天，我从内罗毕回来，卡曼特一直在厨房门外守候我，他上前一步，极为兴奋地告诉我，露露今天也来农场了，还带着她的托托——她的孩子。几天后，我也有幸在男孩们的小屋附近亲眼见到她，她万分警惕，一副不好惹的样子，脚边有只小小的小羚，动作小心而迟缓，我们刚认识

---

① 赫拉，古希腊神话中的第三代天后，天神宙斯的妻子。

露露的时候，她也是这般模样。这是长雨季刚刚过去的时候，在那些夏季月份，总能在房子附近发现露露，下午能看见，天刚破晓也能看见。甚至正午时分她也在周围，流连在棚舍的阴凉之中。

露露的幼崽不怕狗，会让狗狗上上下下地闻它，但它无法适应土著居民或我，如果我们试图去抓它，母亲和孩子就会离开。

自从第一次长时间离开家后，露露再也不会过于贴近我们当中的任何人，我们都无法触摸她。但其他方面她都很友好，她明白我们想看看她的幼崽，也会从我们伸出的手中吃上一片甘蔗。她走到敞开的餐厅门口，若有所思地凝视屋中的暮色，但再也没有越过门槛。此时她已经丢失了铃铛，来去皆无声息。

仆人们建议我让他们抓住露露的幼崽，留下它，就像曾留下露露一样。但我认为，露露对我们报以高贵的信任，这样做是对她的粗鲁回报。

而且在我看来，我的房子与这只羚羊间的自由联盟罕见而光荣。露露从野性世界而来，登堂入室，展示了我们能够与荒野友好相处，她让我的房子与非洲地貌融为一体，以至于没人能够分辨出一个世界在哪儿结束，另一个世界又从何处发端。露露知道巨林猪的巢穴在何处，看过犀牛交配。在非洲，有一种布谷鸟，酷热的正午，它在森林中央高歌，宛如这世界雄浑的心跳，我从来没有走运看到过，我认识的人也都没见过，因而没人能告诉我它的模样。但露露或许曾走在一条狭窄的绿色薮羚道上，就在布谷鸟栖息的树枝下方。当时我正在读一本书，讲的是中国古代的伟大皇后，儿子出生后，年轻的叶赫那拉氏前去探访老宅，她乘坐着挂满青色帷幔的金色轿子从紫禁城出发。我想到，此刻我的房子就像是那位年轻皇后的娘家宅邸。

整个夏天，一大一小两只羚羊都围着我的房子打转，有时，两次造访时间会隔上两周或三周，但其他时候，我们每天都能看到它们。又一个雨季伊始，仆人们告诉我露露带着一只新的幼崽回来了。我并没有见到幼崽，因为这一次它们离房子不太近，但后来我看到过三只薮羚一起漫步林中。

露露及家人与我家之间的联盟持续多年。薮羚常常在房子附近徘徊，它们从林中走来，又回到林中，仿佛我的地盘也是野生王国的一个省份。它们多半在日落前出现，先是在林中穿梭，宛如淡淡的黑色剪影投射在树上，然而，当它们沐浴午后阳光走出来，在草坪上吃草，皮毛便如铜一般闪闪发光。其中之一便是露露，因为她会靠近房子，沉着逡巡，每当有车抵达或我们打开窗户，她便会竖起耳朵，狗也会认出她。随着年龄增长，她的毛色越来越深。

有一次，我和朋友一起开车回到家门口，发现露台上有三只薮羚，围着我撒给奶牛们的盐。

有趣极了，除了曾仰头伫立于好望角栗子树下的露露丈夫，还没有公羚羊与来到我家的那些羚羊厮混。我们似乎是在和森林中的母系氏族打交道。

殖民地的猎人和博物学家对我的薮羚兴趣浓厚，野生动物保护区监督员专程开车来农场看它们，并且真的看到了。有个记者在《东非标准报》上写了关于它们的文章。

露露和她的家人来到我家的那些年月是我在非洲最为幸福的时光。因此，我开始将我同林中羚羊的关系看作巨大的恩惠，是与非洲之间的友谊象征。整个国度都囊括其中，是好的兆头，古老的契约，还有这样一首歌：

我的良人哪，

求你快来。

如羚羊或小鹿在香草山上。①

在非洲的最后几年，我越来越难见到露露和她的家人。在我离开前的一年，我以为它们再也不会来了。一切时过境迁，农场南部的土地已经分给了农民，森林被清理，房屋落成。拖拉机在曾经的林间空地爬上爬下。许多新移民都是狂热的狩猎爱好者，来复枪在这片土地上引吭高歌。我相信野生动物都退到了西边，进入了马赛保留地的林地。

我不知道一只羚羊能活多久，露露很可能早就已经去世了。

在天将破晓的寂静时刻，我常常，真的常常梦见我听到露露清脆的铃声，睡梦中我的内心充满喜悦，醒过来时满心期待着有什么奇妙而美好的事情发生，就在此刻，就在刹那之间。

当我躺着想露露时，我很想知道，她在林中生活时是否也曾梦到过铃声。她的脑海中是否会掠过一幅画面，画上是人们与狗狗，宛如水面上的倒影。

我想，如果我会唱一首非洲之歌，歌唱长颈鹿，还有它背上的非洲新月，歌唱田野上的犁和咖啡采摘者们满面的汗水，那么非洲是否也会唱一首关于我的歌？平原上的空气是否震颤着我曾穿在身上的颜色，孩子们是否会发明一种有我名字的游戏，满月是否会在车道的砾石上投下形如我一般的影子，恩贡的鹰会寻找我吗？

自从离开非洲后，我再也没有听到露露的消息，但我收到了卡曼特和

①　出自《圣经·雅歌》。

其他非洲家仆们的来信。距离我上次收到他的信还不到一个月。但这些来自非洲的书信以一种奇怪且虚幻的方式来到我面前，更像是投影或海市蜃楼，而非真实的新闻。

因为卡曼特不会写信，他也不懂英语。当他或其他旧人想到要给我传递音信时，就会去找个职业的印度或土著信件写手，他们坐在邮局门口放着纸张、钢笔、墨水的桌子前，向写手解释信中应该写些什么。这些职业写手也不懂多少英语，很难说他们真的知道要如何写信，但他们自认为可以写。为了炫技，他们在信中塞上一大堆华丽辞藻，使得信件内容难以破译。他们还有个习惯，用三四种不同的墨水来写信，无论这么做的动机是什么，都给人一种他们墨水短缺、正从一大堆墨水瓶中挤出最后一滴墨的印象。经过所有这些努力，就会出现人们从德尔斐神谕①里获得的那种信息。我收到的信中有一种深度，你感到其中有某个至关重要的信息一直沉甸甸压在寄信人心头，从而让他长途跋涉从基库尤保留地一直走到邮局。但这至关重要的信息却被包裹在黑暗中。当信来到你手中，这一页便宜而肮脏的小信纸已经走过了数千英里，似乎在对你说啊说啊，甚至是冲你尖叫，却又什么都没告诉你。

然而，卡曼特在这方面和其他人不同，一如在大多数事情上都与他人不同。作为通信者，他有自己的行事方式。他把三四封信放在同一个信封里，并做好标记：第一封信、第二封信，诸如此类。它们都写了同样的内容，一再重复。或许他是想通过重复给我留下更深的印象，每当有什么事是他特别想让我理解或记住的，就会像这样讲话。或许对他而言，当他感

---

① 传说德尔斐的阿波罗神庙曾刻有147条关于道德准则的箴言，来自阿波罗传递给德尔斐的祭司的神谕，其中三句最为著名："认识你自己""凡事勿过度""妄立誓则祸近"。

觉到与一个远在天涯的朋友建立联系时，就很难停下来。

　　卡曼特写到他已经失业很久了。听到这个消息我并不惊讶，因为他真的是太曲高和寡了。我曾经培训过一位皇家厨师，并将他留在一个新殖民地。他所处的状况就像是"芝麻开门"的故事。如今咒语已经失落，盛满神秘宝藏的洞窟永远关上了石门。这位深思熟虑、满腹经纶的主厨所到之处，人们看到的只是个罗圈腿的小个子的基库尤人，一个面部扁平而僵硬的侏儒。

　　当卡曼特走进内罗毕，在贪婪自大的印度写信人面前表明来意，向他阐述一个要绕半个世界之远的消息时，他究竟是想说什么呢？信里的一行行文字歪七扭八，措辞混乱无序。但是卡曼特有着伟大的灵魂，认识他的人仍旧能从这磕磕绊绊的凌乱音乐中听到这灵魂的音符，甚至牧童大卫①的竖琴回声。

　　这里有一封"第二封信"：

　　"我没忘记你夫人。尊敬的夫人。现在你的所有仆人，他们再也高兴不起来，因为你从这国家离开。如果我们是一只鸟，我们就飞去见你。然后我们转头。然后你的农场，以前是母牛小牛犊和黑人的好地方。现在他们什么都没有了，奶牛山羊绵羊，他们啥都没了。现在所有坏人，他们都打从心眼里高兴，因为你以前的仆人，他们现在都成穷人了。现在上帝心里都知道这一切，有时帮助你的仆人。"

　　在某一封"第三封信"中，卡曼特给出了一个例子，表明土著人也能用自己的方式对你说漂亮话，他写道：

　　————————————
　　① 大卫是古以色列的王，史称大卫王。据《圣经》所载，大卫少年时期是牧童，弹奏犹太民族独有的"十弦琴"，为当时的以色列国王扫罗驱走了身上的恶魔，从此得到赏识。

"写信并告诉我们你是否回来。我们认为你回来。因为什么呢？我们认为你永远也不会忘记我们。因为什么呢？我们认为您仍然记得我们所有人的脸和我们母亲的名字。"

　　想对你说漂亮话的白人会写："我永远不会忘记你。"而非洲人则说："我们才没有想起你呢，倒是你永远也不会忘记我们。"

第 二 卷

OUT OF AFRICA

农 场 里 的 枪 击 事 件

第一章　枪击事故

12月19日的那天晚上，睡觉前我走出家门，看看是否有雨水将至。我相信，在那个时间，许多高地上的农民也在做同样的事。有时，在幸运的年份，圣诞节前后我们得到几场豪雨，这对稚嫩的咖啡果而言是件大事，在十月份的短暂雨水中，它们紧随花期结在树上。这天晚上没有下雨的迹象。天空一片宁静，奏响无声凯歌，一派星光灿烂。

赤道的星空比北方的星空更丰富多彩，你也更常看到漫天繁星，因为你在晚上外出更多。在北欧，冬天的夜晚凛冽彻骨，无法让人在凝视星星时获得多少满足，而在夏天，夜空清澈明亮，星星难以辨别，如同苍白的犬堇菜。

热带的夜晚像罗马天主教大教堂一样友好，相比之下，北方的新教教堂只让你处理宗教事务。在这个大房间里，每个人都来来去去，这正是各种事情上演的地方。对于阿拉伯和非洲而言，正午的烈日能杀人，夜晚才是属于旅行和经营活动的时间。这里的星星已经被命名，许多个世纪以来，它们都是人类的向导，引领他们穿越沙漠和海洋，走在漫漫长路之上，一条路线向东，另一条向西，抑或是朝向南与北。车辆在夜间行驶良好，头顶星辰开车很是愉快，你会养成习惯，在满月时去看望住在内陆的朋友。你在新月时开启游猎之旅，从而拥有一连串月光皎皎的夜晚。而后，当你回到欧洲探亲访友，发现城里朋友们的生活与月亮活动毫无关系，而且几乎对这些事一无所知，你会感觉很奇怪。上弦月对卡蒂贾的驼队头目①而言是行动的标志，一旦上弦月出现在天上，他的大篷车就要出发。他面朝月亮，他是"从宇宙中的月光系统中剥离出的哲学家"之一。他肯定经常看她，将她作为自己的征服标志。

我在土著居民中有了名气，因为在农场上，有好多次，我恰好是第一个看到新月的人。新月就像是日落时分一弯纤细银弓。尤其是连续两三年，我都是第一个发现斋月新月的人，斋月也就是穆斯林的圣月。

农人慢慢转动眼睛，环顾地平线。先是向东，因为如果要下雨的话，雨水便会从东方而来，而处女座中的角宿一清晰地挂在那儿。而后向南，迎接南十字座，它是这伟大世界的门卫，忠诚于旅行者，并深受他们喜爱，更高处，在银河荧光闪烁的条带下，是人马座中的α星和β星。西南方向闪耀着在空中极为醒目的天狼星和殚精竭虑的老人星，而在西边，在恩贡山隐约可见的轮廓上方，此刻光芒四射的如一套完整的钻石饰品的是猎户座的参宿七、参宿四和参宿五。最后，他转向北方，因为我们最终会回到北方，在那里他迎面撞上大熊星座，只是由于视角的关系，现在它正镇定自若地倒立着，洋溢着憨态可掬的玩笑气息，鼓舞了北欧移民的心。晚上睡觉做梦的人知道一种特殊的幸福感，这种幸福感并不存在于白昼世界，那是一种平静的狂喜，心灵的安逸，如同舌尖上的蜂蜜。他们也同样知晓梦境真正的壮丽在于它们无限自由的氛围。这不是独裁者的自由，独裁者将自己的意志强加给这个世界，这是艺术家的自由，他没有意志，他是无拘无束的。真正造梦者的乐趣并不在于梦的实质，而在于：事情发生不会受到来自他的任何干扰，并且完全脱离他的掌控。瑰丽的风景自我创造，复杂而壮观的景象，丰富而细腻的色彩，道路，房屋，都是他从未

① 卡蒂贾（555—620）：先知穆罕默德的第一任妻子。穆罕默德与卡蒂贾结婚前，曾在她手下运营骆驼商队，此处即指代先知穆罕默德。——编者注

见过或听说过的。陌生人出现，成为朋友或敌人，尽管做梦之人从未对他们做过什么。飞翔与追逐的主题反复出现在梦中，同样令人欣喜若狂。人人都能妙语连珠。千真万确，如果白天还记得做过的梦，它们将褪色并失去意义，因为它们属于另一维度，但是到了晚上，只要人们一躺下来，思绪再度闭合，他便想起梦境的种种优点。一直以来，巨大的自由感如同空气和光线一样环绕他，穿透他，是一种超自然的极乐。他是个拥有特权之人，他什么也不用做，但是为了他的充实与快乐，所有事物都被凝聚到一起；他施①的国王将献上礼物。他参与了一场盛大的战斗或舞会，并一直想知道，在这些大事件中，他为何能享有如此特权，只要躺着就好。人就是在此时开始失去自由意识，当必要性的概念完全进入世界，当各处都有了匆忙或压力，要写一封信或赶上一辆火车，当你必须要去工作，让梦中的马驰骋，或让来复枪开火，那便是梦境正在衰落，并转为噩梦，那是最可怜也最庸俗的一种梦。

在清醒的世界中，最接近梦的就是大城市的夜晚（那里没有人认识你），或者是非洲的夜晚。在那里同样无限自由：那里有事情正在发生，命运在你周围形成，四周无不热闹非凡，而这一切都与你无关。

在这里，太阳一落山，空中就满是蝙蝠，喧哗逡巡，吵闹如汽车开上柏油路，夜鹰也同样展翅掠过：这种鸟会坐在路上，你的车灯光打在它眼中会闪烁红色光芒，在即将被你的车轮撞上的那一刹垂直振翅腾空。跳鼠在路上活动，用自己的方式挪动，按照一种节奏突然坐下再蹦起来，活像微型袋鼠。知了在高高的绿草中没完没了地鸣唱，气味沿着大地流动，陨落的星辰划过夜空，如泪滴划过脸颊。你是特权人物，一切都送到你面前。他施的国王们将奉上礼物。

---

① 他施：泛指远方的富庶国度。

几英里之外，在马赛保留地，斑马正在转场，鸟群在灰色的平原上漫游，宛如地面之上的浅色彩带，水牛出动，在长长的山坡上吃草。我农场里的年轻人会从旁经过，三三两两地，一前一后地走，仿佛草坪上两道窄窄的黑影，他们正走在路上，径直奔向自己的目标，他们不是在为我工作，因此与我无关。看到屋外面我那点燃的烟头，他们放慢脚步，明确了自己所处的位置，他们向我敬礼，但没有停下来。

"你好，夫人。"

"你好，年轻的勇士们，你们要到哪儿去？"

"我们要去卡特西古的村寨。今天晚上卡特西古有个大型恩格玛鼓①。再见，夫人。"

如果一起走的人更多一点，他们就会带着自己的鼓去跳舞，你能从很远的地方听到那鼓声，仿佛夜晚指尖的微弱脉搏一样跳动。突然间，对于那些毫无准备的耳朵来说，传来的与其说是一种声音，不如说是空气的深深震动，是远处一声短促的狮吼。它在行动，它在狩猎，有事发生，就在它所在之处。那声音没有重复，但已然拓宽了视野；谷地和水潭映入眼帘。

正当我站在房前时，一声枪响，距离不太远。一枪。而后夜晚的寂静再一次紧闭四合。过了一会儿，仿佛他们之前一直停下来在谛听，此刻又重新开始了，我听到知了在草丛中鸣唱它们单调的小曲儿。

夜晚的一声枪响蕴含着某种奇怪的决定性与致命性。就好像是有人用一个词向你呼喊出某个信息，并且不会再说一遍。我伫立片刻，想知道那声枪响意味着什么。在这个时间，没人能瞄准任何东西，若是为了吓走什

---

① 恩格玛鼓是非洲南部或东部的一种传统鼓，通常指伴有歌舞鼓乐的狂欢庆典，盛大表演。

么东西，人们一般会开两枪以上。

可能是磨坊那边我的印度老木匠普兰·辛格冲几只鬣狗开了枪，它们溜进磨坊，正在吃着挂在那里的牛皮带子，上面还坠着石块来增重，是要用来给马车做缰绳的。普兰·辛格不是英雄，但是他可能会为了他的缰绳把小屋的门推开一条缝，用那把老猎枪放了一枪。然而他会双管齐放，而且，一旦品尝到英勇行为的甜头，他很可能再装一发子弹，再开一枪。但是只有一枪，然后就是沉默？

我等了一会儿，等待第二声枪响；什么也没有，当我再次看向天空时，也同样没有雨来。于是我上床睡觉，带了本书，没有熄灯。在非洲，当你从那些枯燥的货物中拿起一本值得一读的书，你阅读它，恰如作者希望他的书被人读到，你也祈求上帝，让他有能力继续漂亮地写下去，写得和开头一样精彩，在欧洲，那些好船被造出来就是为了将这些货物一路从欧洲运来。你的思绪转上一条新鲜的深绿色小径，飞奔起来。

两分钟后，一辆摩托车以惊人的速度绕过车道，停在房前，有人用力敲打客厅的长窗。我穿上裙子、外套和鞋，拿上灯出去。外面是我的磨坊经理，在灯光下瞪大眼睛，满头大汗。他叫贝尔纳普，美国人，是个能力极强、极富灵感的机械师，但心态不稳定。对他而言，事情要么接近世界末日，要么一片黑暗，没有一丝希望。最初受雇于我时，他的人生观、对农场前景及状况的看法都是如此不同，曾让我非常不适，就好像是将我置于巨大的心理波动之中；后来我习惯了这些。对于活泼的个性而言，这些起起落落不过是每日情感体操，需要多多锻炼，对他们来说，这里几乎无事发生；对于非洲充满活力的白人青年来说，这是一种普遍现象，特别是对于那些早年在城镇中度过的人。但在这里，他走出了悲剧的掌心，到目前为止，尚未拿定主意，是应该充分利用这个机会来满足饥饿的灵魂呢，还是尽量不要有什么动作，从而逃避其严峻；在进退两难之间，他看起来像个逃命的小男孩，要宣告一场灾难；说话时他磕磕巴巴的。最终，他没有过分利用这件事，因为其中并没有他能扮演的角色，命运再次让他失望了。

此时，法拉赫从自己的房子里出来，和我一起听他讲述。

贝尔纳普告诉我这场悲剧开始前如何平静，如何愉快。他的厨师放了一天假，厨师不在时，七岁的厨房小工卡贝罗开了场派对，他是老狐狸卡尼努的儿子，卡尼努是我农场上有些年头的占地者，也是离我最近的邻居。深夜，当宾客们越来越欢乐时，卡贝罗带来了他主人的枪，并对着平原和小农田里的野蛮朋友们扮演起白人的角色。贝尔纳普是个痴迷于家禽养殖的农民，他给公鸡去势，给母鸡绝育，并在内罗毕市场上买纯种鸡，他在门廊上放了支猎枪来吓走老鹰和薮猫。后来，当我们讨论这个案子时，贝尔纳普坚持枪里没有子弹，是孩子们检查了弹药筒，自己装的弹药。但在这点上，我认为他的记忆辜负了他，就算孩子们想装弹药也不太可能做，更有可能是枪里装着子弹就搁在了门廊上。无论怎样吧，在年轻气盛、想出风头的卡贝罗径直瞄准客人并扣动扳机时，弹夹就在枪管里。枪声响彻整栋房子。三个孩子受了轻伤，惊恐地逃离厨房。两个孩子还在那儿，受了重伤或已经死亡。贝尔纳普以啰里啰唆骂了一通非洲大陆及发生在那里的事情来结束他的故事。

在他讲述时，我的仆人们已经出来了，一语不发；他们又进去，拿出一盏防风灯。我们拿出了纱布和消毒剂。试图启动车子纯属浪费时间，所以我们尽快跑过森林，去到贝尔纳普家。摇摆的防风灯将我们的影子从逼仄小路的一侧投向另一侧，狂奔途中，我们遇到了一连串的撕心裂肺的短促尖叫，是孩子的死亡尖叫。

厨房大门向后敞开，就像死亡冲进去后，又冲了出来，留下一地狼藉，仿佛是獾进过的鸡舍。桌上燃着一盏厨房灯，烟飘得老高，小小的房间里仍旧弥漫着火药味。枪在桌子上，就在灯的旁边。厨房里到处都是血迹，我在血泊里滑了一跤。防风灯很难定位到任何一个精确的点，但它们能清楚照亮整个房间；我在防风灯的光线映照下看过的东西，远比其他灯光下看到的记忆更深刻。

我认识被打中的孩子，来自农场上的平原地区，他们曾在那里为父亲放羊。瓦麦是乔戈纳的儿子，非常活泼的小男孩，曾经读过小学，此刻正躺在门与桌子之间的地板上。他没有死，但离死不远了，甚至失去了知觉，虽然还有微弱呻吟。我们将他抬到一边，以便移动。另一个尖叫的孩子是万严盖里，是厨房派对里最小的孩子。他坐着，身体前倾，朝向灯光；鲜血宛如泵中喷出的水一般从他的脸上涌出，如果还能说那是脸的话。放枪时他肯定径直站在枪管前面，子弹已经彻底打掉了他的下巴。他从两侧伸出双臂，像长矛一样上下挥动，那动作就像被砍掉脑袋的鸡扑扇翅膀。

当你突然间被卷入这样一场灾难，可行的建议似乎只有一种，那就是射击场和农场的解决方式：不惜代价迅速杀死。但你知道自己不能杀人，你的脑中充满恐惧。我将手放到孩子头上，绝望地按了按，仿佛我真的杀了他一样，他登时停止尖叫，挺直身体，手臂下垂，仿佛整个人是木头做的。此时此刻我终于知道了覆手治疗是怎样的感觉。

给面部被打掉一半的病人包扎困难重重，在你努力止血的过程中可能会让他窒息。我不得不把小男孩放到法拉赫膝头，让法拉赫扶住他的脑袋面向我，否则他的头一旦前倾，我就没办法固定敷料，如果他的头向后仰，血就会流下来，灌满他的喉咙。最终，就在他一动不动地坐着时，我把绷带绑好了。

我们把瓦麦抬到桌子上，举起灯来看他。他的喉咙和胸部承受了这一枪的全部冲击力，好在流血不多，只有一条细细的血迹从嘴角流下。看到这个之前像小鹿一样生机勃勃的土著孩子现在是如此安静，实在令人措手不及。在我们看着他时，他的面部发生了变化，露出了深深震惊的表情。我派法拉赫回家取车，我们没有时间可浪费，必须马上把孩子们送去医院。

等待时，我询问了一下卡贝罗的情况，就是他开了枪，溅了这所有的血迹。于是贝尔纳普给我讲了个怪异的故事。几天前，卡贝罗从主人那里买了一条旧短裤，准备用一卢比工资付款。子弹出膛，贝尔纳普冲向厨房，卡贝罗正手持冒烟的枪站在房间中央。他盯着贝尔纳普看了一会儿，然后将手深深塞进他刚刚买下并为派对穿在身上的短裤口袋里，用左手掏出一卢比放在了桌子上，同时右手扔下枪，也放在了桌上。就这样与世界进行了最终结算后，他消失了；事实上，他是以这种伟大的姿态从地球表面消失了，虽然当时我们不明白。对土著人来说，这种举动极不寻常，因为他们一般都会把债务屏蔽在思绪边缘，尤其是同白人之间的债务。或许在卡贝罗看来，那一刻像极了审判日，因此他觉得必须得好好表现；也许他是在紧要关头努力保护一个朋友。抑或说，他周围的朋友们震惊、嘈杂、死亡，全都灌入这个男孩小小的脑袋里，因此那一点点的边缘部分也被掷入了他的意识深处。

当时我有一辆老旧的越野车。我永远不会用只言片语去诋毁她，因为她为我服务多年，且服务得很好。但你鲜少能诱使她两个气缸同时开工。她的灯也出了问题，因此我经常用红色丝绸手帕裹着一盏防风灯给她充当尾灯，开着去穆萨伊加俱乐部参加舞会。必须得推她才能启动，而在那个晚上，这花了很长时间。

来我家的客人一直抱怨路况不好，在那一夜的死亡之旅中，我终于意识到他们是对的。起初我让法拉赫开车，但我以为他是存心开进路上所有深洞和马车辙，于是我亲自开。为此我不得不在池塘旁下车，在黑漆漆的水中洗手。到内罗毕的距离似乎长得无穷无尽，我觉得这段路花掉的时间可能已经够我开车回到丹麦了。

内罗毕原住民医院坐落在山丘上，就在你下坡驶入城中之前。天已经黑透了，看起来一派平和。我们费了好大的劲才把整个医院唤醒；最后我们终于找到了一个年迈的果阿①医生或是医生助手，他现身时穿着奇怪的女式晨衣。他是个斯斯文文的大胖子，并且有个奇怪的动作习惯，就是先用一只手做个手势，再用另一只手重复同一手势。当我帮着把瓦麦从车里抬出去时，我觉得他动了，稍微舒展了一下身体，可我们把他带到灯火通明的医院房间里时，他已经死了。那个果阿老医生朝他摆了摆手，说："他死了。"然后又向万严盖里摆了摆手，说："他还活着。"我再也没有见过这个老人，因为我再也没有在晚上回到医院，夜晚可能是他的工作时间。当时我认为他的态度非常恼人，但后来我感觉好像命运本身就在那一大堆白色斗篷里，一层叠着一层，同我们相遇于门槛，不偏不倚地分发出生命与死亡。

我们把万严盖里送进医院时，他便从昏迷之中醒了过来，并立刻陷入了可怕的恐慌；他不肯离开我们，紧紧抱住我及任何靠近他的人，因剧痛而大声哭号，泪流不止。最终果阿老大夫通过某种注射让他平静下来，透过眼镜看着我，说道："他还活着。"我把孩子们留那儿，死的和活着的，留在两张担架上，面对彼此不同的命运。

贝尔纳普骑摩托车和我们一起来了医院，主要是为了帮我们推动汽车启动，谨防它停在半路，眼下他认为我们应该向警方报告这起事故。于是我们开车进城，来到河畔路警察局，从而长驱直入了内罗毕的夜生活。我们到达时，没有白人警官在场，他们派人去找他时，我们在外面的车里等待。街道上有一排高大的桉树，这是属于所有高地拓荒城镇的树；夜间，

---

① 果阿：印度西南部的一个邦，1961 年之前为葡萄牙殖民地。

它们极其狭长的叶片散发出奇异而愉悦的气味，在街灯下看起来很奇特。一个年轻丰满的斯瓦希里女子被一群土著警察带进了警察局，她全力抵抗，抓伤他们的脸，像猪一样嚎叫。一群打架闹事的人被带了进来，在警察局门口的台阶上仍旧急着互相攻击；还有个小偷，我相信是小偷，刚刚被抓住，走在街上，屁股后面跟着一大群夜间狂欢者，他们或支持小偷或支持警方，正大声讨论案件。最终一个年轻的警官来了，我相信他是直接从一个欢乐洋溢的派对上过来的。他让贝尔纳普大失所望，因为他开始时兴趣盎然地记录报告，速度惊人，但随后陷入深思，拖着铅笔慢吞吞在纸上划来划去，最后放弃书写，并将铅笔放回口袋。夜晚的空气使我感到寒冷。最后，我们可以开车回家了。

第二天早上，我还躺在床上，通过房子外面聚拢而来的寂静，我感觉到有许多人在周围。我知道他们是谁：农场的老人们，蹲在石头上，大声咀嚼，嗅着烟草，吐痰，窃窃私语。我也知道他们想要什么：他们是来通知我，他们希望就昨晚的枪声事件和孩子们的死亡案件召开一次"卡亚马"。

卡亚马是农场上的长老们组成的议会，由政府授权，旨在解决占地者之间的地方性分歧。卡亚马的成员围绕一次罪案或事故聚集在一起，并花费数周时间在上面，靠羊肉、空谈与灾难滋养自己。我明白，眼下老人们想要同我详论整件事，而且如果可以的话，他们最终也会让我进入他们的法庭，做出对这个案件的最终裁决。我不想在这个时候就开始对昨晚的悲剧进行无休止的讨论，于是我叫人牵了马来，打算出门去，远离他们。

步出房门时，我发现，不出所料，所有元老都聚集在左边，离男孩们的那些小棚屋很近。为了维护他们作为一个议会的成员的尊严，他们假装没有看到我，直到他们意识到我要离开。他们马上匆匆忙忙地迈开两条跌跌撞撞的老腿，开始向我挥舞手臂。我朝他们挥了挥手作为回应，然后骑马离开了。

第二章　策马于保留地

　　我骑马进入了马赛保留地。我必须穿过河流才能抵达那里；骑着骑着，我在一刻钟内进入了野生动物保护区。住在农场时，我花了些时间才找到一个可以骑马过河之处：倾斜的石坡，对岸的斜坡则非常陡峭，可是"一旦置身其中，愉快的灵魂是如此欣喜若狂"。

　　在这里，你的面前铺陈着供你驰骋一百英里的草地和高低起伏的开阔大地；没有藩篱没有沟渠，也没有道路。除了马赛村庄外这里无人居住，而那些村庄在一年中有一半时间都是弃置不用的，那时伟大的漫游者们带上自己和牧群一同去往其他牧场。平原上，低矮的荆棘树均匀分布，绵延窅深的山谷里河床干涸，河底是巨大而平坦的石头，你必须得找一条分散各处的鹿道才能穿越山谷。片刻后，你渐渐意识到这里是多么宁静。如今，回望我在非洲的生活，我觉得它完全可以概述为一个人的生活，这个人来自匆忙喧嚣的世界，进入一片寂静之地。

　　雨季快要到来时，马赛人烧掉干枯的老草，当平原因此变得焦黑而荒芜时，便不那么适合旅行了：你的马蹄激扬起烧焦的尘土，沾得你满身都是，眯入你的眼睛，而且烧焦的草茎如玻璃般锋利；你的狗会在上面割伤脚。然而一旦雨水来临，嫩嫩的青草在平原上新鲜萌芽，你会感觉自己就好像在弹簧上骑马一样，马也会因为这种愉快的感觉而激动到有点发疯。形形色色的羚羊来到这些绿地吃草，在那里，它们看上去就好像台球桌上摆放的动物玩偶。你甚或可以骑马冲进一群大角斑羚中；这些和平巨型野兽愿意让你靠近它们，过一会儿才会小跑着离开，它们长长的角在扬起的脖子上方向后飘扬，胸部的皮肤极为松垂，使得它们看起来方方正正的，边跑边摇摆。它们似乎是从古老的埃及墓志铭上走出来的，但在那里它们一直都在耕田，这为它们赋予了一种亲密又宜室宜家的气息。在保护区，长颈鹿则离得更远一些。

有时，在雨季的第一个月，一种香气扑鼻的野生白色石竹花开得浩如烟海，遍布保留地，远远看上去，平原上仿佛斑斑驳驳地覆着白雪。

我从人类的世界转向动物的世界；内心因夜晚的悲剧而无比沉重。坐在我家里的老人们令我不安；古时候，当人们认为邻居中可能有个女巫盯上了他们，或者此刻正把一个蜡质娃娃揣在衣服下面，用他们的名字给它洗礼时，人们一定会有我现在这种感觉。

在农场的法律事务上，我与当地人的关系在性质上非常奇怪。由于我希望这片土地能够和平（这一点是大前提），所以我不能置身事外，因为占地者之间的纠纷如果没有得到认真解决，那就会像你在非洲得的那些疮一样，当地人称为热带溃疡：若是你放任不管，它们就会表面上愈合，但继续化脓，并继续往更深处流，直到你将它们连根挖起，彻底清理。当地人也意识到了这一点，如果他们真的想解决问题，就会请我给出判断。

由于我对他们的法律一无所知，所以我在这些大法庭上所扮演的形象通常就是歌剧首席女演员的角色，自己的唱词一句也不记得，必须得由其他演员提示才能完成。农场上的老人们用机智与耐心承担了这项任务。有时，我的形象也会是个被冒犯的女主演，她被自己的角色震惊，拒绝继续演下去，走下舞台。每当发生这种情况，我的观众便将之视作命运之手的重击，一种超出他们理解范围的上帝之举；他们只好吐一口唾沫，默默注视。

欧洲和非洲的正义观念并不一样，一个世界中的存在对另一个世界来说则是难以忍受的。对非洲人而言，只有一种方法能够抵消生活中的灾难，即通过替换来实现；他并不寻找行为动机。无论你是躺着等待敌人，在黑暗中割断他的喉咙；还是你砍倒一棵树，一个粗心大意的陌生人经过时被砸死：就惩罚而言，在当地人心目中，这两件事并无不同。社区蒙受了损失，就必须得由某个地方、某个人来弥补。土著人不会花时间或心思去权衡有罪还是无罪：他要么担心这样可能会让他走得太远，要么就是他认为这些事情与他无关。但他会致力于赔偿方案，犯罪或灾难该怎样用绵羊和山羊来换算，无休无止地推测——时间对他来说一点儿也不重要；他郑重其事地引领你进入诡辩术的神圣迷宫。在那些日子里，这种观念与我的正义观背道而驰。

在这些仪式上，所有非洲人都一样。索马里人与基库尤人的思维方式大相径庭，并且深深瞧不起基库尤人，但他们会以完全相同的方式坐下来，用他们在索马里兰家乡的牲口来掂量谋杀、强奸或欺诈——那些深受喜爱的母骆驼和马匹，它们的名字与血统都写在他们心中。

有一次，消息传到内罗毕，说法拉赫十岁的小弟弟在一个叫布拉穆尔的地方，拿起一块石头砸了另一个部落的男孩，打掉了他的两颗牙。为了这件事，两个部落的代表在农场会面，坐在法拉赫家的地板上谈判，谈了一夜又一夜。一些精瘦的老男人来了，他们去过麦加，戴着绿色包头，傲慢自大的索马里年轻人没有正事可做时，就给伟大的欧洲旅行者和猎人们扛枪，还有黑眼睛、圆脸蛋的小男孩们，羞涩地代表自己的家族，却一言不发，虔诚地倾听、学习。法拉赫告诉我，大家之所以认为这件事如此严重，是因为那个男孩的长相被毁了，等到他要结婚的时候，可能会困难重重，并且不得不降低对新娘出身或美貌方面的预期。最终，赔偿确定为五十只骆驼，这就意味着半个骆驼群，完整的骆驼群是一百只骆驼。而后，在遥远的索马里兰，五十只骆驼被买下，因此十年后，它们将加到一位索马里少女的身价上，让她忽略新郎缺失的两颗牙齿；也许悲剧的基础已经奠定。法拉赫认为自己已然轻松摆脱困境。

农场的土著居民从未意识到我对他们法律制度的看法，一旦厄运降临，他们就会为了赔偿的事儿跑来找我。

有一次，在咖啡采摘季，一位名叫瓦姆博伊的年轻基库尤女孩在我家外面被牛车碾死了。这些车正在将咖啡从田间运往磨坊，我已经禁止任何人乘坐它们。否则，每一趟运送都会有一群快乐的咖啡采摘女及孩子们慢吞吞地乘车兜风，要知道任何人都能比牛走得快，这样一路穿过整个农场，对我的牛来说负担太重了。然而，那些年轻的驾车人根本没办法赶走那些目光蒙眬的女孩子，她们一直跟着车跑，企求一享这巨大的乐趣；他们唯一能做的就是告诉她们，在路上能看到我家时就跳下去。但瓦姆博伊跳下去时摔倒了，车轮碾过她小小的黑色脑袋，轧碎了她的头骨；一点点血迹沿着车辙蔓延。

我派人去寻她年迈的父母，他们从采摘田里走来，俯在她身上哭号。我知道这对他们来说也意味着巨大损失，因为这个女孩已经到了适婚年龄，本可以用自己的婚姻给他们带来绵羊、山羊和一两头小母牛。这是自她出生以来，他们就一直期盼着的。我在考虑究竟应该帮他们多少，他们却抢先阻止了我，气势汹汹地要求赔偿全部损失。

不，我说，我不会付钱的。我已经告诉过农场里的女孩子们，不让她们坐牛车，所有人都知道。老两口点点头，在这件事上他们没有什么可不认同的，但就是固执地要求索赔。他们的论点是必须得有人付出代价。他们无法接受与自身原则相违背的事实，就像他们无法理解相对论一样。当我中断讨论回家去时，驱使他们寸步不离紧跟我的并非贪婪或怨恨；而是我仿佛真的有磁性一样，是一种自然法则。

他们坐下来，在我家外面等着。他们是穷人，身材矮小，食不果腹，看上去就像是我草坪上的一对小獾。他们坐在那里，直到太阳落山，我几乎无法在草地上分辨出他们。他们陷入了深深的悲伤；丧亲之痛与经济损失融为一体，交织成一种势不可当的痛苦。那天法拉赫不在；既然他不在，家里亮灯时分，我给他们送了钱出去，让他们买只羊吃。这是个错误举动，他们视之为被围之城显露出的第一个疲惫迹象，于是静坐过夜。如果不是那天深夜，他们想到要找那个年轻车夫索赔，我不知道他们是否会离开。这念头让他们突然间从草地上站起来并离开，一句话都没说，并且在第二天一早将他们带到了达戈拉提，我们的地区专员助理就住在那儿。

这给农场带来了一场旷日持久的谋杀案和许许多多趾高气扬的年轻土著警察。可A.D.C.（地区专员助理）唯一能为他们做的就是以谋杀罪绞死车夫，但是就连这个在他得到案件证据后也放弃了，在我和他都表示了拒绝后，长老们也不打算就这件事召开议会。所以最终，老两口不得不忍受他们一个字也看不懂的法律给出的裁定，就像其他人一样。

有时我厌倦了我这儿长老们的议会，并告诉他们我对他们的看法。——"你们这些老家伙啊，"我说，"正在罚年轻人的款，简直是为了让他们攒不下钱来。年轻人不能动你们，然后你们就能自己买光所有女孩。"老人家们专心地听，黑漆漆的小眼睛在皱巴巴的干燥脸上闪烁着，薄薄的嘴唇轻轻动着，仿佛在重复我的话：他们很高兴，总算有这么一次，能听到这样一个杰出原则被说出来。

我们的观点有诸多不同，但作为基库尤人的法官，我的地位拥有丰富的潜能，并且对我来说很珍贵。那时我还年轻，曾思考过正义与不公的观念，但主要是从被审判者的角度去看；从法官的角度去思考还从未有过。

我千辛万苦地做出公正的判断，一心只为农场的和平。有时候，当问题变得棘手，我不得不往后退一退，花点时间来思索衡量，在头上盖一层精神斗篷，这样就没有人会来找我谈论那些事。和农场里的人相处时，这一举动向来有效，而且在很久以后，我听到他们满怀敬意地谈论那个案子，那案子太曲折幽深了，没人能在一周内看透它。一个人，只要在一件事上比土著花费更多时间，就总能让他们钦佩不已，只不过很难做到就是了。

但是，土著居民竟然希望我来当法官，竟然认为我的裁决对他们是有价值的，对此，可以在他们的神话或神学思想中得到解释。欧洲人已经失去了构建神话或教义的才能，我们依赖于过去的供给来满足这些方面的需求。但非洲人的思想却在这些深邃而幽暗的小路上自然又轻快地行进。他们这种天赋在与白人的交往中表现得尤为突出。

你从他们给欧洲人起的名字里就已经能够发现端倪，同欧洲人接触后不久，他们就会给欧洲人起名字。如果你要派个跑腿的带信给朋友，或者开车寻找去往他家的路，那你必须得知道这些名字，因为土著世界并不知道除此以外的名字。我曾有个不爱交际的邻居，从不在家招待客人，被称为Sahane Modja，即"一个盖子"。我的瑞典朋友埃里克·奥特尔被称为 Resase Modja，即"一颗子弹"，意味着他只需要一颗子弹就能完成杀戮，这倒是个不错的名字。我的朋友里还有个狂热的汽车爱好者，被称为"半人半车"。当土著人用动物给白人起名字时，比如鱼、长颈鹿、肥牛，他们的思绪沿着古老寓言的线索绵延，而且我相信，在他们的阴暗意识中，这些白人的形象既是男人又是野兽。

而且语言之中有魔力：要是多年来，周围所有人都用动物的名字来称呼一个人，最终他渐渐对这个动物感到熟悉，并觉得有所关联，他会从中认出自己。等他回到欧洲，没有人再将他与动物联系起来，他会浑身不对劲。

有一次，在伦敦动物园，我再次见到了一位退休的政府官员，我在非洲认识的他名为Bwâna Tembu，即"大象先生"。他独自一人站在大象馆前，陷入对大象的深思。也许他经常去那里。他的土著仆人会认为他当然应该在那儿，这是理所当然之事，但很可能，全伦敦除了只在那儿逗留几天的我之外，没有人能够真正理解他。

土著人的思维方式非常怪异，与远古先民密切相连，他们顺理成章会想象奥丁①为了看透整个世界而牺牲掉一只眼睛；将爱神描绘成一个不懂爱的孩子。我对自己据以断案的一切律法都一无所知，所以农场上的基库尤人极有可能从这一事实中看出我作为法官的伟大之处。

由于土著人对神话颇有天赋，他们也可以对你做一些你无法防范也无法逃脱的事。他们可以把你变成一个象征。我太清楚这个过程了，为了方便使用，我给它起了一个名字——在我的心里，我称之为他们正在将我铜蛇②化。即便这个来自《圣经》的词用得不是那么正确，但是和土著人一起生活了很长时间的欧洲人会明白我的意思。我相信，尽管我们在这片土地上进行了那么多活动，推动科学与机械的进步，践行英式和平，但这是土著人唯一从我们身上得到的实际好处。

他们无法利用所有的白人来达到这一目的，在利用的时候也不会对所有人平等以待。他们在自己的世界中，根据我们作为铜蛇的实用程度来给我们排定先后次序。我的许多朋友——丹尼斯·芬奇-哈顿、加尔布雷斯·科尔、伯克利·科尔和诺斯鲁普·麦克米伦爵士，他们在土著人心中排名也很靠前。

---

① 奥丁是北欧神话中的主神，是诸神之王。

② 据《圣经·民数记》所述，耶和华曾让摩西用铜制作一条蛇挂在杆上。摩西带领的民众只要一望这铜蛇，就可以救命。

德拉米尔勋爵是个一等铜蛇。我记得有一次在高地旅行时，正值蝗虫入侵。去年蝗虫就在这里肆虐，现在它们诞下的黑色小蝗虫出现了，有什么就吃掉什么，所过之处片叶不剩，寸草不留。对土著而言这是可怕的打击，他们原本已经历灾殃，现在简直无法承受。他们的心碎了，气喘吁吁，或者像垂死之际的狗一样嗥叫，用脑袋去撞面前空气中那堵无形的墙壁。那时我恰好告诉他们，我是怎样开车穿过德拉米尔的农场，看到蝗虫成灾，无处不在，肆虐围场和牧场，我还补充说，德拉米尔对此暴跳如雷，绝望至极。同一时刻，听众们安静下来，并几乎感到轻松。他们问我，对自己的厄运德拉米尔怎么说，又要求我重复了一遍，然后他们就没再说什么了。

作为铜蛇，我虽然不具备德拉米尔勋爵的分量，但在某些场合，我还是对土著有用的。

战争期间，当航空兵团的命运系于整个土著世界时，农场上的占地者经常到我的房子周围坐着。他们不说话，甚至相互也不交谈，他们将目光投向我，让我成为他们的铜蛇。明知他们并没有造成任何伤害，我就不好驱赶他们，再说了，如果我这样做，他们就会到其他地方坐着。这真的是一件难以忍受之事。当时我哥哥的团被派往最前线的战壕，就在维米岭，我是在这种情况的帮助下才挺过去的：我可以将目光投向他，让他成为我的铜蛇。

每当大灾难降临农场，基库尤人都让我成为主祭或悲伤的女人。面对枪击事件，这就是目前可能出现的情形。因为我为孩子们而悲痛，农场的人便觉得可以将这件事放在一边，暂时搁置。至于我们的不幸，他们如会众看待牧师那样看待我，将我视为像那个只有自己能喝干杯中酒的牧师，代表他们独自饮下苦酒。

这就有点巫术的意思，一旦施加在你身上，你就永远无法彻底摆脱。

我认为，被缠绕在柱子上是一个非常非常痛苦的过程，我希望能够逃脱。然而，许多年后，会有这样一些时候，你发现自己在想："我要被这样对待吗？——我，曾经可是铜蛇啊！"

当我骑马回到农场，正在过河时，遇到了卡尼努的儿子们，三个年轻人和一个小男孩，事实上当时我还在水中。他们拿着矛，来得很快。当我拦住他们，询问他们的兄弟卡贝罗的消息时，他们站住了，水没过膝盖，他们面无表情，垂下眼帘，说话时声音低沉。他们说，卡贝罗还没回来，自从他昨晚逃跑后就再也没有听到过他的消息。他们现在确信他已经死了。他要么因绝望而自杀（因为自杀的念头对所有土著人而言都非常自然，甚至对小孩子来说也是），要么就是在丛林里迷了路，被野兽给吃了。他的兄弟们已经在四面八方全都找过了，现在他们正朝保留地走去，想试试看能不能在那里找到他。

当我踏上自己这边的河岸，我转过身，望向平原；我的土地比保留地的地势要高。平原上没有丝毫生命迹象，只有斑马在远处吃草，到处飞奔。当搜寻小队从河对岸的灌丛里冒出来时，他们快速前进，一个跟着一个走；他们的小队看上去就像一条短短的毛毛虫，在草地上飞快地蜿蜒前行。阳光间或在他们的武器上闪烁。他们似乎对自己的方向颇有信心，但那又是何方呢？在寻找失踪的孩子时，他们唯一的指引将是秃鹫，它们总是盘旋在平原上的尸体上方的天空，告诉你狮子完成杀戮的确切位置。

但这只是一具非常瘦小的尸体，对空中的秃鹫而言算不上是盛宴，不会有太多秃鹫发现它，它们也不会逗留很长时间。

这一切只要想起便令我悲从中来。我骑马回家了。

第三章　瓦麦

　　我带着法拉赫去参加议会。同基库尤人打交道时，我总是把法拉赫带在身边，虽然一旦涉及和他自己相关的争吵，他就表现得不太明智，就像所有的索马里人一样，但凡涉及本部落的情感和世仇的，他就会完全失去理智，但在处理别人的分歧方面，他既明智又审慎。而且他还是我的翻译，因为他斯瓦希里语说得很好。

　　到达议会之前我就知道，此次诉讼的主要目标是尽可能薅卡尼努的羊毛。他将眼睁睁看着自己的羊被赶向四面八方，有的用来赔偿死伤儿童的家庭，有的用来维持议会。从一开始，这就与我的观念相违背。因为我认为，像其他父亲一样，卡尼努也失去了自己的儿子，而且在我眼中，他孩子的命运似乎是最悲惨的。瓦麦已经死了，不再痛苦，万严盖里在医院，那里有人在照顾他，可卡贝罗呢，已经被所有人抛弃，没有人知道他的尸骨在何处。

　　现在，卡尼努很好地扮演了他作为一头公牛的角色，养肥以备盛宴。他是我这儿最大的占地者之一；在我的占地者名单上，他有三十五头牛、五个妻子和六十只山羊。他的村庄离我的树林很近，因此我常能看到他的孩子和山羊，并且不断因为他的女人砍伐我的大树而逮捕她们。基库尤人对奢侈享受一无所知，他们当中最富有的人也活得像穷人一样，要是我走进卡尼努的小屋，恐怕除了一个小木凳能让我坐一下外，不会找到任何能够称为家具的物件。但是卡尼努的村里有许许多多小屋，并且围着一大群热闹忙碌的老妇人、年轻人和孩子们。到了日落时的挤奶时间，长长一队牛群穿过平原，走向村庄，蓝色的影子落在身旁的草地上，温柔前行。这个瘦削的老男人穿着皮衣，黝黑精明的脸满是尘土，细细的皱纹织成了网，而上述种种都赋予了他农场大亨的传统光环。

　　我和卡尼努之间有过多次激烈争吵，并且一直威胁要将他赶出农场，这全都是因为他的一桩特定买卖。卡尼努与邻近的马赛人部落关系很好，并将自己的四五个女儿嫁给了他们。基库尤人告诉我，过去马赛人认为同基库尤人通婚是自降身份。但在我们这个时代，这个即将消失的奇怪民族为了延缓自己的最终消亡，不得不放下骄傲，马赛女人没有孩子，能生的年轻基库尤女孩就成为这个部落的抢手货。卡尼努的孩子们都相貌出众，他穿过保留地边界，带回大量健美活泼的小母牛，这些都是用来换取他年轻的女儿们的。在这一时期，不止一个基库尤老家长以同样的方式发了财。我听人说，基库尤人的大首领金安具也送了超过二十个女儿给马赛人，并从他们那里得到了一百多头牛。

　　但是一年前，马赛保留地因口蹄疫而被隔离，任何家畜都不能带出去。卡尼努的生存陷入严峻困境。因为马赛人是游牧民族，依据季节、雨水和牧草而迁徙居所，他们的牛群中合法属于卡尼努的那些牛被拖去天南海北，有时甚至在一百英里之外，没有人知道它们正在遭遇什么事。马赛人是毫无契约精神的牛贩子，对待他们瞧不上的基库尤人尤其如此。他们是优秀的战士，据说也是伟大的情人。在他们手中，卡尼努的女儿们正如古代萨宾女人①一样变了心，他再也指望不上她们了。因此，这个足智

---

① 相传罗马人曾劫掠大批萨宾妇女为妻，多年后萨宾人进攻罗马进行报复，为了不使自己的亲人们在战争中继续牺牲，萨宾妇女抱着幼子走上战场，阻止双方的厮杀。

多谋的老基库尤开始在夜间，趁着地区专员和兽医部门人员熟睡的时候，将他的牛转移到我的农场。这是他真正意义上的恶劣行径，因为检疫条例是土著居民了解的规定之一，并且对其评价颇高。要是在我的地盘上发现这些牛，整个农场就会被隔离。因此，我派出看守去河边抓捕卡尼努的家仆，在月光皎皎的夜晚有多次伟大的戏剧性伏击，那些家仆沿着银色的溪流飞速逃窜，小母牛（整件事的关键）撒腿狂奔，四散逃窜。

另一方面，那个被杀死的孩子瓦麦的父亲乔戈纳是个穷人。他只有一个年迈的妻子，他在这世上的全部家当不过三只山羊。他不太可能创造更多财富，因为他是个非常简单的人。我很了解乔戈纳。在那场事故和议会召开前的一年，农场上发生了一宗可怕的谋杀案。两个印度人从我这里租了一个磨坊，在沿河更上游的地方，给基库尤人磨玉米。一天夜里，两个印度人被杀害，财物被盗走，凶手始终未找到。这起谋杀案吓跑了该地区所有的印度商人和店主，如同被一场风暴吹走；于是我不得不给我自己磨坊的普兰·辛格配了一支旧猎枪，让他留下来，就连这也颇费了我一番口舌才说服他。谋杀案发生后的第一个晚上，我也自认为听到过房子周围的脚步声，所以我雇了个夜间看守，守了一周，这个人就是乔戈纳。他非常温和，根本无力对抗谋杀犯，但他是个友善的老人，同他聊天很愉快。每当他看着我笑逐颜开时，举手投足就宛如无忧无虑的孩童，宽阔的脸上挂着深受鼓舞、满腔热忱的表情。现在，他似乎很高兴在议会上遇见我。

但那时候我正在学习《古兰经》，上面说："你不该为了贫穷人的利益而扭曲法律的正义。"

除了我之外，议会里至少还有一名成员意识到，开会的目的就是剥掉卡尼努一层皮：这人就是卡尼努本人。其他的老人家坐在周围，极为专注，为这次诉讼集中了全部智慧。卡尼努在地上，将山羊皮斗篷拉过脑袋，时不时地从里面发出哭号或呜咽，如同因嗥叫而筋疲力尽的狗，只能苟延残喘。

老人们想从受伤的小孩万严盖里的案件开始，因为这给了他们无穷无尽讲废话的机会。如果万严盖里死了，赔偿应该是多少？如果他毁容了呢？如果他不能说话了呢？法拉赫代表我告诉他们，在去内罗毕见到医院的医生前，我是不会讨论这个问题的。他们吞下失望，准备好争论下一个案件。

我通过法拉赫告诉他们，议会应当快速解决这个案子，而不是往后余生全都耗在这件事上。很明显，这不是谋杀案，而是一起严重的意外事故。

议会认真聆听，尊重我的发言，但我一讲完他们马上就表示反对。

"夫人，我们什么都不知道。"他们说，"但在这里我们看到，你也不够了解，你对我们说的那些，我们也只能理解一点点。是卡尼努的儿子开了枪。否则他怎么会是唯一一没被枪打伤的人呢？关于这件事，如果你想听更多，毛格会告诉你。他的儿子就在那，并且被打掉了一只耳朵。"

毛格是最富裕的占地者之一，相当于卡尼努在农场上的竞争对手。他看上去气宇轩昂，说话很有分量，尽管他语速很慢，并且时不时停下来思考。"夫人，"他说，"我儿子告诉我，男孩们都轮流拿枪指着卡贝罗。但是他不会向他们解释如何用枪射击，不，他压根就不做说明。最后他把枪拿回来，同时开了一枪，打伤了所有孩子，还杀死了瓦麦，乔戈纳的儿子。这就是事情发生的确切经过。"

"我已经知道了。"我说，"这就是所谓的厄运，意外。我也可能从我的房子里开枪，或者你，毛格，从你的房子里开枪。"

这番言论在议会中引起巨大骚动。他们全都看着毛格，他不安起来。而后他们彼此间低声讨论了一会儿，声音很小，就像在耳语。最终，他们再次展开讨论。"夫人，"他们说，"这一次，我们一个字也听不懂你在说什么。我们只能相信你是想到了来复枪，因为你自己用米复枪用得很好，但用猎枪射就不大灵。如果是来复枪的话，那你肯定完全正确。但没有人能从你的房子或毛格的房子里用猎枪射到经理先生的房子，还能杀死房子里的人。"

短暂停顿后，我说："现在人人都知道是卡尼努的儿子开枪了。卡尼努将支付乔戈纳一堆羊来弥补损失。但人人也都知道卡尼努的儿子并不是一个坏孩子，而且并不是故意要杀死瓦麦，如果是这种情况，卡尼努当然要赔偿很多羊，但现在这个案子则不用。"

这时一个名叫阿瓦鲁的老人发言了。他同文明社会的接触比其他人更亲密些，因为他曾坐过七年牢。

"夫人，"他说，"你说卡尼努的儿子不坏，因此卡尼努不用赔偿很多绵羊。但是，如果他的儿子想要杀死瓦麦，从而成为一个非常坏的孩子，那对卡尼努来说会是件好事吗？他会为此心花怒放，他就会赔更多绵羊吗？"

"阿瓦鲁，"我说，"你知道卡尼努已经失去了他的儿子。你自己就上过学，所以你知道这个男孩在学校很聪明。如果他在其他方面也一样优秀，那么对卡尼努来说，失去他是一件非常糟糕的事。"

一阵漫长的停顿，人群中没有任何声音。最后，卡尼努好像突然回忆起被遗忘的痛苦或责任，发出了一声长长的哀号。

"夫人，"法拉赫说，"让这些基库尤人现在说出他们心中的数字吧。"他用斯瓦希里语对我说，这样议会就能明白他的话，并成功地让他们感到局促不安，因为数字是具体有形的，没有一个土著喜欢公开。法拉赫的眼睛扫过了一圈人，傲慢地提议道："一百只。"一百只绵羊是一个难以想象的数字，没有人会认真考虑。议会陷入了沉默。老人们觉得自己任凭索马里人的嘲笑摆布，于是选择不动声色。一位年事极高的老人低声说："五十只。"但这个数字似乎没有分量，在法拉赫的玩笑氛围中轻飘飘地散开了。

片刻后，法拉赫自己轻快地说"四十"，完全是个经验老到的牛贩子模样，对数字和存货很熟悉。这个词激发了长老们的潜在想法；他们彼此之间开始非常活跃地交谈起来。现在他们需要时间，会谋划很多，也咯咯地笑很多，但谈判的基础已经奠定。等我们再回到家时，法拉赫自信地对我说："我觉得这些老家伙会从卡尼努那里拿走四十只羊。"

议会上，卡尼努还有一关要过。因为大腹便便的老卡特西古站了起来，提议清点卡尼努要交出的绵羊和山羊，逐一做好标记，老卡特西古是农场上另一个大占地者，是个庞大家族的父亲和祖父。这完全违反了议会习俗，乔戈纳永远不可能想出这个诡计，我只能相信它是建立在卡特西古与乔戈纳之间的协议之上，目的是让卡特西古受益。我等了一会儿，看看接下来会怎么样。

一开始，卡尼努似乎完全屈服于这场殉道，他垂下头，抽泣，就好像每一只确认的动物都是从他口中拔出的一颗牙齿。但是到最后，卡特西古自己犹犹豫豫地指定了一只没有角的黄色大山羊时，卡尼努心碎了，他的力量耗尽了。他走上前来，钻出斗篷，摆出了一副强有力的姿态。有那么一刹那，他像公牛一样冲我咆哮，是在呼救，撕心裂肺，直到他飞快地一瞥，看出我站在他这边，他绝对不会失去那头黄山羊。随后他坐下来，没有再发出一点声音；只是过了一会儿，才向卡特西古投去了极为挖苦的一瞥。

经过大约一周的正式会议和临时会议之后，赔偿金最终确定为四十只绵羊，由卡尼努偿付给乔戈纳，但转让时不得单独指定个别羊只。

两星期后，我正在吃晚饭时，法拉赫给我带来了这个案子的新消息。

他告诉我，前一天，三位基库尤长老从尼耶里来到了农场。他们在尼耶里的棚屋里听说了这个案子，于是长途跋涉而来，粉墨登场，并辩称瓦麦不是乔戈纳的儿子，而是他们已故兄弟的孩子，因此他的死亡补偿应当依法补偿给他们。

　　我对这种无耻行径一笑置之，并对法拉赫评价说尼耶里的基库尤人就是这个样子。法拉赫若有所思地说，他相信他们说得没错。乔戈纳的确是六年前从尼耶里到农场来的，并且根据法拉赫收集到的信息，瓦麦不是乔戈纳的儿子，"从来都不是"，法拉赫说。他继续说，乔戈纳真的是太走运了，两天前他就已经拿到了四十只羊中的二十五只。不然的话，卡尼努肯定会让羊群游荡到尼耶里去，好让自己少些痛苦，法拉赫说，那些羊已经不再属于卡尼努，在农场上遇见肯定心痛。但乔戈纳还是得小心，因为尼耶里的基库尤人可不容易摆脱。他们已经在农场上安家落户，并威胁要把案子闹到地区专员跟前。

　　就这样，我为几天后尼耶里人出现在屋子前做好了准备，他们属于基库尤人的底层，三个人看起来全都像是脏兮兮、乱蓬蓬的老鬣狗，循着瓦麦的血迹偷偷摸摸地追踪了一百五十英里。与他们一起来的还有乔戈纳，极为焦躁，痛苦不堪。双方态度上的差异可能缘于尼耶里的基库尤人没什么可失去，而乔戈纳却有二十五只羊。三个陌生人坐在石头上，像一只羊身上的三只蜱虫。我对他们的动机没有丝毫同情心，因为无论情况如何，在死去的那孩子还活着时，他们完全不曾关心他，我现在为乔戈纳感到难过，他在议会表现良好，而且我相信，他曾为瓦麦伤心过。当我询问乔戈纳时，他又是颤抖，又是叹息，压根无法理解他要说什么，在这种情况下，我们没有任何进展。

　　但两天后，乔戈纳一大早就回来了，当时我正坐在打字机前，他请我为他写下他与死去孩子及其家庭的关系说明。他想把报告带到达戈拉提的区域专员面前。乔戈纳非常单纯的举止令人刮目相看，因为他对事物的态度极为明确，自己却完全没有意识到。很明显，他是如看待宏图伟业一般看待当前的决断，这并非万无一失；他是心怀敬畏去进行的。

我为他写下了这份声明。花了很长事件，因为这是一份长长的报告，其中包括的事件超过六年之久，并且这些事件本身又极其复杂。乔戈纳在叙述过程中不时中断故事，来认真思考或回溯并重组它。大多数时间里，他都用双手抱住头部，时而严肃地拍打头顶，仿佛是要把事实给摇出来。有一次，他走到墙边，将脸靠了上去，就像基库尤女人生孩子时那样。

我复制了一份报告。现在我依然保留着。

它真的很难理解，提供了大量复杂的情况和无关紧要的细节。乔戈纳很难记起来，这我不惊讶，他竟然能记住所有这些事实才更令人惊讶。报告是这样开头的：

"当尼耶里的瓦韦鲁·瓦麦即将死去时，纳-塔卡·库法——希望死去，斯瓦希里语是这样说的。他有两个妻子。其中一个妻子有三个女儿，瓦韦鲁去世后她又嫁给了另一个男人。另一个妻子，瓦韦鲁还没有完全付清聘礼，他还欠她父亲两只山羊。她在搬起一堆柴火时用力过度，流产了，没人知道她是否还能生育……"

报告就是这样继续下去，将读者拖入了基库尤人环境与关系的昏暗迷宫之中：

"这个妻子有一个名叫瓦麦的小孩。当时他生病了，人们认为他得了天花。瓦韦鲁非常喜欢他的妻子和她的孩子，在他快要死时，他很担心，因为他不知道自己死后她会怎样。因此他派人去找住在不远处的朋友乔戈纳·坎雅加。当时乔戈纳·坎雅加因为买鞋子欠了瓦韦鲁三先令。现在瓦韦鲁提议他们应当达成一个协议……"

协议的内容是，乔戈纳应该接管这位将死朋友的妻子和孩子，并向她的父亲付清聘礼中还剩下的两只山羊。从此处开始，报告变成了一份开支清单，列出了乔戈纳收养瓦麦而产生的费用。他陈述说，刚接手瓦麦时，孩子生病了，他便买了一种特别好的药。某一次，他从印度商人那里给瓦麦买了大米，因为孩子吃玉米长不壮实。有一次，他不得不付给附近一个白人农民五卢比，对方说瓦麦把他的一只火鸡赶进了池塘。这最后一大笔他可能是千辛万苦才筹齐的，所以它深深地印在了乔戈纳的脑海中；他不止一次绕回这件事来。从乔戈纳的举止来看，此时他已经忘记了自己失去的并非亲生子。三个尼耶里人的到来及要求在诸多方面震惊了他。心思简单的人似乎有着收养孩子并视如己出的天赋；欧洲农民的善良之心也同样毫不费力地就能做到。

当乔戈纳最终讲完了他的故事，我也悉数记录下来之后，我告诉他，我现在要给他念一遍。在我念的时候，他转过身去，仿佛要避免所有干扰。

然而当我读出他自己的名字，"他派人去找住在不远处的朋友乔戈纳·坎雅加"，他迅速将脸转向我，投我以猛烈而炽热的目光，是那么灼灼，满含笑意，这目光将老人变成了一个男孩，成了青春的象征。拇指印下方有他的名字为证，当我读完文件并念出写在那里的名字时，这种灼热而直接的目光又出现了，这一次更为深沉，更为平静，具有了一种全新的尊严。

当上帝用尘土造出亚当，并将生命的气息吹入他鼻孔，这个男人便成了有灵魂的活人，那时亚当也向上帝投以这样的目光。我创造了他，并向他展示了他自己：永生的乔戈纳·坎雅加。当我把纸递给他，他虔诚而贪婪地接过去，垫着斗篷一角叠好，将手覆在上面。他不能失去它，因为里面有他的灵魂，这张纸是他存在的证明。这是乔戈纳·坎雅加所完成的事，并将永远保留下他的名字：肉身成道，满载恩典与真理栖居于我们之中。

我在非洲生活时，书面文字的世界已然向当地土著人敞开。如果我想的话，当时我是有机会抓住过去的尾巴，并稍稍亲历我们自己的历史：欧洲大规模的平原人口以同样方式有了书信的那段时期。在丹麦，这发生在整整一百年前，从我小时候被那些耄耋老人告诉我的内容来看，我相信这两种情形所引起的反应几乎一模一样。人类鲜少对"为艺术而艺术"的原则表现出如此谦卑而出神的挚爱。

一个土著年轻人写给另一个土著年轻人的信仍旧普遍由专业写信人所写，毕竟，尽管有些老人家被时代精神感染，有几个年纪特别大的基库尤老人加入了我的学校，耐着性子艰难地学会了ABC，但大多数老一辈人仍旧犹犹豫豫地与这一趋势保持距离。只有少数土著人能读书，因此我的用人，农场上的占地者与劳工都会把他们的信拿给我来读。随着我打开并研究了一封又一封信，我惊讶于其中的内容是那么无关紧要。这是一个充满偏见的文明人常犯的错误。你还不如开始采集诺亚的鸽子带回家的小橄榄枝。无论它看起来像什么，都比装满了动物的方舟更为沉甸甸；它蕴含了一个崭新的绿色世界。

土著人的信都非常相似，它们谨遵一种被认可的神圣公式，大致上如下："我亲爱的朋友加毛·莫雷夫。现在我会拿起笔来"——并非字面意思，因为是专业写手在写，"给你写封信，因为很长时间以来，我一直想写封信给你。我很好，希望你也是，在上帝的恩典下，非常好。我妈妈很好。我妻子不太好，但我仍然希望你的妻子将在上帝的怜悯下很好。"——此处会跟着一长串名字，每个名字都附有简短的报告，大多数毫无意义，尽管有时非常奇幻。然后信就结束了。"现在，我的朋友加毛，我要结束这封信，因为我没什么时间给你写信了。你的朋友恩德维迪·洛里。"

一百年前，年轻好学的欧洲人之间要传递类似的信息，邮差要跳上马鞍，马匹飞奔，邮车号角不绝，有着舌状镀金边的信纸大量生产。这些信件广受欢迎，被珍视并保留下来，我也亲眼见过几封。

在我学会说斯瓦希里语之前，我同土著人书信世界之间的关系有个奇异的特点：哪怕看不懂他们写的任何一个字，我都可以读出他们写的内容。以前斯瓦希里语是没有文字的，直到白人主动请缨创造了出来。我会坐下来，一板一眼、逐字逐句去读他们写的文字，收信人屏息凝神，惴惴不安地围在我身边，我完全不知道信里究竟写了什么，但能感受到我的朗读所产生的影响。有时他们会因为我的朗读而流泪，或者紧握双手，其他时候则高兴地欢呼起来；最常见的反应是大笑，在我读信时，他们会不断笑到抽筋，前仰后合。

后来，随着语言学习的深入，我能够理解自己在读什么，我发现一条新闻一旦以书面形式来通知，其影响力就会被放大许多倍。如果消息以口头形式传达，就会被怀疑，被轻视，因为所有土著人都是怀疑论者，而现在用文字传达，便成了不容置疑的福音真理。同样的，土著人对口误的反应特别快，这种错误会给他们带来巨大的幸灾乐祸之感，他们永远都不会忘记，并可能因在白人口误之后便使用这个口误喊他一辈子；然而，若是在书写中犯错（这种情况经常出现，因为写手都是无知的人），他们会坚持将它解释成某种意义，并可能对其感到惊讶，还要讨论，但他们宁愿相信最为荒谬之事，也不愿挑书面文字的错处。

在我读给农场上一个男孩的一封信中，除了其他新闻外，写信人留了个简明扼要的信息："我烹饪了一只狒狒。"我解释说他的意思肯定是他抓到了一只狒狒，因为在斯瓦希里语中这两个词有些相似。但收信人绝不同意我的解释。

"不是的，夫人，不是的。"他说，"他在给我的信里写了什么？写的什么？"

我说："他写他烹饪了一只狒狒，但他怎么可能拿狒狒做饭呢？要是他真这样做了，他肯定会写更多来告诉你为什么这样做，以及是怎么做的。"

我对这篇神经般的文字的评论让这个年轻的基库尤人不舒服，他要求拿回他的信，小心翼翼地叠起来，带上信就走了。

至于我记录下来乔戈纳的声明，事实证明它起到了作用，因为地区专员读完后，驳回了尼耶里人的上诉，他们怒气冲冲地回到了自己的村子，没在农场捞到一点好处。

如今这份文件成了乔戈纳的珍宝。我又见过它不止一次。乔戈纳为它做了个小皮袋，绣了珠子，挂在他绕脖的带子上。他会时不时突然出现在我门前，多半是星期天早上。他会取下皮袋，拿出纸来让我读给他听。有一次我病了，病好后第一次出去骑马，他远远看见了我，追了我很长一段路，上气不接下气地站在我的马旁，就为了把他的文件递给我。每次读的时候，他的脸都会浮现出同样的表情，是深深的虔诚的满足，读完后，他热切地抚平纸张，叠起来放回袋子里。随着时间的推移，这份说明的重要性非但没有减少，反而与日俱增，似乎对于乔戈纳来说，这份文件最伟大的奇迹就是它不曾改变。过往曾是那么难以忆起，每次想起似乎都在变化，却在这里被捕捉、征服，在他眼前盖棺定论。它成了历史，如今不可变幻，也没有一丝翻转的余地。

第四章　万严盖里

　　下一次去内罗毕时，我去了原住民医院看望万严盖里。

　　由于我的领地里也有很多占地者家庭，医院里总是有我的病人在，所以我算是医院的常客，同护士长和护工们关系不错。我从未见过任何人像护士长这样浓妆艳抹，她宽阔的脸在白色的头巾的映衬下如同俄罗斯木头娃娃的脸，能拧下来，里面还有另一个木头娃娃，再里面还有一个，以"卡廷卡"为名出售。她是个热心又能干的护士长，正如你心目中的卡廷卡。每到星期四，他们便两两一组，把床搬出病房，搬到露天广场上，清扫病房并通风。这是医院里愉快的一天。院子里的视野好极了，前景是干燥的阿西平原，远处是多约·萨布克的蓝色山脉与绵延的姆阿丘陵。看到我的基库尤老妇盖着白色被单躺在床上真的很怪异，就像看到一头疲惫不堪的老骡或其他病畜；这情形使得她们对我发笑，但很酸楚，老骡子可能就会这样，因为土著都很怕医院。

　　第一次在医院里看到万严盖里时，他心惊胆战、深受打击，以至于我认为对他而言最好的事就是死。他对一切都感到惧怕，我和他在一起时他一直在哭泣，求我带他回农场；他在绷带下不停哆嗦颤抖。

　　我再来看他是一周后。我发现他依然沉着冷静、泰然处之了，很有自尊地接待了我。不过见到我他还是很高兴，护工告诉我他一直在焦急地等待我的到来。因为今天他可以通过嘴巴里的一根管子自信满满地告诉我，昨天他被杀了，几天之内他还会再被杀一次。

治疗万严盖里的医生参加过法国战争，修复过许多人的面部，他不辞辛苦，治疗大获成功。他植入了一个金属箍充当下颌骨，并用螺丝把它固定在面部剩余的骨骼上，他拉起撕裂的肉，将它们缝在一起，给万严盖里做出了某种意义上的下巴。万严盖里告诉我，医生甚至从他的肩膀上取了一块皮肤来填补他的下巴。治疗结束时，绷带取下，孩子的脸变化很大，看起来很古怪，像蜥蜴的脑袋，因为这颗脑袋没有下巴。但他能够正常进食并说话，尽管在事故之后，他总是有点口齿不清。这一切工作用了好几个月。我去看万严盖里时，他找我要糖，所以我常常用小纸片给他包几勺糖带去。

原住民如果没有因未知带来的恐惧而吓呆和麻木，他们就会在医院里不停怒吼，发牢骚，并想方设法逃走。死亡是其中之一；他们不怕死。欧洲人建造医院，并让医院装备齐全，他们在医院工作，要把病人拖到医院来却困难重重，他们痛苦地抱怨土著人不知感恩，你对他们做什么都没差别。

对于白人来说，土著人的这种心态令人恼火又难堪。的确，你做什么对他们而言都一样；你能做的少之又少，你所做的事情消失无踪，永远不会再听人提及；他们并不感谢你，对你也无恶意，哪怕你想让他们憎恨，你也对此无能为力。这是一种令人惊慌失措的品质；它似乎抹杀了你作为独立个体的存在，并强加给你一个并非你自己选择的角色，就像你是大自然中的一种现象，仿佛你是一种天气。

在这方面，外来的索马里移民与这个国家的原住民不同。你对他们的所作所为会强烈影响他们，实际上，要想不以这样或那样的方式去影响这些沙漠之中熊熊烈焰般骄傲的人，那你几乎寸步难行，往往还会深深伤害他们。他们有着敏锐的感恩之心，也会永远牢记仇恨。一种恩惠，如同一种罪行或侮辱，会镌刻在他们心中的石碑上。他们是严苛的穆斯林，就像所有的穆斯林一样，有一套道德准则，他们会据此来评判你。面对索马里人，你可以在一小时内树立或毁掉你的威望。

在土著部落中，马赛人很是特殊。他们会记得你，会感谢你，也会怀恨在心。他们对我们所有人都怀恨在心，唯有整个部落被消灭之后，这些恨意才会随之消灭。

但毫无偏见的基库尤人、瓦坎巴人或卡维隆多人却没有什么道德规范。他们认为大多数人都能做大多数事情，你想震撼他们是不可能的。可以这样说，只有那些贫穷或堕落的基库尤人，你对他做了什么才会有那么一点影响。如果让他们顺应天性和民族传统，他们会将我们的活动视为自然现象。他们不评判你，但他们是敏锐的观察者。他们观察的总和就是对你的评价，是你的好名声或坏名声。

在这方面，欧洲的穷人很像基库尤人。他们不评判你，但会归纳你。如果他们特别喜欢或尊重你，那他们就会如人爱神一样来对待你；不是因为你为他们做了什么，完全不是因为你做了什么，而是因为你本身。

有一天，我在医院里游荡时，看到了三个新病人，一个肤色很深的黑人男子，脑袋又大又沉，还有两个男孩，三个人的喉咙都缠着绷带。病房里有个护工是驼背，也是说书人，他很喜欢给我解释医院里最神秘的病例。当他看到我停在了新病人的床前，便过来告诉了我他们的故事。

他们是英王非洲步枪兵团的努比亚人，团里都是肯尼亚的黑人士兵，这三个人服役于军乐团。两个男孩是鼓手，男人是小号手。小号手在生活中经历了不少激烈争执，为此失去了理智，土著人就会这样。他先是拿来复枪在兵营里胡乱扫射，弹夹打空后，他把自己和两个男孩一起关在了他的瓦楞铁皮小屋里，试图割断他们和自己的喉咙。护工很遗憾上周他们被送来时我没能看到他们，因为那时他们浑身是血，我肯定会以为他们必死无疑。而现在他们已经脱离危险，凶手也恢复了理智。

说书人讲故事的同时，病床上的三个当事人聚精会神地听着。他们打断他，纠正故事细节，两个说话困难的男孩转向躺在两人之间那张床上的男人，让他确认他们的陈述，确信他会帮助他们让我尽可能了解真实情况。

"你不是口吐白沫了吗？你没尖叫吗？"他们问他，"你没说要把我们切成蝗虫小的碎片吗？"

杀人犯回答："是，是。"满面哀伤。

有时，若是从沿海开来的火车晚点，我会在内罗毕逗留半日，等待一场商务会议或是欧洲来的邮件。在这种情况下，当我不知该做什么时，往往会开车去土著医院，带几个康复期的患者出去短途兜风。万严盖里住院的时候，总督爱德华·诺西爵士养了两头年轻的狮子，是要送去伦敦动物园的，就关在总督府大院的笼子里。它们对医院里的人充满了吸引力；大家都要求我带他们去看看。我答应了K.A.R.（英王非洲步枪兵团）军乐团的病人，等他们好得差不多了就带他们去看，但是，除非他们三个可以一起去，否则谁都不愿意单独去。小号手康复得最慢，其中一个男孩甚至在能跟我一起去之前就已经出院了。这个男孩每天都回医院来打听他的病情，好确保能和我一起兜风。一天下午我在医院门口看到了他，他告诉我小号手依然头痛得厉害，但这完全是预料之中的，因为他的脑袋里挤满了魔鬼。

最终，他们三个人都来了，站在笼子前，陷入沉思。其中一只年轻的狮子因为被盯了这么长时间而生气了，突然间站起来，伸了个懒腰，短促地吼了一声，看热闹的人们吓了一跳，最小的男孩躲到了小号手身后。开车回去的路上，他对小号手说："那只狮子就跟你一样邪恶。"

整个这段时间，万严盖里的案子就搁置在农场上。他的家人有时会来问我他的情况，但除了他的弟弟外，大家似乎都不敢去看他。卡尼努也在深夜来过我家，像只外出侦察的老獾，从我这儿偷听孩子的消息。我和法拉赫有时会在私下里衡量他的痛苦，用羊来计算。

事故过去几个月后，法拉赫还告知了我此案的一个新特点。

每逢这种场合，他都是在我吃饭时走进来，直挺挺地站在桌子那头，承担起给我启蒙开智的责任。法拉赫英语和法语都说得不错，但就是坚持某些他特有的错误。他会用"正是"代替"除了"，说"所有牛都回家了，正是灰色的那头"，而我非但没有纠正他，反而在同他对话时开始使用同样的表达。他的面容和表情把握十足，一本正经，但他总是以一种含糊其词的方式开头。"夫人，"他说，"卡贝罗。"就是这么个流程。我等着接下来的内容。

顿了片刻后，法拉赫再次谈起这个话题。"夫人，"他说，"你认为卡贝罗已经死了，被鬣狗吃了。但他没死，他和马赛人在一起。"

我犹豫不决地问他怎么知道的。"哦，我知道，"他说，"卡尼努让那么多女孩嫁给了马赛人。卡贝罗想不到任何能帮他的人，'正是'马赛人，所以就跑去找姐夫了。他的确熬过了一段艰难日子，整夜都坐在树上，鬣狗就围在树下。他现在和马赛人一起住。有一个很有钱的马赛老人，有好几百头牛，自己却没孩子，想要卡贝罗。卡尼努对这一切一清二楚，而且去和马赛人谈了好多次。但他不敢告诉你，他深信要是白人知道了这件事，卡贝罗肯定会在内罗毕被绞死。"

法拉赫总是以傲慢的口吻谈论基库尤人。"马赛人的妻子，"他说，

"不生孩子。能得到基库尤孩子他们高兴得很。他们偷了太多小孩。不过，这个卡贝罗，"他接着说，"他长大后会回到农场来，因为他不想像马赛人那样生活，总是到处迁徙。基库尤人太懒了。"

从农场可以年复一年追踪河对岸正在消亡的马赛部落的悲惨命运。他们曾是战士，但已停止战斗，如剪去利爪的垂死雄狮，是被阉割的民族。他们被夺走了长矛，甚至还有潇洒大盾牌，而在野生动物保护区里，狮子尾随他们的牛群。有一次，在农场上，我有三只年轻公牛做了阉割，用来耕地运货，阉完后关在工厂院子里。当天夜里，鬣狗闻到了血腥味，前来杀了它们。我认为这就是马赛人的命运。

"卡尼努的妻子，"法拉赫说，"很难过要失去儿子这么多年。"

我没有派人去找卡尼努，因为我不知道是否该相信法拉赫告诉我的话，但是他下一次来我家时，我出去和他谈了谈。"卡尼努，"我问他，"卡贝罗还活着吗？他是和马赛人在一起吗？"你永远也别想找到一个没有为你的任何行动做好准备的土著人，卡尼努马上就为失去孩子哭了起来。我听他哭诉，看了他一会儿。"卡尼努，"我又说，"带卡贝罗来这儿。他不会被绞死的。他妈妈可以把他留在身边，留在农场上。"听我说话时卡尼努并没有停止哀叹，但他一定抓住了我说出的那个不幸的词——绞死；他的哀号变得更加深沉，他完全沉浸在描述卡贝罗做过什么，还有他对卡贝罗的爱超过其他所有孩子。

卡尼努有很多子孙，由于他的村子离我近在咫尺，所以孩子们总在附近。他们当中有个非常小的外孙，是卡尼努某个女儿的儿子，她嫁到了马赛保留地，但又从那里回来，并且带着孩子一起。这孩子的名字是西伦加。他身上的混血基因呈现出离奇的生命力、丰盛的创造力。他常常突发奇想，以至于不太像个人类，而是像一团小火苗，一只夜鸟，一个农场上的小精灵。但是他患有癫痫，因此其他孩子都怕他，玩游戏的时候将他赶走，并称他为"谢坦尼"，即魔鬼，所以我把他收进了我家。由于他有病，所以不能工作，但他很好地充当了一个傻瓜或小丑的角色，像一团躁动不安的小小黑影，我走到哪里就跟到哪里。卡尼努知道我对这孩子的喜爱，直到现在都以祖父的方式微笑着对待这孩子。现在，他抓住了这一点，借此攻击我，最大限度利用这件事。他常强烈宣称，他宁愿让西伦加被豹子吃掉十次，也不愿失去卡贝罗，确实，现在卡贝罗没了，就让西伦加也走吧，没什么区别——因为卡贝罗可是他的掌上明珠，心头之肉。

如果卡贝罗确实死了，这就是大卫为儿子押沙龙①而伤心，一出任其自生自灭的悲剧。可他若还活着，藏在马赛人中，那这不仅是悲剧，更是一场战斗或逃跑的抉择，是为孩子的性命而抗争。

我曾在平原上不知不觉来到羚羊藏匿新生幼崽的地点，那时我看过它们玩这个游戏。它们会对着你舞蹈，走到你面前，跳跃、蹦跶或假装瘸腿无法奔跑——这一切都是为了将你的注意力从幼崽那里吸引过来。而后突然间，就在你的马蹄下，你看到了那只幼崽，动弹不得，小小的脑袋扁扁地探出来，趴在草地上，在妈妈为它舞蹈时为活命而低调蛰伏。一只鸟也会为了保护幼鸟而耍同样的把戏，拍打翅膀，甚至巧妙地扮演受伤鸟儿的角色，拖着折断的翅膀在地上走。

这是卡尼努在对我表演。当他认为儿子命悬一线时，这位基库尤老人心中是否还有如此多的温暖和如此多的嬉戏跳跃呢？跳舞时他的骨头嘎吱作响，甚至还改变了自己的性别，呈现出一位老妪、一只母鸡，一头母狮

---

① 押沙龙是大卫第三个儿子，他的生平事迹详记于《撒母耳记·下》第13至18章。他容貌俊美、不遵守法度、刚愎自用。后来，他发动了反抗父亲的叛乱，最后被杀死。大卫对他的死十分伤痛。

的模样——这游戏显然是属于女性的活动。这是一场荒诞的表演，同时也可敬可佩，就像雄鸵鸟和母鸟一起轮流孵蛋一样。没有一个女人的心能对这番花招岿然不动。

"卡尼努，"我对他说，"卡贝罗何时想回农场都可以回，他不会受到任何伤害。但那时候，你必须亲自把他带到我这里来。"卡尼努陷入沉默，他低下头，悲伤地走开，仿佛此刻他已经失去了这世界上最后一个朋友。

在这里我也可以说，卡尼努记得并照做了。五年后，我几乎已经忘了整件事，有一天，他通过法拉赫申请了一次会面。我发现他在房子外面，单脚站立，非常庄重，但心底却动荡不安。他对我说话时颇为和蔼可亲。"卡贝罗回来了。"他说。那时候我已经学会了暂停的艺术，我一个字也没说。这位基库尤老人感受到了这份沉默的压力，于是换了只脚站，眼皮微微颤了一下。"我的儿子卡贝罗已经回到农场了。"他重复道。我问："他从马赛人那里回来了？"既然卡尼努已经让我开口说话，那么他当即认为我们已经实现了和解；他还没有笑，但脸上所有狡猾的小皱纹都调整完毕，随时准备微笑。"是的，夫人，是的，他从马赛人那里回来了，"他说，"他回来是为你工作的。"其间，政府引入了"基庞达"——对这个国家的每一个土著人进行注册的制度。因此我们现在必须得从内罗毕找一名警官过来，让卡贝罗成为农场的合法居民。卡尼努和我约定好日期。

在那一天，警官到来之前，卡尼努和儿子已经早早抵达。卡尼努愉快地将卡贝罗带到我面前，但他心里有点害怕这个失而复得的儿子。他有理由害怕，因为马赛保留地从农场带走了一只小羊羔，现在却还给了我们一只年轻的豹子。卡贝罗身体里一定流淌有马赛人的血液，马赛生活的习惯与训练本身不可能达成这种嬗变。他站在这儿，从头到脚都是马赛人。

马赛勇士真是赏心悦目。这些年轻人最大限度地拥有某种形式独到的智慧，我们称之为时髦；虽然他们看上去胆识过人、天马行空，但他们仍然坚定不移地忠于自己的本性，忠于心中的理想。他们的风格并非假模假式，也不是对非典型完美的模仿；它是由内生长出来的，是种族与其历史的表达，他们的武器与华丽的服饰就是他们自身的一部分，正如雄鹿的鹿角一样。

卡贝罗采用了马赛人流行的发型，他蓄了长发，用绳子编成一条粗粗的辫子，一根皮带裹住额头。他学会了马赛人的头部姿态，下巴前伸，仿佛是把自己阴郁而傲慢的面孔放在托盘上，呈到你跟前。他还具备了"磨忍"①普遍的阳刚、冷漠且狷狂的姿态，这让他成了一个凝视对象，如同一尊雕塑，是要让人看见的人，但自己却看不见自己。

年轻的马赛战士以牛奶和鲜血为食；或许就是这种饮食给了他们光滑柔软的完美肌肤。他们的脸部线条流畅，有着高高的颧骨和醒目摆动的下颚骨，没有一道褶子或沟壑，非常饱满；心不在焉的黯淡双眸躺在脸上，如同两块黑色石头紧紧地嵌成马赛克；总而言之，年轻的马赛战士像极了马赛克。他们脖子的肌肉以一种极为邪恶的造型肿胀着，就像愤怒的眼镜蛇、公豹或斗牛的脖子一样，肌肉的厚度清楚地表明了其性能力，代表着向全世界（除了女人）宣战。他们的脸庞饱满光滑，脖颈浑圆，圆肩宽阔，但腰和臀却窄得惊人，大腿和膝盖纤细瘦削，双腿修长、笔直又矫健，这两种特征之间巨大的反差或者说和谐，让他们看上去就像是经过严格训练的动物，掠夺成性、贪得无厌和饕餮无度。

马赛人走路很僵硬，直直地将一只纤细的脚放在另一只脚前面，但他们

---

① 马赛人的男孩从小放牛放羊，十三岁就要告别童年成为"磨忍（moran）"一族，即低级武士。

手臂、手腕和手掌的动作却非常灵活。当一个年轻的马赛人用弓箭射击并松开弓弦时，你似乎能听到他修长手腕上的肌肉和箭头一起在空中歌唱。

从内罗毕来的警察官是个年轻人，刚从英格兰来到这里，满腔热忱。他斯瓦希里语说得很好，以至于我和卡尼努都听不懂他说什么，他对那起枪击意外的旧案件产生了浓厚的兴趣，对卡尼努进行了盘问，使得这位基库尤人呆若木鸡。盘问完后，他告诉我，他认为卡尼努遭到了可怕的对待，整个案件应当在内罗毕处理。"那将意味着耗费你和我的多年生命。"我说。他请我允许他指出，既然要执行正义，那就不能考虑这些因素。卡尼努看向我，一度坚信自己正在被陷害。最终警官发现这个案子太陈旧了，无法再追究，除了将卡贝罗登记为农场的常住人口外，其他什么事也做不了。

但是所有这些事都要等到很久以后才会发生。五年间，卡贝罗不在农场，和马赛人一起流浪。而卡尼努也仍旧有太多事情要经历。在这个案子彻底结束前，其强大的影响力开始发挥作用，紧紧抓住他，让他卑躬屈膝。

关于这些事情，我不能多说。首先，它们本身就具有隐秘的特质；其次，当时我自己身上也发生了很多事，让我无暇顾及卡尼努和他的命运，在我脑海中，农场上的事务退成背景，如那遥远的乞力马扎罗山，有时我能从自己的领地上看到它，有时则看不到。土著人会逆来顺受地接受我这种分心的时期，就好像我实际上是从他们的生活中升入了另一个纬度，事后他们提起那些时候，就好像是在说我不在的时候。"那棵大树倒了，"他们说，"你去白人那里的时候，我的孩子死了。"

当万严盖里好得差不多可以出院时，我将他带回农场，从那时起，我只是偶尔见过他，在恩格玛鼓庆典或大草原上。

万严盖里回来几天后，他的父亲瓦奈纳和祖母一起出现在我家。瓦奈纳是个胖嘟嘟的小个子男人，在基库尤族中很罕见，因为他们几乎都是精瘦之人。他留着稀疏的胡须。他另一个怪异之处是他无法直视你的脸。他给人一种精神穴居人的印象，只想自己待着。他的母亲——一个非常年迈的基库尤妇女——和他一起过来。

土著妇女剃光头，这些圆润干净的小巧头骨看上去就像某种暗色的坚果，而你竟然很快就会感到这些头颅才是真正女人味的象征，女人头上的浓密的头发就如长了胡须一样不够淑女，这真是太稀奇了。瓦奈纳的老母亲在她枯萎的头皮上留着几缕白发，因此就像是没刮胡子的男人，传达出一种荒淫放荡或不知廉耻的形象。她靠在拐杖上，让瓦奈纳发言，但她的沉默却正擦出火星；她似乎充满了粗鲁的活力，却没能遗传给儿子。事实上这两个人就是乌拉卡和拉斯卡罗[①]，但我直到后来才知晓。

他们是为了一件小事慢吞吞来到我家。万严盖里的父亲告诉我，他无法咀嚼玉米，他们家很穷，面粉不够，也没有牛奶。在万严盖里的案子解决前，我能否允许他从我的奶牛那里得到一点牛奶？否则，他们不知道如何让这个孩子活下去，活到他得到赔偿的那一天。法拉赫正在内罗毕处理他个人的索马里诉讼案件，他不在时，我同意让万严盖里每天从我的本土牛群中取走一瓶牛奶，并吩咐我的仆人每天早晨让他来取，他们对于我的这个安排似乎都非常不情愿或者不舒服。

两三个星期过去了，有一天晚上卡尼努到我家来。晚饭后，我正贴着炉火读书，他突然杵在房间里。由于土著人一般更喜欢在屋外讨论事情，

---

① 这两个人是德国诗人海涅《阿塔·特洛尔》中的女巫及其儿子。

因此他将门在身后带上这个动作让我对惊世骇俗的发言做好了准备。但第一重惊讶是卡尼努哑了。那个抹了蜜的狡黠舌头不动弹了，仿佛被割掉了，就连这个房间也因为卡尼努而一片死寂。这个大个头的基库尤老人看起来很不好受，他紧紧拄着拐杖，斗篷里仿佛没有身体，他的眼睛如死尸般暗淡，他不断用舌头舔湿干燥的嘴唇。

当他最终开口，也只是缓慢而沮丧地陈述说他认为情况很糟。过了一会儿，他又含糊地补充说，他已经赔给瓦奈纳十只羊了，仿佛这件事完全可以忽略不提。而现在呢，瓦奈纳还想从他那里得到一头母牛和一头小牛犊，他也打算给他。"你为什么要这么做呢？"我问他，"判决都还没有给出来。"卡尼努没有回答，甚至没有看我。今晚他是一位没有圣城的旅行者或朝圣者。他走进来向我报告这件事，仿佛只是顺路，现在他又要走了。我不禁认为他是病了，顿了片刻后，我说明天我会把他送进医院。他飞快地瞟了我一眼，目光苦楚：这个惯于戏耍别人的老手正被别人狠狠戏耍。但离开之前，他做了个奇怪的举动，他抬起手来伸向脸庞，仿佛正擦去泪水。那可真是稀罕事了，卡尼努有泪可流，就如同朝圣者的手杖开花，更奇怪的是他竟然没有利用这泪水。我很好奇，我的心思不在农场上的时候，究竟发生了什么。卡尼努离开后，我派人叫来了法拉赫，问了他。

法拉赫有时不喜欢谈论土著事务，仿佛那些事不配让他谈论，让我听到。最后他终于同意告诉我，目光却从始至终越过我，凝望窗外的星星。卡尼努之所以失了心气，最深层的原因是瓦奈纳的母亲，她是个女巫，对他施了咒。

"但是，法拉赫，"我说，"卡尼努啊，怎么可能呢，那么老谋深算，那么有智慧，不可能相信咒语的。"

"不，"法拉赫慢慢地说，"不，夫人。因为这个基库尤老妇确实能做这些事。"

这老妇人告诉卡尼努，他的奶牛会活下来，活着看到卡尼努要是一开始就把它们给了瓦奈纳，反而对它们更好。现在，卡尼努的奶牛一头接一头地失明。在这种折磨下，卡尼努的心正慢慢磨碎，就像古时候那些遭受酷刑的人，负重不断增加，骨骼与组织慢慢破裂。

法拉赫用一种既干巴巴又忧心忡忡的口吻谈论基库尤巫术，如同谈论农场上的口蹄疫，我们自己不会感染，但却可能因此失去我们的牛。

深夜，我坐着思索农场上的巫术。起初，它似乎很丑陋，仿佛是从古墓里爬起来，将鼻子紧紧贴在我的窗户上。我听到鬣狗在远处哀号，就在河边，记起基库尤人有自己的狼人，老妇人在深夜化为鬣狗的模样。也许此刻，瓦奈纳的母亲在正沿着河边小跑，在夜晚的空气中亮出獠牙。现在我已经习惯了巫术的想法，它似乎合情合理，在非洲，夜晚有太多事情发生。

"这个老妇人真是恶毒，"我用斯瓦希里语想，"她用自己的巫术让卡尼努的牛瞎了，却把让她的孙子活下来的责任留给我，每天从我的奶牛这儿拿一瓶奶去喝。"

我心想："这次意外及其后果正在渗入农场的血液，这是我的错。我必须召集新的力量，否则农场将陷入噩梦，一场梦魇。我知道我要做什么。我会派人找金安具来。"

第五章　基库尤酋长

大酋长金安具住在农场东北方约九英里处，在基库尤保留地内，离法国布道团很近，统治着超过十万名基库尤人。他是个狡诈的老人，举止优雅，真的非常伟大，尽管他并非生来就是酋长，而是多年前由英国人任命，当时那些英国人已经无法与该地区的合法基库尤统治者相处。金安具是我的朋友，曾在许多场合帮过我。我骑马去过几次他的村寨，和其他基库尤人的村落一样肮脏，到处都是苍蝇。但它比我见过的其他村落都要大得多，因为作为酋长的金安具全身心投入到婚姻的乐趣当中。村里住满了他各个年龄段的妻子，从瘦骨嶙峋、牙齿脱落的拄拐老妇到纤细苗条、面若银月，有着羚羊般大眼睛的少女，她们的双臂和长腿全都缠着闪闪发光的铜丝。

他的孩子无处不在，像苍蝇一样扎堆。他那年轻的儿子们，雄赳赳气昂昂，头饰华丽，走来走去，惹了不少麻烦。有一次金安具曾告诉我，当时他有55个儿子是"磨忍"。

有时候这位老酋长会穿着华丽的皮毛斗篷到我的农场来，身边跟着两三个白发苍苍的参议员，还有几个武士儿子，或是友好来访，或是刚处理完政府事务，来休息一下。他会坐在专门为他搬到草坪上的户外椅上，抽着我送给他的雪茄，打发一整个下午，他的市议员和卫兵则围着他蹲在草地上。我的仆人和占地者一听说他来了，便自发聚集到那儿，拿出农场上的种种食物来款待他，所有人就在高高的树下组成了某种政治俱乐部。在这些会议中，金安具有自己的一套行为方式：当他认为讨论拖得太久了，便会向后靠在椅子卜，同时仍旧保持雪茄上的火苗不灭，闭上眼睛，缓缓地深呼吸，发出低沉而规律的鼾声。这是一种官方、摆摆样子的睡眠，他可能在自己的国务会议上就用过。有时我会搬把椅子出来找他聊聊，这种时候金安具就会屏退所有人，指出现在要认真治理世界了。我认识他的时候，他已经不同于从前，生活将他磨平了不少棱角。然而当他自由而坦率地同我私下交谈时，他展现出了很强的思维独创性，以及丰富有趣、敢于冒险、极有想象力的精神世界；他曾经仔细思考过生命的意义，对此持有自己坚定不移的观点。

几年前发生了一件事，增进了我和金安具之间的友谊。

有一天他来到我家，当时我正同一位前往内陆地区的朋友共进午餐；我没有时间陪这位基库尤酋长，直到朋友离开。金安具在烈日下走了很长时间，因此必然觉得等待时会有一杯酒。但我家里的每种酒都不够斟满一杯，于是我和客人用家中所有不同种类的烈酒灌满了一个玻璃杯。我认为把酒兑得越烈，金安具就能喝得越久，于是我亲自拿出去给他。然而，金安具仅仅微微一笑抿了一口后便深深看了我一眼，从来没有哪个男人这样看过我，而后一仰头，一饮而尽。

半小时后，我的朋友刚刚驱车离开，用人便进来说："金安具死了。"那一瞬间，我感觉到悲剧与丑闻在我眼前冉冉升起，如铺天盖地的沉重阴影。我出去看看他怎么了。

他就躺在厨房阴凉处的地板上，脸上没有任何表情，嘴唇发蓝，手指冰凉。这情形就好像是射中了一头大象：因为你的一个举动，这曾行走大地、对万事皆有主见的庞大而威严的生物不再行走了。他看上去还很屈辱，因为基库尤人往他身上泼了水，脱下了他的猴皮大斗篷。赤身裸体的他如同你从他身上切下战利品时的动物，而你之所以要战利品，正是因为你杀了他。

我本想让法拉赫去找医生，但我们发动不了车子，金安具的手下一直求我们先等一等，什么都别做。

一小时后，等我再次怀着沉重的心情到外面去，打算同他们谈一谈时，我的仆人却再一次朝我走来，说："金安具已经回家了。"他似乎是突然间就站了起来，裹上斗篷，仆人围绕左右，一言不发就离开了，从这里到他的村寨要走九英里。

这一次之后，我相信金安具觉得我冒了风险，甚至冒着危险——因为你是不能给土著人提供酒精来让他高兴的。之后他也来过农场，还和我们一起抽了雪茄，但绝口不提喝酒的事。如果他要求的话，我肯定会给他的，但我知道他不会再要了。

现在，我派了个跑腿的去金安具的村子，向他解释整起枪击事件。我请他到农场来结束这件事。我提议我们应当把卡尼努提到的母牛和小牛犊送给瓦奈纳，然后让整个事就此结束。我一直在期待金安具的到来，因为他向来不负期待，人人在交朋友时都很珍视这一特质。

通过我的这封信，这个一度停滞不前的案件又有了进展，并戏剧性地结束了。

一天下午，我正骑马回家，恰好瞥见一辆以惊人速度开过来的小汽车，两个轮子离地绕过我家车道。这是一辆镀了大量镍的猩红色轿车。我认得它，它属于内罗毕的美国领事，我想知道是什么紧急要务能以这种风驰电掣的速度把领事带来我家。然而当我在屋后下马时，法拉赫走出来告诉我酋长金安具已经到了。他是开自己的车来的，车是他前一天从美国领事那里买来的，在我亲眼看到他坐在车里之前，他不想下车。

我发现金安具直挺挺地坐在车里，如神像般岿然不动。他穿了件巨大的蓝色猴皮披风，头戴一顶无檐帽，是基库尤族用羊肚制作的一种帽子。

他的形象一直都让人过目难忘，高大宽厚，身上没有一丝脂肪；他的面部也很挺拔，颀长骨感，额头倾斜，就像印第安人一样。他有个宽鼻子，极富表现力，看上去就像是这个人的中心点，仿佛整个威严优雅的形象只是为了承载这宽阔的鼻子。就像大象的鼻子一样，它既鲁莽好奇，又极为敏感谨慎，攻击性十足，同时也具有防御性。最后，就像金安具一样，大象就算看起来没那么聪明，它也拥有一颗最具贵族气质的头颅。

当我赞美金安具的车时，他却不发一言，也不皱一下眉头，他直视前方，以便我能看到他的侧脸，就像烙印在勋章上的头像。我绕到车前时，他转过头来，好保持他那帝王般的侧颜正对着我，也许他真的在想卢比上的国王头像。他的一个年轻儿子担任司机，车子正沸腾得厉害。仪式结束后，我邀请金安具下车。他以一种颇具威严的姿态裹住那件大披风下车了，就在一个动作之中，他后退了两千年，回到了基库尤审判。

在我家西面的墙上有一块石材，在它前面摆着一张磨盘做成的桌子。这块石头有一段悲惨的历史：它属于那两个被谋杀的印度人的磨坊，是上面那一半磨盘。谋杀发生后，没有人敢接手磨坊，因此它长期被空置，死气沉沉，于是我就把这块石头搬到了我家，做成了桌面，提醒我别忘了丹麦。印度磨坊主告诉过我，他们的磨盘是从孟买漂洋过海运来的，因为非洲的石头不够硬，不能胜任碾磨工作。磨盘顶部刻有图案，并有几个硕大的棕色斑点，我的仆人坚信那是印度人的血，永远也洗不掉。从某种程度上而言，这张磨盘桌可以算作农场的中心，因为与土著人打交道时我总是坐在它后面。在磨盘后面的石凳上，我和丹尼斯·芬奇-哈顿曾在一个新年里看到了新月、金星、木星齐聚夜空，排成一列；那真是绚烂瑰丽的景象，你简直不敢相信它是真的，我也再没目睹过。

现在我就坐在那条石凳上，金安具就坐在我左手边。法拉赫则站在我右手边，好从那里密切注意基库尤人，他们已经聚集在房子周围，并随着金安具到此的消息在农场传开而不断涌入。

　　法拉赫对这个国家土著的态度颇为别致。恰如马赛战士的着装与面容，并不是昨天或前天才打造完成；那是几个世纪的产物。建立它的强大力量也曾经建造过伟大的石头建筑，但它们在很久以前已经瓦解成尘了。

　　当你初次来到这个国家，在蒙巴萨登陆时，在颇有年头的浅灰色猴面包树丛中，你会看到一片灰色的石头废墟，那曾是房屋、宣礼塔和水井，那些猴面包树看起来完全不像任何一种人间植被，反而像多孔的化石，庞大的箭石①。整个沿海地区，塔卡乌加、卡利菲和拉姆，遍布这样的废墟。它们是古代经营象牙和奴隶贸易的阿拉伯商业城镇的遗迹。

　　这些商人的单桅帆船熟知所有非洲的航道，踏上这条通往桑给巴尔中央市场的蔚蓝道路。在阿拉丁向苏丹送去四百名揣满珠宝的黑奴时，在苏丹女眷趁着丈夫外出打猎尽情享用黑人情郎并因此被处死时，这些阿拉伯人就已经对这里了如指掌。

　　很有可能，随着这些大商人越发富有，他们便带着自己的女眷们来到了蒙巴萨和卡利菲，他们自己则长期留在乡间豪宅之中，毗邻蜿蜒的白色海浪和盛开的凤凰木，同时派出远征队挺进高原。

　　因为从那不毛的荒野之地、枯萎干燥的平原、未知的缺水区域，从那沿河生长着阔叶荆棘树的土地、黑土地里气味强烈的小小野花，他们获得了财富。在这里，非洲大陆之巅，游荡着辛劳、智慧又威严的象牙搬运工。他深深沉浸在自己的思绪之中，渴望独处。但是他却被追踪，被小个

---

①　箭石（Belemnite），已灭绝的海生动物，生活在泥盆纪至白垩纪之间。

子，黑皮肤的万德罗博族人的毒箭射中，被阿拉伯人上了膛的镶银长枪射死；他还落入陷阱，被投进深坑，全因那长而光滑的浅棕色象牙，商人们正坐在桑给巴尔等待它的到来。

在这里，也有一小片一小片的森林土地被一个爱好和平的害羞民族清理、焚烧，种上了红薯和玉米，他们不太善于打仗或者发明什么，但希望自行其是，不受他人干扰，他们和象牙一样，在市场上有着极大需求量。

> 大大小小的猛禽聚集于此：
>
> 所有悲伤的鸟儿，啃食腐肉……
>
> 有的丢弃了秃了的头骨，
>
> 有的停在绞架上，
>
> 用翅膀擦拭褐色的喙，
>
> 还有一只抓着断裂的桅杆，
>
> 离开了如墨一般的索具……[①]

耽溺享乐的阿拉伯人来了，他们蔑视死亡，在不经商的时候，满脑子都是天文、代数和闺房里的三千佳丽。随他们而来的还有年轻的索马里人，算是跟阿拉伯人有一半血缘关系的私生子，他们鲁莽浮躁、逞凶斗狠、禁欲节制、贪得无厌，他们以狂热的穆斯林身份来弥补出身的缺失，比起婚生子，他们对先知的戒条更为忠诚。斯瓦希里人跟着他们一起到来，他们本身就是奴隶，奴性深重，残忍、淫秽、偷鸡摸狗，判断力一流，还很幽默，随着年龄增长而发福。

到了内陆地区，他们遇上了高地的土著"猛禽"。马赛人来了，悄无

---

① 原文为法语。

声息，像瘦条条的颀长的黑影，手持长矛与厚重的盾牌，不相信异乡人，双手染血，随时准备卖兄弟。

截然不同的"鸟儿"们必定曾一起坐在这里聊天。法拉赫告诉我，从前，在索马里人把他们自己的女人从索马里兰带到这里之前，在本国的所有部族中，他们的年轻男人只能同马赛人的女儿结婚。从许多方面来看，这都肯定是个奇怪的结盟。因为索马里人是有宗教信仰的，而马赛人根本没有宗教信仰，对脱离地表的任何事物都没有哪怕一丝丝兴趣。索马里人很干净，在沐浴和卫生上花费大量精力，马赛人却是脏兮兮的民族。索马里人也最为重视新娘的贞洁，但是年轻的马赛女孩却没什么道德感。法拉赫马上就给了我一个解释。他说，马赛人从来没做过奴隶。他们无法被奴役，甚至无法被关进监狱。如果把他们带进监狱里，不出三个月他们会死掉，因此本国的英国律法对马赛人不做监禁处罚，而是罚他们的款。这种无法在重压下生存的无能如此明显，使马赛人在所有土著部落中独树一帜，成了移民贵族。

所有的猛禽都以炽热的目光盯着地面上温驯的啮齿动物。在这里，索马里人有他们自己的位置。索马里人不善于什么都靠自己，他们非常容易激动，无论走到哪里，但凡单独留下他们，他们就会在部落道德体系上浪费大量时间和鲜血。但是，他们是出色的副指挥官，或许阿拉伯资本家常常将冒险的任务和困难的运输交给他们，自己则留在蒙巴萨。因此他们同土著人的关系基本相当于牧羊犬与羊之间的关系。他们不知疲倦地盯着他们，露出锋利的牙齿。他们会在抵达海岸前死去吗？他们会逃跑吗？索马里人对金钱和价值嗅觉灵敏，为了责任他们宁可放弃食物和睡眠，并且远征回来时肯定都瘦成了皮包骨。

这个习惯仍然根深蒂固于他们的血液之中。西班牙大流感在农场肆虐时，法拉赫自己也病得很重，但他还是跟着我四处走动，因为发烧浑身发抖，还是去给占地者送药，强迫他们吃药。有人告诉他煤油能有效对抗这种病，于是他就给农场买煤油。当时他的小弟弟阿卜杜拉正和我们在一起，是重症，法拉赫特别担心他。但那仍旧只是一种内心倾向，是琐碎小事。责任、面包和声誉都在于农场劳工，这只垂死的牧羊犬坚守自己的工作。法拉赫对土著社会的动态极有洞察力，虽然我也不知道他的知识来源于何处，因为除了那些地位较高的人之外，他绝不与基库尤人交往。

这绵羊都是温驯的动物，没有牙齿或利爪，没有力量也没有任何保护者，他们凭借逆来顺受的天性熬过属于自己的命运，就像现在这样。他们没有像马赛人一样在奴役下死去，也没有像索马里人一样奋起反抗命运。一旦索马里人认定自己受到了伤害、欺骗或轻视，便会怒而抗争。他们在异国他乡、在锁链禁锢中与上帝为友。在与迫害他们的人的关系当中，他们保持了一种怪异的自我感觉。他们意识到迫害者的利润与声望都与他们自身息息相关：他们是追逐与交易的核心人物，他们是物品。在鲜血和眼泪铺就的漫长道路上，"绵羊"在他们漆黑沉默的内心深处为自己建立了一种"断尾"哲学，并不高看牧羊人或狗。"你们白天黑夜都不休息，"他们说，"你们吐着滚烫的舌头跑来跑去，气喘吁吁，你们夜不能寐，干涩的双眼在白天感到刺痛，全都是因为我们。你们是因为我们才在这里。你们是因为我们而存在，并非我们因你们而存在。"农场的基库尤人有时对法拉赫举止轻浮，就像一只小羊羔可能会在牧羊犬面前跳跃，就是为了让他站起来跑一跑。

法拉赫和金安具在这里相遇，牧羊犬与老公羊。法拉赫包着红蓝相间的头巾，身穿黑色刺绣阿拉伯马甲和阿拉伯丝绸长袍，笔挺地站着，若有所思，是你在世上任何地方都能看到的端庄稳重的形象。金安具则叉开双腿坐在石凳上，除了肩膀上的猴皮披风外什么也没穿，是个土著老人，是非洲高原的一块泥土。不过在不直接交往时，他们还是彼此尊重的，遵照某种礼节，他们假装看不见对方。

不难想象，一百年甚至更早以前，两个人就奴隶交易进行谈判，金安具正在摆脱部落中不受欢迎的成员。法拉赫则一直在心底盘算着擒获这老酋长本人，这可是一块肥肉。金安具将准确无误地识破法拉赫的每一个想法，在整个谈判过程中，他将承担眼下局面的压力，也承担着自己那颗恐惧而沉重的心。因为他是核心人物，他是商品。

这场解决枪击案件的重要会议在一派和平中拉开序幕。农场的人都很高兴看到金安具。最年长的占地者站起来同他交换一些看法，然后回到草地上坐下。一对在集会边缘处的老太太尖叫着同我打招呼："你好啊杰莉！"杰莉是个基库尤名字，农场的老妇人都用它称呼我，很小的孩子也会用它，但是年轻人或年长的男性从不叫我杰莉。卡尼努出席了会议，坐在他的大家庭之中，像一个活过来的稻草人，眼睛焦灼而专注。瓦奈纳和他的母亲一起来了，坐在离其他人稍远的地方。

我以一种缓慢而有力的方式告诉大家，卡尼努和瓦奈纳之间的事情已经解决了，解决方案已经形成书面文件，金安具过来予以证明。卡尼努要给瓦奈纳一头母牛和她身边的小母牛，这样事情就应该结束了，因为大家都受不了了。

这一决定已经事先告知了卡尼努和瓦奈纳，卡尼努被命令准备好母牛和小牛犊。瓦奈纳所进行的活动都是难以见光的，白天他就像地面上的鼹鼠一样软绵绵的。

念完协议后，我让卡尼努现在就把奶牛带过来。卡尼努站起来，举起双臂朝两个年少的儿子上下挥手了很多次，他们正牵着那头母牛在男孩们的小棚屋后面。围拢的人群让开一个口，母牛和小牛犊被慢慢地领到人群正中。

与此同时，会议的气氛变了，就像暴风雨来至地平线的时刻，迅速便会升到天顶。

对于基库尤人来说，这世上没有任何事能比一头母牛和身边的小母牛更引人注目，更重要。他们对牲口的热情如同熊熊燃烧的大熔炉，是石器时代的气息，如同用燧石擦出的火苗。在这种激情面前，流血、巫术、性爱或白人世界的奇观全都蒸发殆尽，消失不见。

瓦奈纳的母亲忽然长长地哀叫起来，冲着那头母牛晃动干瘪的手臂和手指。瓦奈纳加入进来，说话磕磕巴巴，破碎混乱，仿佛是有别人通过他的口在说话，他提高音量，直达天际。他绝不接受这头母牛，她是卡尼努的牛群里最老的一头，她身边这头小牛肯定是她能生出来的最后一头了。

卡尼努家的人大喊大叫起来，打断他的话，你一言我一语，激烈地罗列起那头母牛的优点，你能感觉到这些言论的背后有着浓浓的苦痛和对死亡的蔑视。

一旦讨论母牛和小牛犊，农场里的人就没办法保持沉默。所有在场的人都发表了自己的意见。老头子们抓住彼此的胳膊，气喘吁吁地褒扬或谴责那头母牛。老妇们尖厉的嗓音也掺和进来，跟他们一唱一和，活像是在二重唱。年轻人彼此间吐出简短的致命言论，声音低沉。三两分钟之间，我房子旁的空地就沸腾如女巫的大锅。

我看向法拉赫，他也看向我，但就像处在梦中的人一样。我看出他是把半出鞘的利剑，转瞬间就会在冲突中左右闪烁。毕竟索马里人自己也是畜牧人和牛贩子。卡尼努朝我看过来，那目光仿佛最终要被急流卷走的溺水之人。我看了那头母牛一眼。她是一头灰色母牛，牛角弯得厉害，耐心地站在她所引起的旋风中央。当所有手指都指向她时，她开始舔小牛。我觉得，不知何故，她确实有点老母牛的样子。

最后我将目光转回到金安具身上。我完全不知道他是否一直在看那头牛。当我看向他时，他连眉头都没皱一下。他一动不动地坐着，如同某种庞然大物，没有智力也没有同情心，只是被放在了我的房子旁边。他侧过身对着尖叫的人群，我意识到侧脸才是国王真正的面容。这是土著人的天赋，只消一个动作，就能将自己变成无生命的物质。我认为，金安具只要开口或动一下就一定会起到煽风点火的作用，然而他却一直一动不动，等着他们平息。这不是人人都能做到的。

愤怒一点点平息下来，人们停止尖叫，开始如常交谈，最后一个接一个闭上了嘴。当瓦奈纳的母亲觉得没人看着她时，便拄着拐杖慢吞吞挪了几步，去近距离看看那头牛。法拉赫回过头来，回到了文明世界，露出一丝揶揄的微笑。

当一切平静下来，我们让案件当事人来到磨盘桌旁，将拇指浸入车辆润滑油，并在协议文件上按了拇指印。瓦奈纳极不情愿，将拇指放在纸上时他抽泣起来，好像纸在烧他。协议如下：

以下协议于今日在恩贡达成，时间为9月26日，协议双方为瓦奈纳·瓦·贝姆与卡尼努·瓦·木图尔。酋长金安具在此为证。

协议规定，卡尼努应当赔偿给瓦奈纳一头母牛和一头小母牛。这头母牛和小母牛应当给到瓦奈纳的儿子万严盖里，他在去年12月19日被卡尼努的儿子卡贝罗不小心用猎枪打伤。母牛和小母牛应当为万严盖里所有。

随着这头母牛及其小母牛的清偿，这起事件将盖棺定论。此后，不许有人再谈论或提到它。

恩贡农场，9月26日。

瓦奈纳的手印。

卡尼努的手印。

我在这里，听了文件宣读。

酋长金安具的手印。

母牛和小母牛当着我的面交接给了瓦奈纳。

布里克森女爵。

第三卷

OUT OF AFRICA

农场来客

失去一切之后

第一章　大型舞会

我们的农场有许多来客。在拓荒地；好客是生活的必需品，不光是旅行者的，也是移民的。来者便是友，他们带来各种消息，或好或坏，对于孤独之境的饥渴心灵而言这就是面包。而来到家中的真正朋友就是天国的使者，为我们带来天使的粮食。

每当丹尼斯·芬奇-哈顿结束长途探险返回，便非常渴望聊天，并且发现身在农场的我也同样渴望聊天，于是我们坐在餐桌前聊了几个小时，一直聊到凌晨，聊一切我们能想到的事，巨细靡遗，忍俊不禁。和土著人一起生活了很久的白人会渐渐习惯于道出真实想法，因为他们没有隐瞒的理由或机会，所以当他们再度相遇，他们的对话也保持了土著人的特色。当时我们坚持这样的理论，即野蛮蒙昧的马赛部落在山丘下的村庄里，会看到我的房子在燃烧，如同夜晚的一颗星，就像翁布里亚的农民看到圣弗朗西斯和圣克莱尔探讨神学的那栋房子。

农场上最盛大的社交活动是恩格玛鼓，即大型土著舞会。在这些场合，我们招待了多达一千五到两千名客人。然而，我们这栋房子所提供的娱乐本身是非常朴素庄重的。我们会给来跳舞的磨忍和少女们的光头老母亲发鼻烟，在那些能带孩子来的舞会，就给孩子们发糖，由卡曼特用木勺盛着分发，有时我会请区域专员许可，让我的占地者做藤布，这是一种致命饮料，是用甘蔗调配的。但真正的表演者，那些不知疲倦的年轻舞者，携着庆典的荣耀与奢华而来，完全不受外界影响，全神贯注于自身的甜蜜与激情。他们对外界的需求只有一个：一块可以跳舞的平坦空地。他们在我家附近找到了这个场地，树下的大草坪极为平坦，于是广场便直接铺设在了森林中，就在男孩们的小屋之间。因此，乡村地区的年轻人对我的农场评价颇高，大家都非常重视我的舞会邀约。

恩格玛鼓有时在白天举行，有时是在夜晚，白天的恩格玛鼓需要更多空间，因为其吸引来的旁观者和舞者一样多，因此要在草坪上进行。在大多数恩格玛鼓中，舞者们排成一个大圆圈，或分列成许多小圈，不停蹦跳，头向后甩，或踩着节奏跺脚，一只脚带着身体向前俯冲，再换另一只脚后仰，或是再次缓慢而郑重地横着走，面对圆心。杰出的舞者脱离圆圈，在圆心表演、跳跃、奔跑。白天的恩格玛鼓在草坪上留下干燥的棕色环状印记，大小不一，仿佛草地被一把火烧光，而这些魔法环终将一点点消失无踪。

大型的白日恩格玛鼓更像市集而非舞会。大批旁观者追随舞者并聚集在树下。当恩格玛鼓的传闻散播得足够广泛，我们甚至能在这里看到内罗毕轻浮小姐，即玛拉雅，在斯瓦希里语中是个好词。她们花枝招展地到来，乘坐阿里·汗的骡车，全身上下裹着的图案硕大的印花布长袍，坐下来时活像草地上的巨大花朵。农场上诚实的年轻女孩们穿着传统皮裙和斗篷——都涂了油浸润过——靠近城里姑娘坐下，坦率讨论着她们的着装和举止，但城里的美女们则盘腿坐着，像黑木头做的玻璃眼娃娃般安静，抽着她们的小雪茄。成群结队的孩子因舞蹈而陶醉，渴望学习并模仿，从一个圆圈闯到另一个圆圈，或者被带到草坪边缘，组成自己的小舞圈，跳上跳下。

基库尤人去跳恩格玛鼓时会用一种特殊的淡红色白垩土涂遍全身，这种土需求量很大，可以买卖；涂完后让他们看上去呈现一种怪异的金色。这种颜色既不属于动物界也不属于植物界，笼罩其中的年轻人看上去像化石一般，如同石雕人像。女孩们穿着端庄、绣珠的黑褐色皮衣，衣服和身上全都涂满泥土，仿佛穿了衣服的雕像，身上的褶皱与布料被技法娴熟的艺术家优美地表现出来。年轻男子跳恩格玛鼓时一丝不挂，但这种场合，他们会充分利用发型，将红土拍在浓密的头发上，高高扬起石灰岩般的脑袋。我在非洲的最后几年里，政府禁止人们将白垩土抹到头上。无论男女，这一身装束都发挥了最佳效果：钻石和高级装饰都无法赋予他们更为明显的庆典模样。每当你远远看到一片风景之中一群涂了红土的基库尤人走在路上，你就会感觉到空气也随着节日的欢乐而鼓动。

白昼的露天舞会因缺乏范围限定而深受其苦。舞台太大了，从哪里开始，又在何处结束呢？一个个舞者小小的身躯可能全都染红了，一整张鸵鸟背在脑袋后面摇摆，脚跟处用疣猴皮制成的鸡距状饰物，醒目如骑士一般，但他们怎么看都像零零星星散落树下。表演包括舞者们组成的大大小小的圆圈，分散的观众及来回奔跑的孩子，让你目不暇接。整个场景与那些古老的战争图画有着异曲同工之妙，你在高处瞭望，会看到骑兵在一侧前进，炮兵在则占据另一侧，孤立的军械官策马狂奔，斜穿过你眼前的田野。

白天的恩格玛鼓还是闹哄哄的活动。长笛与鼓点演奏的舞乐常被观众的喧闹淹没，当男性舞者"处决"舞蹈中的某个角色，有个磨忍以格外漂亮的姿态跳起来，或将长矛挥过头顶，那些跳舞的女孩们就会发出怪异且持久的刺耳尖叫。坐在草地上的老人之间聊得投缘，如潺潺不绝的溪流。在这里观察几个基库尤老妇共用一只葫芦瓢痛饮狂欢，沉浸在愉快的谈话中，真是件赏心乐事，她们很可能是在聊自己曾在舞圈中扮演角色的日子，下午渐渐流逝，随着夕阳西沉，她们的面容因愉悦而愈加容光焕发，瓢里的藤布酒也越来越少。有时，当几位老妇的丈夫加入这个小团体时，其中一位妇女会因年轻时的回忆而忘乎所以，以至于踉踉跄跄站起来，挥舞手臂，以如假包换的少女姿态跳上一两步。人群并没有注意到她，但同龄人的小圈子却报以热烈掌声。

但晚上的恩格玛鼓才是认真的。

这些恩格玛鼓只在秋天举行，在玉米收割之后，在满月之下。我认为它们没有任何宗教意义，但可能曾经有过；表演者和观众的态度暗示了一个神秘而神圣的时刻。这些舞蹈可能已有上千年历史了。其中一些舞蹈受到了舞者母亲与祖母的高度赞扬，却被白人定居者认为有伤风化，他们觉得这些舞蹈必须被法律禁止。有一次，当我从欧洲度假回来，我发现，恰是咖啡采摘的农忙季节，可我的二十五名年轻战士却被我的经理送进了监狱，因为他们在农场的夜间恩格玛鼓上跳了一支被禁舞蹈。经理告知我，他的妻子绝对不能容忍这种舞蹈。我为他们在经理的房子周围举办恩格玛鼓而训斥了占地者中的长老们，但他们严肃地向我解释说，他们是在卡特西古的村子办的，离经理家有四五英里远呢。然后，我不得不去内罗毕同区域官员交涉，他让所有的舞者回到农场来采咖啡。

夜间的舞蹈壮观极了。在这里，你对表演的场地一目了然，它由火焰构成，一直延伸到光亮所及之处，事实上，火是恩格玛鼓的核心原则。并非真的是舞蹈需要用到火，而是因为非洲高原的月光无比皎洁；火是用来营造效果的。火焰将舞蹈场地化为顶级的舞台，它将所有颜色与动作集合一身，融为一体。

当地人很少过分追求效果。他们不会点燃烈焰熊熊的篝火。舞蹈前一天，农场上的占地者妇女将木柴搬到舞蹈场地，她们会自视为这场盛会的女主人，将柴火堆在舞蹈场地的中央。夜晚，年长的妇女大驾光临，为舞蹈增光，她们就围绕中心处的木柴堆而坐，从那里开始，一串小小的火苗如一圈星星，彻夜不熄。舞者们再一次围着火堆跳舞奔跑，森林的夜色化作背景。场地必须极为开阔，否则热浪和烟雾会钻进年迈观众的眼睛里，但它同时又是这世上的一处封闭之所，仿佛是一所大房子，供身处其中的人共同使用。

土著对比较没有感觉亦无兴趣，在他们身上，自然的脐带不曾完全割断。他们只在满月时举办恩格玛鼓。当月亮发挥到极致时，他们也同样做到最好。地面上的一切在来自天空的柔和而强大的光线中沐浴游弋，他们为非洲大地的灯火琉璃平添了微弱的火红光彩。

客人们结伴抵达，有时一下来三个人，有时则有十二或十五个人，他们都是相约前来的好朋友，或是来的路上顺路结伴。许多舞者是步行了十五英里才来到恩格玛鼓。很多人一起长途跋涉时，他们便会带上长笛或鼓，这样一来，在盛大的舞会之夜，整个地区的所有大路与小径都将回荡着经久不息的音乐，如同在月亮面前摇晃的铃铛。在舞圈的入口处，漫游者停下来，等待舞圈对他们开放；有时候，若他们是从很远的地方来的客人，或是附近地区大酋长的儿子们，便会有该农场的一位老占地者、杰出舞者或舞蹈监督员接待他们进入。

恩格玛鼓的监督员像其他人一样，都是来自农场的年轻人，但他们在那里是负责维持舞蹈礼仪，并充分利用自己的职位。舞蹈开始前，他们眉头紧锁、表情严肃，在舞者面前走来走去，趾高气扬的；随着舞蹈越来越活跃，他们会从舞圈的一边跑到另一边，以监督一切都如预期进行。他们有效地武装起来，拿着捆在一起的木棍，他们不断将棍束的一端蘸入火中，保持火焰长燃。他们紧盯着舞者，无论在何处发现任何不体面的行为，他们会立刻抵达；他们面目狰狞，疯狂咆哮，将手中一整把木棍朝犯规者身上扔过去，点燃的那一端首当其冲。你能看到受害者被打中后弯下腰来，但一声都不吭。或许，从恩格玛鼓带回这样的灼烧并非什么不光彩的伤口。

在其中一种舞蹈中，女孩们会羞涩地站在年轻男子的脚上，环抱他们的腰，而年轻的勇士则贴着女孩头部两侧伸出手臂，双手握住长矛，不时举起，并用尽全力砸在地上。这段舞蹈营造出了优美的画面，描绘了部落中的年轻女子在面临致命危险时躲入男人的怀抱，男人们则保护着她们，甚至让她们站在自己的双脚上，保护她们免受来自地面的蛇或其他危险物的威胁。随着舞跳上数小时，舞者们的脸上流露出天使般陶醉的表情，仿佛他们真的做好准备为彼此赴死。

他们还有其他舞蹈，在这些舞蹈中，舞者们在篝火间穿梭奔跑，一个领舞做了许多极高的跳跃动作，还有很多挥动长矛的动作；我相信这是基于猎狮而编排的舞蹈。

恩格玛鼓上有歌手，也有长笛手和鼓手。其中一些歌手蜚声全国，都是从很远的地方邀请而来。他们的吟唱更像是一种有韵律朗诵，而非唱歌。他们都是即兴诗人，不假思索地编织出叙事长诗，舞者们也纷纷加入，快速而专注地跟着唱副歌。在夜晚的空气中，聆听一个柔和的声音渐渐升高，年轻声音的呼喊有规律地重复，慎重而克制，真的是赏心乐事。但是，随着音乐响彻通宵，鼓点为了增强效果时不时加入，结果变得单调乏味，听来如同酷刑，仿佛你既不能忍受它再持续哪怕一秒钟，也不能忍受它戛然而止。

在我的恩格玛鼓中，最著名的歌手来自达戈拉提。他嗓音清晰有力，而且他本身还是个伟大的舞者。唱歌时，他会大步流星，迈出滑步，走入或跑进跳舞的圆圈内，每迈一步就半跪下，将一只扁平的手掌举在嘴角；这么做可能是为了聚拢声音，但起到的效果却仿佛是向集会众人透露了一个重大而危险的秘密。他整个人看上去就像是非洲的回音。他惯于随心所欲地将听众引向快乐或好斗的情绪，抑或笑到抽筋。他唱了一首可敬可怕的歌，是一首战歌，在这首歌中，我相信歌手被想象成从一个村庄跑到另一个村庄，呼吁全国人民参战，并向人们描述屠杀与劫掠。一百年前，这首歌会让白人移民的血液凝固。但大体上他没那么可怕。一天晚上，他唱了三首歌，我让卡曼特翻译给我听。第一首是幻想歌谣：在想象中，所有舞者获得了一艘船，航行到沃腊亚。第二首歌，卡曼特向我解释，从头到尾都是赞扬老妇人，即歌手和舞者们的母亲与祖母。这首歌在我听来很是甜蜜，歌曲很长，一定巨细靡遗地描述了没有牙齿、头顶光秃的基库尤年迈妻子们的智慧和善良，她们就在场地中央的柴堆旁聆听，点头。第三首歌很短，却引来了所有人的尖叫与哄笑，歌手不得不提高尖锐的嗓音才能穿透喧嚣，被人听到，而且自己也在唱的时候笑了出来。老妇人们刚刚才受到如此强烈的奉承，因此心情大好，拍打大腿，张大嘴巴，如鳄鱼一般。卡曼特不愿意给我翻译，他说那全都是胡说八道，只言简意赅地说了说。这首歌曲的主题很简单：在最近的一次瘟疫大流行之后，政府为上交给区域专员的每一只死老鼠都设置了奖金，歌曲描绘了所有人都在追老鼠，它们便躲进部落的老妇少女的床上，以及在床上都发生了什么。这首歌的细节可能很有意思，但我没听到。由于给我翻译这首歌极度违背卡曼特的意愿，所以他自己也时不时抑制不住露出一个酸涩的微笑。

在一次夜晚的恩格玛鼓上，一桩戏剧性冲突粉墨登场。

这次恩格玛鼓是一场告别宴会，在我快要动身前往欧洲访问时，以我的名义举办。我们这一年过得不错，宴会非常盛大，估计有1500名基库尤人参加。舞蹈已经持续了数小时；睡觉前，我又出去看了一眼，有一把专门为我准备的椅子背靠一个男孩的小屋放着，几个年迈的占地者热情招待了我。

突然间，一阵剧烈的骚动在舞者的环形队列中散播开，是出于惊讶或恐惧的激烈变动，一种非同寻常的声音，仿佛风吹过灯芯草丛。舞步减缓，再减缓，但还没有停止。我问一个老人怎么了。他飞快地低声回答："马赛·纳库贾。"——马赛人来了。

这消息肯定是由送信人带来的，因为它持续了一段时间，直到真的有事发生，很可能是基库尤人正在回复说客人将被接纳。马赛人来到基库尤人的恩格玛鼓是违法的，因为过去这种事情惹出了太多麻烦。我的仆人们过来站到我的椅子旁边；所有人都看向舞场的入口。当马赛人到来时，舞蹈完全停止了。

有十二名年轻的马赛勇士走了进来，走了几步后他们停了下来，等待着，目不斜视；他们冲着篝火略微眨了眨眼。他们浑身赤裸，只拿了武器，佩戴着华丽头饰。其中一个人戴了磨忍在战争中佩戴的狮皮头饰。一条宽宽的猩红色纹路笔直地从膝盖涂到脚，仿佛是双腿正在流血。他们直挺挺地站着，双腿僵硬，头向后仰，沉默而肃穆，这姿态既属于征服者又同时属于囚徒。给人的感觉就好像他们是被迫来参加恩格玛鼓的。低沉的击鼓声穿过河流，涌入了保留区，一直响，一直响，让年轻的勇士们心烦意乱；其中十二个人无力抵御那个召唤。

基库尤人也同样深感不安，但他们对客人以礼相待。农场的领舞欢迎他们进入舞蹈环，他们在深深的沉默中就位，舞蹈再次开始。然而，和之前不同的是，气氛凝重了起来。鼓声开始敲得更响亮，节奏也更快。如果恩格玛鼓继续下去，我们将看到一些惊人壮举，届时基库尤人和马赛人将竞相展示他们作为舞者的活力与技巧。但这次恩格玛鼓并没有这样发展：总有些事情，即便人人都怀着好意，也无法实现。

我不知道发生了什么。突然间，环形摇摆起来，被打破了，有人放声尖叫，几秒钟后，我眼前的整个场地满是奔跑拥塞的人群，有击打与身体倒地的声音，头顶上方，夜晚的空气中长矛的声音此起彼伏。我们全部起身，甚至是处在中央的那些明智老妇，她们爬到木柴堆上，想看看发生了什么。

当激动的情绪平复下来，群情激奋的人们再次散开，我发现自己站在了人群中央，周围是一片小空地。两个老占地者来到我身边，懊丧地向我解释发生了什么：马赛人违反了法律和规矩，现在的情况是，一个马赛人和三个基库尤人受了重伤，"砍成了碎片"，这是他们的表达。他们继续严肃地问我现在是否同意把他们再缝起来。不然的话，每个人都可能被塞利卡利（政府）找一大堆麻烦。我问老人，打架的人都被砍了什么。"头"，他骄傲地回答，土著人就是这样充分利用灾难。就在那时，我看到卡曼特朝这边走来，拿着一根长长的螺纹织补针，还有我的顶针。我仍旧犹豫不决，就在那时，老阿瓦鲁走上前来。他在七年的牢狱生涯中学会了裁缝手艺。他一定一直在寻找实践机会，来展示技艺，他自告奋勇负责这件事，大家的兴趣立马集中在了他身上。他确实缝合了伤口，伤员在他手中复原了，之后他自己也对这番成就大肆吹嘘，但卡曼特暗地里告诉我，那些人的头并没有被砍下来。

由于马赛人出席舞会是非法的，所以我们不得不将受伤的马赛人藏在为白人访客的仆人预留的小屋里。他在那里康复了，并且自始至终没有对阿瓦鲁说一句感谢的话就消失了。我相信，被基库尤人所伤，又被基库尤人治愈，对一个马赛人的内心来说是难以承受的。

当那一晚的恩格玛鼓接近尾声时，我出去询问受伤者的消息，我发现，在清晨灰蒙蒙的空气中，篝火仍在闷闷地燃烧着。许多基库尤年轻人正围着火堆活动，在一位年纪很大的占地者老妇的指挥下，他们蹦蹦跳跳，并将长长的棍子戳进余烬，这老妇便是瓦奈纳的母亲。他们正在施法，防止马赛男孩成功同基库尤女孩坠入爱河。

第二章　亚洲来客

　　恩格玛鼓是邻里之间的传统社交活动。随着时间的推移，我认识的第一批舞者的弟弟妹妹们来到舞池，之后儿子和女儿们也来了。

　　但我们也有来自遥远国度的访客。季风从孟买吹来，智慧而经验丰富的老人乘上船，一路从印度来到这座农场。

　　在内罗毕，有个名叫酋乐姆·侯赛因的印度大木材商，在我最初清理土地时，同他做过不少生意，他是个热心肠的穆斯林，也是法拉赫的朋友。有一天他到我家来，请我允许他带一位来自印度的大祭司前来造访。酋乐姆·侯赛因告诉我，他一路漂洋过海而来，来视察他在蒙巴萨和内罗毕的会众：他们这边的会众渴望好好招待他，于是绞尽脑汁，实在想不出比到农场参观更好的办法了。我能让他来吗？当我说他当然会受到欢迎，酋乐姆·侯赛因接着解释说，这位老人等级太高，太过神圣，但凡曾被异教徒用来煮过食物的锅，这口锅里烹饪的食物他一律不能入口。但是他马上补充道，我不必为此忧心，内罗毕的穆斯林信众会准备好餐点并及时送出；我只需要让大祭司在我的房子里享用即可，行不行？我同意了，过了一会儿，酋乐姆·侯赛因又重新提起这件事，面露难色。无论大祭司去哪里，礼节都要求他必须接受礼物，在像我家这样的房子里，这个礼物不能少于一百卢比。但是我无须为此挂心，他赶紧解释，内罗毕的穆斯林已经筹好了这笔钱，他们只是请求我将它交给祭司。但祭司会相信这是我的礼物吗？我问道。对此，我无法从酋乐姆·侯赛因那里得到任何解释，就是

135

有这样的时候，有色人种怎么都没法表达清楚自己的意思。一开始我婉拒了他们赋予我的这个角色，但是看到酋乐姆·侯赛因和法拉赫刚刚还洋溢着希望的脸瞬间失落，我放弃了我的骄傲，想着随便大祭司怎么想都行。

大祭司来访的那一天，我忘记了这件事，去田里试我的新拖拉机。卡曼特的小弟弟缇缇被派来找我。拖拉机的噪声太大了，我听不清他要说什么，而且启动它很困难，因此我可不敢停下来；缇缇在就像只小疯狗一样，满田野地跟在拖拉机旁边，在厚实的土地和尘土厚厚堆起的长长的痕迹中气喘吁吁，咬牙切齿，直到田野尽处，我们停了下来。"祭司们来了。"他朝我吼道。"什么祭司？"我反问。"所有的祭司。"他骄傲地解释道；他们乘四辆车抵达，每辆车里坐了六个人。我跟他一起回家，来到家附近时，我看到一大群身穿白袍的人散布在草坪上，仿佛一群白色的大鸟围绕我的房子降落，或是一群天使突降农场。这恐怕是从印度派来的一整个宗教法庭，来维护非洲的宗教正统。然而，当大祭司朝我走来时，庄重的形象绝不会让人弄错，他的身边跟着下属，还有酋乐姆·侯赛因保持着恰到好处的距离，远远护卫。他是一个非常矮小的老人，面目清秀精致，仿佛是雕刻在极为古老的象牙上。随从们走近了，站在我们旁边，为我们的会面站岗，随后又撤离了；他们期望我单独招待客人。

我们彼此无法交流，因为他既不懂英语也不懂斯瓦希里语，而我也不会他的语言。我们不得不通过手势来表达相互间的尊重。我看出他已经参观过房子，屋子里所有餐具都摆在桌上，鲜花也按照印度和索马里人的喜好布置妥当。我和他一同来到西边的石头长椅上坐下来。在这里，在旁观者屏息凝神的注目下，我把一百卢比递给了他，钱包在酋乐姆·侯赛因的绿色手帕里。

我因这位老祭司的一丝不苟而一直对他有点偏见——看到他如此苍老

又瘦小，有那么一瞬间，我以为这种情况可能对他来说有些尴尬。然而，当我们并肩坐在午后的阳光下，没有以任何方式假装进行任何交谈，而是以友好的精神相互陪伴，我感到对他而言，什么都不会尴尬。他呈现出一种奇怪的形象，他就是安全本身，是绝对的保障。他彬彬有礼，微笑，点头，当我给他指山丘和高大树木时，他就好像对一切都有兴趣，对一切都不惊讶。我很好奇，这种一致性是来自对世间邪恶的无知无觉，还是来自深入了解与接纳。因为，无论是这世上压根没有毒蛇，还是你往血液里注射过更强的毒素从而达到完美免疫，最终都是殊途同归。老人平静的面容看起来如同年幼的婴儿，还没有学会说话，对万事万物都兴趣浓厚，又生来就不会大惊小怪。我可能是坐在石凳上，在一个幼童，一个高贵的婴儿，某个老迈的主的孩子耶稣的陪伴下，度过了午后的一小时，时不时用心灵的脚触碰摇篮的摇杆。那些看遍了尘世，也历经了世事的年迈老妇脸上也有同样的表情。那不是一种男性的表达——它与襁褓和女装同在，与我这位年长来客漂亮的白色开司米长袍相得益彰。在穿男装的人当中，我只在马戏团里一个聪明的小丑脸上见过这种表情。

老人很疲惫，不愿起身，而其他祭司则跟着酋乐姆·侯赛因到河边去看磨坊。因为他自己就像鸟一样，所以似乎对鸟很感兴趣。当时我家门口有一只温驯的鹳，我还养了一群鹅，从来没宰杀过，它们在这儿，只是为了这里看起来像丹麦。老祭司对它们很感兴趣，他指向世界的各个角落，试图弄清它们来自何处。我的狗在草坪上，让这个下午显得完美无缺。我原本以为法拉赫和酋乐姆·侯赛因会让它们关在犬舍里，因为酋乐姆·侯赛因作为一个真正的穆斯林，无论何时来农场做生意，都会因它们而惊慌失措。但此刻，它们就在这里，在穿着白袍的神职人员间闲庭信步，绝对是狮子挨着羔羊。伊斯梅尔认为这些狗被一眼就认出穆斯林。

大祭司离开前，赠予我一枚珍珠戒指，作为他的访问留念。那时我觉得，除了那个卢比红包的假礼物外，我也想送他一些东西，于是我让法拉赫去仓库，取来一张狮皮，是前不久才刚刚在农场上打死的狮子的皮。老人握住其中一只大爪子，在自己的脸颊上试爪子的锋利程度，眼神纯净而专注。

　　他走后，我很想知道他是否已将农场范围内的一切装进了他精干高贵的头颅，还是什么都不曾留下痕迹。他的确留意到了某些东西，因为三个月后，我收到了一封来自印度的信，地址错乱，投递还延误了。信中，一位印度王子请我出售一只"灰狗"给他，因为一位大阿訇曾向他提起过，价格由我自己来定。

第二章　索马里妇女

有这样一群来访者，她们在农场上扮演了重要角色，但我不能写太多，因为她们不会喜欢。这些来访者就是法拉赫家的女眷。

当法拉赫结婚，并将妻子从索马里兰带到农场时，随她而来的还有一小群活泼而温柔的深色鸽子：她的母亲、妹妹以及在这个家长大的年轻表妹。法拉赫告诉我，这就是他们国家的习俗。索马里兰的婚姻由家族中的长者安排，考量年轻人的出生、财富和声誉；在最好的家庭中，新娘和新郎直到结婚当天才初次见面。但索马里人是有着骑士精神的民族，绝不会让未婚妻处于无人保护的境地。婚后，新婚丈夫在妻子的村庄里住上六个月是一种礼貌，其间，她仍旧可以作为一位女主人，同时也是了解当地且具有影响力的人。有时新郎无法做到这一点，新娘的女性亲属也会毫不犹豫地稍加陪伴，陪她一同步入婚姻生活，即便这对她们而言意味着离开故土，远走他乡。

在我家，索马里妇女组成了一个圈子，后来又加入一个没有妈妈的小女孩，让这个圈子完整了，法拉赫收养了这个部落里的小女孩，我认为，他不是没有考虑到日后她要婚姻的时候，可能带来的潜在利益，就像末底改和以斯帖那样。这小女孩是个聪明绝顶、灵动可爱的孩子，随着她渐渐长大，我目睹了女仆们牵着她的手，一丝不苟地将她塑造成恰到好处的年轻处女。她刚来和我们一起生活时只有十一岁，总是离开家族的领地，跟着我东奔西走。她骑我的矮脚马，带着我的枪，或是和基库尤小家伙们跑去鱼塘，她卷起裙子，拿着袋网，光着脚在长满灯芯草的河岸上奔跑。这个索马里小姑娘的头发全都剃光了，只剩下一圈黑色的卷发环绕头部，还有头顶一绺长长的头发；这是一种很漂亮的时尚发型，让这孩子就像个欢乐又恶毒的小和尚。但随着时间推移，在成年女孩的影响下，她变了，并被这个改变的过程吸引并控制。仿佛真有重担绑在她的腿上，她开始慢慢走路，不慌不忙；她遵从最佳典范，目光始终向下，并且在陌生人到来时以消失不见为荣。她的头发不再剪短，头发足够长的那一天到来时，其他女孩分开她的头发，编成许多小辫子。这位初学者庄严而骄傲地将自我奉献给所有仪式的艰辛；那种感觉就好像是她宁死也不愿在这份职责上有所疏忽。

法拉赫告诉我，他的岳母在自己的家乡因为对女儿的卓越教育而备受尊重。她的女儿们在那里是时尚之鉴、少女楷模。的确，这里有三个最为高贵端庄的年轻女子；我从未见过比她们更有女人味的女子。她们的穿衣风格更是强调了少女的贤淑。她们穿着颇为壮观的伞裙，我很清楚每条裙子都需要十码布料，因为我经常为她们买丝绸或印花平布。在这堆积的衣料之下，她们纤细的膝盖以一种诱人又神秘的韵律移动着：

你高贵的双腿，在轻轻摆动的裙摆下，

挑逗着深沉的欲望，激起痒痒的感觉，

就像两个女巫

在深瓶中搅动黑色的春药[1]。

这位母亲本身就是令人印象深刻的人物，肥硕壮实，拥有母象般强

---

[1]　引自法国诗人波德莱尔诗歌《美丽的船》。

大而仁慈的沉着，满足于自己的力量。我从未见过她发怒。先生与老师们理当羡慕她身上那激励人心的品质；在她的手中，教育并非强迫，不是苦工，而是一个伟大的高尚阴谋，只有她的学生才有进入的特权。我在林中为他们建造的小屋是一所小小的"白魔法"高中，温柔地踏上森林小径，围着它转来转去的三个年轻女孩就像三个年轻女巫，在学校里竭尽全力学习，因为在学徒期结束时，那份强大将是她们的。她们志趣相投，为卓越而竞争；很可能在现实生活中，当你在市场上，人们公开讨论你的价值，竞争就变得坦率而诚实。法拉赫的妻子，不再担忧自己的身价，她拥有了特殊地位，就像是已经斩获了巫术奖学金的好学生一样；在同年迈的巫师校长进行私下谈话时被观察，而这样的荣誉从未落到女孩们头上。

所有年轻女性都对自身价值自视甚高。穆斯林处女不能下嫁，否则将为家族招致最严厉的指责。男子则可以低娶，对他们而言这样就够好了，据说，年轻的索马里人也曾娶过马赛妻子。但是，索马里女孩可以嫁到阿拉伯地区，阿拉伯女孩却不能嫁到索马里兰，由于阿拉伯人与先知穆罕默德关系更近，因此是高等种族，而在阿拉伯人当中，隶属先知家族的少女不能嫁给家族外的丈夫。凭借性别，族人中的年轻女性有权要求向上社交。她们自己故作天真地将这一原则比作种畜场里的纯种原则，因为索马里人非常看重母马。

等我们熟悉起来以后，女孩们问我她们听到的传言是否属实，即欧洲有些民族把女孩们白送给丈夫。他们甚至听说过，有一个部族竟然堕落到要付钱给新郎来娶新娘，她们完全无法理解这个想法。这样的父母，这样糟践自己的女孩，真该遭人唾弃，真是丢脸。他们的自尊心在哪里，他们对女性或童贞的尊重在哪里？女孩们告诉我，要是她们自己不幸生在那个部落，她们肯定会发誓到死都不结婚。

在我们这个时代，我们在欧洲没有机会学习少女的假正经技巧，我也没能从古书中领会其魅力。现在我明白了我的祖父和曾祖父是如何被迫跪下的。索马里制度既是自然之必然，又是一门美妙的艺术，它既是宗教、策略，又是芭蕾舞，人们满怀应有的虔诚、自制力与灵巧熟练，处处践行它。它的无上甜蜜之处就在其蕴含的相反力量的角力之中。在反驳的不朽原则背后，有着诸多慷慨；在迂腐背后，是幽默感，以及对死亡的蔑视。这些战斗民族的女儿们践行自己一本正经的礼节如实践一场优雅至极的战舞；黄油在她们的嘴里不会融化，在饮下敌人的心脏之血前，她们绝不休憩，她们就像三只凶猛的年轻母狼，身披体面的羊皮。索马里人精瘦硬朗，在沙漠与大海上变得坚强坚定。生命的重负、高强度的压力、滔天的巨浪和漫长的岁月，必已让他们的女性化为坚硬闪耀的琥珀。

女人们以游牧民族的风格，将法拉赫的房子布置得很有家的感觉，仿佛随时都能拆了帐篷走人，墙上挂了许多小毯子和绣花罩子。对她们而言，熏香是家中的重要组成部分；许多索马里香薰非常甜。在农场度过的那段岁月，我见不到什么女人，于是习惯了一天行将结束时，在法拉赫的房子里同老妇人还有女孩们坐上一会儿。

她们对每件事情都兴致盎然，一点小事就能让她们开心。农场上的小灾祸，地方事务闹的笑话，都能让她们哈哈大笑，如同房子里一连串的铃铛作响。当我要教她们编织时，她们嘻嘻哈哈，如同看滑稽木偶戏。

然而她们的纯真并非无知。她们都曾协助过分娩和临终照料，冷静地同老妇人讨论其中的细节。有时，为了逗我开心，她们会讲《天方夜谭》风格的神话传说，大多是喜剧故事，对待爱情内容非常坦率。这些故事都有一个共同点，女主角无论贞洁与否，都能打败男性角色，并在故事中大获全胜。母亲就坐在一旁，微笑倾听。

在这封闭的女性世界里，可以这么说，在围墙与碉堡的背后，我感受到一种伟大理想的存在，没有这个理想，守备是不会如此英勇地继续着；那是对于一个千禧年的理想，那时女性将在世上占据统治地位。在这样的时刻，老母亲便呈现出崭新的形象，坐上王位，如巨大的黑色符号，象征着古时存在的强大女神，比先知的上帝还要古老。她们始终注视她，但首先，她们是真实的人，着眼于运动的需求，并怀有无限准备就绪的勇气。

这些年轻女性对欧洲习俗非常好奇，聚精会神地聆听对白人姑娘的举止、教育及服装的描绘，就好像是要通过了解如何吸引并征服异族男性的知识来完善她们的战略教育。

她们自己的服装在生活中扮演了重要角色，这没什么好奇怪的，毕竟对她们来说，衣服既是战争的材料，也是战利品，还是胜利的象征，就像胜利的旗帜一样。她们的索马里丈夫，天性禁欲，对食物、酒饮及个人舒适漠不关心，如同他的故土一样坚硬而质朴：女人就是他的奢侈品。他对她不知餍足，她是他生命中的至善：马、骆驼和家畜也可能进入他的世界，惹人喜爱，但它们永远也无法胜过妻子。索马里女性鼓励男人的这两种本性。她们极为残暴地蔑视男人内心的温柔；并以巨大的自我牺牲来维护自己的价值。如果不通过男人，这些女人无论如何都无法获取一双拖鞋，她们无法拥有自己，必须得属于某个男性，属于父亲、兄弟或丈夫，但她们仍旧是生命中的头等奖。索马里女人从她们的男人那里获得丝绸、金子、琥珀和珊瑚，而这对双方来说都是荣光，真叫人惊讶。在漫长而艰苦的商业游猎接近尾声时，困难、风险、计谋及耐力都变成了女人们的服装。那些没有男人可供压榨的年轻女孩，在她们帐篷般的小房子里，充分利用着自己漂亮的头发，期盼着能够征服征服者、敲诈敲诈者的那一刻。她们很善于互借华丽服饰，乐于用已婚姐姐最好的衣服来打扮年少的妹妹，她是家里的掌上明珠；甚至嘻嘻哈哈地让她戴金线织就的头饰，处女戴这种头饰是不合法的。

索马里人很爱打官司，总闹长期纠纷，总有案子需要法拉赫频繁前往内罗毕，或出席部落在农场的会议。这种时候，每当我去他们家，老妇人都会以温柔而聪慧的方式盘问我案子的情况。她本可以问法拉赫，他肯定会将她想知道的一切都告诉她，因为他非常尊重她。但我相信，她是出于外交策略而采取了另一种方式。通过这种方式，她依旧能保持一个女人对男性事务的一无所知，以及一种女性的无能，对男人们说的话一个字都听不懂，这样才符合她的身份。若是她给出建议，那就应当以西卜林神谕①的方式讲出来，是受到神示，谁都不能追究她的责任。

在农场的大型索马里会议或重要宗教庆典上，女性要忙着布置场地和准备食品。她们本人不能出席宴会，也不能进入清真寺，但她们对集会的成功及辉煌雄心勃勃，甚至是在彼此之间也不会透露半分内心对这场集会的看法。在这些场合，她们是如此强烈地让我想起我们国家的老一辈女性，我在脑海中看见套在裙撑和狭长裙裾中的她们。我妈妈和祖母那一辈的斯堪的纳维亚女性也不例外，是本性善良的野蛮人的文明奴隶，在那些重大而神圣的男性庆典上如秋季的野鸡射猎和大型狩猎活动中尽地主之谊。

索马里人一代代以来都是奴隶主，他们的女人同土著人相处甚好，以一种漠不关心的温和来对待他们。对土著人而言，为索马里人和阿拉伯人服务要比为白人服务更容易，因为有色人种的生活节奏处处相同。法拉赫的妻子在农场的基库尤人当中颇有人气，卡曼特多次告诉我她非常聪明。

---

① 西卜林神谕集，初由犹太教人士所写，后经基督教人士增订改编的神谕式诗句集。

同我那些经常来农场留宿的白人朋友——比如伯克利·科尔和丹尼斯·芬奇–哈顿——相处时，年轻的索马里女子们非常友好，经常谈论他们，并且惊人地了解他们。每每相遇，她们便以姐妹般的方式同他们交谈，双手隐在裙子的褶皱里。但关系还是挺复杂的，因为伯克利和丹尼斯都有索马里仆人，而这些女孩绝对不能见他们，这辈子都不行。贾玛或者比莱亚都缠着头巾，瘦削，黑眼睛，只要他们有谁一在农场露面，那些年轻的索马里女子就会抢先消失，不留一丝痕迹。如果她们在这段时间内想见我，她们就会偷偷摸摸地绕过房子的拐角过来，拉起裙子挡住脸。英国人说女孩们展现出的信任叫他们高兴，但我相信，在他们心中，必有一丝冷风吹过，因为意识到姑娘们竟然觉得自己人畜无害。

有时我会带着这些女孩出去兜风或拜访别人；我会谨慎询问她们的母亲这样做是否恰当，因为我不想玷污宛如狄安娜①的面庞一样清洁的名字。在农场的一侧住着一位年轻的澳大利亚已婚女子，曾有好几年，她都是我可爱的邻居；她会邀请索马里女孩去喝茶。那可都是盛大的场合。她们会打扮得如花束般漂亮，驱车前去的路上，我身后的车厢就像鸟笼一样充斥着叽叽喳喳的声音。她们对房子、衣服，甚至我朋友的丈夫（若是看到他在远处骑马或耕地）都表现出极大的兴趣。等到品茶时我才发现，只有已婚的姐姐和小孩子才能享用，对年轻女孩来说茶水太刺激，是不能喝的。她们只能用蛋糕来满足自己，并且举止端庄，心甘情愿。大家讨论了一番与我们同来的小女孩，她还可以喝茶吗，还是说她已经到了喝茶危险的年纪？已婚的姐姐认为她或许能喝，但小姑娘却深深瞥了我们一眼，阴沉而骄傲，并拒绝了这杯茶。

表妹是个红棕色眼睛的忧郁女孩儿，她能读阿拉伯文，并能背诵《古

---

① 狄安娜，罗马神话中的月亮女神与狩猎女神。

兰经》的一些段落。她正处于神学上的思想转变期，我们一起讨论宗教问题，聊这世间的奇观。我从她那里了解到约瑟夫和波提乏之妻①的真正解释。她会承认耶稣基督是由处女所生，但不认为他是上帝的儿子，因为上帝不能拥有有血有肉的儿子。最最可爱的少女玛利亚曾在花园里散步，一个伟大的天使奉主之命而来，用羽翼触碰了她的肩膀，她便由此怀孕了。有一天，在我们的辩论过程中，我给她看了一张明信片，上面是托瓦尔森的基督雕塑，在哥本哈根大教堂。于是她陷入了对救世主的温柔而狂热的爱慕当中。她永远听不够他的故事，在我讲述时，她长吁短叹，脸色也随之变化。她特别在意犹大，他是个什么样的人，怎么会有那样的人呢？非得亲手抠出他的双眼才能大快人心。那是一种伟大的激情，如同她们在家中焚烧的香，那是用长在遥远山脉上的乌木制成，对我们的感官而言既甜美又充满异域风情。

我问法国神父们，我是否可以带那群年轻的穆斯林女孩来布道团，当他们热情友好地同意时，我们便在某个下午开车去找他们，一个接一个郑重地步入凉爽的教堂，神父们很高兴有新鲜事发生。年轻的女孩们从未置身于如此巍峨的建筑物之中，抬起头来时，她们将手举过头顶自我保护，谨防教堂坍塌在她们身上。教堂里有雕像，除了明信片里见过以外，她们这辈子都还没亲眼见过这样的东西。在法国布道团，有一座真人大小的贞洁圣母像，蓝白相间，手持百合花，旁边还有一座怀抱婴儿的圣约瑟夫像。女孩们站在这些雕像前，震惊得说不出话来，圣母的美丽令她们唏嘘。她们早就知道圣约瑟夫其人，对他评价颇高，因为他是圣母忠诚的丈夫兼保护者。此刻，她们向他投以深深感激的目光，因为他还为妻子抱着孩子。法拉赫的妻子当时正怀着身孕，在教堂里的时候，她一直挨着这神

①　《圣经·旧约·创世记》中的故事。

圣家族。神父们自豪于教堂的窗户，那些窗户是用纸模仿彩色玻璃重新装饰的，描绘了耶稣的受难。那位年轻的表妹完全被这些窗户所吸引，沉浸其中，她绕着教堂走了一圈，目光始终停留在窗户上，她扭着双手，膝盖弯曲，仿佛承受着十字架的重量。回家的路上，她们几乎没有说话，我相信她们是害怕提出任何问题，从而暴露自己的无知。等到几天之后，她们才问我，修士们能不能让圣母或圣约瑟夫从底座上下来。

这位年轻的表妹在农场结了婚，婚礼场地在一栋当时空置的漂亮平房里，我借给索马里人用于这特殊场合。婚礼是引人瞩目的大事件，持续了七天。我出席了主要仪式，一队女人唱着歌，领着新娘去迎接一队唱着歌的男人，他们将新郎带到她面前。直到此刻，她才第一次见到他，我很想知道，她是否想象过他是托瓦尔森雕刻的基督模样，抑或她是否有两个理想，一个是天上的爱，一个是人间的爱，就像骑士浪漫小说那样。在这一周内，我不止一次驾车去到那里。无论何时抵达，我都能发现房子里回荡着节日气氛，缭绕着婚礼的熏香。剑舞和女人们的大型舞蹈都顺利进行；老人们做着牛的交易，枪声不断，城里的骡车来来去去。夜晚，在门廊上防风灯的光照下，阿拉伯和索马里最美丽的颜色进出着车辆和房子：淡红色、紫红色、苏丹棕、玫瑰红和藏红色。

法拉赫的儿子出生在农场，名叫艾哈迈德，大家都叫他萨乌非，我相信那是锯子的意思。他内心没有基库尤儿童的胆怯。在他还是个小婴儿时，裹得像个橡子，圆圆的黑脑袋下几乎没有身体，可他能直挺挺地坐起来，直视你的脸：就好像是在手中擎着一只小猎鹰，膝头又端坐一只小狮子。他遗传了母亲的开朗心态，等到能东跑西窜时，他就成了个快乐的大冒险家，在农场上的年轻土著世界颇有影响力。

第四章　老克努德森

　　有时，欧洲的来客像残破的木材漂入静水一样漂流到农场来，兜兜转转，最后再被冲走，或溶解并沉没。

　　丹麦人老克努德森，生着病、瞎着眼来到农场，并在那里度过余生，如一头孤独的动物。他走在路上，被痛苦压弯了腰背；有时长时间都不说话，因为艰难负重让他没有多余的力气来开口，当他开口，他的声音如同狼或鬣狗，根本就是哀号。

　　但是当他缓过气儿来，短暂地摆脱疼痛，那奄奄一息的火苗里又再一次迸发火星。这时他就会来找我，解释他如何同内心中病态的忧郁倾向做斗争，这种荒谬的性情使他总将事物看得无比黑暗。这显然是不合理的，因为外界环境并没有什么不对，是恶魔摄住了他，绝不能小觑。只是悲观主义，悲观主义——那可真是恶习！

　　是克努德森建议我烧制木炭并将其卖给内罗毕的印度人，那时我们在农场上的状况比平常还要拮据。有好几千卢比的搞头呢，他向我保证。在老克努德森的负责下，这事儿不可能失败，因为在动荡的职业生涯中，他曾经去过瑞典最北部，并熟练掌握了这门技艺。他主动请缨，把这门艺术传授给土著人。当我们一起在树林里工作时，我同克努德森聊了很多。

　　烧制木炭是一项愉快的工作。这份工作无疑有着令人陶醉之处，众所周知，木炭烧制工看待事物的角度与他人不同；他们喜欢诗歌与谎言，林妖也会前来做伴。烧制出来的木炭美极了，当你窑炉烈火熊熊并打开时，里面的东西散落一地。如丝绸般光滑，排除杂质，减轻重量，不腐不烂，是木头历经千锤百炼后的小小黑色木乃伊。

木炭烧制艺术本身的场景布置也是极尽美丽愉悦。我们只砍伐下层灌木丛，因为无法用粗木材来做木炭，所以我们仍旧是在巍峨大树的树冠下作业。在非洲森林的寂静和阴凉中，被砍伐的木材闻起来像醋栗；而煅烧窑刺鼻、新鲜、恶臭又发酸的气味如海风般令人神清气爽。整个地方都洋溢着一种戏剧性氛围，在赤道地区，没有剧院，这种氛围有着无穷的魅力。薄薄的蓝色烟雾从一个个均匀分布的窑炉中袅袅升起，而黢黑的窑炉看起来就像舞台上的帐篷；这地方就是浪漫歌剧中走私者或士兵的营地。土著们的黑色身影悄无声息地穿梭其间。在非洲森林里，树下灌丛被清理掉的地方，你总能看到大量蝴蝶，它们似乎很喜欢聚集在残根上。神秘极了，无邪极了。老克努德森瘦小佝偻的身躯与周遭环境完美契合，忽明忽暗，头顶红红的，敏捷灵巧，现在他得以从事一份热爱的工作，嗤之以鼻，又欢欣鼓舞，就像变得又老又忙的恶作剧精灵，恶意满满。他对待自己的工作认真负责，对他的土著学徒耐心有加。我们并非总是意见一致。在巴黎，还是小女孩的我去上过绘画学校，学过橄榄木能制成最好的木炭，但克努德森却解释说橄榄木上没有结，他以地狱的七千魔鬼的名义发誓，人人都知道精华就在于它们的结。

这片树林的某种特殊环境平息了克努德森的火气。非洲树木叶子纤细，大多数是手指状的，因此当你清除了密集的灌木丛，可以说是掏空了森林，那光线就像家乡五月山毛榉林的光线，那个季节叶子才刚刚舒展，或是还没全然展开。我将克努德森的注意力引到了这种相似上，这想法让他开心，因为在整个烧炭过程中，他一直怀抱并发散着幻想：我们正在进行丹麦的圣灵降临节野餐。他将一棵古老的空心树命名为罗滕堡，那是哥本哈根附近的一个娱乐场所。当我在罗滕堡深处藏了几瓶丹麦啤酒并邀请他去喝一杯时，他居高临下地认为这是个不错的笑话。

当我们点燃了所有的窑炉，便坐下来聊起了人生。我了解到很多克努德森从前的生活，还有他无论漫游到哪里，都会发生在他身上的诡异冒险。在这些谈话中，你必须谈论老克努德森本人，这个正直的男人，否则你就会陷入他警告过你的那种漆黑的悲观主义情绪。他经历了很多事：船难，瘟疫，不明颜色的鱼，酒泉，水龙卷，三日凌空，虚伪的朋友，黑暗的恶行，短暂的成功，以及转瞬即停的金子雨。他的奥德赛之旅中贯穿着一种强烈的情感：对法律，对与之相关的事物及活动的憎恶。他生来就是个叛逆者，他从每一个亡命徒身上都能看到自己的影子。对他而言，英雄事迹本身就意味着对法律的违抗。他热衷谈论国王和皇室，杂技演员、侏儒和疯子，因为他认为这些人是超出法律之外的，也喜欢谈论一切公然违反法律的罪行、革命、骗局和恶作剧。但对良好公民，他却深为鄙夷，任何遵纪守法的人在他看来都是奴性思维的表现者。他甚至不尊重也不相信重力法则，这是我和他一起砍树时了解到的：他看不出有任何理由，不能让毫无偏见、富于进取心的人把这条定理变得恰恰相反。

克努德森渴望在我心中铭刻下他认识的那些人的名字，最好是骗子和无赖的名字。但他从未在自己的叙述中提到过女人的名字。就好像是时间已经抹去了他心中埃尔西诺的甜美女孩，也抹去了世界各地港口城镇的无情女子。然而当我和他交谈时，我依然能感受到他的生命中始终存在一个不具名的女性。我说不好她可能是谁：妻子、母亲、女学生或是他第一任雇主的妻子——在我的脑海中，我称她为克努德森夫人。我想象她很矮小，因为克努德森本人也很矮小。她是毁掉男人快乐的女人，在这方面她一向正确。她是在枕畔教训丈夫的妻子，是大扫除日的主妇，她阻断一切事业规划，她给男孩们洗脸，从男人面前的桌子上一把夺走他那杯金酒。她是法律和秩序的代表。她对绝对权力的要求同索马里女性的女神有些相似，但克努德森夫人并不梦想着通过爱情来奴役，而是通过理智和正义来统治。

克努德森想必是在年轻时遇到了她，那时他的心灵还足够柔软，还能留下不可磨灭的印迹。他逃离了她，逃去了海上，因为她厌恶海洋，绝不会到那里去，但在非洲再次上岸后，他没有逃离她，她仍旧和他在一起。在他野性难驯的心中，在他红白相间的发丝下，他对她的恐惧超越了任何人，而且怀疑现实中的所有的女人都是克努德森夫人伪装的。

最终，我们的木炭烧制工作并没有获得财务上的成功。我们总有一个窑炉会时不时着火，利润也就化为乌有。克努德森本人对我们的失败牵肠挂肚，费心费力推测，最后宣称，如果手头没有充足的雪，这世上没有人能烧出木炭来。

克努德森还帮我在农场上造了个池塘。农圃道在某个地方穿过一大片长满草的洼地，那里有一处泉眼，于是我想出了一个计划，在泉眼下方建座水坝，将这里变成一面湖。在非洲，你总是缺水，对于牛来说，能够在田间喝水，节省下去往河畔的长长路程，真是百利而无一害。水坝的点子占据了农场的日与夜，引来诸多讨论；最终，当它落成时，对我们所有人来说都是一桩了不起的成就。水坝长达二百英尺。老克努德森对水坝兴趣浓厚，还教普兰·辛格制作水坝铲。水坝建成后我们遇到了麻烦，在漫长的干旱期过后，大雨开始滂沱，可它却无法蓄水；它多处坍塌，不止一次被冲垮到半毁。正是克努德森偶然想出了增固土垒的计划，即每当农场牛和占地者的牲畜来到池塘喝水时，就驱使它们穿过水坝。每一只山羊和绵羊都必须为这项伟大工作做出贡献，踩在水坝上。他同那些放羊的小男孩有过几次激烈的流血冲突，因为克努德森坚持认为牛应该慢慢走过去，但年少的野孩子们却想要它们飞驰而过，尾巴高高扬起。最终，当我站在克努德森这一边，而且他赢过了那些小家伙时，排成长列的牛静静地沿着逼仄河岸前行，在天空的映衬下，如同依次进入诺亚方舟的动物队列；而老克努德森则在数牛，手杖夹在腋下，看上去就像造船工诺亚，想到所有人都快要淹死了，除了自己，便颇为满足。

随着时间推移，我在此处得到了一片辽阔的水域，某些地方深达七英尺；道路穿过池塘，漂亮极了。后来，我们甚至还在下游处又建了两座水坝，从而获得了一连串池塘，如同穿成一串的珍珠。如今池塘成了农场的心脏。它总是生机盎然，被牛和孩子们环绕，在炎热的季节，当平原和山上的水坑干涸时，鸟儿们会来到农场：鹭、鹳、翠鸟、鹌鹑，还有十几个品种的鹅与鸭子。夜幕降临，当第一波星星跃上天空，我常常去池塘边坐着，鸟儿们便回家去了。游禽的飞行目的明确，与其他鸟类不同：它们正在迁徙，从一地去往另一地——在这些阅读荒野的游泳健将们眼中，没有什么它们看不到的景观！鸭子们在玻璃般清澈的天空上确定轨道，而后无声无息地俯冲入幽暗水中，宛如天上的弓箭手倒着射出大量箭头。我曾在池塘里射杀了一只鳄鱼，可真是件稀奇事，因为它必须得从阿蒂河漂流上十二英里才能抵达这里。它怎么知道此刻这里有水呢，它明明从未来过？

第一个池塘完工后，克努德森跟我交流了放鱼进去的计划。在非洲，我们有一种鲈鱼，非常美味，我们详细讨论了在农场上能够尽情捕鱼的想法。然而，要弄到鲈鱼可不容易，野生动物管理部门已经在池塘里放了鲈鱼，但还不允许任何人捕捞。但克努德森向我透露，他知道一个池塘，全世界再没有第二个人知晓，在那里我们想抓多少鱼就能抓多少。他解释说，我们可以开车过去，往塘里撒网，把鱼装在罐子和大桶里，开车拉回来，只要我们记得往水里放水草，回来的路上鱼就不会死。他对这个计划很上头，在向我详尽阐述时激动得发抖；他还为此亲手制作了一张无与伦比的渔网。然而随着远征的时间临近，这次计划却呈现出越来越神秘的面目。他坚持，应该在满月之夜进行，差不多在午夜时分。一开始，我们打算带三个男孩一起去，然后他把人数减为两个，再减少到一个，并一直问我他是否绝对值得信任。最后他宣布，最好还是只有我们俩一起去。我觉得这是个糟糕的计划，因为我们无法把罐子装进车里，但克努德森坚持认为这是最佳计划，并补充说我们不应该告诉任何人。

我在野生动物保护部门有朋友，所以我忍不住问他："克努德森，我们要抓的这些鱼到底属于谁？"克努德森一言不发。他吐了口痰，是标准老水手的痰，伸出一只脚来擦掉地上的痰，脚上穿着打了补丁的旧鞋，而后转过身，慢吞吞地走开了。他走的时候，脑袋深深垂在肩膀之间，如今他一点儿都看不见了，只能靠手杖摸索前路，他又变成了那个被打败的人，成了低俗冰冷的世界里无家可归的逃亡者。他仿佛是在他的姿态中施了咒，我就站在他离开我的地方，穿上了克努德森夫人的拖鞋，大获全胜。

捕鱼计划再也不曾出现在我和克努德森之间。直到他去世后的某个时候，我才在野生动物管理局的协助下将鲈鱼放入了池塘。它们在那里茁壮成长，将自己寂静、清凉、无声又躁动的生命汇入池塘的其他生命之中。正午时刻路过池塘，你能看到它们贴近水面，仿佛是暗色玻璃做成的鱼在幽暗而光照充足的水中。无论何时，只要有不期而至的客人来到家中，我都会派小汤博带上一根原始的钓竿到池塘去，钓上一条两磅重的鲈鱼。

当我发现老克努德森死在农圃道上时，我派了个跑腿的去内罗毕警察局，并报告了他的死讯。我本打算把他埋在农场，但夜里两名警官开车过来拉他，并带来了一具棺材。与此同时，暴风雨突然爆发，降雨有三英寸，因为这时恰好是长雨季的开端。我们开车前往他的房子，穿过湍流与成片成片的积水；当我们把克努德森往车上抬时，雷声如加农炮般在我们头顶轰鸣，四面八方全是闪电，密密麻麻如玉米地里的玉米须。车上没装防滑链，几乎无法保持在道路上行驶，左摇右晃。老克努德森肯定会喜欢，他肯定会对自己从农场的离开感到满意。

之后，关于他的葬礼安排，我同内罗毕市政府产生了分歧，并演变成一场激烈的争执，我不得不多次进城处理此事。这是克努德森留给我的遗产，是他通过代理人试图向法律发起最后一次挑战。因此我不再是克努德森夫人，而成了同袍兄弟。

第五章　亡命徒在农场休息

有一个来到农场的旅行者，在那里睡了一晚就走了，而后再也没有回来，从那以后，我时不时就会想起他。他叫埃曼纽尔森；他是瑞典人，初识他时，他在内罗毕的一家酒店里担任餐厅领班。他是个微胖的年轻人，面色潮红，每当我在酒店吃午餐时，他都习惯站在我的椅子旁边，用油腔滑调的声音讲他的祖国，讲我们共同认识的人，以此来款待我；他总是滔滔不绝，所以没过多久我就换去另一家酒店用餐，那时候城里只有这两家酒店。后来我只是模糊地听说过埃曼纽尔森的事；他似乎很擅长自找麻烦，并且对人生乐趣的喜好及想法上标新立异。因此国内其他斯堪的纳维亚人都不欢迎他。一天下午，他突然出现在农场，极其沮丧且害怕，请求我借他一笔钱，好让他能立即前往坦桑尼亚，否则他相信自己将身陷囹圄。要么是我的帮助来得太迟，要么是埃曼纽尔森把钱用在了其他地方，不久后我便听说他在内罗毕被捕了；他并没有入狱，但在我的视野中消失了一段时间。

一天晚上，我骑马回家，时间已经很晚，天上繁星闪烁，我看到有个人等在我家门口的石头上。是埃曼纽尔森，他以热情的声音宣布道："来了个流浪汉，女爵。"我问他为什么会在这里见到他，他告诉我他迷路了，不知怎么就来到了我家。他要去哪里？去坦桑尼亚。

这不太可能是实话，通往坦桑尼亚的道路是一条大公路，很容易找到，我这儿的农圃路就是起始于那里。他打算怎么去坦桑尼亚？我问他。他要走去，他告诉我。我回答，对任何人来说，这都是不太可能的事，那就意味着三天三夜滴水不进穿过马赛保留地，而且眼下那里的狮子很凶猛，当天就有马赛人曾来抱怨狮子，并要求我帮他们射杀一只。

是的，是的，埃曼纽尔森全都知道，但他仍然打算步行前往坦桑尼亚。因为他不知道还能怎么办。现在他正琢磨着，既然迷了路，是不是可以在农场陪我吃晚餐，过一夜，第二天一大早出发？——如果对我来说不方便的话，他会趁着星光明亮马上离开。

和他说话时，我一直坐在马背上，是想强调他并非客人，因为我不想让他进屋和我一起吃饭。可是在他说话时，我看出他也没指望被邀请，他对我的好客毫无信心，也可能是对自己的说服力毫无信心，他在我家屋外的黑暗中化作一个孤独的形象，一个没有朋友的人。他的热情态度并非为了拯救他自己的面子，他早就不在乎了，而是要拯救我的面子，如若我现在打发他走，那就算不上不友善，反而完全合情合理。这是一种猎物的谦恭——我喊来马夫牵马，我则翻身下马——"进来吧，埃曼纽尔森，"我说，"你可以在这儿吃晚餐，过夜。"

灯光下，埃曼纽尔森看起来很凄凉。他穿了件长长的黑色大衣，在非洲没人穿这个，他没刮胡子，也没理头发，旧鞋的鞋头还开裂了。他双手空空，没有携带任何物品去往坦桑尼亚。看来我要扮演那位将活羊献给上帝，将它赶入荒野的大祭司角色。我觉得此刻我们需要红酒。伯克利·科尔家里总有酒，之前他给了我一箱非常稀有的勃艮第葡萄酒，现在我让朱玛从里面取出一瓶打开来。当我们坐下来吃晚餐，埃曼纽尔森的杯子倒满了酒，他喝了一半，将杯子举向灯光，凝视良久，宛如专注欣赏音乐的人。"好酒，"他说，"好酒。这是1906年的香贝丹。"的确是，这让我对埃曼纽尔森肃然起敬。

除此之外，他一开始并没有说太多话，我也不知道该跟他说什么。我问他，他怎么能完全找不到工作呢。他回答说这是因为这里的人所从事的工作他一无所知。他被酒店解雇了，而且他并不是真正专业的餐厅领班。

"你会记账吗？"我问他。

"不，一点都不会。"他说，"我总觉得把两个数字加起来特别困难。"

"你对牛有什么了解吗？"我接着问。"奶牛？"他反问，"不，不了解。我害怕奶牛。"

"那你会开拖拉机吗？"我问道。他脸上浮现出一丝微弱的希望。"不会，"他说，"但我觉得我可以学。"

"不过不是开我的拖拉机，"我说，"但你得告诉我，埃曼纽尔森，你都干过些什么？你的职业是什么呢？"

埃曼纽尔森挺直身子。"我的职业是什么？"他痛苦地呼喊道，"唉，我是个演员。"

我想：老天啊，这完全超出了我的能力范畴，我根本无法以任何切实可行的方式帮助这个迷失的人；现在只能进行一些不痛不痒的谈话了。"你是演员？"我说，"那可真是很棒的职业。你在舞台上时，最喜欢的角色有哪些？"

"哦，我是个悲剧演员，"埃曼纽尔森说，"我最喜欢的角色是《茶花女》里的阿尔芒和《群鬼》中的奥斯瓦尔德。"

我们讨论了一会儿这些剧目，还有我们在这些剧里看过的各色演员，还聊了我们觉得他们应该如何表演。埃曼纽尔森环顾房间。"你不会，"他问，"碰巧有亨利克·易卜生剧本吧？如果你不介意扮演一下埃尔文夫人的话，那我们或许可以一起演一下《群鬼》的最后一幕。"

我没有易卜生的剧本。

"但你也许记得？"埃曼纽尔森说，对这个计划很起劲儿，"我对奥斯瓦尔德的台词烂熟于心，从头到尾都记得。最后一幕是最好的。就真正的悲剧效果而言，你懂的，那一幕是不可超越的。"

星星破空而出，是个晴朗温暖的夜晚，大雨很快就要来了。我问埃曼纽尔森他是否真的打算走到坦桑尼亚去。

"是的，"他说，"现在，我要去当自己的提词员。"

"你没有结婚，这对你来说是好事。"我说。

"没错，"他说，"没错。"过了一会儿，他又谨慎地补充道："不过我已经结婚了。"

在我们的谈话中，埃曼纽尔森抱怨在这里，白人根本无法同土著人竞争，他们的薪水要低得多。"然而在巴黎，"他说，"我总能很快就在某个咖啡馆找到做招待的工作。"

"你为什么不留在巴黎呢，埃曼纽尔森？"我问他。

他飞快地扫了我一眼，目光炯炯。"巴黎？"他说，"不，不，真不行。我在关键时刻离开了巴黎。"

在这世上，埃曼纽尔森有个朋友，这天晚上，他的话头多次回到这个朋友身上。要是他能再次同他联系上，一切都会不同，因为他很成功，而且慷慨大方。这人是个幻术师，正在环游世界。埃曼纽尔森最后一次听到他的消息时，他人在旧金山。

我们时不时地谈论文学与戏剧，然后话题又回到埃曼纽尔森的未来。他告诉我，他在非洲的故国同胞一个接一个地把他赶了出去。

"你现在处境艰难，埃曼纽尔森，"我说，"我绝对想不出任何人在任何方面比你更困难。"

"没错，我自己也这么认为。"他说，"但我最近想到一件事，或许你没有想过，不是这个人，就是那个人，总要有人处于所有人中最糟糕的位置。"

他已经喝完了一瓶酒，稍稍推开杯子。"这次远行，"他说，"对我来说算是一种赌博，是《红与黑》。我有这么一个机会摆脱麻烦，甚至可能逃离这一切。但另一方面，如果我到了坦桑尼亚，我还是可能卷入麻烦。"

"我认为你能到达坦桑尼亚，"我说，"那条路上有印度卡车，你或许可以搭个便车。"

"是的，但是有狮子，"埃曼纽尔森说，"还有马赛人。""你相信上帝吗，埃曼纽尔森？"我问他。

"信的，信的，信的。"埃曼纽尔森说。他沉默了片刻。"如果我说出我要说的话，也许你会以为我是个可怕的怀疑论者，"他说，"但是除了上帝，我绝对什么都不信。"

"听我说，埃曼纽尔森，"我说，"你有钱吗？""有，我有。"他说，"八十美分。"

"那不够，"我说，"我家里也没放钱。不过法拉赫可能有。"法拉赫有四卢比。

第二天一早，日出之前的某一刻，我让男孩们去叫埃曼纽尔森起床，并为我们做早餐。我在夜里想过，我很乐意开车带他走开头的十英里的路程。其实这对于埃曼纽尔森毫无益处，他仍旧有另外的八十英里要徒步，但我不想看到他从我家门槛跨出去，就直接步入他不确定的命运之中，而且，我自己也想在属于他的这场悲剧或喜剧中占据一席之地。我给他打包了一些三明治和全熟煮鸡蛋，还给了他一瓶1906年的香贝丹，既然他能品出它的好。我想这可能是他生命中的最后一瓶酒。

曙光中的埃曼纽尔森看起来像是那些传说中的僵尸，胡须在土里飞速生长，但从坟墓里出来却颇为优雅，驱车前行的这一路上他非常平静，通情达理。当我们抵达姆巴加蒂河的另一边，我放他下车。早晨的空气干净清新，天空中没有一片云彩。他要朝西南方走。当我环顾四周，目光落在反方向的地平线上时，太阳才刚刚升起，黯淡，鲜红：就像全熟煮鸡蛋的蛋黄，我心想。再过三四个小时，它就会变得苍白灼热，凶猛地挂在流浪者的头顶。

埃曼纽尔森向我告别；他开始步行，然后又回来，再一次告别。我坐在车里看着他，我想，在他离开时，肯定高兴有一个旁观者。我相信他内心的戏剧本能是如此强烈，以至于此时此刻，他强烈地意识到自己正在离开舞台，正在消失，就好像他已经透过观众的眼睛，看到了自己的离场。埃曼纽尔森退场。难道这些山丘、荆棘树和尘土飞扬的道路不该心怀怜悯，并充当那么一瞬间的硬纸板布景吗？

在清晨的微风中，他的黑色长外套在腿边翻飞，一只口袋里探出了酒瓶颈。我感到我的心中充满了爱与感激，那是留在家中的人们对这世上的旅行者、流浪者、水手、探险家和漂泊者的爱与感激。当他爬上山顶，他转过身来，摘下帽子朝我挥动，额前的长发被风吹起。

法拉赫跟我一起坐在车里，他问我："那位主人要去哪儿？"法拉赫称埃曼纽尔森为主人，这是为了自身的庄重，毕竟埃曼纽尔森在这栋房子里睡过觉。

"去坦桑尼亚，"我说。"走着去？"他问。"是的。"我说。

"真主与他同在。"法拉赫说。

这一天里，我多次想到埃曼纽尔森，并走出房门，望向通往坦桑尼亚的路。到了晚上，差不多十点左右，我听到一声狮吼远远地从西南方传来；半个小时后，我又听到了它的咆哮。我想知道，它是否正坐在一件黑色的旧外套上。在接下来的一周里，我试图获取埃曼纽尔森的消息，并让法拉赫去询问那些开卡车往返坦桑尼亚的印度熟人，是否有哪辆车在路上经过或遇到过他。但没有人知道他的消息。

半年后，我惊讶地收到一封从多多马①寄来的挂号信，我在那里谁都不认识。信是埃曼纽尔森写的。信里有我最初借给他的五十卢比，是他打算离开这个国家的时候我给的。另外还有法拉赫的四卢比。这是全世界我最没能期待再看到的钱，除了这笔钱外，埃曼纽尔森还给我写了一封长信，写得实在又迷人。他在多多马找了个酒保的工作，管他是什么样的酒吧，反正他过得很不错。他似乎有感恩的天赋，他记得那一晚在农场的一切，并多次回忆起身处农场宛如置身好友之间。他详细地告诉了我他抵达坦桑尼亚的旅程。他有很多马赛人的好话要讲。是他们在路上发现了他，接纳了他，对他表现出极大的善意与热情，并带着他一起走过了大部分路程，绕了很多远路。他写道，他讲述自己在许多国度的冒险经历，逗他们开心，他们都不想让他走了。埃曼纽尔森一句马赛语都不会说，他的奥德赛之旅必定是要靠哑剧来表演了。

我想，埃曼纽尔森能够在马赛人那里求得庇护，而马赛人也接纳了他，这是恰当且合适的。这世上真正的贵族和真正的无产阶级都能理解悲剧。对他们而言，悲剧是上帝的基本原则，是存在的关键，是一首小调。在这一点上，他们与各个阶层的中产都不同，中产阶级否认悲剧，不容许悲剧，对他们来说，悲剧这一词语本身就意味着不愉快。白人中产阶级移民者与土著之间的诸多误解就源于这一事实。面露愠色的马赛人既是贵族，又是无产阶级，他们会立刻认出这个一袭黑衣、形影相吊的流浪者是个悲剧人物；而这个悲剧演员也同他们一起，做回了自己。

---

① 多多马（Dodoma），是坦桑尼亚新首都所在地。

第六章　友人来访

朋友们造访农场是我生活中的幸福事件，而农场也深谙这一点。

每当丹尼斯·芬奇−哈顿的长途游猎之旅接近尾声，我便会在某个早晨刚好发现一个年轻的马赛人，双腿细细长长，站在我家门外。"先生在回来的路上了，"他宣布，"他将在两三天内抵达。"

下午，一个来自农场边缘的占地者家的小托托坐在草坪上等我，我一出来，他就告诉我："河湾处降落了一群珍珠鸡。如果你想射杀它们来招待先生，我就在日落的时候和你去，告诉你在哪找它们。"

我相信，对于朋友中的那些大旅行家而言，农场有着自己的魅力，是因为它恒久不变，无论他们何时到访，农场都是老样子。他们曾去过幅员辽阔的国家，在许多地方搭建并拆除过帐篷，现在他们很高兴绕过我那如恒星轨道般坚定不移的车道。他们喜欢看到熟悉的面孔，而我在非洲时从没换过仆人。我曾经渴望离开农场，而他们却回到农场，渴望书籍、亚麻床单和悬着百叶窗的大房间里凉爽的空气；在营火旁，他们曾冥想农场生活的乐趣，等他们来到，便急切地问我："你教你的厨师按猎人的方式做煎蛋卷了吗？——还有上次邮件里《彼得鲁什卡》①的留声机唱片到了吗？"我不在家的时候，他们也会到家里来留宿，我去欧洲旅行时，丹尼斯会来使用房子。伯克利·科尔称之为"我的森林避难所"。

---

① 《彼得鲁什卡》是俄罗斯近代著名作曲家斯特拉文斯基所写的一部芭蕾舞剧。

作为对文明产物的回报，旅行者们为我带回狩猎的战利品：豹子和猎豹的皮毛，可以在巴黎做成皮卓大衣，蛇和蜥蜴皮则用来做鞋子，还有鸟羽。

为了让他们开心，在他们离开时，我实验了许多古老烹饪书上的古怪食谱，并努力让欧洲花卉在我的花园里生长。

有一次，当我还在丹麦的家中时，一位老太太给了我十二个精美的牡丹花球茎，我颇费了一番周折将它们一同带到了这个国家，因为植物进口的法规非常严格。当我种下它们，几乎立刻就冒出大量弯弯曲曲的深红色幼苗，后来又长出许多纤细的叶片和圆润的花苞。第一朵绽开的花名为"公爵夫人"，是一朵硕大的白色牡丹，极为高贵富态，散发出丰沛的清甜香气。当我将它剪下放入水中，搁在客厅时，每一个进入房间的白人都会驻足评论一番。怎么会啊，这可是一朵牡丹啊！但此后不久，其他所有花苞都枯萎并掉落了，我再也没有得到第二朵花。

几年后，我和奇罗莫的麦克米兰夫人的英国园丁聊天，聊到了牡丹。"我们没能在非洲成功种植牡丹，"他说，"而且我们不会这样做，除非我们能直接进口球根花卉，能从花朵里取得种子。我们就是这样把翠雀花引入殖民地的。"我本可以通过这种方式将牡丹引入这个国家，让自己的名字像"公爵夫人"这个花名一样永垂不朽；可我却摘下了我的独一无二的花朵放入水中，从而毁掉了未来的荣耀。我常常梦到我看到那么多白牡丹在生长，我深感欣慰，因为我终究没有把它剪下来。

从内陆农场来的朋友，从城镇来的朋友，都来到了我的房子里。土地管理局的休·马丁从内罗毕赶来看我；他是个博学多才的人，精通世界上的小众文学，在东部的行政部门平静地度过了一生，在那里，除了工作事务，他还发展出一种天赋，看起来活像一尊无比肥胖的中国佛像。他喊我"老实人",自己却是农场上好奇心旺盛的庞格洛斯博士[1],坚定而平静地扎根于自己的信念,即人性和宇宙卑劣又可鄙,并且满足于自己的信仰,毕竟,为什么不能如此呢?一旦他坐进那把大椅子里,就几乎不再挪窝。面前放着瓶子和玻璃杯,脸上挂着安详的笑容,坐在那里传播并阐释他的人生理论,用思想发光,犹如某种物质与思想如磷火般奇妙而快速地壮大,一个肥胖的人与世界和平共处,并在魔鬼的庇护下休息,身上有着恶魔门徒才有的清洁印记,比许多上帝的门徒都更优越。

年轻的长鼻子古斯塔夫·摩尔来自挪威,一天晚上,他突然从自己经营的农场来到我家,他的农场在内罗毕的另一边。他是个活力四射的农夫,帮我完成农场工作,在言语和行动上都充满了一种质朴而热忱的意愿,强过这个国家的任何一个男人,仿佛农夫或者斯堪的纳维亚人就理当是彼此的奴隶。

现在,他是被自己发热的头脑扔来了农场,如同火山喷出的石头一样。他说他就要疯了,在这样一个只能指望谈论牛和剑麻来维生的国家,他的灵魂饥饿难耐,他再也无法忍受了。他一进房间就开始讲话,直到午夜过后还在讲,滔滔不绝地谈论爱情、共产主义、卖淫、汉姆生[2]、《圣经》,并且全程用非常差的烟草毒害自己。他几乎不吃东西,也不听别人说话,如果我试图插话,他就尖叫,内心的火焰烧得他满面红光,狂野的浅色脑袋对着空气猛撞。他的内心有太多东西需要释怀,并在讲话的过程中越来越多。突然间,在深夜两点钟,他无话可说了。这时他会心平气和地坐上片刻,脸色谦逊,宛如医院花园里正在康复的病人,然后起身,驾上车,飞也似的离开,准备好再一次靠剑麻和牛维持上一段生活。

---

① 老实人和庞格洛斯博士都是伏尔泰的作品《老实人》当中的人物。

② 汉姆生,挪威小说家,曾获 1920 年诺贝尔文学奖。

当英格丽德·林德斯特朗能从自己的农场以及她在恩乔罗的火鸡和市场园艺中抽出一两天的时间时，她就会到农场来小住。英格丽德的皮肤和心灵一样白皙，她是瑞典军官的女儿，也是瑞典军官妻子。她和丈夫带着孩子们来到非洲，进行一次愉快的冒险之旅。打算快速积累财富，于是买下一块亚麻地，因为当时亚麻每吨售价为五百英镑，然而很快亚麻价格就下跌至四十英镑，亚麻地和亚麻机器变得一文不值，她为了家人拼尽全力挽救农场，计划着她的家禽养殖场和市场园艺，并像个奴隶一样劳作。在这场争斗中，她深深地爱上了农场，爱上了她的奶牛和猪，土著和蔬菜，甚至爱上了她在非洲这一小片土地上的每一寸土壤，怀有如此巨大而绝望的激情，她宁愿出卖丈夫和孩子也要保住它。在那些糟糕的年头里，她和我曾因想到要失去我们的土地而抱头痛哭。每当英格丽德来同我做伴，都是欢乐时刻，因为她有着瑞典老农妇所拥有的那种极为直白的讨人喜欢的欢乐，在承受风吹日晒的，有着属于爽朗大笑的瓦尔基里①的坚固白色牙齿。因此，世人才喜爱瑞典人，因为在困境之中，他们能够接纳一切，无比英勇，简直光芒四射。

　　英格丽德有老基库尤厨师，也是她的男仆，名叫凯莫萨，身兼多职，并将她的所有行动都视为自己的事。他在市场花园和家禽养殖场里卖命工作，同时也扮演她三个小女儿的保姆，接送她们往返寄宿学校。当我造访英格丽德在恩乔罗的农场时，她告诉我，凯莫萨失去了所有理智，放下了手头的一切工作，尽最大的可能为接待我做足准备，他杀光了英格丽德的火鸡，因为他对法拉赫的伟大印象深刻。英格丽德说，他将自己与法拉赫的相识视为生命中的至高荣誉。

---

① 瓦尔基里是北欧神话中的女武神。

165

我几乎不认识恩乔罗的达雷尔·汤普森夫人，当医生告知她只有几个月可活时，她过来见我。她告诉我，她刚刚从爱尔兰买了一匹矮脚马，是获奖的跳跃选手——因为无论生死，马都是她生活中的巅峰与荣耀——然而现在，同医生谈完话后，她一开始想给家里发个电报，让他们别把马运来，但后来她决定死后将马留给我。对此我没想太多，直到她去世半年后，这匹名叫"募捐箱"的马出现在了恩贡。当"募捐箱"来和我们一起生活，便证明自己是农场上最聪慧的生物。他并不算好看，身形矮壮，早就过了青年期，丹尼斯·芬奇-哈顿常常骑他，但我却不怎么乐意骑。但是，在我们这些殖民地的富人为欢迎威尔士亲王而举办的比赛上，他凭借纯粹的策略与谨慎，明白自己要做什么，从一众年轻、出色又激情满满的马匹中脱颖而出，赢得了卡贝特的跳跃比赛。他以平时那种沉着谦逊的姿态与神色，带回了一枚大大的银牌，在整整一周的极度焦虑之后，这在我的家里和整个农场都掀起狂喜与胜利的滔天巨浪。六个月后他死于马瘟，我们将他埋葬在他的马厩外，埋在一棵柠檬树下，并深深地悼念他；在他去世以后，他的名字依然长久流芳。

俱乐部里的人总是管布尔佩特老先生叫查尔斯叔叔，他常来和我一起吃晚餐。他是我的好朋友，也是我心中的某种理想人物，即维多利亚时代的英国绅士，我们俩在一起时，他完全无拘无束。他曾在达达尼尔海峡游泳，是最早攀登马特洪峰的人之一，年轻时曾是美丽的奥黛罗的情人，可能是在80年代。有人告诉我，她彻底毁了他，而后让他离开。对我而言，我就好像是坐下来和阿尔芒·杜瓦尔或格里奥骑士①一起用餐。他有许多奥黛罗的美丽画像，很喜欢谈论她。

---

① 法国作家普莱服神甫所著小说《玛侬·列斯戈》中的人物。

有一次，在恩贡晚宴上，我问他："我看到美丽的奥黛罗出版了回忆录，里面有你吗？"

"有的，"他说，"里面有我。用的是另一个名字，但是有的。""她写了你什么？"我问。

"她写，"他回答，"我是个为了她在六个月内豪掷十万英镑的年轻人，但我物有所值。"

"那你觉得，"我笑着问，"你的确是物有所值吗？"他飞速思考了一下我的问题。"是的，"他说，"是的，物有所值。"

在布尔佩特先生七十七岁生日那天，我和丹尼斯·芬奇-哈顿一起陪他去了恩贡山顶野餐。坐在那里时，我们开始讨论如果有人给我们一对真正的翅膀，永远也摘不下来，我们是会接受还是拒绝。

布尔佩特老先生坐在那儿，俯瞰脚下这个幅员辽阔的国度，俯瞰恩贡绿色的土地和西边的东非大裂谷，仿佛随时准备起飞，飞越这片广袤大地。"我会接受，"他说，"我当然会接受。不会有什么东西让我更喜欢了。"思考片刻后，他又补充了一句："不过，我如果是位小姐，我猜我肯定会好好考虑一下。"

第七章　高贵的拓荒者

在伯克利·科尔和丹尼斯·芬奇–哈顿看来，我的房子是一处共产主义机构。房子里的一切都是他们的，他们为此深感自豪，觉得家里缺什么他们就带什么回来。他们为这栋房子保持了酒和烟草的高标准，并为我从欧洲带来书籍和留声机唱片。伯克利的车子满载而来，装满了火鸡、鸡蛋和橙子，全都来自他在肯尼亚山的农场。他俩全都野心勃勃，要将我打造成像他们一样的品酒师，并在此项任务上花费了大量时间与精力。我的丹麦玻璃器皿和瓷器让他们心花怒放，常常用我所有的玻璃器皿一个叠一个，在餐桌上堆起一座高高的金字塔，闪闪发光；这番景象让他们很是受用。

在农场小住时，每天上午十一点，伯克利会在森林里开一瓶香槟。有一次，他要同我告别，为他在农场度过的时光而感谢我时，他补充说这完美画卷里还有那么一点瑕疵，那就是在树下喝酒时，我们只有粗糙又庸俗的玻璃杯。"我知道，伯克利，"我说，"可我那些好的玻璃杯就没留下几件，而且男孩儿们扛着它们走这么远的路，肯定会摔坏的。"他严肃地望着我，握住我的手。"但是亲爱的，"他说，"这真的太可悲了。"从那以后，他就把我最好的玻璃杯拿到森林里。在伯克利和丹尼斯身上，有个非同寻常的特质——在他们移居海外时，英国朋友为此深表惋惜，但在殖民地，他们却备受喜爱与仰慕——他们应当是一样的，是被抛弃的人。驱逐他们的并非某个社会，也不是世界上的任何一个地方，而是时代，他们都不属于自己所处的时代。只有英国这个民族才能诞生他们这样的人，但他们却是返祖的例子，他们的英国是一个更古老的英国，是个早已不存在的世界。在当前这个纪元，他们没有家园，不得不东游西荡，而后终有一天，他们也来到农场。他们自己并没有意识到这一点。他们反而对自己抛在英格兰的生活心怀愧疚，仿佛只是因为他们厌倦了那里，所以才一直在逃避朋友们施加到他们头上的某种义务。每当丹尼斯谈起自己的青年时代（尽管他现在依旧年轻）、前途和英国朋友们给他的建议时，便会引用莎士比亚笔下杰奎斯①的话：

> 难道真的会发生这样的事吗？
>
> 竟有人变成了蠢驴，
>
> 放弃他的财富与安逸，
>
> 取悦那固执的意愿？

但他对自己的看法是错误的，伯克利也是，杰奎斯搞不好也是。他们坚信自己是逃兵，有时必须为自己的任性付出代价，但事实上他们是流亡者，并心甘情愿承受自己的流亡。

如果伯克利往自己的小脑袋上罩一顶有着柔软长卷发的假发，那他就可以出入查尔斯二世的宫廷。作为来自英格兰的机敏年轻人，他可能会坐在上了年纪的达达尼昂脚边，是《二十年以后》②中的达达尼昂，聆听他的智慧，将他的谆谆教诲谨记心间。我感觉万有引力定律不适用于伯克

---

① 杰奎斯是莎士比亚喜剧《皆大欢喜》中的哲人。

② 《二十年以后》是法国作家大仲马所著《三个火枪手》的续集。

利，当夜幕降临，我们坐在炉火边聊天时，他随时都可能径直升起，穿过烟囱。他看人很准，对他人不抱幻想，也不存恶意。出于一种恶趣味，他反而对那些他最瞧不上的人展现出最大的魅力。一旦认真起来，他就是个无与伦比的小丑。然而，在二十世纪中叶，想要以康格里夫和威彻利的方式成为一个机智幽默之人，则要比康格里夫或威彻利具备更多素养：热情洋溢、气势磅礴、大胆奢望。当玩笑在大胆和傲慢中达到了高潮时，有时会变得可悲。当伯克利略显激动，仿佛因为酒变成了半透明状，趾高气扬，在他身后的墙壁上，影子开始扩张，移动，变成一种傲慢自大又异想天开的马儿，仿佛来自某个高贵的品种，它父亲名字叫罗西南特①。但是伯克利本人是个无可匹敌的弄臣，在非洲生活中形单影只，病病殃殃——因为他的心脏总是出毛病——他心爱的肯尼亚山上的农场一天天落入银行手中，但他将到最后才会承认或担心那阴影。

伯克利身形矮小，极其纤细，红头发，窄手窄脚，却昂首挺胸，左右摆头，有点像达达尼昂，是战无不胜的决斗者的温柔动作。他走起路来像猫一样悄无声息。而且，也同猫一样，他会把每一个自己待的房间都变成舒服的窝，仿佛他身上有着热量与趣味的源泉。如果伯克利过来，和你一起坐在你冒着烟的废墟上，他会像猫一样，让你觉得你分明是在一个精挑细选的舒服角落。在他放松的时候，你会期待听到他的咕噜咕噜的呼声，像只大猫，当他病了，那情形可不仅仅是悲伤痛苦，而是也像猫生病了一样难对付。他没有原则，却有一套出人意料的偏见，正如你能在猫身上看到这种偏见。

如果伯克利是斯图亚特骑士时代的骑士，那么丹尼斯应当被置于更

---

① 堂吉诃德骑的那匹老弱瘦马。

早期的英国风光之中，那是伊丽莎白女王的时代。在那里，他可以同菲利普爵士①或弗朗西斯·德雷克②手挽手地散步。伊丽莎白时代的人们可能会非常宠爱他，因为对他们来说，他会让他们联想到自己梦寐以求并奋笔书写的古代雅典。事实上，丹尼斯真的可以和谐融入我们文明进程中的任何时期，一直到十九世纪开端，他都像回到了自己的家。他在任何时代都能崭露头角，因为他是田径健儿、是音乐家、是艺术爱好者，也是出色的冒险家。他的确在自己的时代脱颖而出，但各方面又不是那么匹配。英国的朋友们总是希望他回去，并为他拟定了职业计划和方案，但非洲正在牵绊他。

所有非洲土著都对伯克利、丹尼斯以及其他几个同类型的人怀有一种特殊且本能的依恋，让我反思，也许过去任何时代的白人，都将比我们这个工业时代的人更能理解和同情有色人种，并且永远都会如此。当第一台蒸汽机问世，世上各个种族分道扬镳，从那以后我们就再也不曾找到彼此。

伯克利的年轻索马里仆役贾玛所在的部落正同法拉赫的部落交战，这给我和伯克利的友谊投下了一道阴影。当这两个人在餐桌边等我和伯克利时，那些漆黑、阴沉又充满非难的眼神在餐桌上方你来我往，对于熟悉索马里人族群感情的人来说，这些目光不是什么好兆头，要多恶毒就有多恶毒。深夜里，我们讨论起，要是第二天早晨，我们出去，发现法拉赫和贾玛浑身冰凉，心口插着匕首，我们该怎么办。在这些事情上，敌对的人们

---

① 菲利普·锡德尼（1554—1586），英国诗人，散文家。
② 弗朗西斯·德雷克（1540—1596），是英国的私掠船船长和航海家，同时也是伊丽莎白时代的政治家。

既无所畏惧，也不存理智，他们之所以忍住没有发生流血冲突，没有走向毁灭，只是因为他们对我和伯克利的依恋之情，他们就是如此。

"我今晚可不敢告诉贾玛，"伯克利说，"我改主意了，这次我不去埃尔多雷特了。那里住着他心爱的年轻女子。万一告诉他了，他就会对我铁石心肠，我的衣服刷没刷干净对他来说就无足轻重了，他肯定会出去杀死法拉赫。"

然而，贾玛从来就没能对伯克利铁石心肠过。他和伯克利在一起很久很久了，伯克利经常谈起他。他告诉我，有一次，贾玛在一件事上坚持认为自己是正确的，于是他就发了脾气，打了这个索马里人。"但之后，亲爱的，你知道吗，"伯克利说，"我几乎是同时被他一拳回在脸上。"

"之后怎么样了？"我问他。

"哦，一切顺利。"伯克利谨慎地回答。过了一小会儿，他又补充道："没那么糟糕。他比我年轻二十岁。"

这次暴力摩擦在主人和仆人的态度中都不曾留下任何痕迹，贾玛对伯克利有一种不言不语又略显屈尊纡贵的态度，大多数索马里仆人对雇主就是这种态度。伯克利去世后，贾玛不想留在这个国家，而是回到了索马里兰。

伯克利非常热爱大海，这份爱却从未得到满足。等我和他赚到钱后，我们应当买一艘阿拉伯三角帆船，去拉穆、蒙巴萨和桑给巴尔做贸易，这是他最喜欢的一个梦。我们已经将计划制定妥当，也找好了所有船员，但我们从来没能赚到钱。

每当伯克利感到疲劳或身体不适时，便投奔关于大海的种种心绪。而后他会懊悔自己的愚蠢，竟然没能在海上度过一生。表达时措辞强烈。有一次我要去欧洲时，他陷入这种情绪，为了取悦他，我想出了一个计划，打算带回两盏船上的灯，挂在右舷和左舷上的那种，就挂在我家进门的地方，于是便告诉了他。

"好啊，那可太好了，"他说，"那样一来，房子就像是一艘船了。但那些灯必须得出过海。"

于是我在哥本哈根老运河旁的水手商店里买了一对又大又沉的旧船灯，这些灯曾在波罗的海上航行多年。我们将这两盏灯挂在门的左右两侧，门朝东，灯挂在了正确的位置，想到这里我们很欣慰；当地球在太空中穿行时，她将自己抛向前方，不会发生碰撞。这些灯给伯克利的内心带来了极大安慰。他常常很晚才到房子里来，往往脚步飞快，然而当灯亮起时，他会慢而又慢地驾车驶上车道，让夜色中那小小的红色与绿色星星沉入他的灵魂，带回旧日画面，追忆航行时光，去感受自己仿佛的的确确正在一片漆黑水域上靠近一艘寂静的船。我们用灯泡研究出了一套信号系统，改变它们的位置或取下其中一盏，这样一来，就算他已经在森林里，也可以知晓他的女主人情绪如何，会有怎样的晚餐等着他。

伯克利就像他的兄弟加尔布雷思·科尔以及妹夫德拉米尔勋爵一样，是个早期移民，是殖民地的先驱者，同马赛人过从甚密，而在那个时代，马赛人是这片土地的霸主。在欧洲文明侵入马赛人的根基之前，伯克利就已经同他们熟识，那是在他们被迫离开美丽的北方国家之前。在这个世界上，欧洲文明是他们内心深处最最厌恶的东西。伯克利能用他们的语言同他们谈论过去。每当伯克利在农场小住，马赛人就会过河来看望他。老酋长们坐下来同他讨论当下面临的问题，他的笑话能让他们开怀大笑，那情形就像是一块坚硬的石头在开口笑。

由于伯克利对马赛人的了解，以及同马赛人的友谊，农场上举行了一场最为盛大的典礼。

当第一次世界大战爆发，马赛人得知消息后，这支古老的战斗部族的血液沸腾起来。他们想象到壮丽的战斗和屠杀，看到过去的荣耀再次归来。在战争开始后的最初几个月里，我恰好单独同土著人及索马里人一起出门，用三辆牛车为英国政府跑运输，徒步穿越马赛保留地。每每途经新的地区，人们听说我到来，便跑来我的营地，目光灼灼，问我关于战争和德国人的一百个问题——他们真的会从天空中来吗？在他们的头脑中，他们正气喘吁吁地奔跑着，忙着迎接危险与死亡。夜晚，年轻的、涂着全副武装的战斗彩绘的战士们将我的帐篷围得水泄不通；有时候，为了向我展示真正的自己，他们会发出短促的吼叫声，是模仿狮子的吼声。那时他们毫不怀疑自己将被允许参战。

然而，英国政府认为组织马赛人与白人作战并非明智之举，哪怕对方是德国人，因此禁止马赛人参战，终结了他们的全部希望。基库尤人作为运输工参与了战争，马赛人却不能摸自己的武器。然而到了1918年，当殖民地上其他所有土著民族都被纳入了征兵制时，政府认为也有必要召集马赛人了。一位K.A.R.的军官和他的军团被派往纳罗克，旨在收编三百名磨忍战士入伍。此时，马赛人已经失去了对战争的支持，拒绝前来。该地区的磨忍战士销匿于树林与灌丛之中。在追捕他们的过程中，K.A.R.部队错误地朝一个村庄开火，杀死了两名老妇人。两天后，马赛保留地区爆发公开反抗，成群的磨忍战士横扫全境，杀死大量印度商人，烧毁逾五十座商铺。形势十分严峻，政府不想武力镇压。德拉米尔勋爵被派去同马赛人谈判，最终达成妥协。允许马赛人自行处置这三百名磨忍战士，政府只对他们在保留地造成的破坏处以统一罚款，而后释放他们。结果没有一个磨忍战士露面，但此时停战协定结束了整个事件。

在所有这些事件发生的时候，一些年迈的马赛大酋长对英国军方起到了很大用处，他们派出年轻人侦察德国人在保留地和边境上的行动。现在战争结束了，政府想要表彰他们的功劳。英国寄来了大量奖章，在马赛人当中分发，其中有12枚奖章都是由熟悉马赛人、能说马赛语的伯克利来分发。

我的农场毗邻马赛保护区，伯克利来找我，问我是否可以和我待在一起，在我家发奖章。他对这次重任有些紧张，并告诉我他搞不清大家都期望他做些什么。一个星期天，我们一同开车经过很长一段路前往保留地，同一个个村落里的人交谈，以便召集相关酋长们在指定的日期到农场来。伯克利年轻时曾是第九枪骑兵团的军官，据说当时他是团里最聪明的年轻军官。然而，当日落时分，我们驾车回家时，他开始和我谈论军事使命与心态，以平民的方式阐述他的看法。

这些勋章本身并没有什么特殊的重大意义，但颁发勋章却是影响深远、举足轻重的大事件。对双方而言，这块勋章都展现出极大的智慧、远见与机智，从而让它能够在世界历史上代表一次行动，或作为一种象征：

他的黑暗与他的光明
互致了极其礼貌的问候。

马赛的老人们已经到达，身后跟着仆从或儿子们。他们坐在草坪上等待，不时地讨论我放在那里吃草的奶牛，也许他们怀抱某种模糊的希望，为了奖励他们做出的贡献，他们将得到一头牛作为礼物。伯克利让他们等了很长时间，我相信这对他们来说是正常的，与此同时，他让人搬出一把扶手椅来，搁在房子前的草坪上，准备发放勋章的时候坐。当他终于从房子里走出来时，在这群黑人的衬托下，他看上去风姿绰约，一头红发，瞳色明亮。现在他拥有着能力拔群的年轻军官那种彻头彻尾的轻松愉快的仪态与表情，伯克利的脸明明能够表达出很多东西，这时我才知道，在需要的时候，他也可以让自己的脸一片空白。贾玛跟在他身后，穿着一件精美的阿拉伯背心，绣满了金银，是伯克利让他专门为了这个场合而买的，盛满奖章的盒子就捧在他手里。

伯克利起身站在椅子前讲话，他瘦小的身躯刚正不阿，昂扬极了，以至于老人家全都站了起来，一个接一个，站起来面向他，注视他的眼睛。我不知道他的演讲内容是什么，因为是马赛语。听起来像是他在简短地通知马赛人，他们即将授予他们难以置信的奖励，之所以会发生这件事，都是源于他们自身极其值得称颂的举动。然而，鉴于讲话的人是伯克利，而且从马赛人的脸上你永远看不出任何东西，所以讲话内容也可能截然不同。讲完话后，他毫无停顿地让贾玛端来盒子，拿出奖章，然后郑重其事地念出马赛酋长的名字，一个接一个，慷慨伸出手臂，把奖章递给他们。马赛人默默伸出手，从他手中接过奖章。这个仪式，只有可能在这样两个团体之间才能顺利举行，一方血统高贵，另一方有着根深蒂固的家族传统。希望民主派不会因我的说法生气。

把奖章颁给一个赤身裸体的人很是不便，因为他身上没有可以固定奖章的地方，于是年长的马赛族长一直手持奖章站着。过了一会儿，一位垂暮之年的老人走到我面前，伸出拿着奖章的手，问我上面刻的是什么。我尽力向他做了解释。这枚银币的一面是不列颠尼亚女神的头像，另一面写着：为文明而进行的伟大战争。

后来我把奖章的插曲告诉了一些英国朋友，他们都问："为什么奖章上不印国王头像？这可真是个大失误。"我个人不这么认为，我觉得奖章似乎不应该太过夺人眼球，整个仪式安排得很好。当我们在天堂得到丰盛奖赏时，得到的恐怕仍旧是这样的东西。

当伯克利突然病倒时，我正准备去欧洲度假。当时他是殖民地立法院的成员，我给他发了电报："你不是要来恩贡参加委员会议嘛。带上酒。"他回电："你的电报简直是从天堂发来的。即将带着酒报到。"然而当他来到农场，车里塞满了酒，他却不想喝。他面色苍白，有时甚至一语不发。他的心脏不太好，离不开贾玛，贾玛已经学会了给他注射，而且他有许多烦恼沉沉地压在心头；他非常害怕失去农场。然而，由于他的到来，我的房子还是成了这世间一个精挑细选、舒适安逸的角落。

"我已经到了这一步，塔妮娅，"他沉重地对我说，"我只能开最好的车，只能抽最好的雪茄，只能喝最精致的陈酿。"当他和我一起生活时，一天晚上他告诉我，医生要求他卧床一个月。我告诉他，如果他能遵守医嘱，在恩贡卧床一个月，我愿意放弃旅行，留下来照顾他，明年再去欧洲。他稍微思索了一下我的提议。"亲爱的，"他说，"我不能这么做。如果我这样做是为了取悦你，那么之后我会怎样呢？"

于是我心情沉重地同他说了再见。漂洋过海回家的路上，我经过了拉姆和塔考恩加，这本是我们的三角帆船要走的路线，我想到了他。但在巴黎，我听说他已经去世了。他猝死于自家门前，当时正从车里下来。他葬在了自己的农场上，正合他意。

伯克利去世后，这个国家发生了变化。当时他的朋友就怀着深切的悲痛感受到了，也有许多人后来逐渐感受到。殖民地的这段历史机缘随他一同离去了。多年间，人们都以这个转折点来衡量诸多事物，人们说"伯克利·科尔还在世时"，或者"自从伯克利去世"。一直到他去世时，这个国家是个幸福的乐园，如今正慢慢变成一个商业化的地方。他去世后，一些标准降低了：机智诙谐的标准，大家很快就感受到了——在殖民地，这样的事情很令人难过；勇敢殷勤的标准——在他去世后不久，人们很快开始谈论各自的困难；人性的标准。

随着伯克利的离开，一个阴森的身影从另一侧粉墨登场——"命运女神"的身影从舞台一侧缓缓登场，她就是"困境"。一个瘦小的男子竟能将她挡在门外，挡了那么长时间，直到他停止呼吸，真是一桩奇事。这片土地上的面包失去了酵母。一个优雅、快乐、自由的人不在了，一个功率强大的电源熄火了。猫已经起身，离开了房间。

第八章　翅膀

　　除了农场外，丹尼斯·芬奇-哈顿在非洲没有其他的家，游猎的间隙，他就住在我家，把他的书和留声机都放在这里。每当他回到农场，农场便倾其所有；它说话——正如随着雨季的第一场大雨，咖啡树开出花朵，娇艳欲滴，如一团白垩土，咖啡种植园也同样开口说话。当我正期盼丹尼斯回来，听到他的车驶上车道，同时也听到农场里的所有东西都在告诉我它们真正的模样。他在农场很开心；他只在想来的时候才来，而农场深谙他拥有的品质是世界上其他人所不知道的，那就是谦卑。他只做自己想做的事，说出的话也绝无欺诈。丹尼斯有一个性格特点对我而言弥足珍贵，那就是他喜欢听故事。因此我一直觉得自己在佛罗伦萨的瘟疫时期恐怕能大有作为。然而流行已经变了，欧洲人已经失去了聆听故事的艺术。非洲的土著人虽然不能读书，却仍然保有这种艺术；如果你这样给他们起头："从前有一个人，走出门去，来到平原，在那里遇到了另一个人"，你就能让他们全都跟随你，脑海中萦绕着平原上这两个人未知的人生轨迹。但白人就不同了，哪怕他们觉得应该听，也无法听上一段事无巨细的讲述。就算他们没有逐渐坐立不安，想起立即就要做完的事，那他们也会睡着。这样的人让你给他们一些读物，然后坐上一整晚，沉迷于给到他们手中的任何印刷物，他们甚至连演讲稿都看。他们早已习惯于通过眼睛来获取印象。

　　丹尼斯却是凭借耳朵生活，比起阅读，他更喜欢听人讲故事；每每来到农场，他都会问："你有故事吗？"在他离开后，我一直都在编织形形色色的故事。晚上，他会舒舒服服地安顿好自己，将软垫在炉火前铺开，如同沙发，和我一起坐在地板上。而我就像山鲁佐德一样盘起双腿，他会目光灼灼地听一个漫长的故事，从开始到结束。对于故事的来龙去脉，他记得比我还清楚，当一个角色戏剧性地出现时，他会打断我说："那个人在开始时就死了，但不要紧。"

丹尼斯教我拉丁语，教我读《圣经》和希腊诗人的诗歌。他能背诵《旧约》的大部分内容，并带上《圣经》去旅行，这为他赢得了穆斯林的高度尊重。

他还给了我留声机。它让我心情愉悦，给农场带来新生机，成了农场的声音。——"林间的魂灵是夜莺鸟"——有时，当我在咖啡地或玉米地时，丹尼斯会带着新唱片不期而至；他会打开留声机，在我于日落时分骑马归来时，乐曲在傍晚清透凉爽的空气中流向我，宣告着他的到来，就好像他一直在嘲笑我，反正他常常如此。土著人很喜欢留声机，常常围在屋外谛听；当我和一些仆人单独在屋里时，他们会挑出最喜欢的曲子来让我播放。奇怪的是，按照卡曼特的喜好，他竟然对贝多芬G大调钢琴协奏曲里的柔板乐章情有独钟；第一次要求我放这首曲子时，他不太知道该怎么描述，才能让我清楚地知道他想要的到底是哪首曲子。

然而，丹尼斯和我在音乐品位上并不一致。我喜欢古典作曲家，而丹尼斯则好像是在礼貌性地弥补他与这个时代的不协调，因此对所有艺术门类的偏好都尽可能追求现代。他喜欢听最先锋的音乐。"如果贝多芬不那么大众化，"他说，"那我也会很喜欢他的。"

无论何时，只要我和丹尼斯在一起，就有遇见狮子的绝佳运气。有时他从为期两三个月的长途狩猎旅行中回来，很是恼火，因为他始终无法为他带去游猎的欧洲人搞到一头好狮子。与此同时，马赛人来到我家，要求我去射死一只正在残杀牛群的某只雄狮或雌狮。我曾和法拉赫一道出发，在他们的村庄里露营，守株待兔，或是清晨出村，却没怎么发现狮子的踪迹。然而，当我和丹尼斯去骑马时，平原上的狮子们就会在附近徘徊，仿佛是来执勤，我们会偶然遇到它们正在吃东西，或目睹它们穿过干涸的河床。

一个新年的早晨，日出之前，我和丹尼斯发现我们正身处新的纳罗克公路，以最快的速度行驶在颠簸道路上。

前一天，丹尼斯把重型步枪借给了一个朋友，这个朋友要和狩猎队一起南下，已经很晚了，他才想起自己忘了向朋友解释这支步枪的某个技巧，通过这一技巧可以让微火触发器失效。他为此担心，害怕猎人因为不了解这个技巧而遭遇危险。当时我们想不到更好的解决办法，只能尽早出发，走新公路，尽量在纳罗克追上狩猎队。这条路长达六十英里，穿过某个崎岖不平的区域；游猎队走的是旧路，而且走不快，因为他们有重载卡车。我们唯一的问题是不知道新路是否已经贯通到纳罗克。

非洲高地清晨的空气是那么清冷、新鲜，以至于同样的幻想总是一再回到你脑海：你并非在地面之上，而是在漆黑深水，沿着海底前进。甚至连你究竟是不是在移动都不确定，扑面而来的冰冷气流可能是深海洋流，而你的车就像一尾行动迟缓的电鱼，稳稳地坐在海底，用光线刺目的灯泡眼睛凝视前方，任由海底生物掠过身旁。星星是如此硕大，因为它们并不是真正的星星，而是倒影，在水面闪烁微光。在海底的小径边，生物们比周遭环境更黑暗，不断出现，跃起，翻跳进长长的草丛，一如螃蟹和沙蚤钻入沙子。天光清晰了些，日出时分，海底升向海面，一座崭新的岛屿诞生。阵阵气味迅速飘过——橄榄树丛新鲜又难闻的味道，草地烧焦后的咸味，转瞬即逝的腐烂气息。

卡努西亚是丹尼斯的仆人，坐在后座上，轻轻碰了碰我的肩膀，指向右侧。在距离公路十二或十五码的地方，有一头黑色的庞然大物，一只在沙滩上休息的海牛，在它头上，深色的海水中有什么东西在搅动。后来我看清了，那是一头死去的长颈鹿，块头很大，已经被射杀了两三天。射杀长颈鹿是不被允许的，之后我和丹尼斯不得不就杀死这头长颈鹿的指控为自己辩护，但我们可以证明，在我们遇见它之前，它就已经死了一段时间，纵然一直没能查出是谁杀了它，又为什么杀它。在这头长颈鹿的庞大尸体上，有只母狮正在进食，此刻她抬起头和肩膀，注视经过的车辆。

丹尼斯停下车，卡努西亚将他扛在肩上的步枪取下来。丹尼斯低声问我："我要射她吗？"——因为他非常礼貌地将恩贡山视为我的私人狩猎场。——曾到我家来哀叹他们失去了牛的马赛人就住在这里，我们正穿越他们的土地；如果就是这只动物一头接一头杀掉了他们的奶牛和小牛犊，那么是时候结束她的生命了。我点了点头。

他跳下车，向后滑了几步，而狮子则在同一时刻匍匐到长颈鹿的尸体后方，他绕着长颈鹿小跑，试图进入合适射程，然后开枪。我没有看到她倒下；当我下车，走到她身旁，她已经躺在一个黑色的大水坑里死去了。

没有时间给她剥皮，如果我们要在纳罗克拦截狩猎队，就必须继续前行。我们环顾四周，记下了这个地方，死亡长颈鹿的气味是如此浓烈，我们是不可能在不知不觉间错过这里的。

然而，再往前行驶两英里后，路到了尽头。筑路工的工具就丢在这里；工具的另一侧便是荒芜的石头地，曙光之中灰蒙蒙的，完全不曾被人类染指。我们看着这些工具和这片区域，我们得让丹尼斯的朋友冒险自己使用步枪了。之后，等他回来时，他告诉我们，他压根就没有机会用它。于是我们掉头回去，转过身的那一刻，我们恰好面朝东方的天空。平原和山丘的上方泛起红晕。我们向那片天空驶去，一路都在谈论那只狮子。

　　长颈鹿渐渐出现在视野中，这时我们可以清楚地看到它，在被光线打亮的侧面，可以辨认出皮肤上深色的方形斑点。随着距离越来越近，我们看到一只狮子站在它身上。在逐渐接近的过程中，我们的高度比长颈鹿尸体略低一些；狮子昂首挺胸地站在尸体上，是一团黑影，此刻其身后的天空已经通红一片。那是一只威风凛凛的金色雄狮。一绺鬃毛被风吹起。我直接在车里站起身，他实在是带给我极大的视觉冲击，于是丹尼斯说："这次你来射吧。"我向来不喜欢用他的步枪，对我来说太长太重，后坐力很强；然而此刻，开枪是爱的宣言，那么来复枪不就应该是最大口径的宣告吗？在我开枪的那一刻，在我眼中，狮子似乎凌空跃起，然后收拢四肢掉落在地。我站在草地上，气喘吁吁，容光焕发，射击就会让你如此，因为你人在远处就能达成目的。我绕着长颈鹿的尸体走了一圈。尘埃落定，古典悲剧的第五幕。现在它们都死了。长颈鹿看上去大得骇人，朴实无华，僵硬着四条腿与长长的脖子，肚皮被狮子撕开。雌狮面朝上躺着，脸上挂着傲慢至极的咆哮神情，她是这场悲剧里的红颜祸水。雄狮躺在离她不远处，他怎么没从她的命运中得到前车之鉴呢？他的脑袋耷拉在两只前爪上，蓬松浓密的鬃毛覆盖着他，如一件皇家披风，他也长眠在一个大水坑里，此时此刻，清晨的光线已经如此明亮，呈现出猩红色。

　　丹尼斯和卡努西亚卷起袖子，在太阳升起时剥下了狮子的皮。他们休息时，我们从车里拿出一瓶干红，还有葡萄干和杏；我之所以带了这些在路上吃，是因为这一天是新年的第一天。我们坐在矮矮的草地上吃吃喝喝。死去的狮子就在一旁，浑身赤裸，壮观极了，它们的身上没有一点多

183

余的脂肪，每一块肌肉都是轮廓分明、恰到好处的曲线，它们不需要外衣，它们就应该是这副模样。

当我们坐在那里时，一道黑影急速掠过草地和我的双脚，我抬起头来，在浅蓝色的高远天空上，我能辨认出秃鹫在盘旋。我的心是那么轻盈，就好像我是在放那只秃鹫，用一根线送上天空，就好像放风筝。我写了首诗：

> 鹰的影子掠过平原，
> 去往遥远而湛蓝的无名高山。
> 但小斑马圆滚滚的影子，
> 整日紧贴纤细的蹄间，
> 它们一动不动地站立，
> 等待夜晚，等待舒展四肢，
> 平原之上，落日将湛蓝染成砖红色，
> 漫步到饮水处。

关于狮子，我和丹尼斯与狮子还有了另一次戏剧性的冒险。事实上，它要早于上述事件，发生在我们刚刚成为朋友的时候。

一天早晨，尼科尔斯先生冒着春雨火急火燎地来到我家，他是个南非人，当时正担任我的经理人，他告诉我，夜里有两只狮子来了农场，杀了我们两头牛。它们冲破了牛圈的围栏，把死去的牛拖进了咖啡种植园；它们在那里吃掉了一头，但另一头就抛尸在咖啡树之间。他问我能不能现在给他写封信，让他去内罗毕买士的宁。他想尽快把毒药洒在尸体里，因为他觉得，等到夜里，狮子们肯定会回来。

我考虑了一下，我不想拿士的宁对付狮子，于是我告诉他，我没有理由这样做。听到这，他的激动变成了恼怒。他说，如果这些狮子犯下这桩罪，却毫发无伤，下一次肯定还会再回来。它们杀死的公牛是我们最好的耕作牛，我们再也无法承受更多损失了。他还提醒我，我的马厩离牛圈不远，我想过这个问题吗？我解释说，我并不是要让狮子留在农场，我只是觉得它们应该被枪决而不是被毒死。

　　"那谁去射它们呢？"尼科尔斯说，"我不是个胆小鬼，但我已经结婚了，不想冒不必要的风险。"他确实不是胆小鬼，他是有胆量的小个子。"这么做没有意义。"他说。我说，我并不是要他去射狮子。但前一晚芬奇-哈顿先生来了，就在家里，他会和我一起去。"哦，那行。"尼科尔斯说。

　　然后我进屋去找丹尼斯。"快来，"我对他说，"让我们去冒不必要的险吧。因为啊，如果说这些冒险有任何价值的话，那就是它们没有价值。会死的人永得自由①。"

　　我们找过去，在咖啡种植园里发现了死去的牛，如尼科尔斯所言；狮子几乎没有碰它。它们在松软干净的土地上留下了深深的足迹，两只大狮子在夜里来过。要追踪这些足迹穿过种植园，去到贝尔纳普家周围的树林并非难事，但我们到达那里时，雨下得太大，几乎什么都看不清，我们就这样在草丛和灌木围成的树林边缘失去了狮子的线索。

　　"你怎么看，丹尼斯，"我问他，"它们今晚会回来吗？"

　　丹尼斯对狮子经验丰富。他说不用等到很晚它们就会回来把肉吃完，应该给它们时间，让它们聚精会神地吃，而我们等到晚上9点再去地里。

---

① 原文为德语，曾作为瑞士国歌的《祖国，请你召唤》中的一句。

我们要用到他的游猎装备里的手电筒来为射击照明，他让我选择角色，但我宁愿让他开枪，我则拿电筒为他照明。

为了确保我们能在黑暗中找到通往死牛的路，我们裁了些纸条，我们打算从哪两排咖啡树之间走，就系在那儿，标记好路线，就像韩赛尔与格雷特①用白色的小石头做标记一样。这条路将径直把我们带至杀戮现场，在距离尸体二十码远的地方，我们在树上系了更大一些的纸片，并将止步于此，打开手电，射击。下午晚些时候，当我们拿着手电来测试时，发现电池的电已经快用完了，光线很弱。没有时间带着它去内罗毕换电池，所以我们只能物尽其用。

这一天是丹尼斯生日的前一天，用餐时，他情绪低落，表示事到如今，生活回馈给他的依然不够多。我安慰他，但是在他生日那天的早晨到来前，仍然可能有事发生。我让贾玛拿瓶酒出来，为我们的凯旋做好准备。我一直在想那两头狮子，此刻它们会在哪儿？它们是否正在涉河而过，慢慢地，悄悄地，一头走在另一头前面，温柔冰冷的河水流过它们的胸口与胁腹？

九点钟，我们出发。

下了点小雨，但有月亮；她隐在层层薄云之后，时不时露出苍白黯淡的脸庞。她高高地挂于夜空，模糊地映照着开满白色花朵的咖啡园。我们远远地经过了学校；那里灯火通明。

此情此景让我内心涌起一股巨大的胜利感，还有对自己人的骄傲。我想到了所罗门王，他说："懒惰人说：'道上有猛狮，街上有壮狮。'②"

----

① 《格林童话》中的故事，讲述被遗弃的两兄妹来到了林中的糖果屋。
② 引自《圣经·旧约·箴言》。

学校门口就有两头狮子，但我的学生们却不懒惰，并没有因为狮子就不去上学。

我们找到了做过标记的那两行咖啡树，停了一会儿，然后便接着往前走，一前一后。我们穿着莫卡辛软皮鞋，走起路来没有声音。我开始因为兴奋而战栗发抖，我不敢走得离丹尼斯太近，因为他可能会感觉到，然后让我回去。但是我也不敢离他太远，因为他随时可能需要我的手电筒。

我们后来发现，狮子早就在享用猎物了。当它们听见我们的声音，或是闻到我们的气味时，便稍稍离开猎物，躲入咖啡田，让我们通过。可能是因为它们觉得我们走得太慢，其中一只发出了一声沙哑的低吼，就在右前方。声音非常低沉，我们甚至不确定是否听到了。丹尼斯驻足片刻；他没转身，问我："你听到了吗？""听到了。"我说。

我们又往前走了一点，那深沉的咆哮声再次响起，这次就在正右侧。"打光。"丹尼斯说。这绝对不是件容易事，因为他比我高很多，而我必须得越过他的肩膀，把光打到他的来复枪上，还要再往前照。在我打开手电的那一刻，整个世界变成了光彩夺目的舞台，咖啡树的湿漉漉的叶子闪耀着光芒，地上的土块是如此清晰可见。

一开始，光圈照到了一只瞪大眼睛的小豺狗，像极了小狐狸；我继续往前照，狮子就在眼前。它直面我们站着，看上去光芒四射，身后是整个非洲的漆黑夜晚。当枪声响起，近在咫尺，我完全没做好准备，甚至没明白这是什么意思，如同一声惊雷，仿佛我自己站到了狮子的位置上。它如石头一样轰然倒地。"继续，继续。"丹尼斯冲我喊道。我将手电筒照向更远处，但是我的手抖得太厉害了，那照亮整个世界的光圈，由我掌控的光圈，跳起了舞。我听到身后的丹尼斯在黑暗中笑起来。——"照在第二只狮子身上的光有点抖。"后来他对我说。——但在舞蹈的中心，是第二只狮子，正离我们而去，掩映在一棵咖啡树下。当光线追上它时，它转过头，丹尼斯开了枪。它跌出了光圈，但又站了起来，重新回到圈内，它摇摇晃晃地转向我们，就在第二枪响时，它发出了一声长长的愤怒的呻吟。

非洲在一瞬间变得广袤无垠，我和丹尼斯站在非洲大地上，无限渺小。在我们手电筒之外，除了黑暗，一无所有，在黑暗之中，有两头狮子在两个方向，天上下着雨。然而，当深沉的咆哮消失，四下都没有动静，狮子一动不动地躺着，头扭向一侧，仿佛表示厌恶。咖啡园里有两只死去的大型动物，四周全是夜的寂静。

我们朝狮子走去，并用脚步丈量了距离。从我们站的地方算起，距离第一只狮子三十码，距离另一只二十五码。它们都是成年狮子，年轻、强壮、丰满。这两个亲密的朋友，在山上或在平原，前一天双双突发奇想要去冒险，因此一同丧命。

此时，学校里所有的孩子都出来了，涌到路上来，杵在我们眼前，温温软软地小声喊道："夫人。你在那里吗？你在那里吗？夫人，夫人。"

我坐在其中一头狮子上，回应他们，喊道："是的，我在。"

于是他们又继续朝我喊，声音更洪亮，也更大胆："先生射死了狮子吗？两只都射死了？"当他们确认如此后，瞬间蹦跶得到处都是，活像一大群夜间活动的小跳鼠，上蹿下跳。他们马上就为这件事编了首歌出来；是这样唱的："三声枪响。两只狮子。三声枪响。两只狮子。"他们一边唱一边加以润色和修饰，清脆的嗓音此起彼伏："神准三枪，又大又壮的恶狮两只。"随后他们全都加入进来，唱起忘乎所以的副歌："A.B.C.D."——因为他们是直接从学校过来的，脑袋里填满了智慧。

很快，许多人蜂拥而至，磨坊的劳工、附近村子的占地者，还有我的家仆们，都手持防风灯。他们围着狮子，谈论狮子，然后马夫带了刀子来，卡努西亚和他一起开始剥狮皮。我后来赠予印度大阿訇的狮皮就是其中一张。普兰·辛格亲自到来，粉墨登场，穿了件女士睡袍，把他衬得异常瘦小，漆黑浓密的络腮胡中闪烁着那甜腻的印度式微笑，说话时因兴奋而磕磕巴巴。他急于获得狮子的脂肪，这在印度人当中十分珍惜，被视为药物——通过他用手势向我做的说明，我相信是用于治疗风湿和阳痿。与此同时，咖啡田变得热闹非凡，雨停了，月亮照耀着所有人。

我们回到家中，贾玛拿出酒瓶，打开来。我们浑身湿透，肮脏不堪，全是泥巴和血迹，根本无法坐下来喝酒，只能站在餐厅熊熊燃烧的火焰前，快速喝掉那冒着气泡、嘶嘶作响的葡萄酒。我们一语不发。狩猎时，我们是共同体，没有话要对彼此说。

我们的冒险给朋友们带去了诸多乐趣。下一次，我们去俱乐部跳舞时，老布尔佩特先生整晚都不和我们讲话。

我认为，我在农场度过的日子里，最真实强烈的快乐都要归功于丹尼斯·芬奇-哈顿：我和他一起飞越了非洲。在那里，只有屈指可数的几条路，甚至无路可走，你可以在平原上降落，飞行成为你生活中真正重要且必不可少的事情，它开启了一个世界。丹尼斯带来了他的蛾式轻型飞机[①]；可以降落在我农场的平原上，离家只有几分钟路程，我们几乎每天都要升空。

当你升至非洲高原上方，你将获得极为辽阔的视野，能看到光线与色彩惊人的组合及变化，阳光普照的绿色大地上的彩虹，庞大的直立云和狂

---

① 20世纪20年代，英国飞机制造商德·哈维兰公司设计制造了一系列以各种"蛾"命名的轻型运输机。

野的黑色大风暴，无不环绕在你身边，飞速旋转，舞蹈。滂沱大雨斜斜地浇白了空气。言语不足以形容飞行的体验，需要与时俱进，发明出新的词汇。当你已然飞越东非大裂谷，飞越苏斯瓦和隆戈诺特的火山群，你已经飞了很远很远，好像已经飞到了月球的另一面。也有些时候，你可以低空飞行，低到能看清平原上的动物们，对它们的感情如同上帝对它的感情一般，那时他才刚刚创造出它们，还不曾委托亚当为它们命名。

但是让你快乐的并非视觉而是飞行活动本身，以及身为飞行员的喜悦与荣耀。对于生活在城镇中的人们而言，他们所知的一切活动都只有一个维度，这是极为悲惨的困苦与奴役；他们全都沿着一条线往前走，仿佛被绳索牵引。当你越过田野或穿过森林，从线到面，切换进二维空间，是对奴隶的华丽解放，就像法国大革命一样。

但是在空中，你被带入了三维空间彻彻底底的自由之中；在漫长的流放与恍惚后，思乡之心投向了空间的怀抱。引力与时间法则：

在生命的青翠果林中，

玩耍如温驯野兽，

无人知晓它们有多么温柔！

每一次我乘上飞机升空，向下张望，意识到正脱离地面，我都有一种了不起的新发现之感。"我明白了，"我会这样想，"原来如此。现在我全明白了。"

有一天，我和丹尼斯飞到了纳特龙湖，它位于农场东南方九十英里处，地势比农场要低四千多英尺，但比海平面高出了两千英尺。纳特龙湖是取天然碳酸钠的地方。湖底和湖岸就像某种发白的混凝土，散发出浓烈的酸味与咸味。

大空一碧如洗，但当我们从平原飞来多石而贫瘠的低地时，所有的色彩似乎都烧褪去。我们脚下的整片地貌看上去就如精心做了标记的龟壳。突然间，中心处的湖泊出现了。从空中俯瞰，白色湖底透过湖水闪闪发光闪烁，赋予整面湖泊惊心动魄、难以置信的蔚蓝色，是那么澄澈无瑕，让你有那么一瞬间难以直视；辽阔的水面嵌在荒凉的褐色大地上，如一块硕大明亮的海蓝宝石。我们原本一直在高空飞行，现在开始慢慢下降，随着我们渐渐沉落，我们自己那浮动在飞机下方的深蓝影子投在了浅蓝色的湖面。这里栖息着成千上万只火烈鸟，虽然我不知道它们是怎样在这么咸的水中生存下来的，这里显然没有鱼。随着我们逐渐靠近，它们扩散成大大的圆圈和扇叶的形状，就像日落时的光芒一样，宛如丝绸或瓷器上的精妙的中式图案，在我们的注视下不断形成又不断变化。

我们降落在白色的河岸上，简直如烤炉般炙热，我们掩蔽在机翼下，躲着阳光吃午餐。如果你从阴影中伸出手，太阳会将你灼伤。我们带来的啤酒刚落地时还凉爽无比，但还没喝完就滚烫如热茶了，连一刻钟都不到。

吃饭时，一群马赛战士出现在地平线上，飞快地朝我们而来。他们必定是从远处发现了降落的飞机，决定近距离观察一番，对马赛人而言，即便是在像这样的地区行走，也多远都不是难事。他们排成一列走了过来，赤身裸体，高大苗条，武器闪闪发光；他们黝黑如黄灰色沙土上的泥炭一般。他们每个人脚下都躺着一小片阴影，随步履一同前移，在我和丹尼斯目之所及的范围内，除了我们自己的影子外，整片区域就只有那些阴影存在了。走近我们时，他们排成一列，一共有五个人。他们把脑袋凑到一起，开始交头接耳地谈论飞机和我们。三十多年前，遇到他们对我们而言是致命威胁。过了一会儿，其中一人走上前来，同我们搭话。由于他们只会讲马赛语，而我们对这种语言所学甚少，对话很快陷入僵局，他回到了同伴那里，几分钟后他们全转过身去走开了，排成纵队，面前是无垠而烧灼的白色盐碱地。

"你想不想，"丹尼斯说："飞去奈瓦沙？但是两地之间的地形非常崎岖，我们无法在途中的任何地点着陆。所以我们必须得高飞，保持在一万两千英尺的高度上。"

从纳特龙湖飞往奈瓦沙的旅程就是"物自身"。我们沿直线飞行，在整个过程中保持在一万二千英尺高度，实在太高了，垂目望去，什么也看不到。在纳特龙湖时，我摘下了羊皮衬里的帽子，而在这里，空气挤压着我的额头，如冰水般刺骨；头发齐刷刷往后飞，仿佛我的脑袋正被人拉扯着。事实上，这条路径与波斯传说中的大鹏鸟的回家之路完全一致，刚好方向相反，每天晚上，鹏鸟都飞快地挥动翅膀，从乌干达返回位于阿拉伯的家，两只利爪各擒一只带给幼鸟的大象。你坐在飞行员前面，面前只有无垠的空间，你感觉他正用伸开的手掌托着你，恰如灯神曾带着阿里王子飞过天际，那托着你向前飞翔的双翼正是他的翅膀。我们降落在朋友位于奈瓦沙的农场；那小小的房屋和周围的迷你小树，在看到我们降落时，全都躺平在地。

没有时间长途旅行时，我和丹尼斯往往会在日落前飞越恩贡山脉，来场短途飞行。这些山丘当属世上最美的山丘之列，或许从空中鸟瞰最可爱迷人，绵延向四座山峰的山脊裸露着，连同山峰一起，与飞机并驾齐驱，抑或突然间下沉，展平成一片小小的草坪。山中有水牛。年轻气盛时，我曾想杀掉每一种非洲野生动物，做成标本，否则好像根本活不下去，那时我甚至在这里射杀过一头公牛。后来，当我观测野生动物时不再那么热衷于射击，我又去看过它们。我曾在半山腰的一处泉水旁扎营，带着仆人、帐篷和食物供给，我和法拉赫在漆黑冰冷的清晨起身，匍匐着爬过灌木与高草丛，以期看到水牛群；但有两次都无功而返。水牛群就栖息于此，是住在我西边的邻居，在农场生活中仍旧弥足珍贵，但它们是严肃认真、自给自足的邻居，是山丘上的古老贵族，如今却不知为何数量锐减；它们获得的回馈太少了。

然而一天下午，我正和从内陆过来的几个朋友在屋外喝茶时，丹尼斯从内罗毕飞过来，越过我们头顶，朝西飞去；不久后他掉头回来，降落在农场。我和德拉米尔夫人驾车去平原接他，但他并不打算离开飞机。

"水牛正在山上吃草，"他说，"来吧，看看它们吧。"

"我不能去，"我说，"我在家有个茶会。"

"但我们只要一刻钟，就能去看看它们再回来。"他说。在我听来，这就像是人们会在梦中给你的提议。德拉米尔夫人不坐飞机，所以我和他一起去。我们飞在阳光中，山坡上却笼罩着透明的棕色阴影，很快我们就进入其中。我们没花多少时间就从空中锁定了水牛。长而圆润的绿色山脊沿着恩贡山脉的侧面延伸，宛如衣服的褶皱，聚拢于山峰，其中一条山脊上，有二十七头水牛正在吃草。我们先是从高处远远望见它们，宛如老鼠在地板上轻轻移动。然后我们俯冲下去，顺着它们所在的山脊盘旋前行，来到它们头顶150英尺处，刚好在射程范围内；它们平静地聚拢又散开，我们则清点着它们的数量。牛群中有一头苍老的黑色大公牛，一两头年轻公牛，还有一些小牛犊。它们踏上的开阔草地被灌丛包围；一旦地面有外来者靠近，它们就会立刻听到或嗅到他，但它们并没有对空中的靠近做好防御准备。我们只得一直在它们上方移动。它们听到了飞机的噪音，停止吃草，但似乎没有力气抬起头来。最终，它们意识到发生了奇怪的事；老公牛率先来到牛群前面，扬起百磅重的牛角，用以面对不可见的敌人，四蹄稳稳当当踏在地上——突然间，它开始小跑冲下山脊，过了一会儿又改为慢跑。现在整个族群都跟随着它，狂奔下山，当它们猛然拐弯没入灌丛，身后扬起飞沙走砾。它们停在灌木丛中，紧紧挤在一起，看上去如同山上的一小块林间空地铺上了深灰色的石头。它们相信在这里就能掩人耳目，对于任何在地面移动的生物来说的确如此，但它们无法逃过飞鸟的眼睛。我们拉升飞离。这一趟旅途就好像是经由一条未知秘径，被带进了恩贡山的心脏地带。

当我回到茶会时，石桌上的茶壶仍旧滚烫，我手指都被烫伤了。先知穆罕默德也有过同样的经历，那时他打翻了一罐水，大天使加百列带着他飞过了七重天，当他返回时，罐子里的水还没流出来呢。

在恩贡山上还生活着一对老鹰。丹尼斯常在下午说："我们去看看那对老鹰吧。"我曾见过它们中的一只坐在山顶附近的石头上，并从上面起飞，但除此之外，它们都是在空中度日。我们曾多次追逐其中一只老鹰，倾斜机身猛冲，一会儿向左，一会儿向右，我相信这只目光如炬的鸟是在同我们嬉戏。有一次，当我们并排飞行时，丹尼斯在半空中熄了引擎，就在他这样做的同时，我听到鹰的尖叫。

土著人很喜欢这架飞机，有段时间，给飞机画像风靡农场，因此我在厨房都能发现画有它的一张张纸，甚至是在厨房墙壁上都有，还仔仔细细地临摹了ABAK几个字母。但他们并没有真的对飞机本身或我们的飞行产生兴趣。

土著人不喜欢速度，一如我们不喜欢噪音，速度对他们而言简直难以承受。他们还和时间关系融洽，在他们心中并没有想方设法消磨或打发时间这种概念。事实上，你给他们的时间越多，他们就越开心。如果你委派一个基库尤人在你拜访朋友时牵好你的马，你能从他脸上看出，他期待你去很久很久。但他不会试图消磨时间，而是坐下来，继续生活。土著人对任何机器或机械维修也都不怎么支持。年轻一代中有那么一群人被欧洲人对汽车的热情感染了，但一个老的基库尤人是这样和我说到他们的，他们会早死，他很可能是对的，因为叛徒总是来自一个民族的薄弱部分。在文明发明物中，土著人欣赏并喜爱的是火柴、自行车和来复枪，只是一旦谈到一头牛，他们会立刻抛下这些。

克东谷地的弗兰克·格雷斯沃尔德-威廉姆斯带了个马赛人作为马夫前往英国，并告诉我，抵达英国一周后，他在海德公园骑马，好像他就出生在伦敦一样。我问他，回到非洲以后，他觉得英国有什么东西是特别好的。他一脸严肃地思考了我的问题，过了很长时间才客气地说，白人建了非常高质量的桥。

对那些明显无须人类或自然力量干预便能驱动自身的东西，我就没见过一个土著老人表达过信任或羞耻以外的态度。人类的心智回避巫术如同回避不体面之事。人心可能被迫对其效应产生兴趣，但却不涉及其内部运作原理，从来就没有人试图从巫婆那里逼问出她药酒的确切配方。

有一次，我和丹尼斯一直在飞行，正降落到农场的平原上，一位年事已高的基库尤人走过来和我们聊天：

"你们今天飞得很高啊，"他说，"我们都看不见你们了，只能听到飞机像蜜蜂一样嗡嗡响。"

我表示同意，我们的确飞得很高。"你们看见上帝了吗？"他问。

"没有，恩德韦蒂，"我答道，"我们没有看见上帝。"

"啊哈，那你们飞得还不够高，"他说，"但是现在告诉我，你觉得你们能飞得足够高，足以看见他吗？"

"我不知道，恩德韦蒂。"我说。

"那么你呢，先生，"恩德韦蒂转向丹尼斯，说道，"你觉得呢？你能坐着飞机，飞到足以看见上帝的高度吗？""说实话，我不知道。"丹尼斯说。

"那么，"恩德韦蒂说，"我完全不明白你们俩为什么还要继续飞。"

第四卷

OUT OF AFRICA

一个移民的笔记本摘抄

荒野女爵助荒野

　　战争时期，我的经理一直在为军队买牛。他告诉我，当时他在马赛保留地，从马赛人那里购买了一些年轻公牛，它们是马赛牛和水牛的后代。家畜是否有可能和野生动物进行杂交，这仍旧是一个备受争议的问题；很多人曾经尝试让斑马和马杂交繁殖，从而创造一种适合当地环境的小型马，不过我从未亲眼见过这样的杂交品种。但经理向我保证，这些公牛确实有一半水牛血统。马赛人告诉他，和普通的牛相比，它们需要更长时间来成长，马赛人曾以这些牛为傲，但现在很高兴能将它们出手，因为它们真的野性难驯。

　　事后发现，训练这些牛去拉车或犁地颇为困难。其中一头年富力强的牛给我的经理人和他的土著牛车夫惹出了无穷无尽的麻烦。它冲人们咆哮，破坏牛轭，口吐白沫，大吼大叫；被绑起来时，它能掀起一团厚厚的黑色尘土，他瞪大了布满血丝的眼白，人们说，血从它的鼻子里流下来。人和野兽一样，在搏斗结束前就都累垮了，疼痛的身体上大汗淋漓。

　　"为了让这头牛屈服，"经理讲给我听，"我把它扔到阉割过的公牛的小围场里，四条腿紧紧绑在一起，嘴巴上捆了缰绳，哪怕是这样，它都没法张嘴躺在地上，鼻子里还喷出一阵阵长长的灼热水汽呢，喉咙里发出可怕的呼哧与悲鸣。我期待着未来许多年都能看到它在轭下工作。我回到帐篷里睡觉，一直梦见这头黑牛。巨大的吵闹声把我惊醒，狗在狂吠，土著人在小围场里大吼大叫。两个牧童哆哆嗦嗦地跑进我的帐篷，告诉我他们坚信有头狮子闯进了公牛群。我们带上灯冲过去，我自己还带了来复枪。当我们靠近小围场时，喧嚣声平息了些。在灯光的照射下，我看到一个浑身布满斑点的家伙正在匆匆逃跑。一只豹子袭击了这头绑起来的牛，咬掉了它的右后腿。现在我们永远也看不到它套牛轭的样子了。"

"于是，"我的经理说，"我拿起来复枪，杀死了这头牛。"

萤火虫

在高地，当长雨季结束，到了六月的第一周，夜晚开始变冷，我们能在林中看到萤火虫。

你能在一个晚上看到两三只，像热衷冒险的孤星飘浮在清澈的空气中，浮浮沉沉，宛如置身波浪之上，又好像是在行屈膝礼。随着飞舞的节奏，它们点亮或熄灭那微弱的灯。

你可以捉住这昆虫，让它在你的掌心闪烁，发出奇诡的光芒，仿佛在传递神秘的讯息。这光芒将手心映照成浅浅的绿色光环，环绕住萤火虫。翌日深夜，树林里就有了成百上千只萤火虫。

出于某种原因，它们保持在固定高度，距离地面四到五英尺。如此一来，不可能不去想象一大群六七岁的孩子正擎着蜡烛，跑过幽暗的森林，小小的木棍蘸了魔法之火，欣喜若狂地跳动，他们一边奔跑一边嬉戏，欢快地挥舞着火光微弱的小小火炬。树林里充溢着不管不顾、嬉嬉闹闹的生命力，却又寂然无声。

生命之路

　　小时候，我看过一种图画——是一种现场创作，不断变化的画面。与此同时艺术家则讲述这幅画面的故事。每一次，故事都是以同样的语言来讲述。

　　从前有个男人，住在一个小小的圆形屋子里，屋里有个圆圆的窗户，屋前有个三角形的花园。

　　房子不远处有个池塘，池塘里有很多鱼。

　　一天晚上，这个男人被可怕的噪音吵醒，于是在黑暗中出门去寻找噪音的源头。他走上了通往池塘的路。在这里，讲故事的人开始画出那个人走过的路线，就像在地图上绘制军队移动路线一样。

　　一开始他朝南边跑去。在这里，他被路中央的一块大石头绊倒，再往前走一点，他跌进了一条水沟，爬起来，又跌进一条水沟，再爬起来，又跌进了第三条水沟，最后爬了出来。

　　然后他发现自己搞错了方向，又调头往北跑去。但这一次，噪音在他听来似乎还是来自南边，于是他又跑了回去。

　　一开始，他被路中央的大石头绊倒，一会儿又掉进水沟，爬起来，掉进另一条水沟，爬起来，最后掉进第三条水沟，然后爬了出来。

　　现在他明显听出噪音是来自池塘尽头。他冲到那里，发现大坝上严重渗水，水流正裹挟着所有的鱼倾泻而出。他开始修补漏洞，一直到堵上漏洞他才回去睡觉。

第二天一早，当这个人从他那圆圆的小窗户看出去时——故事以最戏剧性的方式结束了——他看到了什么呢？——一只鹳！

我很高兴自己听过这个故事，并在关键时刻想起它。故事中的男人被残酷地欺骗了，遇到了诸多障碍。他肯定会想："真是大起大落！真是命途多舛！"他肯定好奇过所有这些试炼的意义究竟是什么，他不可能知道那是一只鹳。但克服磨难的过程中，他始终目标明确，没有任何挫折让他转身回家，他完成了使命，保持了信仰。男人得到了回报。早上他看到了鹳。那时他肯定爽朗地笑了出来。

我此刻所处的困境，这黑暗的深渊，是哪一种鸟的爪子呢？在我的人生方案完成之时，我，或其他人会看到一只鹳吗？

女王啊，你令我重温不可诉说的悲伤。特洛伊一片火海，七年的流亡，十三艘好船尽失。结局将如何呢？"无与伦比的优雅，雄伟庄严，甜蜜的温柔"。

埃萨的故事

在战争爆发时，我有个厨师叫埃萨，他是一个有真知灼见之人，性格温和。有一天，当我在内罗毕的麦克金农杂货店买茶叶和香料时，一个尖脸的小个子女人走到我面前，说她知道埃萨在我家工作；我说的确如此。"但他以前是在我这儿工作，"这位女士说，"我想让他回来。"我说我很遗憾，因为她无法如愿以偿。"哦，这我还真不知道呢，"她说，"我丈夫是政府官员。能否请你回去告诉埃萨，我想要他回来，如果他不来，就得被送到运输兵团去。我知道，"她补充道，"你的仆人已经够多了，没有埃萨也无妨。"

我并没有马上告诉埃萨这些事，直到第二天晚上我才想起来，于是告诉他我遇到了他从前的雇主，以及她对我说了些什么。令我始料未及的是，埃萨登时陷入了恐惧与绝望。"哦，你为什么没有马上就告诉我，夫人！"他说，"那个女人言出必行，我今晚就得离开你。"

"那都是胡扯，"我说，"我不认为他们可以那样带走你。"

"上帝保佑我，"埃萨说，"恐怕现在已经为时过晚。""那我要怎么找个厨师呢，埃萨？"我问他。

"这个嘛，"埃萨说，"我要是进了运输兵团，你也一样没有厨师了，当我躺地上死掉，你还是没有厨师，我肯定马上就要死定了。"

在那个时代，人们对运输兵团怀着深深的恐惧，以至于无论我说什么埃萨都听不进去。他向我借了一盏防风灯，用一件衣服包起他在这世上的所有物，漏液赶往内罗毕。

　　埃萨离开农场将近一年。其间，我在内罗毕见过他几次，还有一次在内罗毕的路上与他擦肩而过。在这一年里，他越发苍老瘦削，面容憔悴，圆滚滚的黑脑袋渐渐灰白了头顶。在城里，他不愿停下来同我说话，但若在城外的大路上相遇，我停下车，他则放下顶在头上的鸡笼，站定同我聊一会儿。

　　他还是像从前一样，言谈温和，但他还是变了，如今很难跟他深入沟通；整个对话中，他始终心不在焉，仿佛思绪游离在远处。他曾被命运虐待，担惊受怕，不得不借助我无从知晓的资源生存，历经这一切，他变得逆来顺受，或者说清醒了。同他交谈，就好像是同一个已经进入修道院见习的老熟人交谈。

　　他问我农场上的事情，土著仆人一贯如此，认定自己不在时，同事们肯定一直都在对白人雇主做坏事，无所不用其极。"战争什么时候结束？"他问我。我说，据说不会持续太久了。"如果再持续十年，"他说，"你要知道，你教我的那些菜我肯定会忘记怎么做。"

　　这位小个子的基库尤人，站在横穿平原的公路上，同布里亚·萨瓦兰①思维一致，后者说，如果革命再持续五年，烩鸡肉的做法就会失传。

　　很明显，埃萨主要是为了我的利益而惋惜，为了终结他的同情，我问他怎么样。他想了一分钟之久，得从遥远的地方收集千思万绪，方才能回答我的问题。"你还记得吗，夫人？"最终他说，"你说印度木柴承包商的牛很惨，每天都要套上轭，永远别想象农场上的牛那样，能休息上一整天。现在，同那位夫人在一起，我就像是印度木柴承包商的牛。"说完

---

① 布里亚·萨瓦兰（1755—1826）：法国美食家、作家。

后，他抱歉地看向了别处——土著人内心对动物没什么感情；我关于印度人的牛的那些话，之前很可能让他觉得牵强。但现在，他对此感同身受，主动提起，对他而言也是一件难以理解之事吧。

战争时期，我的所有信件，无论是我写的还是收到的，都被内罗毕的一个昏昏欲睡的瑞典审查官打开过，这让我颇为烦恼。他在这些信中永远也没找到过任何可疑之处，但我深信，他的生活单调乏味，从而对信中涉及的人产生兴趣，像阅读杂志上的连载小说一样阅读我的信件。我曾经在私人信件中加上了几句针对审查官的威胁，声称要在战争结束后实施，让他读到。战争结束时，他可能想起了这些威胁，或者是他自己幡然醒悟，深感后悔；无论如何，他派了个跑腿的来农场，带来了停战的消息。传信人抵达时，我正独自一人在屋里；他离开后我步行去了树林。那里非常安静，法国与佛兰德斯的前线也同样安静，所有的枪声戛然而止，想到这里，真的很奇怪。在这样的寂静中，欧洲和非洲似乎离彼此很近，仿佛你可以通过林间小径走到维米岭。回到家时，我看到有人站在门外。那是埃萨和他的包裹。他当即告诉我他回来了，还给我带了礼物。

埃萨的礼物是一幅画，裱了起来，压玻璃下面，画里是一棵树，用墨水精心绘制，数百片叶子全都涂纯净的绿色。每一片叶子上都有用红色墨水写下的文字，是微小的阿拉伯字母。我认为这些文字来自《古兰经》，但埃萨无法解释它们的含义，他不停地用袖子擦拭玻璃，保证这是一份非常好的礼物。他告诉我，在备受煎熬的这一年，他找内罗毕的一位老阿訇制作了这幅画，老人家肯定花了很长很长时间才描画完成。

从此埃萨一直在我身边，直到他去世。

鬣蜥

在保护区，我时而会遇到鬣蜥趴在河床里的扁平石头上晒太阳，都是很大的蜥蜴。它们的外形并不漂亮，但是你再也想象不出比它们更美轮美奂的颜色来。它闪耀如一堆宝石，亦像是从古老教堂的窗户上裁切下的一片玻璃。当你靠近，它们便嗖一下溜走，石头上闪过一道天蓝色、绿色与紫色交错的光影，那色彩仿佛始终跟在它们身后的空气中，宛若彗星发着光的尾巴。

有一次，我射杀了一只蜥蜴。以为能用它的皮肤做出一些漂亮的东西来。但奇怪的事发生了，这件事我终生难忘。它已经死了，躺在石头上，我朝它走过去，然而就在我走这区区几步路时，它褪色了，变得黯淡苍白，它身上的所有颜色都消失了，宛如一声长长的叹息，当我触碰它时，它灰扑扑的，黯然无光，像一小块混凝土。生命的澎湃流淌放射出所有的光芒与绚烂。而现在，火焰熄灭，灵魂离去，蜥蜴像沙袋一样死气沉沉。

后来我又干过几件类似的蠢事，每每让我想起在居留地里射杀的那一只蜥蜴。在梅鲁，我看见一个年轻的土著女孩戴了只手镯，是一条两英寸宽的皮带子，上面绣满了小小的绿松石色珠子，变幻出绿色、浅蓝、群青种种色彩。那是个异常生动的小东西，似乎在她的手臂上呼吸，所以我很想要，于是我让法拉赫从她那里买了下来。可它一到我自己的手臂上，就立刻失去了灵魂。此刻，它不过就是花钱买来的饰品，又小又廉价。那是色彩的戏法，是绿松石与黑人的二重唱——土著人的皮肤是明快又甜美的棕黑色，如泥炭如黑陶——手镯的生命力正是这样诞生的。

在彼得马里茨堡的动物学博物馆里，我曾见过同样的色彩组合，那是玻璃陈列柜里的深海鱼的标本，那色彩死里逃生，未曾消失；这让我很想了解，在海底，生活会是什么样子，才会创造出这样生动而空灵的存在。我站在梅鲁，看着我苍白的手，看着那死去的手镯，仿佛是高贵之物做了不公之事，如同真相不见天日。它看起来是那么悲伤，以至于我想起了小时候读过的一本书中英雄所说的话："我征服了所有人，但我站在群墓之中。"

在一个陌生国家，与陌生的生命种类相处，人们应当想方设法搞清楚事物是否在死后仍然保有其价值。对于东非的定居者，我的建议是："为了你自己的眼睛和心灵，不要射杀鬣蜥。"

法拉赫与威尼斯商人

有一次，故乡的一个朋友写信给我，描述了新上演的《威尼斯商人》。夜幕降临，当我再一次阅读这封信，这出戏变得栩栩如生，似乎占据了整个房子，于是我把法拉赫叫进来，和他谈论这出戏，并向他解释了这部喜剧的情节。

像所有非洲血统的人一样，法拉赫喜欢听故事，但只能是在他确定家里只有我和他时，他才同意听上一个。因此，当仆人们纷纷回到自己的小屋，任何路过的农场的人从窗户看进来，都会相信他和我正要讨论家务事，我便开始讲，他便开始听，一动不动地站在桌子彼端，严肃的目光落在我的脸上。

法拉赫全神贯注地听安东尼奥、巴萨尼奥和夏洛克的故事。这是一笔复杂的大生意，多少有些跟违法擦边，在索马里人心中，这就是真实事件。他就那一磅肉的条款问了我一两个问题：对他而言这条款显然异乎寻常，但也不是完全不可履行的协议；人们是有可能对那种事感兴趣的。这时故事开始有了血腥味——他的兴趣也随之升高。当波西亚粉墨登场，他竖起了耳朵；我猜想他是将她看作自己部落里的女人，法蒂玛扬起所有的帆，诡计多端，旁敲侧击，意图胜过男人。有色人种不在故事中选边站，他们的兴趣都在情节本身的巧妙；索马里人在现实生活中有着强烈的价值观念，以及义愤填膺的天赋，在小说中，他们却能先搁置一边。然而，在这个故事里，法拉赫同情的是夏洛克，他明明损失了钱财；法拉赫难以接受夏洛克的失败。

"什么？"他说，"犹太人放弃了索赔？他不该那样的。那块肉本来就应该属于他，他花了那么多钱，这点东西对他来说根本就不够。"

"但是他还能做什么呢？"我问，"毕竟他一滴血也不能拿。"

"夫人，"法拉赫说，"他可以用热得发红的刀子。那样不会流血。"

"但是，"我说，"他要取走的肉超过或少于一磅都是不允许的。"

"那么，"法拉赫说，"被吓到的会是谁呢，只有那个犹太人吗？他可以一次只取一点点，手边放个小秤来称重，直到刚好取到一磅肉。难道这个犹太人就没有朋友给他出主意吗？"

所有索马里人的面部表情都有着一些极富戏剧性的特质。法拉赫稍微改变了一下神情和姿态，换上了一副危险的模样，就好像他真的置身于威尼斯法院，当着安东尼奥的朋友们和威尼斯总督的面，鼓励他的朋友或者说生意伙伴夏洛克。他的目光上下扫过面前这个等着被开膛破腹的商人。

"你看，夫人，"他说，"他可以取一小块一小块的肉，很小很小那种。他可以给那个人造成很多伤害，甚至在得到那一磅肉之前，就能折磨他很久很久。"

我说："但在这个故事里，犹太人放弃了。"

"没错，真是太可惜了，夫人。"法拉赫说。

博恩茅斯的精英

　　我有过一个邻居，在老家是个医生。有一回，我有个男仆的妻子在分娩时命悬一线，我又无法前往内罗毕，因为淫雨冲毁了道路，所以我写信给这位邻居，请他千万帮我个大忙，过来帮帮产妇。他非常友善地来了，冒着可怕的雷暴和热带暴雨引发的湍流，凭借自己的技能，挽救了产妇和孩子的性命。

　　之后他写了封信给我，是要表达，虽然他在我请求下曾经为土著治疗过那么一次，但我必须明白，他绝不能让这种事情再次发生。他确信，当他告知我，此前他都是为博恩茅斯的精英们看病，我肯定能够充分地认清现实。

骄傲

在我们的边界之外，邻近的野生动物保护区和大型野生动物的存在，为农场赋予了非同寻常的特征，仿佛我们是一位伟大国王的邻居。骄傲的事物存在于周围，并让你感受到它们的亲近。

野蛮人喜欢自己的骄傲，憎恨或不相信他人的骄傲。我要成为一个文明人，我要喜欢上对手的骄傲，仆人的骄傲和情人的骄傲；在荒野之中，我的房子将成为一个谦卑的文明之所。

骄傲是上帝创造我们时所怀有的信念。骄傲的人能够意识到上帝的这一想法，并有志于实现它。那些与上帝对他的期许无关的幸福或舒适，他绝不去奋力追求。他的成功使上帝的想法得以成功实践，他深爱自己的命运。正如良好公民在履行对社会的职责中寻求幸福，骄傲的人在履行自己的命运中寻求幸福。

没有骄傲的人意识不到上帝在创造他们时的意图，有时他们会让你怀疑，上帝在创造他们时到底有没有过什么意图，或是那意图已经失落，谁又能再度找出它呢？他们必须接受他人认可的成功，并根据当天的挂牌价来衡量自己的幸福甚至是衡量自己。在命运面前，他们有理由颤抖。

热爱上帝的骄傲胜过一切，热爱邻居的骄傲一如热爱自己的骄傲。狮子的骄傲：不要把它们关在动物园里。家犬的骄傲：不要让它们发胖。热爱你的队友们的骄傲，让他们不要自怨自艾。

热爱被征服的民族的骄傲，允许他们尊重自己的父母。

牛群

星期六下午是农场上一个幸福的时刻。首先，直到星期一下午，都不会有邮件送达，因此那之前我们不会收到叫人烦恼的商业邮件，这一事实似乎将整个地方封闭了起来，就像筑起围城。其次，人人都期待着星期天，那时他们能休息或玩上一整天，占地者可以在自己的土地上工作。在星期六，想起牛群是让我最高兴的。我常常在六点钟去到它们的小围场，那时它们结束了一天的工作，吃完几个小时的草，正回围场来。我心想，明天，它们什么都不用做，一整天都在吃草。

农场有132头牛，这意味着有八个工作小组和一些备用牛。此刻，在日落时分的金色尘埃中，它们长长地排成一列，穿过平原，漫步回家，走得气定神闲，它们做什么都是这副模样；而我则静静地坐在小围场的栅栏上，抽一支静心烟，看着它们。现在走来的是恩约瑟、恩古夫和法鲁，还跟着穆萨古——这个词是白人的意思。赶牛人也常用正经的白人名字给它们的团队命名，德拉米尔就是很常见的牛名字。老牛马琳达走过来了，是我最喜欢的一头大黄牛；他的皮肤上不可思议地布满了朦胧的图案，宛如海星，也许他就是因为这种图案而得名，因为马琳达是裙子的意思。

正如在文明国度，所有人都长期对贫民窟怀有良心不安的负疚感，一想到它们就不舒服，同样的，在非洲，只要一想到牛群，你就会良心不安，感到一阵剧痛。但对农场里的牛，我猜我的感觉就像国王对他的贫民窟一样，"你们即是我，我即是你们。"

非洲的牛群承担着推进欧洲文明的重任。无论何处开垦新土地，都是它们所开垦，气喘吁吁，拔出深深陷入犁前泥土中的膝盖，长鞭在它们头顶飞舞。哪里铺设新的道路，都是它们所铺设；在道路尚不存在时，它们拉着钢铁和工具，在车夫的叫喊与怒斥下，沿着平原之上掩映在尘土与高草中的小径，穿过整片大陆。破晓前它们就要套上车，汗流浃背地沿着长长的山丘上上下下，穿过谷地与河床，在一天当中最炙热的时刻不停歇地工作。长鞭给它们的身体一侧留下了印迹，你常能看到因长时间残酷鞭笞而失去一只或两只眼睛的牛。许多印度和白人承包商的牛，一生当中每一天都在工作，从不知道安息日为何物。

　　我们对牛的所作所为真的很奇怪。公牛一直处于愤怒状态，翻动眼珠，铲起泥土，对目之所及的一切都感到心烦意乱——但它仍然有自己的生命，鼻孔里喷出火焰，腰间孕育新生；它的每一天都充斥着事关生命的渴望与满足。我们从牛身上夺走了这一切，作为回报，我们宣称它们的生命归我们所有。牛群沿着我们的日常生活行走，如行尸走肉，始终奋力牵拉那些为我们所用的物件。它们有着清澈湿润的紫罗兰色双眸，柔软的口鼻，丝绸般的耳朵，在各个方面都耐心而迟钝；偶尔看上去像是在思索些什么。

　　我在非洲时，有一条法律禁止将没有刹车的货运马车或手推车带上路，车夫们在全国各地走长长的下坡路时都应当踩刹车。但这条法律没有被遵守；路上行驶的货运马车和手推车有一半以上没有刹车，而其他车辆呢，刹车充其量就是个摆设。这使得下坡任务对牛群来说异常艰难。它们不得不用自己的身体支撑满载货物的马车，它们使劲向后仰头，直到牛角触及背上的隆起；身体两侧如一对风箱鼓动。我曾多次看到木材商的车队沿着恩贡路而来，一辆接一辆进入内罗毕，宛如长长的毛毛虫，在森林保护区下山时被迫加速，车前的牛大开大合地走着之字形路线。我还看过牛在车辆的重压之下跌倒。

牛想："这就是生活，世界就是如此。很苦，苦极了。必须承受这一切，别无他法。带着车子下山极为困难，生死攸关。这也是没办法的。"

如果内罗毕脑满肠肥的印度人能够支付两卢比并修理刹车，或是那慢吞吞的年轻土著车夫能从满载货物的车顶上下来，拉好刹车，如果可以这样，那情况本可以得到改善，牛也可以平静地下山。但牛什么都不知道，它们继续前行，日复一日，同生活的境遇英勇又绝望地斗争着。

两个种族

在非洲，白人和黑人之间的关系在许多方面都很像两性之间的关系。

如果其中一个性别被告知，在另一种性别的生活中，他们所扮演的角色并不比对方在自己的生活中所扮演的角色更重要，他们会错愕并伤心。如果情人或丈夫被告知，妻子或情妇在他们的生活中扮演了重要角色，但自己在她们的生活中却没那么重要，他必将困惑且愤怒。如果妻子或情妇被告知，丈夫或情人在她的生活中扮演了重要角色，而自己在他的生活中却没那么重要，她一定会恼羞成怒。

真正旧时代的男性故事从来都不是要让女人听到，恰巧证明了这一理论；当女人们坐在一起，深谙没有男人能听到她们的对话，她们的交谈也证明了这一点。

白人向你讲述的土著仆人的故事也是出于同样的心态。如果他们被告知，在土著人的生活中，他们所扮演的角色并不比土著人自己更重要，他们肯定会义愤填膺，心神不宁。

如果你告诉土著人，他们在白人生活中所扮演的角色并不比白人自己更重要，他们永远也不会相信你，反而还会笑话你。很可能在当地土著人的圈子里，正在传播并一讲再讲的故事，无不证明了白人对基库尤人或卡维朗多人兴趣十足，并完全依赖于他们。

一次战时游猎

　　战争爆发时，我丈夫和农场上的两个瑞典助手自愿前往德国边境，德拉米尔勋爵正在那里组织一个临时情报机构。于是当时我只身在农场。但不久之后，开始出现为本国白人女性设立集中营的讨论；大家相信女性将面临来自土著人的威胁。当时我害怕极了，心想：我要是进了这里的女性集中营，待上好几个月，非死不可——谁知道这场战争会持续多长时间？几天后，我有了个离开的机会，和一个年轻的瑞典农民一起去基贾贝，他是我们的邻居，基贾贝是更靠近铁路线上游的站点，那里要建个营地，来自边境的传令兵会把消息带到这里，然后用电报发给内罗毕的总部。

　　在基贾贝，我的帐篷靠近车站，周围堆放着火车头要烧的木柴。由于传令兵不分昼夜，时刻都会到来，我开始越来越多地同果阿站长一起工作。他是个性格温和的小个子男人，求知若渴，丝毫不受周遭战争的影响。他问了我许多和我的祖国有关的问题，并让我教他一点丹麦语，他认为总有能派上大用场的时候。他有一个十岁的儿子，名叫维克多；有一天，我正朝车站走去，透过走廊上的格架，我听到他在教维克多语法："维克多，代词是什么？——代词是什么，维克多？——你不知道？——我已经告诉过你五百次了！"

　　生活在边境的人们一直在要求给他们送粮食和弹药；丈夫写信指示我装了满满四辆牛车，尽快将它们送过去。但他写道，必须得有一个白人来负责，否则我决不能让车队出发，因为没有人知道德国人在哪里，马赛人又对战争激动不已，在保留地四处活动。那些日子里，恐怕到处都有德国人，我们在基贾贝铁路大桥旁安排了哨兵，谨防他们炸毁铁路桥。

我雇了一个名叫克拉普罗特的南非年轻人与运货车同行，然而车子全都装好后，就在远征队即将出发的前一天晚上，这个南非人被当成德国人逮捕了。他不是德国人，并且可以证明，所以很快就被放了出来，并改了名字。但那一刻，我从他的被捕中看到了上帝的指引，因为现在除了我之外，没人能带领车队横穿这个国度。清晨时分，星星连缀而成的古老星座陈列空中，我们沿着无穷无尽的基贾贝山下行，马赛保留地的广袤平原在我们的脚下铺开，在黎明的昏暗天光中呈现铁灰色。我们的马车下挂着灯，摇摇晃晃，叫嚷声与鞭笞声此起彼伏。我有四辆货运马车，每辆车都配齐了十六头牛，另有五头备用牛，以及随我一起的二十一个基库尤年轻人及三个索马里人，这三人分别是法拉赫、持枪随从伊斯梅尔，还有一个也叫伊斯梅尔的老厨师，是个非常优雅的老人。我的狗狗暮光紧贴在我脚边。

很遗憾，警察逮捕克拉普罗特时，也一并抓走了他的骡子。我翻遍了基贾贝也没能寻回它，因此最开始的几天，我不得不走在车辆旁边的尘土中。但后来，我在保留地遇到一个人，从他那里买了一头骡子和一副马鞍，过了一段时间，又给法拉赫也买了头骡子。

那时我在外奔波长达三个月之久。到达目的地后，我们又被派去收集一支大型美国游猎队的物资，他们曾在边境扎营，得知战争爆发后匆忙离开。我们的车队必须从此地出发，前往新地点。我学会了辨认马赛保留地能够过河的浅水处及水坑，也学会了讲一点马赛语。各处路况都糟糕到难以置信，尘土飞扬，挡在路上的石块高过了马车；之后我们大多数时间都是在平原上穿行。非洲高原的空气像酒一样上头，自始至终都让我有些微醺，这几个月的喜悦简直难以言表。我以前也参加过狩猎，但在此之前，我从来没有单独同非洲人一起出过门。

我和索马里人都自觉有责任保护政府财物，因此始终担心狮子会让我们损失牛群。狮子就在路上，尾随大量运送绵羊和食品补给的运输队，此刻，这些车队持续沿这条路去往边境。每天清早开拔，我们都能看到尘土中新鲜的狮子脚印，就踩在车辙上，有很长一段。入夜，牛群卸掉装备休息时，总是有狮子围着营地打转，恐吓牛群，让它们惊慌狂奔，窜得到处都是，然后我们就再也找不到它们了。因此我们用荆棘树搭起一圈高高的栅栏，围住休息的牛群和营地，并在篝火旁持枪站岗。

在这里，法拉赫和伊斯梅尔双双感到与文明之间隔着遥远的安全距离，包括老伊斯梅尔也是如此，因此唇舌松动起来，会讲索马里兰的诡异事件，或是《古兰经》和《天方夜谭》里的传说故事。法拉赫和伊斯梅尔都出过海，因为索马里是航海国度，而且我相信，早年间，他们肯定是红海大盗。他们给我解释，地球上的每一种生物在海底都有复制品：马、狮子、女人和长颈鹿都在海底生活，一直以来都偶有水手观测到。他们还讲述了生活在索马里兰河底的马的传说，每当月圆之夜，它们就来到草地上，与在那里吃草的索马里母马交配，繁殖出绝美又跑得飞快的小马驹。我们坐在那里，头顶上方，夜晚的苍穹向后摇摆，新的星座从东方升起。在凛冽的空气中，青烟卷着长长的火花，从火堆里袅袅升腾，新鲜的木柴散发出酸酸的气味。时不时地，牛群突然齐刷刷动一下，相互踩踏，挤作一团，向上探着鼻子。老伊斯梅尔因此爬上载满货物的车顶，摇晃照明灯，观察并吓走围栅外可能潜伏徘徊的任何威胁。

我们有好几次与狮子周旋的惊心动魄的大冒险，"当心西亚瓦，"我们在路上遇到一支往北去的运输队，土著领队这样对我们说，"不要在这里扎营。西亚瓦有两百头狮子。"于是，我们试图在天黑前走完西亚瓦，我们匆忙赶路，然而，比起其他时候，游猎时最容易欲速则不达，大约日落时分，最后一辆马车卡在一个大石头上，无法再前进。就在我举着灯，为抬车的工人照亮时，一只狮子在不足三码远的地方抓住了我们的一头备用公牛。我的来复枪在前面的车队里，所以我们又是叫喊，又是抽鞭子，设法吓跑狮子，那只被狮子咬住后背拖走的公牛跑回了我们身边，但它被咬得太厉害了，几天后便死了。

还有许多奇奇怪怪的事发生在我们身上。有一次，一头公牛喝光了我们的全部煤油，死在了我们眼前，导致我们没有了任何光照，直至我们来到保护区内一家印度商铺，店主已经弃店而去，奇怪的是一些货物仍旧原封不动地放着。

整整一个星期，我们都驻扎在马赛磨忍战士的大型营地附近，年轻的战士们涂满出征油彩，手持长矛与长盾，顶着狮皮头饰，日夜围着我的帐篷，打探战争和德国人的消息。我的队员们很喜欢这个营地，因为在这里他们能从磨忍战士那里买牛奶，这些奶牛跟随马赛人四处迁徙，由年轻的马赛男孩们负责放牧，这些男孩被称为莱奥尼，还太年轻，不能成为战士。尚未成年的马赛女战士非常活泼漂亮，她们进到我的帐篷来看望我。她们总是会借我的手镜，当她们相互举起镜子时，便会冲着镜子露出两排闪闪发光的牙齿，宛如年轻气盛的食肉动物。

一切有关敌人活动的消息都要通过德拉米尔勋爵的营地传递。但是德拉米尔勋爵以不可思议的行军速度在整个保留地内转移，永远没人知道能在哪里找到他的营地。我没有参与情报工作，但是我很好奇，对于从事情报工作的人而言，这个系统是如何运作的。有一次，我要走的路距离德拉米尔勋爵的营地只有几英里，我便同法拉赫一起骑马去拜访他，并和他喝了茶。尽管他第二天就要撤营，但这地方真的很像一座城市，挤满了马赛人。他一直对马赛人很友好，在他的营地里，他们得到款待，心满意足，以至于这里几乎变成了寓言中的狮子巢穴：所有脚步都是只进不出。一个马赛信使，带着信件前往德拉米尔勋爵的营地，就再也不会带着回复出现了。德拉米尔勋爵身处这喧嚣的中心，身材矮小，如往常一样彬彬有礼，谦恭客气，白发披在肩上，在这里看起来自在极了，他告诉我有关战争的一切，并给了我加有烟熏牛奶的茶，这是马赛人流行的喝法。

我对牛、挽具及远行路况所知甚少，随从们对此表现出了极大的宽容；事实上，他们和我一样，迫切渴望掩盖这一点。在整个远行途中，他们都尽心尽力为我工作，从不抱怨，哪怕我因缺乏经验而对大家要求更多，包括人和牛，都对他们抱有了更高期待。他们头顶洗澡水，走很长的一段路，穿过平原带来给我，午休时，他们用长矛和毯子搭起遮阳篷，让我可以在下面休息。他们有点害怕野外的马赛人，一想到德国人便心烦意乱，关于他们有很多奇怪的流言蜚语。在这种情况下，我相信，对于这次探险而言，我就是某种守护天使，或者说是吉祥物。

六个月之前，战争尚未爆发，我第一次踏足非洲，与冯·莱托-福尔贝克将军搭乘的是同一艘船，如今他是东非德国军队的最高指挥官。那时我还不知道他会成为英雄，我们在旅途中成了朋友。在他继续远行，去往坦桑尼亚之前，我们在蒙巴萨一起吃了饭，他给了我一张他身穿戎装、骑在马背上的照片，并在上面写下：

地球上的天堂

就在骏马的背上，

而健康的体魄

就在女人的胸怀。

法拉赫曾来亚丁接我，见过将军，意识到他是我的朋友，所以这次长途外出，他把这张照片带在身边，和远征队的钱与钥匙放在一起保管，一旦我们被俘，就向德国士兵出示，他非常重视这张照片。

每当日落之后，我们排成长长一列，抵达河流或水坑处，准备在此休息，马赛保留地的夜晚是多么美丽啊。散布着荆棘树的平原早已漆黑一片，但空气中依然弥漫着清甜的气息——在我们头顶上空，一颗孤星正在西边升起，此刻刚依稀可辨，它将随着夜晚的推移变得更大更灿烂，如同黄玉般的天空上的一颗银点。空气寒彻肺腑，高草丛湿漉漉的，草地上的草散发出辛辣鲜美的气味。不一会儿，四面八方的蝉即将引吭高歌。草原是我，空气是我，遥不可见的山脉是我，疲惫的牛也是我。我呼吸着穿梭于金合欢树间的轻柔夜风。

三个月后，我突然接到回家的命令。随着工作逐渐有条不紊地组织起来，正规军也从欧洲到来，我相信他们发现我的远征队多少有些紊乱无序。我们打道回府，怀着沉重的心情路过曾经的营地。

这次远行在农场的回忆中留存了很久很久。后来我又有过多次长途旅行，但出于某种原因——可能是因为我们当时正在为政府服务，所以使得我们本身也有了一定官方色彩，也可能是因为那次远行缭绕着战争般的氛围——这次特别的冒险之旅对那些曾参与其中的人而言，弥足珍贵。和我一起的那些人开始以旅行贵族自居。

多年以后，他们会到我家来，谈论那次远行，只是为了重整记忆，重温我们当时一次又一次的冒险。

斯瓦希里数字系统

初来非洲时，一个害羞的瑞典年轻乳品工人打算教我斯瓦希里语的数字。由于斯瓦希里语中的"九"在瑞典人听来不是好词，所以他不想告诉我怎么读，每当他数到"七、八"，就会停下来，看向别处，说："斯瓦希里语里没有九。"

"你的意思是，"我问，"他们只能数到八？"

"哦，不，"他马上说，"他们有十、十一、十二，以此类推。但他们没有九。"

"能这样吗？"我很好奇，问道，"那数到十九的时候他们要怎么办？"

"他们也没有十九，"他说道，脸唰一下红了，但言之凿凿，"也没有九十，也没有九百"——因为斯瓦希里语中的这些词都由数字九参与构成——"但除此之外，我们的数字他们全都有。"

很长一段时间，这一数字系统的理念都给了我诸多思考，而且莫名让我欣喜若狂。我心想，这里有这样一群人，他们拥有独创性思维和勇气去打破数字系统的迂腐。

一，二和三是唯一连续的三个质数，我思索，或许八和十也可以成为唯一相连的偶数：人们可能会争辩说完全可以用三来乘以三，从而试图证明数字九的存在。但为什么就得这样呢？如果数字二没有平方根，数字三也可能没有平方数。如果你通过分解质因数来计算数字的总数位的话，那么，从一开始有没有数字九，或者有没有九的倍数，都不会对结果产生任何影响，因此在这里，真的可以说九是不存在的，我认为这样可以解释斯瓦希里语的数字系统。

当时我碰巧有个名叫扎卡里亚的佣人，他失去了左手的无名指。我想，或许这在土著人中很常见，这样是为了便于他们做算术，因为他们都是用手指数数。

当我开始向其他人阐述我的想法时，他们打断了我，并让我了解了真相。可我还是有这样的感觉，一定存在一种没有九的土著数字字符系统，大家用得很好，并且可以借此发现许多事情。

在这一点上，我想起了一位年迈的丹麦牧师，他向我宣称他不相信上帝创造了十八世纪。

"你不给我祝福，我便不容你去"[①]

　　在非洲时，三月份，长雨季在长达四个月的炎热干燥后开始降临，万物生长，精神饱满，馥郁芬芳，到处都洋溢着势不可挡的丰饶气息。

　　但是农民仍要压抑激动的心，不敢轻信大自然的慷慨，他们仔细谛听，生怕听到瓢泼大雨的咆哮有所减弱。此时土地正饱饮的水分必须支撑整个农场，包括蔬菜、动物和人类，度过未来干旱无雨的四个月。

　　当农场的道路全都变成奔腾的溪流，农民心情雀跃地蹚过泥泞，前往繁花如瀑、雨水滴答的咖啡田，这幅景象真是可爱极了。然而，雨季过半时，会有这样的夜晚：星星透过稀薄的云层闪烁光芒；农民站在屋外，仰望天空，仿佛要把自己悬在空中，挤出更多的雨来。他向天空高声呼喊："给我充足的雨水吧，比充足还要多。我的内心现在完全对你敞开，你不给我祝福，我便不容你去。如果你愿意，就淹死我，但别用反复无常来折磨我。不要中断我们的交合，上帝啊，上帝啊！"

　　有时，在雨季过后的月份里，凉爽而枯燥的一天会让人想起"马卡姆巴亚"——歉丰的年份，大旱之年。在那些日子里，基库尤人常常在我的房子周围放牛，其中一个男孩有支长笛，不时吹上一段短短的旋律。每当我再次听到这旋律，它会在一秒之内唤起过去所有的痛苦与绝望。那曲调之中浸渍着泪水般的咸味。但同时，我在这个旋律中出乎意料地发现了一

---

① 语出《圣经·旧约·创世记》。

种活力，一种奇异的甜美，一首歌。那些艰难时日之中真的蕴藏有这些东西吗？那时我们朝气蓬勃，满怀希望。正是在那些漫长的日子里，我们都融为一个整体，哪怕是到了另一个星球上，我们仍能认出彼此，所有事物彼此呼唤，布谷鸟自鸣钟和我的书对草坪上的瘦牛以及愁容满面的基库尤老人呼唤："你们也在那里啊。你们也是恩贡农场的一部分啊。"那段糟糕的时光给我们以祝福，并离我们而去。

农场的朋友们来到这座房子，复又离开。他们不是那种会在同一个地方长期逗留的人。他们也不是会年华老去的人，他们死去，永不再来。但他们曾惬意地坐在火炉边，房子将他们包裹住，说"你不给我祝福，我便不容你去"时，他们开怀大笑，祝福了房子，房子便放手让他们离去。

一位老太太参加聚会，谈论她的人生。她宣称想再重新活一遍，坚持以此证实自己明智地度过了一生。我心想：是的，她的人生真的是那种理应再活一遍的人生，而后你才能说你曾经拥有过它。你可以从头播放一段小咏叹调，但不能回放整首乐曲——不是交响乐，也不是五幕悲剧。如果要从头再来一遍，那一定是因为它没有过成原本应有的样子。

我的人生，你不给我祝福，我便不容你去，不过，我还是会放你离开的。

月食

　　有一年，我们经历了一次月食。在它发生前不久，我收到了如下信件，来自基库尤车站年轻的印度站长。

尊敬的女士：

　　有人好心通知我，太阳的光芒将熄灭七天。别管什么火车了，我请求您好心告知我，因为我相信没有别人能好心告知我了，此时，我是应该让奶牛在周围吃草呢，还是应该把它们收进牛圈？——女士，我很荣幸成为您的忠实仆人。

帕特尔

土著与诗歌

土著人有很强的韵律感，但对诗歌一无所知，至少在有学校之前，他们什么都不知道，学校教了他们赞美诗。一天晚上，在玉米地里，我们一直在收玉米——摘下玉米棒，扔进牛车。为了自娱自乐，我对田里的劳工们说起了斯瓦希里诗歌，这些工人都很年轻。这首诗没有任何意义，完全是为了押韵而编的："恩贡贝那——潘达——春贝，玛拉雅——姆巴亚。瓦坎巴那——库拉——曼巴。"牛喜欢盐，妓女很坏，瓦坎巴人真的吃蛇。这引起了男孩们的兴趣，他们环绕住了我。他们很快明白了诗歌的含义无关紧要，也不质疑诗句的主题，只是迫切地等待那个韵脚，一旦韵脚出现，他们就捧腹大笑。我试图让他们自己找到同韵词，把我起头的这首诗完成，但他们不会或不愿意，并且扭过头去。由于他们已经渐渐习惯了诗歌这一概念，因此他们恳求："再说一下。像大雨落下。"他们为什么会觉得诗就像雨呢，我不得而知。然而，这一定是一种赞扬吧，因为在非洲，人们总是渴望并欢迎雨水的到来。

千禧年

　　当人们确信基督即将回归人间后，人们成立了一个委员会，来决定他的接待安排。经过一番讨论，该委员会发出通告，禁止一切挥舞和乱扔棕榈枝的行为，高呼"和撒那"也同样禁止。

　　当千禧年已经持续了一段时间，大家普遍喜气洋洋，一天晚上，基督对彼得说，万籁俱寂的时刻，他想单独和彼得去散散步，就一小会儿。

　　"我的主啊，您想去哪里？"彼得问道。

　　"我想，"主回答，"从总督府出发，沿着那条长长的路，走到加略山。"

基托斯奇的故事

　　基托斯奇的故事已经登上报纸。这故事引发了一起案件，陪审团从头到尾参与了这起案件，寻找启发；一些启发仍能在旧档案中找到。

　　基托斯奇是莫罗的一个土著年轻人，为一个年轻的白人移民服务。六月的一个星期三，移民借了一匹棕色母马给朋友，朋友骑到了车站。他派基托斯奇去把母马带回来，并告诉他不要骑马，只能牵着走。但基托斯奇跳上了母马，骑了回来，星期六，有个目击者向基托斯奇的主人告发了这一罪行。作为惩罚，星期天下午，移民鞭打了基托斯奇，之后将他绑在仓库里，结果星期日晚上，基托斯奇死在了那里。

　　八月一日，高等法院就此事在纳库鲁铁道学院举行庭审。

　　围坐在铁道学院外的土著人会想知道究竟是怎么一回事。在他们心中，案子清楚无疑，毕竟基托斯奇已经死了，所以没有什么疑点，依照土著人的观念，现在应该向他的家人支付死亡赔偿了。

　　但欧洲的正义观念不同于非洲，对于白人陪审团来说，有罪与无罪的问题是当务之急。该案的裁决可能是谋杀、过失杀人或严重伤害。法官提醒陪审团，罪行程度取决于当事人的意图，而不在于结果。那么，基托斯奇案的涉案人意图是什么，心态又如何呢？

　　为了确定这个移民的意图与心态，法庭让他在一天之内接受了多达数小时的交叉审问。他们试图还原到底发生了什么，并加入了所有可以找到的细节。报告是这样写的：当移民喊基托斯奇时，他过来了，站在三码开外。报告中这一微不足道的细节意义深远。此刻，白人与黑人正处于戏剧的开端处，彼此距离三码远。

但从这一刻开始，随着故事推进，画面的平衡被打破，移民的形象模糊起来，变得越来越渺小。这也是没办法的。他的形象不过是壮阔景观中的一个配角，一个微不足道的苍白脸孔，它失去了重量，看起来像是纸片人，如同被风吹动般，被任意妄为的未知的自由鼓动。

移民陈述说他开口质问基托斯奇，是谁允许他骑棕色的母马了，并且重复了这个问题四五十遍；同时他还承认不可能有人给基托斯奇这样的许可。他的毁灭从这里开始。在英国，他绝对没办法问一个问题四五十次，远不到四十次的时候他就会被人以这样或那样的方式打断。而在这里，在非洲，他却可以冲着别人把同一个问题嚷嚷五十遍以上。最终，基托斯奇回答说他不是小偷，移民声称正是由于这傲慢无礼的回答，他才鞭打了那个男孩。

在这一点上，这份报告得到了第二个无关紧要但有效的细节。报告称，在处鞭刑时，有两个欧洲人过来看他，他们被认定为移民的朋友。他们旁观了有十分钟或一刻钟，然后就离开了。

鞭笞之后，移民还是没放过基托斯奇。

入夜后，他用缰绳把基托斯奇绑起来，锁在了仓库。当陪审团问他为什么这样做时，他给了一个毫无意义的答案，他说他不想让这样一个男孩在农场上到处乱跑。晚饭后，他回到仓库，发现基托斯奇躺在地上，不省人事，离绑他的地方有一点距离，缰绳松开了。他叫来他的巴干达厨师，并在他的协助下再次捆住男孩，捆得比之前还要紧，双手绑在后背的柱子上，右腿绑在前面的柱子上。他离开仓库，锁上门，但半小时后又回去了，找到了他的厨师和厨房帮工托托，派他们进入仓库。然后他就回床睡觉了，他说，接下来他能记得的事，就是托托从仓库出来，告诉他基托斯奇已经死了。

陪审团谨记罪行程度取决于意图这句话，开始寻找意图。他们进行了许多细节询问，包括基托斯奇所受的鞭打，之后发生的事，当你阅读这些卷宗时，似乎都能看到他们在摇头。

可是，现在基托斯奇的意图和心态又是什么呢？每当触及这一问题，大家发现情况就不同了。基托斯奇的确有个意图，最终这个意图在案件权衡中发挥了作用。可以这么说，通过他的意图和心态，这个躺在坟墓里的非洲人拯救了欧洲人。

基托斯奇没有太多机会表达他的意图。他被关在仓库里，因此他身上的信息非常简单，只是一个举动。夜间看守陈述说他哭了一整夜。但事实并非如此，因为一点钟时，他与同样身处仓库的托托交谈了。他向那孩子表示，孩子必须得冲他大喊才行，因为鞭打使他失聪了。在一点钟时，他还要求托托松开他的脚，并解释说他无论如何也不可能逃跑。当托托按他的要求松绑后，基托斯奇告诉他，他想死。孩子说，四点钟时，他又说了一次他想死。不一会儿，他就左右摇晃起来，哭喊道："我死了！"然后就死了。

该案有三位医生作证。

地区外科医生进行了尸检，宣布死亡是由他在尸体上发现的创伤所导致。他不相信立即就医能够挽救基托斯奇的生命。

而辩方请来的两位医生来自内罗毕，他们持有不同意见。

他们坚持认为，单纯的鞭打不足以致死。有个重要因素需要纳入考量，不能忽视，那就是死亡意愿。第一名医生声明，在这一问题上他有权威发表意见，因为他已经在这个国家生活了二十五年，很熟悉土著人的心思。很多医务人员都可以支持他的观点，就土著人而言，死亡的意愿真的会导致死亡。在当前案例中，这个问题尤为明显，毕竟基托斯奇自己说他想死。第二位医生也持有这种观点。

这位医生接着说，如果基托斯奇不曾怀有这种心态，那他极有可能就不会死。比如说，如果他吃了点东西，可能就不会失去勇气，因为我们已知饥饿会削弱勇气。他补充说，唇部的伤口可能不是被踢的，可能只是疼痛难忍时，这孩子自己咬了一下嘴唇。

此外，这位医生不相信基托斯奇在九点前就下定决心要死，因为那时他似乎试图逃跑。他也没有在九点前死亡。医生认为，当他试图逃跑被抓，又被再次绑起来，成为囚犯的事实可能让他难以承受。

内罗毕的两名医生总结了他们对此案的看法。他们认定，基托斯奇的死是由鞭打、饥饿和死亡意愿的综合作用，后者成为他们特别强调的问题。他们谨慎认定，想要一死了之的愿望可能是由鞭打所引发的。

在医生作证后，案件转向了法庭上所称的"死亡意愿理论"。地区医生拒绝接受这一理论，他是唯一看过基托斯奇尸体的人，他举了自己医疗工作中那些想死的癌症患者为例，他们全都没死。然而人们发现这些人都是欧洲人。

陪审团最终做出了判决：严重伤害罪。土著被告也被判了同样的罪，但考虑到他们是听命于欧洲主人行事，关押他们并不公平。法官对移民判处了两年监禁，土著人则判了一天。

在你阅读整个案例时，你似乎看到了一个奇怪而耻辱的事实，在非洲，欧洲人不该拥有将非洲人置之死地的权力。这个国家是非洲人的领地，无论你们对他做什么，当他离开，便是出于自由意志而离开，因为他不想留下。谁该对房子里发生的事负责？那个拥有它的人，那个继承它的人。

　　由于内心正确与得体的强烈执着，还有坚定赴死的意愿，基托斯奇这一形象虽已经远离我们许多年，却仍因其典型性而经久不衰。在他的形象中，体现了野性生命的不稳定，在紧急时刻，他们意识到在某处存在着庇护所；他们说走就走；我们永远无法掌控他们。

一些非洲鸟类

就在长雨季刚开始的时候，也就是三月的最后一周或四月的第一周，我曾经听到过非洲林间的夜莺吟唱。并非完整歌谣，只是几个音符——是协奏曲的过门，一次排练，突然停止，又再次开始。如同在湿漉漉的孤独树林中，有人在树上调教大提琴。不过，这是同样的旋律，同样的丰富而甜美，很快就要充斥欧洲的所有森林，从西西里到埃尔西诺。

非洲也有黑鹳和白鹳，在北欧，这种鸟会在茅草铺就的乡村屋顶上筑巢。在非洲，它们看上去不如在北欧那样伟岸，因为同它们相比，这里还有更为高大笨重的鸟类，比如秃鹳与蛇鹭鸟。鹳在非洲的生活习性也与欧洲不尽相同，在这里它们出双入对，是家庭幸福的象征。你能看见它们集体飞行，如同一个俱乐部。在非洲，它们被称为蝗虫鸟，会在蝗虫出现时紧随其后，捕食蝗虫维生。它们也会在平原上空盘旋，哪里燃起地表火，它们就在那跳跃的小火苗组成的前进路线的最前沿盘旋，高高地飞在闪着光的斑斓空气与灰色烟雾中，密切注意逃离火场的老鼠和蛇。在非洲，鹳过着愉快的生活。但它们真正的生活并不在这里，当春风带回交配与筑巢的念头，它们的心转向北方，想起了旧时光景与老地方，便两两飞走，不久后便踏入了出生地冰冷的泥沼。

在平原上，雨季之初，无限延伸的烧焦草地开始有新绿萌芽，那里有数百只鸻鸟。平原总是缭绕着海洋的气息，开阔的地平线让人回想起大海与绵延海滩，游荡的风也如出一辙，烧焦的草散发盐水气味，若草很长，便像海浪般在整片土地上翻涌。当白色康乃馨在平原上盛开，你会想起停靠桑德海岸时，那白色的破碎浪花惊涛拍岸，将你包裹。平原之上，鸻鸟也同样呈现出海鸟的样子，行为与海滩上的海鸟相似极了，在细密的草地上飞奔，能跑多快就跑多快，随后伴着一声尖叫，在你的马前一跃腾空，于是明亮的天空布满了翅膀与鸟鸣。

皇冠鹤来到刚刚耕种的玉米地里，从土里偷玉米粒吃，但是它们是吉鸟，从而弥补了这种强盗行为，它们预示雨水到来，还会给我们跳舞。当这些高高大大的鸟大量聚集，目睹它们展开翅膀，手舞足蹈，真是视觉享受。它们的舞蹈极具风格，还略显矫揉造作，它们明明可以飞，为什么却像被磁力吸在地上一样跳上跳下呢？整场芭蕾舞剧气氛神圣，像是某种宗教仪式的舞蹈；也许这些鹤正在试图连接天堂与人间，就像生有翅膀的天使沿着雅各的天梯上上下下。它们头顶小小的黑色天鹅绒便帽和扇形冠羽呈现精美的浅灰色调，让它们看起来宛如明亮饱满的湿壁画。舞蹈结束后，它们腾空飞离，为了保持这场演出的神圣气质，它们会通过羽翼或鸣叫，发出清脆的铃音，仿佛教堂的铃铛有了翅膀，正振翅远游。哪怕鸟儿们早已消失于天际，你还是能够远远地听见它们的声音：来自云中的钟声。

大犀鸟是农场的另一位访客，来这里是为了开普敦栗子树的果实。它们是非常奇怪的鸟。遇上它们是一次冒险或一种经历，不完全愉快，因为它们看起来对一切都了然于胸。一天清晨，日出之前，我被屋外嘈杂的说话声给吵醒了，当我来到露台，看到四十一只大犀鸟坐在草坪上的树上。蹲在树上的它们看起来不像鸟，更像一些华丽衣装上的怪诞装饰品，被小孩子随意散放在树上。它们全是黑色的，是甜美而优雅的非洲黑，是经由岁月沉淀而吸收的深邃黑色，如同经年累月的煤烟，让你深觉在优雅、力量和活力方面，没有任何颜色能与黑色匹敌。所有大犀鸟都在兴高采烈、七嘴八舌，但仪态优雅，像一群葬礼后的继承人。清晨的空气清澈如水晶，这黑压压的鸟群沐浴在清新与纯净之中，在树与鸟背后，太阳冉冉升起，宛如暗红色的气球。你很好奇，在这样一个清晨之后，你将度过怎样的一天。

在所有非洲鸟类中，火烈鸟拥有最为精美的色彩——火红与娇粉，宛如夹竹桃灌丛中飞舞的枝条。它们拥有难以置信的长腿，脖子和身体的曲线奇异而罕见，仿佛出于某种过分讲究的传统礼仪，它们让生活中的一切姿态与动作都变得极尽困难。

我曾搭乘一艘法国船从塞得港前往马赛，船上装载了一批火烈鸟，一共一百五十只，要送去马赛的动植物驯化园。它们被装在肮脏的帆布大箱子里，每个箱子里有十只，挤在一起。负责运输这些鸟的管理员告诉我，每趟估计都要损失20%的鸟。它们不适合那样的生活，它们会在恶劣的天气中失去平衡，腿会断，笼子里的其他鸟会踩踏它们。入夜后，当地中海风大浪急，船在海浪中剧烈颠簸，每一次浪涌，我都能听到火烈鸟在黑暗中尖叫。每天早晨，我都看到管理员拿出一两只死鸟，扔下船。这尼罗河上高贵的涉水禽，荷花的姐妹，就如同迷途的落日之时的云朵，漂浮在海面，变成了一堆松松散散的粉色与红色羽毛，拖着一对细细长长的棍子。死鸟在水上漂浮一小段时间，在船尾浮浮沉沉，而后没入海中。

潘尼亚

猎鹿犬与人类共同生活了无数代，已经习得了人类的幽默感，能够喜笑颜开。它们的笑话概念与土著人如出一辙，以事情出错为乐趣。或许除非你拥有一种艺术技能，以及信仰国教，否则你就无法超越这种幽默层次。

潘尼亚是达斯科的儿子。有一天，我和他一起在池塘附近散步，那里有一排高高的蓝桉树，于是他跑到其中一棵树下，再跑回来，跑了一半就停下了，是为了让我和他一起过去。我走到树下，看见一只薮猫正高高地坐在树上。薮猫会偷鸡，所以我朝旁边路过的一个托托大喊一声，派他去家里帮我拿枪来，等我拿到枪，便打死了那只薮猫。她从高处重重落下，潘尼亚瞬间就扑了上去，叼着她甩来甩去，拖着到处跑，对我的表现很满意。

过了一段时间，我再次走过那条路，经过池塘；我是出去打山鹬的，但没有打到，所以我和潘尼亚都很沮丧。突然间，潘尼亚朝着最远的那棵树飞奔而去，围着树狂吠，极度兴奋，旋即又冲回来找我，再冲回树下。我真庆幸自己带着枪，并期待再猎杀一只薮猫，因为它们有布满斑点的漂亮皮毛，于是我朝树跑去。然而，当我抬头，上面却坐着一只黑色家猫，我可太生气了，它坐在摇摆的树梢上，在最高处。我放下枪。"潘尼亚，"我说，"你这个傻瓜！那是只猫。"

当我转过身去看潘尼亚，他站在不远处，看着我，笑破了肚皮。当我们四目相对，他朝我冲讨来，跳舞，摇着尾巴，嗷呜嗷呜叫，将脚搭在我的肩上，鼻子贴在我脸上，然后又跳了回去，好尽情大笑。

他用哑剧表达："我知道。我知道。那是只家猫。我一直都知道。你真得原谅我。但你知道自己的样子吗，拿着枪冲向一只家猫！"

那一整天，他都时不时重复一番那同样激动的心情与同样的行为，表达出对我最为友好的感情，然后稍稍后退，以便笑得肆无忌惮。

他的友善中夹杂一丝含沙射影的意思。"你知道的，"他说："在这个房子里，我只嘲笑过你和法拉赫。"

哪怕到了晚上，他都在炉火前睡着了，我也能听到他在睡梦中略带笑意的呻吟与呜咽。每当我们经过那片池塘与树林，我都相信那件事他记了很久。

埃萨之死

　　战争时期，埃萨从我身边被人带走，停战后返回，平静地生活在农场上。他有个名叫玛丽亚莫的妻子，是个瘦弱的黑人女子，吃苦耐劳，给我家搬运柴火。埃萨是我最温柔的仆人，从不与人争吵。

　　但在流亡时，埃萨经历了一些事，回来后人就变了。有时我会担心他可能会不知不觉死在我眼前，就像割断了根的植物一样。

　　埃萨是我的厨师，但他并不喜欢做饭，他想当园丁。

　　植物是他真正感兴趣的事物。但我有另一个园丁，却没有其他厨师，所以我把埃萨留在了厨房。我曾答应过他回去做园艺工作，但我一直拖着他，拖了一个月又一个月。埃萨凭一己之力在河边的一小块地上筑了道堤坝，打算给我个惊喜。可是，由于他一直独自劳作，又不是个身强力壮之人，所以堤坝不够结实，在长雨季时被彻底冲毁了。

　　打破埃萨平静生活的第一件事是他的兄弟在基库尤保留地去世，给他留了一头黑色奶牛。到那时，埃萨被生活榨干了已是显而易见，他再也无法承受任何强烈冲击了。特别是，我相信，他完全无法承受幸福。他向我请了三天的假去接那头牛，回来后我看出他已经心绪不宁，疲惫不堪，就像是冻到手脚麻木的人被带进了温暖的房间。

　　所有的土著都是赌徒，黑色奶牛带来了某种错觉，从现在开始运气将对他微笑，在这种错觉下，埃萨开始对事物抱有可怕的信心，他有了一些伟大的梦想。他感觉人生还有盼头，决定娶个新的妻子。当他把计划告诉我时，他已经在和未来的岳父进行协商，对方住在内罗毕路边，有个斯瓦希里妻子。我试图让他改变主意。"你已经有了个非常好的妻子，"我对他说："而且你已经头发花白，不可能再需要一个妻子。留在我们身边，平静度日吧。"我的质疑并没有惹恼埃萨，这个温和的小个子基库尤人在我面前挺直身子，含糊其词，却心意已决。不久后，他带着新妻子法多玛来到了农场。

埃萨竟然希望从新婚中获得好处，这表明他已经失去了判断力。新娘非常年轻、冷酷，并且闷闷不乐，穿着斯瓦希里流行的衣服，有着母亲一族的淫荡气息，但既不优雅也不快乐。可埃萨的脸上却写满了胜利与宏图大业；他表现得就像是个即将罹患麻痹性痴呆的人，自己却一无所知。而极能忍耐的奴隶玛丽亚莫始终隐于幕后，似乎漠不关心。

此刻，埃萨或许拥有了短暂的成就感和喜悦感，但没能持续下去，他在农场上的平静生活也因为新的妻子而毁于一旦。婚后一个月，她离开了他，去和内罗毕兵营的土著士兵同居了。有很长一段时间，埃萨总是请假一天，去城里找她，晚上则带着这个不情愿的黑人女孩回来。第一次去时，他信心十足，非常笃定，肯定能把她带回来——怎么回事呢，她不是他的合法妻子吗？后来再去，都是对梦想与命运微笑的困惑且伤心的求索。

"你要她回来干什么呢，埃萨？"我对他说，"随她去吧。她不想回到你身边，回来也没有任何好处。"

但埃萨并没有想着要放她走。到最后，他降低了对生活的期待，想保住仅仅是那女人所值的那笔钱。当他艰难跋涉去寻人时，其他男孩都嘲笑他，还告诉我士兵们也嘲笑他。但埃萨向来不太在意别人对他的看法，而且无论如何，他早已没有颜面了。他一次又一次忠实地去找回自己失去的财产，就像一个人必定要去寻找一头逃跑的母牛。

一天早晨，法多玛通知我的男仆们，埃萨病了，今天不能做饭，但他翌日就会起床的。但下午晚些时候，男仆们来告诉我，法多玛不见了，埃萨中了毒，快要死了。我出去时，他们已经把埃萨的床抬了出来，就放在男仆小屋间的广场上。显然他活不了多久了。他被人下了某种土著毒药，类似于士的宁，他在自己的小屋里肯定已经在年轻的杀人犯妻子的眼皮下受尽可怕的折磨，直到她认定自己已经稳妥地干掉了他，而后匆匆逃离。他仍有些痉挛，致使身体收缩，但他整个人僵硬冰冷，宛如死尸。他面目大变，白沫混着鲜血从浅蓝色的嘴角流出。法拉赫已经开车去了内罗毕，所以我无法将埃萨送到医院，但就算可以，我也不认为我应当送他去；去医院对他来说毫无意义。

去世之前，埃萨盯着我良久，但我不知道他是否认出了我。他那如动物般漆黑的眼眸中的意识运转着关于这个国度的回忆，就像我一直想要了解的那样，当它还像诺亚方舟一般时，野生动物环绕着小小的土著男孩，男孩正在平原上为父亲放羊。我握住他的手，人类的手，精妙而强大的工具——它曾握过武器，种过蔬菜与花朵，爱抚过他人；我曾教过它烹制煎蛋卷。埃萨会认为自己的人生是成功还是失败呢？肯定很难判断吧。他一直走在自己狭小、缓慢、兜转的小径上，历经许多事，始终是个平和的人。

法拉赫回家后，颇费了一番周折，以完整的传统仪式埋葬了埃萨，因为埃萨是个虔诚的穆斯林。我们从内罗毕找来的阿訇要到第二天晚上才能赶来，所以埃萨的葬礼是在夜间举行的，银河飘浮空中，送葬队伍点亮了灯。他的坟墓按照穆斯林的方式用墙围起来，在森林里的一棵大树下。这时玛丽亚莫走上前来，在哀悼者中占据属于自己的一席之地，在夜幕中高声哀悼埃萨的离去。

我和法拉赫开了小会，商量该怎么处理法多玛，最终决定什么都不做。采取措施让一个女人接受法律制裁，这显然与法拉赫的意愿相违背。我从他的话中了解到，伊斯兰法律不追究女人的责任。她的丈夫要对她的行为负责，并要为她造成的不幸支付罚款，就像他必须为自己的马所造成的损失支付罚款一样。可是，如果马将主人摔下来并杀死他呢？没错，法拉赫同意，那是一场不幸的事故。毕竟，法多玛本人也有理由抱怨自己的命运，现在她在内罗毕的兵营里，按照自己的意愿去过日子了。

土著人与历史

有的人期待土著人能够从石器时代欣然跃入汽车时代，这些人是忘了我们自己的祖先所经历过的艰难跋涉与辛勤劳作，如此才使我们走过了历史长河，来到我们所处的今天。

我们可以制造汽车和飞机，教土著人使用它们。但是在人类内心，对汽车的真正热爱却并非一夕之功。这需要数个世纪的时间来滋生，而为了缔结这种热爱，苏格拉底、十字军东征和法国大革命可能都必不可少。如今的我们热爱机器，全然无法想象古代的人们怎能在没有机器的情况下生活。但我们却造不出《亚大纳修信经》、弥撒技巧，或是五幕悲剧，甚或连十四行诗也不行。如果我们没找到现成的可供使用，那就得在没有这一切的情况下生活。不过，既然这些事物已经被创造出来，那我们必须得去想象，曾有那么一个时代，人类的心灵渴望这些东西，当它们被创造出来后，那深深的匮乏感才得到了安抚。

有一天，伯纳德神父骑着他的摩托车过来，胡子拉碴的脸上神采奕奕，洋溢着狂喜与成就感，他是来同我一起吃午饭，也是给我带来特大喜讯。他告诉我，前一天，九个苏格兰布道团的基库尤年轻人去了他那里，要求罗马天主教会接纳他们，因为经过冥想与讨论，他们同意了该教会的"圣餐变体论"。

所有听我说了这件事的人都笑话伯纳德神父，并解释说，这些基库尤年轻人就是在法国布道团那儿看到有机会获得更高的工资、更轻松的工作，或者搞一辆自行车来骑，因此才编造了关于圣餐体变的信念转变。他们说，毕竟连我们自己都不能理解，甚至都不愿意去思考它，所以对基库尤人来说，绝对是不可接受的。但并不能确定就是如此；伯纳德神父很了解基库尤人。此刻，年轻基库尤人的思想或许正走在我们祖先走过的那条荫翳小路上，在他们眼中，我们不应当否定祖先，他们对圣餐体变坚信不疑。

那些五百年前的人，在他们所处的时代，被诱以更高的工资、晋升机会、更轻松的生活，有时甚至是他们珍贵的生命，但面对这一切，他们还是首选对圣餐变体的坚信。没人给他们自行车，伯纳德神父本人有一辆摩托车，但比起这个，他还是更重视九个基库尤年轻人的皈依。

身在非洲的当代白人信奉进化演变而不是突如其来的创造性举动。他们可能会给土著人上一堂精短的实用历史课，将他们带到我们身旁。我们接管这些国家还不超过四十载；如果我们将这一时刻比作耶稣诞生的时刻，并让他们用三年时间赶上我们的一百年，那么现在是时候向他们派出圣方济各了，过几年再派拉伯雷。他们肯定会比这个时代的我们更喜欢、更欣赏这两个人物。几年前，我曾试图把《云》中农民与儿子的对话翻译给他们，他们就喜欢阿里斯托芬。二十年内，他们或许就能做好准备，接受百科全书编纂者，再过十年，就轮到吉卜林了。我们应当让他们当中诞生梦想家、哲学家和诗人，为福特先生的到来铺平道路。

到那时，他们将在哪里找到我们呢？那时的我们，是否在追求某个影子、某种邪恶时拽住他们的尾巴，紧握不放，练习敲锣打鼓？到那时，他们是否能以成本价得到我们的汽车，就像现在，他们能够得到圣餐体变的教义？

地震

有一年，大约是圣诞节前后，我们经历了一次地震；地震剧烈到足以摧毁大量土著小屋，大概相当于一头愤怒大象的能量。地震冲击分为三次，每次持续几秒钟，两次之间有几秒钟的间隔。这个间歇给了人们时间，让他们意识到发生了什么。

丹尼斯·芬奇-哈顿当时在马赛保留地露营，正在卡车里睡觉。回来后他告诉我，地震将他震醒时，他想："有犀牛钻到了卡车底下。"地震爆发时，我在卧室里，正要上床睡觉。在第一次冲击到来时，我心想："有豹子跑到了屋顶上。"当第二次冲击到来时，我认为："我要死了，这就是死亡的感觉。"但在第二次和第三次冲击间的短暂静止中，我意识到了这是地震，我从来没想过我能活着亲历地震。有那么一瞬间，我相信地震结束了。但是当第三次、也是最后一次冲击来临时，竟然带来了一种势不可挡的喜悦感，我不记得此生经历过更为突然、更为彻底的强烈感受。

天体在运行过程中有能力将人类的心灵推向未知的狂喜。通常我们都意识不到它们的存在；当它们的身影突然回归，在我们面前显现，便会开启惊人的视野。当开普勒经过多年工作，终于找到行星运行规律时，他写下了自己的感受：

"我欣喜若狂。木已成舟。我从未有过这样的感觉。我颤抖，血液沸腾。上帝已等待了六千年，等待一个旁观者来欣赏他的作品。他的智慧是无限的，我们所不知的他无所不知，我们略知一二的他也无所不知。"

事实上，这正是在地震发生时摄住我并震撼我的狂喜之感。

这巨大满足感主要在于，意识到某些你认为不可动摇的东西完全可以动起来。这可能是世上最强烈的喜悦与希望之一。这个萧条的星球，死气沉沉的物质，地球本身，在我身下升起又伸展。它传递给我一条信息，是最轻微的触碰，却意义深远。它放声大笑，土著的小屋随之坍圮，同时哭号道：但它依然在动。[①]

第二天一早，贾玛端茶给我，并说："英国国王去世了。"

我问他怎么知道。

"你没有感觉到吗，夫人，"他说，"昨天晚上，大地又是颠簸又是摇晃的？这意味着英国国王去世了。"

但幸运的是，地震之后，英国国王依然活了很多年。

---

① 1633 年伽利略曾被迫否定和表示不再支持哥白尼的日心说，同时承认地球是静止不动的。而当他踏出囚车时说了一句它真的在动啊。

乔治

在一艘开往非洲的货船上，我曾与一个名叫乔治的小男孩交了朋友，妈妈和年轻的小姨带着他一起旅行。一天，在甲板上，他脱离家人朝我走来，但还是在她们的视线范围内。他宣布明天是他的生日，他将满六岁，妈妈要邀请英国乘客喝茶，问我会不会去。

"可我不是英国人，乔治。"我说。"那你是什么人？"他问道，惊讶极了。"我是霍屯督人①。"我说。

他站得笔直，严肃地看着我。"没关系，"他说，"我希望你能来。"

他走回妈妈和小姨身边，向她们宣布："她是霍屯督人。但我想让她来。"虽然口吻若无其事，但又斩钉截铁，不容置疑。

---

① 霍屯督人，即科伊科伊人，主要分布在非洲南部地区。

凯吉克

我曾有一头胖胖的骡子，是用来骑的，我给她取名为莫莉。但骡夫给她起了另一个名字，他叫她"凯吉克"，意思是"勺子"，当我问他为什么要叫她勺子时，他回答说："因为她长得像个勺子。"我绕着她走了一圈，想看看骡夫是怎么想的，但在我眼里，无论从哪个角度看，她都完全不像勺子。

过了一段时间，我碰巧要驾凯吉克和其他三头骡子拉的车。当我趴在车夫高高的座位，便拥有了鸟瞰骡子的视角。那时我发现，车夫是对的。凯吉克的两肩格外狭窄，臀部则宽阔浑圆，看上去真的很像倒扣的勺子。

如果车夫卡毛和我各自为凯吉克画一幅肖像，那么这两幅画必定是天差地别。但上帝和天使看到的凯吉克和卡毛所见是一样的。从天上来的是在万有之上。他将所见所闻的见证出来[①]。

---

① 　语出《圣经·新约·约翰福音》第 3 章第 31-32 节。

长颈鹿去汉堡

那时我正住在阿里·本·萨利姆位于蒙巴萨的房子里，他是海边的领主，是个热情好客、颇具骑士风范的阿拉伯老绅士。

小孩子涂抹出的天堂画面是什么样，蒙巴萨就是什么样。环绕岛屿的深深海湾形成了一个理想港口；陆地由白色的珊瑚悬崖构成，生长着枝繁叶茂的绿色杧果树和光秃秃的奇特灰色猴面包树。蒙巴萨的海蓝如矢车菊，在海港的入口之外，印度洋拍岸的白浪描画出一条细细长长、弯弯曲曲的白线，哪怕是最平静的天气，也会发出打雷般低沉的怒吼。街道逼仄的蒙巴萨城全是用珊瑚石建造而成，是浓淡不一的浅黄褐色、玫瑰色和赭色，非常漂亮，城镇上方高耸着一座巨大的古老要塞，有城墙与炮眼，三百年前葡萄牙人和阿拉伯人曾僵持于此；这座堡垒比城镇的颜色更加鲜艳，仿佛历经漫长岁月，身居高处的它曾不止一次沉醉于绚烂激昂的落日。

蒙巴萨花园中火红色的金合欢花朵，颜色浓郁到不可思议，叶片则纤细浅淡。阳光灼烧炙烤蒙巴萨；这里的空气咸咸的，每一天，海风都从东边带来新鲜的盐分，土地本身也浸满盐分，几乎寸草不生，地面如舞池般光秃秃的。但古老的杧果树却有着浓密的深绿色叶子，提供仁慈的阴凉；它们在树下造出一汪盛满黑色清凉的圆池。比起我所了解的其他树种，杧果树更能为人们提供一个碰面场所，一个人类交际中心；它们如同乡村水井一样适合人类社交。大型市集在杧果树下进行，树干周围的地面上摊着鸡舍和一堆堆西瓜。阿里·本·萨利姆有一栋宜人的白色房子，就在海湾的弯曲处，有一长排通往大海的石阶。房子侧翼有客房，在主建筑的大房间里，游廊背后收藏了许多精美的阿拉伯及英国物件：古老的象牙与黄铜、拉姆的瓷器、天鹅绒扶手椅、照片和一个大型留声机。还有一个缎子内衬的精致小匣子，里面是一些瓷器残留物，原本是一整套40年代的精致英式茶具，当时桑给巴尔的苏丹之子同波斯国王的女儿喜结连理，这套茶具便是年轻女王及配偶送出的新婚礼物。女王与亲王希望这对新婚夫妇能和他们一样幸福。

"那他们幸福吗？"当萨利姆一个个取出小杯子，放在桌上给我展示时，我问他。

"唉，不幸福，"他说，"新娘不愿放弃骑马。她带了马，放在装嫁妆的三角帆船上带来。但桑给巴尔人不赞成女人骑马。这件事情闹得不可开交，由于公主宁愿放弃丈夫也不愿放弃她的马，所以最后这门亲事就解除了，波斯王的女儿回到了波斯。"

蒙巴萨港口里泊着一艘锈迹斑斑的德国货轮，正在归家途中。我和阿里·本·萨利姆的斯瓦希里船手一起，坐他的划艇往返岛屿，途中经过了这艘船。甲板上立着个高高的木箱，箱子上缘探出两只长颈鹿的脑袋。也在船上的法拉赫告诉我，它们来自葡萄牙属东非，要去汉堡的一个旅行动物园。

长颈鹿左右转动它们精致的脑袋，仿佛很惊讶，这也不无可能。它们从未见过海。在狭小的箱子里，它们只有立锥之地。围绕它们的世界骤然变小，变形，并封闭起来。

它们无从知晓或想象自己即将航向的落魄处境。它们是骄傲而无辜的生物，是大平原上温柔的漫步者；对囚禁，寒冷，恶臭，烟雾和兽疥癣一无所知，也不知道在一个无事发生的世界里会有多么无聊。

黑衣酸臭的人们将从街上的风雪中走来，注视长颈鹿，体会人类凌驾于暗哑世界之上的优越感。当它们优雅、顺从、嵌着一双烟灰色眼睛的脑袋从野生动物园的栏杆上徐徐升起，人们会指指点点地嘲笑那细长的脖子；在那里，它们的脖子显得那么长。孩子们一看到就害怕，大哭起来，或者就会爱上长颈鹿，给它们递上面包。随后父母便会认定长颈鹿是益兽，深信它们正给孩子们带来一段欢乐时光。

在往后的漫长岁月里，长颈鹿们是否偶尔会梦见失落的故土？此刻它们是在哪儿呢，它们这是去了何方呢，草原与荆棘树、河流与水坑，还有蓝色的山脉都去了哪儿呢？平原上空高甜度的空气都已升腾消失。其他长颈鹿都去哪儿了呢？出发时，它们就在身边，还曾经一起慢慢地跑过起伏的大地。它们离开了这两头长颈鹿，全都离开了，而且似乎永远不会再回来了。

黑夜里，满月在何方？

长颈鹿动了动，在野生动物园的大篷车上醒来，在它们散发着腐烂稻草与啤酒气味的逼仄的箱子里醒来。

再见，再见，我祝愿你们在旅途中死去，双双死去，如斯，此刻正满脸惊诧、高高探过箱子上缘、望向蒙巴萨深蓝天空的高贵小头颅，就不会有哪一个被孤零零地留下，在汉堡左看右看，那里没有人知道非洲。

至于我们，必须得有个人重重地伤害我们，然后我们才能正当地请求长颈鹿原谅我们对它们的伤害。

在野生动物园

　　大约一百年前，丹麦旅行家希梅尔曼伯爵来到汉堡，偶然发现了一个小型的巡回野生动物园，便喜欢上了。身处汉堡时，他每天都会绕到这里，虽然很难解释对他而言，那些肮脏破旧的大篷车所拥有的真正魅力究竟是什么。事实是，野生动物园回应了他内心深处的某种东西。正值隆冬，户外寒气逼人。棚屋里，管理员一直烧着旧炉子，直至动物笼子旁的棕黑色的过道呈现出透明的粉红色，但寒风流动、阴冷潮湿的空气依然锥心刺骨。

　　动物园老板过来和希梅尔曼伯爵打招呼时，他正陷入对鬣狗的沉思。老板是个面色苍白的小个子男人，鼻子塌陷，曾是一名神学生，但由于丑闻不得不退学，此后一步步走向落魄。

　　"阁下看鬣狗真是有眼力，"他说，"把鬣狗带到汉堡来真是非同小可，在此之前，这里可是一只都没有。您要知道，所有鬣狗都是雌雄同体，在它们的故乡非洲，月圆之夜，它们便会相聚，头尾相接连成一圈，进行交配，每只鬣狗都同时扮演雄性与雌性的双重角色。您知道吗？"

　　"不知道。"希梅尔曼伯爵回答，略感恶心地动了动身子。

　　"阁下，那么现在，基于这一事实。"老板说，"你是否认为，要把一只鬣狗单独关进笼子可比其他动物难多了？它是否会有双重需求？或者说，由于他在自己身上弥合了造物的互补特质，完全可以自我满足？换句话说，既然我们都是生命的囚徒，那么拥有更多才华，我们就更幸福或更痛苦吗？"

"这真是件稀奇事，"希梅尔曼伯爵说，他完全沉浸在自己的思绪之中，并没有在意那个滔滔不绝之人，"意识到有数百只，确切地说是上千只鬣狗已经活过，也已经死去，就为了最终让我们得到这么一个样本，让汉堡的人们能够知道鬣狗长什么模样，让博物学家用它们做研究。"

他们挪步到旁边的笼子去看长颈鹿。

"这种野生动物，"伯爵继续说道，"奔跑在野外，其实并不存在。现在，有这么一头存在，我们还给它起了名字，知道了它的样子。其他的不存在也无妨，不过它们还是占绝大多数。自然是铺张奢侈的。"

老板把破旧的皮帽向后推开，帽子下面他连一根头发也没有。"它们看得到彼此。"他说。

"就连这也值得怀疑，"顿了片刻后，希梅尔曼伯爵说道，"比方说，这些长颈鹿，身上有方形斑纹。长颈鹿看着彼此，根本不知道什么方形，因此也看不到什么方形。可以说它们看得到彼此吗？"

老板盯着长颈鹿看了片刻，而后说："上帝看得到它们。"

希梅尔曼伯爵露出微笑，"长颈鹿？"他问。

"哦，是的，阁下，"老板回答，"上帝看得到长颈鹿。当它们在非洲四处奔跑，玩耍嬉戏时，上帝一直在看着它们，它们的一举一动都给他带去喜悦。他创造了长颈鹿来取悦自己。《圣经》中有记载，阁下，"老板说，"上帝是那么喜欢长颈鹿，所以创造了它们。上帝亲手创造了方形和圆形，阁下您显然不能否认这一点，他看到了它们皮肤上的方形，以及它们的一切。野生动物，阁下，或许恰是上帝存在的证明。可是当它们来到汉堡，"他戴上帽子，总结道，"这一论点就变得有问题了。"

希梅尔曼伯爵向来是依照他人的想法来安排自己的生活，他默默地走到炉子旁边去看蛇。老板为了逗他开心，打开了放蛇的箱子，试图让里面的蛇醒来；最终，这只爬行动物慢慢吞吞、睡眼惺忪地缠绕上他的手臂。希梅尔曼伯爵看着这对组合。

"事实上，我优秀的饲养员，"他略显粗鲁地笑了，说道，"如果你是为我做事，或者，如果我是国王，而你是大臣，你现在就会被解雇。"

老板紧张地抬头看着他，"真的吗，先生？会吗？"他把蛇滑进笼子里，问道："为什么呢，先生？如果我可以问的话。"片刻后，他又补充道。

"啊，饲养员，你并不像你自己表现得那么简单。"伯爵说道。

"为什么呢？因为，我的朋友，对蛇的厌恶是正常人类的本能，拥有这种本能的人得以生存下来。蛇是人类最致命的敌人，但除了我们自己对善与恶的直觉，还有什么能告诉我们这一点呢？狮子的利爪、大象的体型与长牙、水牛的犄角，全都一览无余。但蛇是美丽的动物。蛇圆润光滑，一如我们在生活中所珍爱的事物一样，色彩精致柔和，举手投足温柔平缓。只有对虔诚的信徒而言，这种美丽和优雅本身就令人厌恶，散发出地狱的气息，让他想起人类的堕落。他内心的某种东西让他逃离蛇如逃离魔鬼，这就是所谓的良知的呼唤。能爱抚蛇的人什么都能做。"希梅尔曼伯爵顺着自己的思路笑了一下，扣好了他那华丽的毛皮大衣，转身离开了棚屋。

老板站了一会儿，陷入沉思。"阁下，"最终他说，"您一定要喜欢上蛇。别无他法。根据我自己的人生经验，我可以这样告诉您，这确实是我能给您的最好建议——您应当喜欢蛇。请记住，阁下，屡屡如此啊——请记住，阁下——几乎每一次，我们向主讨一条鱼，他定给我们一条蛇。"

旅伴

　　在前往非洲的船上，我坐在一个比利时人和一个英国人之前，比利时人要去刚果，英国人已经去了十一次墨西哥，猎杀某种特殊的野生山羊，现在他是要去猎邦戈羚羊。我和这两个人都进行了交谈，结果把语言给搞混了，当我想问比利时人他是不是经常旅行时，我问他的是：你这一生工作得多吗？他并没有生气，而是掏出牙签，认真回答："太多了，夫人。"从这一刻起，他就致力于告诉我他一生中的所有劳动。在他讨论的每件事情中，都会反复出现某种表达：我们的使命。我们在刚果的伟大使命。

　　一天晚上，我们正要打牌时，英国旅行家跟我们讲了有关墨西哥的事，他讲了一个迟暮之年的西班牙女士，住在山中一个孤独的农场里，听说有个陌生人来了，便派人把他叫去，命令他把世上的新鲜事告诉她。

　　"那个，人们现在会飞了，女士。"他对她说。

　　"是的，我听说过，"她说，"对此，我和我的神父曾经争论过很多次。现在你可以启发我们，先生。人们飞的时候把双腿缩在身下吗，就像麻雀那样，还是像鹤一样把腿伸在身后？"

　　在交谈中，他还提到了墨西哥土著居民的无知和当地学校。那位正在发牌的比利时人停下了动作，手里拿着最后一张牌，锋利地盯着英国人，说道："我们只要教会黑人什么叫诚实，什么叫工作，就够了。"他砰一声将牌放在桌上，坚决地重复道："没有其他。没有。没有。没有。"

博物学家与猴子

一位瑞典博物学教授到农场来，请我替他出面，同野生动物管理局斡旋。他告诉我，他来到非洲是为了找出，当猴子还处于胚胎状态时，脚是在哪个阶段长出大拇指，开始同人类出现分化。为此，他打算去埃尔贡山猎杀疣猴。

"你永远都不会从疣猴那里找到答案的，"我对他说，"它们生活在香柏顶端，非常害羞，很难射击。如果能搞到你想要的胎儿，真的是撞大运。"

教授满怀希望，他说要一直待在野外，直至找到他要的脚，哪怕得好多年也没关系。他已经向野生动物管理局申请了许可，射杀他想要的猴子。鉴于他这次探险具有极高的科学目标，他肯定会得到许可，但到目前为止，他还没有得到回复。

"你申请了多少只猴子的射杀许可？"我问他。

他告诉我，一开始他请求的是射杀一千五百只猴子的许可。

既然我认识野生动物管理局的人，便帮他提交了第二封信，要求以邮件形式回复，因为教授急于出发做研究。这一次，野生动物管理局破例以邮件形式回复了。他们写道，野生动物管理局非常高兴地通知兰德格林教授，鉴于他这次考察的科学目的，他们觉得或可破例一次，将许可证上的猴子数量从四只提升到六只。

我不得不把这封信给教授读了两遍。终于搞清楚信的内容后，他变得垂头丧气，极为震惊且伤心，连一个字也没说。对于我的安慰，他没有回应，而是悲伤地走出屋子，上了车，悲伤地离开了。

当事情没那么不顺时，教授是一个非常有趣的演讲者，幽默诙谐。在我们就猴子进行辩论的过程中，他举出诸多事实，给了我极大启发。他也向我阐述了他的很多观点。有一天，他说："我要告诉你一段特别有意思的经历。在埃尔贡山上，我发现有一瞬间，我可能相信上帝的存在，对此你怎么想？"

我说这很有趣，但我想的是：还有一个有趣的问题是——在埃尔贡山，上帝是否有可能在某个瞬间相信兰德格林教授的存在？

卡罗门亚

农场上有一个九岁的小男孩，名叫卡罗门亚，又聋又哑。他能发出一种声音，是一种短促而原始的吼叫，但极少出现，他自己也不喜欢，总是立刻打住，喘上几口气。其他孩子都怕他，抱怨他打他们。我第一次同卡罗门亚相识，是他的玩伴们用一根树枝敲打他的头，他的右脸肿起来，因为木刺溃烂化脓，必须得用针给挑出来。不同于人们的认知，这种情形对卡罗门亚而言并不算是痛苦；就算他的确因此伤心，但也因此得以同他人接触。

卡罗门亚很黑，有着精致湿润的黑眼睛和浓密的睫毛；他的表情极为严肃，脸上鲜少出现笑容，总体上看活像一头黑色的土著小牛犊。他是一个活跃积极的小家伙，由于无法用语言与世界沟通，打架便成了他表达自己存在的方式。他还特别擅长扔石头，可以精准投掷到他想投的地方。有一段时间，卡罗门亚拥有一副弓箭，但是他用起来并不顺手，似乎倾听弓弦的响声是射箭手的必备技能之一。卡罗门亚体格结实，在他这个年龄算是非常强壮。

他很可能不愿用他拥有的这些优势去交换其他孩子说话与听声的天赋感官，我感觉他对此并没有那么欣赏。

尽管卡罗门亚充满战斗精神，但他绝非不善之辈。如果他意识到你正在跟他说话，他的脸会立刻容光焕发，不是展露笑容，而是一种欣欣然的模样，机敏又果断。卡罗门亚是个小偷，只要逮住机会就偷点糖和香烟，但他马上就会把偷来的物品分给其他孩子。有一次，他正给围成一圈的孩子分糖时恰好被我撞见，他站在中间，没看见我，那是我唯一一次看到他快要笑出来的模样。

我一度试图在厨房或我家里给卡罗门亚找份工作，但他都失败了，而且过了一段时间，他就对这些工作感到厌倦了。他喜欢的工作是搬运重物，把它们从一个地方拖到另一个地方。我的车道边有一排粉刷成白色的石头，有一天，在他的帮助下，我挪动了其中一块，一路把它滚到了房子前面，让车道对称。第二天，我出门在外时，卡罗门亚挪走了所有石头，把它们全都滚到房子跟前，堆成了山，我真是无法相信他这种身形的人竟然能够做到这件事。他肯定花了大力气。这就好像卡罗门亚知道自己在这个世界上的位置，并岿然不动。他虽聋哑，但有拔山之力。

在这个世界上，卡罗门亚最想要的就是一把刀，但我不敢给他，因为我私以为他在努力同其他孩子互动时，很容易用刀杀掉农场上的某个孩子，甚至不止一个。不过，以后他总会得到一把刀的；他的渴望是如此强烈，上帝知道他要刀有什么用。

我给卡罗门亚留下的最为深刻的印象，就是送他口哨的时候。有段时间，我曾用它来召唤狗。当我把口哨给他看时，他毫无兴趣；然后，在我的指导下，他把口哨放在嘴边，吹响它，狗狗便从两侧朝他冲过来，这让他大受震撼，因为惊讶而面容失色。他又试了一次，发现效果一样，于是看向我。眼神严厉而明亮。等到更加熟悉口哨后，他想知道它的工作原理。但他并没有去看口哨本身，而是在吹响口哨把狗召唤过来时，皱着眉头仔细审视它们，仿佛要找出它们究竟被击中了什么部位。从此以后，卡罗门亚就疯狂喜欢上了狗，经常把它们借出去，带着散步。每当他牵着狗离开时，我都会指向西边天空中的某处，那是他必须回来时太阳所处的位置，他也会指向同样的位置，总是准时返回。

有一大，我出门骑马，在离家很远的地方看到了卡罗门亚和那些狗，那是在马赛保留地。他没看见我，以为只有自己一个人，没人看着他。在那里，他让狗狗们跑一通，然后吹口哨唤它们回来，把这一表演重复了三四次，而我则骑在马上观察他。在平原之上，在他以为无人知晓的地方，他完全沉浸在生活的新感受与新层面之中。

他用线把口哨挂在脖子上，但有一天他却没有佩戴。我通过手势问他口哨去哪儿了，他用手势回答说丢了——遗失了。他从未找我再要一个口哨。要么是他觉得不可能得到第二个口哨，要么就是现在他打算彻底远离生活中与他无关的事物。我甚至不确定他是否因为无法调和口哨与他对其他事物的观念而扔掉了它。

在五六年后，卡罗门亚要么会经历诸多痛苦，要么会突然升入天堂。

普兰·辛格

　　普兰·辛格位于磨坊旁边的小铁匠铺是农场上的微缩地狱，它具备地狱的一切正统特征。铺子由瓦楞铁板搭建而成，当阳光普照屋顶，熔炉里的火焰便在屋内升起，整个小屋内外的空气都是白热化的。一整天下来，这个地方回荡着锻造炉震耳欲聋的噪音——铁撞机器，再撞机器——小屋里满是斧头和破碎的车轮，活像描绘刑场的古老图画，令人毛骨悚然。

　　尽管如此，铁匠铺还是有着极大的吸引力，每次我去旁观普兰·辛格工作，总能里里外外地看到人。普兰·辛格工作速度奇快，仿佛他的生命就取决于在接下来的五分钟内完成特定工作；他会在炉边高高跳起，高声向两个年轻的基库尤助手叫喊出指令，声音尖锐如鸟叫，表现得活像个被处以火刑的人，或是像个恼羞成怒的超级恶魔在工作。但普兰·辛格不是恶魔，性情最是温驯谦恭；工作之外，他的举手投足间有一种少女般的装腔作势。他是我们农场上的"方迪"，也就万能工匠的意思，木匠、鞍匠和细木工，还有铁匠，他都可以；他凭借一己之力，为农场建造了不止一辆马车。但他还是最喜欢锻铁工作，看他转动轮胎真是美好又令人骄傲的景象。

　　普兰·辛格的外表具有一定欺骗性。穿好衣服时，套着外衣和打褶的白色大头巾，再加上他浓密的黑色络腮胡，他看起来像是个大腹便便、笨重迟缓的人。但是在锻炉旁，脱掉上衣，他又极为苗条灵敏，拥有印度式的沙漏形躯干。

我喜欢普兰·辛格的锻造炉，基库尤人也特别喜欢，这有两个原因。

　　首先是因为铁本身，铁是所有原材料中最迷人的一种，能引发人们天马行空的想象。犁、剑、炮与车轮——人类文明——人类征服自然的缩影，足够直白，能让原始人理解或猜个一二——而普兰·辛格则在打铁。

　　其次，土著人被锻炉的歌所吸引。铁匠工作时那高亢、轻快、单调和令人惊奇的韵律具有神话般的力量。它如此阳刚，震慑又融化女人的心，它直率，真挚，讲述真理，并只讲真理。有时甚至是直言不讳。它有着过剩的力量，既欢乐又强壮，它乐于助人，心甘情愿帮你的大忙，仿佛游戏一般。土著人喜欢韵律，他们被普兰·辛格的小屋聚集起来，无拘无束。根据一条古老的北欧法律，男人不必为自己在锻造车间所说的话负责。在非洲也是一样，在铁匠铺里，大家也都信口开河，畅所欲言；大胆的想象对着鼓舞人心的铁锤之歌表达出来。

　　普兰·辛格跟了我很多年，是农场上的高薪职员。但他的工资与需求却不成比例，因为他是个完美苦行僧。他不吃肉，不喝酒，不抽烟，不赌博，旧衣服全都穿得破烂不堪。他把钱寄回印度，供孩子接受教育。有一次，他的一个儿子德力普·辛格从孟买过来看望父亲，这孩子年纪很小，沉默寡言。他已经失去了与铁之间的联系，在他身上，我唯一看到的金属制品只有他口袋里的一支自来水笔。神话般的品质并没有在第二代中传承下去。

　　但是，在锻造炉上方雷霆万钧的普兰·辛格本人，在农场时始终保持了他的光环，我希望他能一直保持到离开人世。他是神明的仆人，激情满满，狂热炽烈，是个元素精灵。在普兰·辛格的铁匠铺里，锤子为你吟唱你想听的歌谣，仿佛是在表达你自己的心声。对我来说，锤子在唱一首古希腊诗歌，有位朋友曾翻译过：

厄洛斯①射出一箭，如铁匠手持铁锤，

　　　　于是我的反抗火花四溅。

他冷却了我浸泡在泪水与悲伤中的心，

　　　　如烧红的铁浸入溪流。

---

① 古希腊神话中的爱神。

一桩怪事

    当我在马赛保留地为政府跑运输时，有一天我看到了一桩怪事，简直太奇怪了，在我认识的人中无人目睹过。这件事发生在正午，当时我们正穿越草原。

    与欧洲相比，空气在非洲的广袤风光中更不容忽视，它充满了海市蜃楼与光怪幻象，在某种程度上而言，空气才是各种活动真正的舞台。在炎热正午，空气像小提琴的弦一样震荡波动，沿着布满荆棘树与丘陵的层次丰富的草原升腾，在干燥的草地上创造出广阔的银色水域。

    我们在灼烧的空气中往前走，而我一反常态，远远走到了车队前头，和法拉赫、我的狗达斯科以及照看达斯科的托托一起。我们一言不发，因为热得开不了口。突然间，地平线处的平原开始移动和狂奔，不仅仅是大气流动，而是一大群野生动物正从右侧斜穿视野，向我们碾压而来。

    我对法拉赫说："看这些角马。"但过了一会儿，我又不确定它们是角马了；我拿起双筒望远镜去看，但在正午很难看清。"是角马吗，法拉赫？你觉得呢？"我问他。

    我现在看到达斯科全神贯注地盯着这些动物，耳朵竖在空中，视力敏锐的双目追踪着它们的行进。我常让它在平原上追逐瞪羚和羚羊，但今天我觉得天气太热，就让托托把牵引绳系在了它的项圈上。就在这一刻，达斯科短促地嚎叫了一声，极为野性，并向前一跃，托托被甩出去，我夺过牵引绳，必须得用尽全力才能拉住它。我看着那些野生动物。"它们是什么动物呢？"我问法拉赫。

在平原上很难判断距离。这是颤动的空气和单调的风景所导致的，散布的荆棘树也是元凶，它们有着古老森林中参天大树的模样，但实际上只有十二英尺高，所以长颈鹿能把头和脖子探出树梢。所以远远看到的那些野生动物究竟是何体型，你总是不断被骗，正午时分，你很可能会把豺误认成大角羚羊，把鸵鸟误认成水牛。一分钟后，法拉赫说："夫人，这些是野狗。"

野狗通常三四只一起出现，但也会碰巧遇见十几只野狗一起行动的情况。土著人很怕它们，并会告诉你它们无比凶残。有一次，我正在离农场比较近的保留地骑马，结果遇到了四只野狗，一直保持十五码的距离尾随我。我带着的两只小梗犬紧紧贴着我，实际上算是贴在矮脚马的肚子下面，直到我们穿过河流，回到农场。野狗的体型并不比鬣狗大。它们差不多和阿尔萨斯狼犬一样大。它们通体骏黑，尾巴和耳朵顶端有一簇白毛。它们的皮毛很差，毛发粗糙不平，气味难闻。

这里想必有五百只野狗。它们以奇怪的方式慢吞吞地跑过来，不左顾，也不右盼，仿佛是被什么东西给吓到了，又好像是沿着一条轨道，追逐既定目标，快速行进。靠近我们时，它们突然转了点方向；即便如此，它们似乎也没看见我们，继续以同样的速度前进。当它们离我们最近时，距离约为五十码。它们排成长列奔跑，两到四只并排，整支队伍花了不少时间才从我们旁边跑过。在它们掠过我们时，法拉赫说："这些狗很累，它们已经跑了很长的路。"

当它们全部经过，并再次消失时，我们环顾四周，寻找着远行队。队伍仍旧落后我们一段距离，我们因骚动的心绪而深感疲惫，于是原地坐在草地上，等车队赶上我们。达斯科心烦意乱，猛拖牵引绳要去追野狗。我搂住它的脖子，控制住它。我暗忖，若我没有及时把它拎住，它现在恐怕已经被野狗吃掉了。

车夫们纷纷脱离队伍，跑来问我们到底发生了什么事。我无法向他们或自己解释，是什么原因让野狗以如此之多的数量，如此奇怪的方式，跑了过来。土著人都将此视作噩兆——战争的预兆，因为野狗是食腐动物。事后他们自己也不怎么讨论这件事，平常他们都会把远行中发生的所有事大谈特谈。

我把这桩奇事告诉了很多人，但没有人相信。就算没人相信，这件事也是真的，我的随从可以为我作证。

鹦鹉

　　有位老丹麦船主，坐在那里，想起自己的年轻时光，想起十六岁时，自己在新加坡的妓院度过了一晚。他是跟着父亲的船员们一起去的，并坐下来和一位中国老妇人聊天。当她听说他来自一个遥远的国家时，她拿出一只苍老的鹦鹉，是属于她的鹦鹉。她告诉他，很久很久以前，这只鹦鹉是她青春年少时一位出身高贵的英国情人送她的。男孩心想，这鹦鹉肯定得有一百岁了。它能用世界各地的语言说好多句话，是在妓院的国际化氛围中学来的。但是，老妇的情人把鹦鹉送给她之前，教了它一个短语，她听不懂，也没有任何访客能告诉她这个短语的含义。所以多年来，她已经放弃追问。可是，如果这个男孩来自远方，也许那是他的语言呢，他可以为她解释这个短语。

　　这个建议深刻又奇异地感动了男孩。当他看着鹦鹉，想着他可能会从那可怕的喙中听到丹麦语时，几乎要夺门而出。但他留下来了，只为帮中国老妇一个忙。然而，当她让鹦鹉说话时，说的竟然全是古希腊语。鹦鹉说得很慢，男孩又足够懂希腊语，能够听懂；这是萨福的一句诗：

> 月已沉没，昴宿渐隐，
>
> 午夜已过，
>
> 时间正流逝，流逝，
>
> 我独自躺着。

　　当他把这些诗行翻译给老妇人听时，她咂着嘴唇，转动着斜睨的小眼睛。她要他再说一遍，并点了点头。

第五卷

OUT OF AFRICA

告 别 农 场

神与人啊，我们全都受骗至此！①

---

① 出自英国诗人雪莱《潘之歌》。

第一章　艰难时世

就咖啡种植而言，我的农场海拔有点高。在寒冷月份，我们会在低地上发现霜冻，早晨，咖啡树的嫩芽和上面未成熟的咖啡果都会变成棕色，枯萎凋零。风从平原吹来，即使在风调雨顺的年份，我们每英亩的咖啡产量也不及锡卡和基安布等低地区的农人，这些地方的海拔是四千英尺。

在恩贡地区，我们还缺水，真正的旱年我们遇上过三次，使我们穷困潦倒。有一年，降雨量为五十英寸，我们采摘了八十吨咖啡，而在五十五英寸降雨量的那一年，咖啡产量近九十吨；但有两年极为糟糕，降雨量只有二十五英寸和二十英寸，我们只收获了十六吨和十五吨咖啡，这些年份对农场来说是灾难性的。

与此同时，咖啡价格下跌：我们原本每吨能卖一百英镑，现在只能卖六七十英镑。农场的日子越发艰难起来。我们还不上债务，也没有钱来经营种植园。我的家人——他们在农场有股份——都给我写信，告诉我必须卖掉农场。

我想出了许多策略来拯救农场。有一年，我试图在闲置土地上种亚麻。亚麻种植是一项美妙的工作，但需要丰富的技巧和经验。我有个比利时难民，可以给我提供建议，当他问我打算种多少亩地时，我告诉他三百亩，他立刻惊呼："夫人，这是不可能的。"他说，我或许可以成功种植五亩甚至十亩，但不会更多了。可十亩地对我们而言杯水车薪，所以我种了一百五十亩。开满天蓝色花朵的亚麻田是一道绝美的风景线——宛如天堂在人间的一块地，而且没有任何产品能比亚麻纤维更令人满意，它坚韧而有光泽，摸起来略带油腻感。当它被送走时，你在思绪中随它而去，想象它被制成床单和睡衣。但基库尤人无法在顷刻间以及没有持续监督的情况下，学会精准拔出、浸解及打散亚麻；所以我的亚麻种植没有成功。

在那些年里，这个国家的大多数农民都在尝试此类计划，最终有少数人得到了灵感。恩乔罗的英格丽德·林德斯特朗就发展得不错：当我离开这个国家时，她已经为她的市场园艺、猪、火鸡、蓖麻和大豆操劳了十二年之久，并眼看它们一一失败，为它们痛哭流涕之后，她种植除虫菊，从而为家人挽救了农场，这些除虫菊被运往法国，用于制作香水。但我却没那么好运，实验未能成功，当干燥的天气和来自阿西平原的风到来时，咖啡树垂头丧气，叶子枯黄；在农场的部分地区，我们遇到了严重的咖啡病害，如蓟马和格纹椿象。

为了推进咖啡生产，我们尝试在田里施肥。由于我是在欧洲农业理念的影响下长大，不施肥就收割作物一直与我的观念相悖。农场的占地者听说这一计划后，都过来帮我，从他们的牛棚和山羊棚里搬出了几十年的粪肥。这是细腻的多泥炭物质，很好处理。我们在咖啡树行间犁出一道沟，用的从内罗毕买来的小型新犁，每个犁车只需一头小牛来拉，由于我们无法将车开进田里，所以农场的妇女就背着麻袋运粪肥，撒进沟渠，每棵树一袋，这样我们可以把牛和犁带回去，把肥料再掩埋上。旁观这一切令人心情愉快，我怀着极大的期待，但结果却是，从来没人看出过施肥的效果。

一个真正的麻烦是我们缺乏资金，在我接管农场前，那些钱就已经都花光了。我们没有办法去进行任何根本性的改进，只能勉强糊口，而且在最后几年，这成了我们在农场生活的常态。

我认为，如果有资金的话，我肯定会放弃咖啡，砍掉咖啡树，在我的土地上种植森林树木。在非洲，树木长得飞快，不出十年你可以在高大的蓝桉树和金合欢树下自在行走，这些树都是你用盒子从苗圃里冒雨运来的，每盒十二棵树。我畅想，那时我的木材和柴火在内罗毕肯定大有市场。种树是高尚的事业，多年后想起你会心满意足。过去，农场上曾有大片大片的原生森林，但在我接管农场前，它们就被印度人买去砍伐了；真是令人悲哀。在困难的日子里，我不得不砍伐工厂周围的树木给蒸汽机当燃料，这片有着高大树干和活泼绿荫的森林一直萦绕心头，这一生中，我所做过的事情中，没有任何一件比砍伐这片森林更让我难过。力所能及时，我也时不时一小片一小片地种植桉树，但成效不大。按这种方式，得要五十年时间才能种出成百上千英亩的森林，并将农场变成鸟鸣悦耳的森林，然后进行科学经营，河边还要建一座锯木厂。然而，农场的占地者们同白人的时间观念截然不同，始终满怀希望地憧憬着那个未来，到时候每个人从我很快就要种植的森林中获得大量木柴，就像旧日先民一样。

我还有在农场上养牛、经营乳品厂的计划。我们所处的地区不干净，这意味着你的土地上会有东海岸热病，如果你想养高级牛，就必须给牛进行浸洗。这使得我们更难以同干净的地区的养牛人竞争。不过他们都在内陆偏远地区，但我离内罗毕这么近，可以早上开车把牛奶送进城去。我们曾经拥有一群高级奶牛，随后还在平原上建了一座精致的浸牛池。但我们不得不把牛卖掉，浸牛池也长满了杂草，之后就如空中城堡陷落并坍圮的废墟一样。再后来，每到晚上的挤奶时间，我走到毛格或卡尼努的牛圈，闻到奶牛那甜美的气息时，便又感受到一阵渴望，渴望拥有自己的牛圈和乳品厂。当我策马平原，在我的脑海中，我看见浑身斑点的奶牛星星点点散落草地，如同花朵星罗棋布。

然而，随着一年年时光流逝，这些计划也变得越来越远，最终遥不可及。我也不太介怀，只要我能让咖啡赚钱，并维持农场运营就行。

负责一座农场是个沉重的负担。我的土著人，甚至包括白人，全都让我代替他们担惊受怕，忧心焦虑，有时我觉得农场上的牛和咖啡树也是这样对待我。会说话的生物与哑口不言的生物似乎已经达成共识，雨季迟迟不来，夜晚凛冽刺骨，这些全都是我的过错。晚上，我若安安静静坐下来看书似乎是不对的；我总是要离开家，就因担心会失去这个家。法拉赫深谙我的所有烦恼，他不赞成我夜里散步。他提起太阳下山时，有人在离家很近的地方看到过豹子；他常常站在门廊上，黑暗中隐约可见他那一袭白袍的身影，直到我再次回屋他才离开。但我太沮丧了，根本无暇顾及什么豹子，我知道夜晚走在农场的道路上于事无补，但我还是会走，像个传说中东游西荡的鬼魂，不知为何，也不知去哪儿。

离开非洲的两年前，我去欧洲旅行。我在咖啡采摘季赶回来，因此在到达蒙巴萨前，我无法获得收成消息。在船上，我一直在脑海中计算这个问题：当我一切都好，生活看起来很友好时，我估计我们能有75吨收成，可一旦我感觉不好，或神经紧张时，便想着我们只有60吨收获。

法拉赫到蒙巴萨来接我，我都不敢直接问他咖啡产量；我们谈论了一会儿农场上的其他新闻。但是到了晚上，我要去睡觉时，不能再拖延了，我问他，农场一共采摘了多少吨咖啡。一般情况下，索马里人都很乐意宣布灾难。但法拉赫并不高兴，当他说"40吨，夫人"时，他非常严肃，站在门边，半闭着眼睛，头往后仰，吞下了悲伤。由此我清楚我们无以为继了。所有的色彩与生机都从我周遭的世界褪去了，阴冷压抑的蒙巴萨旅馆房间，水泥地面，老旧的铁床架与破烂的蚊帐，都具备了重大意义，成为这世界的符号，一样属于人类生活的修饰物或装饰品都没有。我没再和法拉赫说什么，他也没再说话，而是走开了，真是这世界上最后一个友好的对象。

尽管如此，人类的思维还是具备自我更新的力量，午夜时分，我想到，若是老克努德森还在，肯定认为40吨也很了不起了，但悲观主义才是致命的堕落。无论如何，我现在都要回家了，我将再一次出现在车道上。

我的人在那里，我的朋友也会来看我。十个小时后，我将在铁路上看向西南方，看到恩贡山的蓝色剪影背靠苍穹。

同一年，蝗虫入侵这片土地。据说它们来自阿比西尼亚，经历了两年的干旱后，向南迁移，并吃光了沿途所有植被。在还没有看到它们之前，这片区域就已经流传着有关它们破坏力的诡谲传说——在北部，但凡它们所经之处，无论玉米、小麦还是果树农场，全都化作浩瀚沙海。移民们派遣信使，向南边的邻居宣布蝗虫来袭。可是，哪怕得到预警，你也回天乏术。在所有农场上，人们都堆起了高高的木柴和玉米秸秆，等蝗虫抵达时便一举点燃，他们还派出了所有农场劳工，手持空罐子和空桶，大喊大叫，敲击罐子，试图吓跑蝗虫。但这不过是片刻喘息，因为无论农民们如何吓唬，蝗虫总不能永远滞留在空中，每个农民唯一能希冀的就是将它们赶到南边的下一个农场，而且吓跑它们的农场越多，最终落脚时，它们就越是饥饿，越是不顾一切。我自己拥有南边马赛保留地的大片平原，所以我希望让蝗虫一直悬在空中，将它们送过河去，去往马赛人那里。

已经有三四个本地区的邻居移民派出了信使，来报告蝗虫的到来，但都没有进一步发展，我开始相信这都是虚假警报。一天下午，我骑马去了"杜卡"，一个什么都卖的农场商店，由法拉赫的小兄弟阿卜杜拉为农场劳工和占地者而经营。商店位于公路上，一个坐在骡车里的印度人在我经过时站了起来，并同我打招呼，因为他无法在平原上驾车靠近我。

"蝗虫要来了，夫人，请千万注意你的土地。"当我朝他骑过去时，他说道。

"我已经听说过太多次了，"我说，"但我什么也没看到。也许没有人们说得那么糟。"

"劳驾转身，夫人。"印度人说。

我转过身，看到在北方地平线上，空中有一片阴影，宛如一道长长拉升的烟雾，就好像有城市着火了。"一个有着百万人口的城市竟然在朗朗晴空下往外冒烟。"我心想，那情形也像一片薄云升起。

"那是什么？"我问。"蝗虫。"印度人回答。

骑马回去时，在横穿平原上的道路时，我看到了几只蝗虫，或许总共有二十只。我经过了经理人的房子，指示他做好准备，迎接蝗虫。我们一起望向北方，空中的黑色烟雾已经抬升了一些。在我们凝视那片烟幕时，不时有那么一只蝗虫嗖一下飞过我们身边，或是落在地上，继续爬行。

第二天早上，我打开门，向外张望，整片大地都变成了淡暗的赤褐色。树木、草坪、车道……目之所及的一切都染上了这种颜色，仿佛在夜间，一层厚厚的赤褐色大雪覆落在了这片土地上。蝗虫就停留在那里。当我站定观察时，整个景色开始颤动，崩裂，蝗虫移动，升空，几分钟后，空气随翅膀而震颤，它们正在飞走。

那一次，它们对农场破坏不大，只和我们共度了一晚。我们看到了它们的模样，大约一英寸半长，棕灰色与粉色相间，摸上去有些黏。它们破坏了车道上的几棵大树，仅仅是停留在上面就给折断了，当你看着这些树，想起每只蝗虫顶多只有十分之一盎司重，你便开始假设它们的数量。

蝗虫又来了；在农场上，有两三个月的时间，我们不断遭受攻击。我们很快放弃了吓跑它们的尝试，压根毫无希望，可悲又可笑。有时，会有一小群蝗虫飞来，是从主力部队中分离出来的自由军，它们只是匆匆过境。但其他时候，蝗虫会大规模飞来，需要好几天才能飞过农场，并且是十二小时不间断地在空中突飞猛进。当飞行达到高潮，恍如故乡的暴风雪，如强风般呼啸，尖叫，四面八方全是凶猛的小翅膀，在阳光下闪闪发光，如同薄薄的钢片，但又完全遮蔽了太阳。蝗虫保持在一条带状区域里，从地面一直到树顶，超出这一区域，空气便是清澈的。它们嗡嗡地撞上你的脸，爬进你的领子、袖子和鞋子。它们围着你打转，让你头晕眼花，内心充满了一种极为恶心的愤怒与绝望，是一种密集恐惧症。其中的个体无足轻重；杀死它们对任何人都没有影响。当蝗虫过境，飞向地平线，如一长串薄薄的轻烟，你的脸和手被蝗虫爬过的恶心将久久挥之不去。

一大群鸟紧跟蝗虫的行进，盘旋于它们上方，并在它们落脚时冲下来，步入田野。这便是鹳与鹤，它们高度依赖这些蝗虫生存，是浮夸的渔利者。

有时蝗虫会停留在农场。它们没有对咖啡种植园造成太大伤害，咖啡树的叶子和月桂树叶类似，硬邦邦的，蝗虫嚼不动。它们只是会在田间偶尔破坏一棵树。

但是，当蝗虫停留玉米地再离开，这里可谓满目疮痍，什么也没剩下，只有挂在折断秆茎上的几圈枯叶。我的河边花园曾是悉心灌溉，绿意盎然，如今却如垃圾堆一般——花朵、蔬菜和香草全都消失了。占地者们的小农田仿佛是清理并焚烧过的土地的延伸地带，甚至是被这些爬行中的昆虫给压平了，尘土中到处是死蝗虫，成了这片土壤仅存的硕果。占地者们站在那里，看着它们。耕种小农田的老妇们踩在蝗虫的脑袋上，冲着空中最后一抹正在消失的黑色阴影挥舞拳头。

军团离开后，留下了大量死掉的蝗虫。在它们曾经停留的大马路上，马车与汽车曾呼啸而过，从它们身上碾过，现在，群虫离去后，车辙留下了印迹，如同铁轨，嵌进了一条条像铁路一样的痕迹，目之所及，都残留着死蝗虫的尸体。

蝗虫已经在土壤中产下了卵。明年，经过漫长的雨季，黑褐色的小跳虫就会出现了——这是蝗虫生命的第一阶段，还不能飞，但会往前爬行，并吞噬前进道路上的一切。

当我再也没有钱，入不敷出时，不得不卖掉农场。内罗毕的一家大公司买下了它。他们认为那里的高度对于咖啡来说过高，他们也不打算继续发展农业。他们打算移除所有咖啡树，分割土地，规划道路，迟早有一天，当内罗毕向西扩张时，他们打算出售土地用于建筑。这事发生在那一年快结束的时候。

即便事已至此，如果不是因为那一件事，我想我是不会放弃农场的。树上还未成熟的咖啡豆属于农场的旧主人，或是属于持有第一抵押权的银行。这些咖啡要到五月或更晚的时节才能采摘，在工厂加工，发出去。在这段时间里，我打算留在农场，负责管理，一切都将一如既往，表面上不会有什么改变。而且在这段时间内，我想，一定会发生什么事，扭转乾坤，毕竟这个世界本就不是个有规律可循、可计算的地方。

就这样，我在农场的生活开启了一个奇怪的纪元。事实的真相是，农场不再是我的了，这一事实是一切的基础，可尽管如此，这一事实还是可以被无法意识到它的人所忽略，并且对每一天的日常生活毫无影响。就是那时，我时时刻刻都在上一门活在当下的艺术之课，或者可以说是活在永恒，在那里，此刻实际发生的事其实都毫无影响。

奇怪的是，在这段时间里，我自己从来就没相信过我会被迫放弃农场，或者离开非洲。周围的人都告诉我必须这样做，他们都是理智的人；故乡的每一封来信件都证明了这一点，而我日常生活中的所有事实也都指向了这一点。但这同我的想法南辕北辙，我始终相信我终究要埋骨非洲。对于这一坚定信念，我并没有其他根据或理由，只是无法想象其他任何可能。

在那几个月里，我在脑海中构思了一个方案，或者说是战略体系，对抗命运，对抗周遭与其同谋之人。我认为，从这一刻往后，我要在所有旁枝末节上让步，以免陷入不必要的麻烦。我要让我的对手们一天天地在这些琐事、谈话与写作中随心所欲。因为到了最后，我仍旧会大获全胜，能留下我的农场，以及农场上的人们。失去它们，我心想，是不可能的：那是无法想象的，怎么可能发生这种事呢？

就这样，我成了最后一个意识到自己要离开的人。当我回顾在非洲的最后几个月，我发觉，早在我意识到自己要离开之前，那些无生命的存在就心知肚明了。山丘、森林、平原与河流，还有风，都知道我们就要分开了。当我头一回开始同命运妥协，出售农场的谈判也提上日程时，整片地貌对我的态度发生了变化。迄今为止，我都是它的一部分，干旱于我如同一场高烧，平原繁花盛开如我的一条新裙。现在这个国度脱离了我的身体，退后一步，以便让我把它看得一清二楚。

在雨季来临前的那一周，山丘也会也有同样的表现。在你看向它们的某个夜晚，它们会突然间剧烈动作一番，揭开面纱，在形态与色彩上都变得引人注目、清晰且生动，仿佛它们要将自己所容纳的一切都托付于你，仿佛你可以从端坐之处起身，走上那绿色的斜坡。你思忖：如果此刻有一只薮羚漫步在外，当它转过头来，我或许能够看到它的眼睛，还有它动来动去的耳朵；如果有只小鸟落上灌木丛中的细枝，我就会听到它唱歌。从山之中，三月时节，这种放纵的姿态意味着雨季近在咫尺，但此刻，于我而言，则意味着离别。

我也见过其他国家，以同样的态度，在你行将离去时把自己交给你，但我已然忘记了其中的意味。我只是想着，我从来没见过这个国家如此可爱，仿佛仅仅凝视它就足以让你幸福一生。光与影共享同一片景观；彩虹跨立在天空。

当我和其他白人——比如内罗毕的律师和商人——在一起时或是同给我提供旅行建议的朋友们共处时，我的隔离感奇怪极了，有时甚至像一种实际存在的隔绝——某种窒息感。我自视为他们所有人中保有理性的那一个；但有　两次，我偶然反思了一下，如果我身处明智的人群之中，而自身是一个疯子，那我依然会觉得自己是理性的那一个。

农场上的土著人，在他们赤裸裸现实主义的灵魂中，已然意识到了局势和我的心态，他们全都了然，就好像我给他们讲解过，或是写在书里给他们看过。尽管如此，他们仍然期望我能给予帮助和支持，并且没有一个人试图为自己的未来做打算。他们竭尽全力想我继续留下，并为此搞出了许多计划，都来向我吐露过。当农场完成出售时，他们纷纷来到我家，围坐房外，从清晨坐到深夜，不是为了和我交谈，而是为了紧盯我的一举一动。在领导者与追随者的关系当中，有一个矛盾时刻：他们分明能够清楚看到领导者身上的每一个弱点，每一次失败，并且能以不偏不倚的精确来评判他，但仍然不可避免地要向他求助，仿佛生活中绝对不可能绕开他。一群绵羊可能对牧童有同样的感觉，它们明明比牧童更了解这个国家和天气，但仍然会走在他身后，如有必要，甚至可以径直步入深渊。比起我，基库尤人更能审时度势，这是由于他们对上帝和魔鬼的内在认识要更胜一筹，可他们围坐在我的房子外，等待我的命令；很可能，他们彼此间一直在自由自在地细论我的无知与举世无双的无能。

你肯定会认为，当我知道自己无法帮助他们，而他们的命运又重重地压在我心头，他们不断出现在我家旁边肯定让人难以忍受。但事实并非如此。我相信，直到最后一刻，我们都在彼此陪伴中感受到某种诡异的安慰和解脱。我们的相互理解比所有情理都更为根深蒂固。这几个月里，我多次想到拿破仑从莫斯科撤退。人们普遍认为，目睹他的大军在身边受尽折磨，垂死挣扎，他经历了极大的痛苦，但也极有可能，如果没有那些人，他会当场倒地暴毙。到了夜里，我一小时一小时数着时间，直到基库尤人再次出现在我的屋子旁边。

第二章　金安具之死

就在同一年，金安具酋长离世了。一天晚上，已经很晚了，他的某个儿子来到我家，要我和他一起回他父亲的村子，因为他要死了："纳塔卡库法（他想死）！"土著人这样说。

如今，金安具已是个老人。近来他的生活中发生了一件大事：马赛保留地的检疫规定暂停执行。这位基库尤老酋长甫一听说，就带着几个仆从，亲自深入保留地南部，结清他和马赛人之间五花八门的账目，并带回了属于他的奶牛，以及它们在外流放时所生的小牛。身处南部时，他病了；据我所知，他被一头奶牛顶了大腿，这对基库尤酋长来说似乎是一个匹配的死因，他的伤口生了坏疽。金安具在马赛人那里待了太久，抑或是病得太重，以至于无法承受长途旅程，最后他终于要回家了。或许他已下定决心要把所有牲口都带回来，因此在所有牲畜都集合完毕前，他是没有离开打算的，也有可能他让某个已婚的女儿在那里照顾自己，直到他的内心对于女儿是否愿意帮他度过疾病难关生出一丝疑虑。最终他出发了，看来他的随从已经为他做好了万全准备，并且大费周章才把他送回家——用担架抬着这个病入膏肓的老人走了很长一段路。现在他躺在小屋里，行将就木，派人来寻我。

金安具的儿子是晚饭后来到我家的，等我和法拉赫跟他一起开车去村里时，天已经黑了，但月亮升起，是上弦月。在路上，法拉赫提起了谁将接任金安具成为基库尤酋长的话头。这位老酋长有很多儿子，似乎在基库尤世界有着各种各样的影响力。法拉赫告诉我，他有两个儿子是基督徒，但其中一个是罗马天主教徒，另一个是苏格兰教会的皈依者，两个布道团都肯定会煞费苦心让各自觊觎酋长之位的信徒当选。而基库尤人呢，似乎是想要第三个儿子当选，他更年轻，不信教。

最后一英里的路充其量只能算是草地上的一条牛道。草地灰蒙蒙、湿漉漉的。快要抵达村子前，我们还得穿过一片河床，中央处有一条小小的银光闪闪的蜿蜒溪流；在这里，我们驱车穿过一片白雾。当我们来到金安具的庞大村落时，月光下，村子静悄悄的，一大片小棚屋组合在一起，有尖顶的小仓库，还有牛圈。就在我们转进去时，在车灯照亮下我看到了金安具从美国领事那里买来的那辆车，停放在茅草屋顶下，是他来农场裁决万严盖里案件时买的。车子看上去孤苦伶仃，浑身锈迹，残破不堪，显然金安具如今是不会想起它了，而是回归祖先的方式，要看到身旁环绕着牛和女人。

看上去如此黑沉的村庄并未入睡，人们听到汽车的声音时，纷纷起床，过来把我们围住。但村庄早已不复从前。金安具的村子向来是个热闹而喧嚣的地方，如同从地下喷涌而出的水井，水流涌向四面八方；各种计划与方案全方位交织，全都在金安具这个浮夸又仁慈的核心人物的眼皮底下进行。现在，死亡之翼笼罩村庄，就像一块强力磁铁，改变了羽翼之下的图案，排列出新的星座与团体。家族与部落里每一个成员的福祉都岌岌可危，你感觉到，在牛群浓烈的气味和昏暗的月光中，围绕着皇室的临终病榻，总会上演这样那样的事件与阴谋。当我们下车时，举着灯的男孩过来带我们去金安具的小屋，一群人跟着我们一起过去，并驻足屋外。

我以前从来没进过金安具的房子。这座皇家宅邸比普通的基库尤小屋大得多，然而当我步入其中，却发现里面并没有什么更为奢华的家居装饰。屋里有个用棍子和缰绳搭成的床架，还有几把木凳可以坐。两三堆火燃烧在被踩实的黏土地面上，小屋里的热气令人窒息，烟雾太浓了，纵然他们在地板上放着一盏防风灯，可我一开始还是看不清楚屋里都有谁。等到稍稍适应屋里的空气后，我看到有三个光头老人和我一起在房间里，他们是金安具的叔叔或者是市议员，有个老态龙钟的女人拄着棍子，紧贴床边，一个年轻漂亮的女孩，还有一个十三岁男孩——酋长这间死亡之室里的磁铁组合出的是什么样的全新星座呢？

金安具平躺在床上。他快要死了，他已然是死亡状态，行将消散解体，浑身散发出令人窒息的恶臭，起初我简直不敢开口说话，生怕自己会吐出来。老人赤身裸体，躺在一张花格毯子上，那是我送给他的，他那条中毒的腿很可能无法承受任何重量压上去了。那条腿看上去触目惊心，肿胀得你根本无法分辨膝盖的位置，在灯光下，我能看到它从臀到脚都布满了黑色与黄色的条纹。腿下面，毯子又黑又潮，仿佛一直有水流出来。

金安具的儿子，就是来农场接我的那一个，搬来一把老旧的短了一条腿的欧洲椅，他把椅子放得非常靠近床边，让我坐在上面。

金安具的头和躯干都瘦到形销骨立，整个人宛如用小刀粗糙刻出的巨大黑色木雕。他的牙齿和舌头从唇间露出来。他的眼睛黯淡模糊，在漆黑的面容上呈现乳白色。但他仍能看见，当我走到床边，他将眼睛转向我，我在小屋时，他的目光一直停留在我脸上。非常非常迟缓地，他将右手从身子那边伸过来，碰了碰我的手。他疼得厉害，赤身裸体躺在床上，但仍旧神志清晰，仍旧是个重量级人物。看他的神情，我想他是凯旋，全然不顾他的马赛族女婿们，带回了所有牲口。坐在那里看着他时，我记起了一件事，他有个弱点：一直都很怕打雷，在我家的时候，每当雷暴来袭，他都表现得像个啮齿动物，四处寻找洞穴。但此刻，他不再惧怕闪电，也不再惧怕骇人的雷鸣：我认为，他显然已经完成了自己的世俗任务，要回家了，要领取各种报酬了。如果他的头脑还足够清醒，能够回顾自己的一生，便会发现，几乎没有几件事是他不曾攻克的。一种强大的生命力，享受乐趣的能力，多姿多彩的活力，此刻都走到了尽头，尽头处，金安具一动不动地躺着。"平静地去吧，金安具"——我默念。

小屋里的老人们站在一旁，仿佛失去了说话的能力。我来的时候屋里就有个男孩子，原来那个孩子一直在里面，我以为他是金安具的老来子，此刻正是这个男孩凑到父亲的床边，同我交谈，我以为他这么做是在我来之前就约定好的。

他解释说，布道团的医生听说了金安具的病，已经来看过他了。他告诉基库尤人，他会再回来，把这位垂死的酋长带到布道团的医院去，他们正翘首等待布道团的卡车过来，把他带去，今晚就会来。可金安具不想去医院。所以他才派人把我叫来。他想让我把他带到我家里去，而且他希望我现在就带他走，赶在布道团的人回来之前。孩子说话时，金安具就看着我。

我坐在原地，心情沉重地听着。

若是之前，一年前，哪怕三个月前，无论金安具在什么时候奄奄一息地躺着，只要他开口，我肯定会带他到我家去。但今时今日情况却不同了。最近我自己的事一团糟，所以我害怕情况会进一步恶化。我在内罗毕的办公室里待了几天，听商人和律师的话，和农场债权人开会。金安具要我带他去的那栋房子，已经不再是属于我的房子了。

我坐着端详他，心里想着，金安具要去世了，无药可救了。在回家的路上，或是刚刚到家的时候，他就会死在我的车上。布道团的人会为他的死而责怪我；所有听说这件事的人都会认同他们的指责。

我坐在棚屋里坏掉的椅子上，所有这一切在我看来如高山压顶，力有不逮。我再也没有心力去起身反抗这个世界的权威。如今我再也没有胆量去面对这一切。

我尝试了两三次，想要下定决心带金安具走，但每一次，我都没能鼓起勇气。那时我想，我必须得离开他了。

法拉赫站在门边，男孩说的话他都听见了。当他看到我沉默地坐着，便走到我跟前，开始用热切的语气低声向我解释说，我们最好还是把金安具抬上车。我站起来跟他一起去了棚屋后面，稍稍远离床上那位老人的眼睛与气味。我告诉法拉赫，我不打算带金安具回家。法拉赫完全没有准备好应对这种情况变化，他的眼睛连同整张脸都因惊讶而黯然失色。

我本想和金安具多待一会儿，但我不想看到布道团的人来把他带走。

我走到金安具的床前，告诉他我不能带他回家。没必要解释原因，那就这样吧。棚屋里的老人家们明白我的婉拒后，不安地围住了我，颇为激动，男孩稍稍退后，一动不动地杵着，他已经没什么可做了。金安具本人没有任何反应或变化，他始终盯着我，始终如此。他看上去好像经历过类似的事情，也的确很有可能。

"卡瓦赫里，金安具。"我说道——再见了。

他灼热的手指微微动了一下，触碰到我的掌心。我还没有走到棚屋门口，转身回望时，房间里的混沌与烟雾已然吞噬了我那基库尤酋长的四仰八叉的巨大身影。

走出棚屋，外面很冷。此时月亮已经低至地平线，肯定已经过了午夜。就在那时，村子里金安具的某只公鸡叫了两次。

当天晚上，金安具在布道团医院去世了。第二天下午，他的两个儿子到我家里来告知了我。同时他们还邀请了我参加葬礼，葬礼将于第二天在达戈拉提举行，就在他的村庄附近。

若是完全按照基库尤人的习俗，他们不埋尸体，而是将其置于地表，让鬣狗与秃鹫来处理。这种习俗一向对我颇具吸引力，我认为那必将是一件快事，面朝太阳与星辰摊开，如此迅疾、整洁且毫无隐藏地剔骨去肉，清理净化；与大自然融为一体，成为大地风光的组成部分。西班牙流感在农场肆虐时，我听到鬣狗整晚都在小农田里逡巡，那段时间过后，常常能在森林的高草丛中发现光滑的棕色头骨，仿佛是坠落树下或平原上的一枚坚果。但这种做法与文明生活的环境相悖。政府费了很多周折让基库尤人改变做法，并教他们将死者埋在地下，但他们还是完全不喜欢土葬。

现在他们告诉我，金安具将被埋葬，我想基库尤人肯定会同意破个例，因为死者曾是酋长。也许他们想要搞一场盛大的土著演出与集会。第二天下午，我开车前往达戈拉提，盼着见到全国各地所有小部落的老酋长，见证一场大型基库尤盛会。

结果金安具的葬礼完全是欧式葬礼，由教会全权操持。几个政府代表出席了，包括地方专员和来自内罗毕的两名官员。但这一天和这个地方是属于神职人员的；在午后阳光的照耀下，整片平原黑压压的全是他们。法国布道团和英格兰、苏格兰教会布道团都来了很多人。如果他们希望给基库尤人心中烙下这样的感觉，即在这里，他们已经拥有了已故酋长，他现在属于他们了，那么教会成功了。他们显然大权在握，人们都觉得金安具是不可能摆脱他们的。这是教会的老把戏了。无论如何都值得一提，这是我第一次看到这么多布道团男孩都是皈依的土著人，无论担任什么职务，有一半人都穿着祭司的衣服，肥胖的基库尤人戴着眼镜，交叠双手，看起来活像阴郁的太监。金安具那两个基督徒儿子很可能在场，他们为这一天放下了宗教分歧，但我不认识他们。一部分老酋长参加了葬礼，柯伊就在，我和他聊了一会儿金安具。但在正常演出中，他们都安分地充当背景。

金安具的坟墓挖在平原上两棵高大的桉树下，周围拉了绳子。我来得

285

早，所以站得离墓比较近，就挨着绳子，从这里可以看到人群像苍蝇一般围绕墓穴扩大，站定。

他们用卡车把金安具从布道团运过来，放在了坟墓附近。看到他的那一刻，我觉得我这一生中没有比当时更感惊讶、更骇然的时刻。他曾经是个壮硕的男子，我曾目睹他在参议员的簇拥下走向农场，我还记得那时的他，甚至也记得两个晚上前他躺在床上的模样。但现在，他们用来盛放他的棺材几乎就是个正方形的盒子，绝对不超过五英尺长。第一眼看到时，我根本就没把它看成棺材；我心想，肯定是装葬礼用具的盒子。但那就是金安具的棺材。我始终未能知道为什么选了它，或许这就是苏格兰教会恰好有的东西。但他们是怎么把金安具放进去，他此刻又怎么躺在里面的呢？他们把棺材放在地上，离我站的地方很近。

棺材上有一块大银板，上面刻了一段铭文，后来我才得知，这段文字写的是，这是布道团赠予金安具酋长的，后面还跟着一段《圣经》中的经文。

葬礼仪式非常冗长。传教士站上前来发言，一个接一个，我猜他们肯定讲了大量专业术语和训诫。

但我一个字也没有听，我始终紧紧抓着围起金安具坟墓的绳子。一些土著基督徒跟着他们亦步亦趋，声嘶力竭，回荡整片碧绿平原。

最终，金安具入土为安，葬在了祖国的土地上，被故土覆盖。

我带着男仆们去了达戈拉提，这样他们就能旁观葬礼，他们留在那里和朋友及家人聊天，然后徒步回家，所以我和法拉赫一起开车回来。法拉赫如我们身后的坟墓一样沉默。对法拉赫而言，真的很难接受我不带金安具一起回家，两天来，他都像丢了魂似的，深陷于巨大的疑虑与沮丧。

现在，当我们开车回到家门口时，他说："没关系，夫人。"

第三章　山中坟墓

丹尼斯·芬奇-哈顿在某次游猎结束后到来，在农场短暂逗留。然而，当我开始准备搬家并打包行李时，他也无法久留，于是就去了内罗毕，住在休·马丁家。从那里，他每天开车到农场来和我一起吃饭，坐在一个打包箱上，用另一个箱子做饭桌，那时已经到了最后关头，我正在变卖家具。

有几次，我和丹尼斯聊起来时，就好像我真的要离开这个国家了。他自己把非洲当成家，所以他非常理解我，对我的痛苦感同身受，哪怕他嘲笑我同农场的人分别时悲伤窘迫。

"你觉不觉得，"他说，"离开了西隆加这地方，根本就活不下去？"

"是啊。"我说。

但我们在一起的大多数时候，说话做事都好像未来压根不存在；他从不杞人忧天，就好像是他知道，只要他愿意，就可以利用我们所不了解的力量。他自然而然同意了我的计划，让一切顺其自然，随便其他人怎么想，怎么说。当他在那里时，我们似乎就应该坐在打包用的箱子上，在空荡荡的房间里，再寻常不过，很符合我们的喜好。他引用了一首诗给我：

> 你必须将你那哀伤的小调
> 变为欢快的歌曲，
> 我永远不为遗憾而来，
> 我是为欢乐而来。

在那几周里，我们经常进行一些短途飞行，飞上恩贡山，或是飞到下游的野生动物保护区。一天早上，丹尼斯一大早就来农场接我，就在太阳才刚刚升起的那一刻，我们看到一头狮子在山南的平原上。

他说起要收拾书，他那些书在我家放了很多年，但他从来没有下文。

"你留着吧，"他说，"我现在没有地方放它们了。"

当我的房子要落锁关门时，他还没下定决心要去哪里。有一次，听了某个朋友坚持不懈的提议，他大老远地开车去了内罗毕，去看一眼那里出租的独栋平房，但他满怀对所见所闻的厌恶回来了，甚至都不愿意去谈论它，吃晚餐时，当他开始给我描述房子和家具时，他说着说着就不说了，缄默不语，脸上流露出罕见的厌恶与悲伤。他是接触了某种想起来就无法忍受的生存方式。

然而，那就是一种完全客观且不掺杂个人态度的反对，他都忘了自己本来也打算参与到这样的生活中去，当我谈及这一点，他打断了我。"哦，至于我，"他说，"我在马赛保留地的帐篷里就很开心了，要么我就去索马里村庄租个房子。"

但在当前的情况下，他仅此一次提到了我在欧洲的未来。他认为，我在那里可能会比在农场更幸福，可以远远地摆脱我们将在非洲实现的那种文明。"你知道的，"他继续说，"非洲这个大陆有一种强烈的讽刺感。"

丹尼斯拥有一块沿海的土地，位于蒙巴萨以北三十英里，在塔卡翁古的小河湾。这里是一个古老的阿拉伯移民地遗址，有一座非常朴素的宣礼塔和一口井——是盐碱地上一块褪色的灰色石头，中间有几棵古老的杧果树。他在自己的地上建了个小房子，我曾在那儿住过。那里的风景神圣，干净，荒凉，是一种海洋的壮阔，你的面前是蔚蓝的印度洋，南边是塔卡翁古的深溪，以及连绵不断的海岸线，绵长而陡折，目之所及全是浅灰色与黄色的珊瑚岩。

退潮时，你可以从小屋往海里走上数英里，如同走在开阔又不那么平坦的广场上，捡拾起又长又尖的奇特贝壳和海星。斯瓦希里渔民在此徘徊，裹着缠腰布，包着红色或蓝色的头巾，就像是水手辛巴达活了过来，他们是来兜售长着尖刺的鱼，五彩缤纷的，其中一些很好吃。房子下方的海岸线有一排被海浪冲刷出的洞穴与石窟，很深，你坐在那儿的阴影中，眺望远处闪烁的蓝色海水。当潮水涌入，灌满洞窟，水位达到房子所在的地面高度，在多孔的珊瑚岩上，海洋以一种奇怪的方式吟唱与叹息，好像你脚下的大地是活着的；长长的海浪如冲锋陷阵的军队一样涌向塔卡翁古溪。

我在塔卡翁古时正值满月，灿烂幽静的夜晚是那么完美无缺，让人的心为之融化。你睡觉时敞开门户，面朝银色的沙滩；温暖的微风在嬉戏，低语着吹进来一些散沙，落在石头地板上。一天晚上，一列阿拉伯帆船驶来，离岸很近，在季风的推动下无声前行，如月光下一列棕色的影子舰队。

丹尼斯有时会谈起要把塔卡翁古变成他在非洲的家，并从那里开始他的游猎之旅。当我开始谈论不得不离开农场，他提供了塔卡翁古的房子给我，恰如他曾住在我位于高地的家。但是，白人无法长时间生活在海滨，除非他们能得到诸多享受，而塔卡翁古对我来说地势太低，天气太热。

在我离开非洲那一年的五月，丹尼斯去了塔卡翁古一周。他计划着建一座更大的房子，并在自己的土地上种植杧果树。他开着自己的飞机离开，并打算绕道沃伊回家，想看看那里有没有大象可以让他狩猎。土著人当时一直在讨论一群从西边来的大象，它们来到了沃伊附近，特别是一头大公象，比其他象都要大两倍，正在那边的灌丛中独自漫游。

丹尼斯自认为是个极其理性之人，却又受到某种特殊情绪与强烈预感的支配，在这种影响下，他有时会沉默数天或一周，不过他自己毫无知觉，当我问他出了什么状况时，他一脸吃惊。在开启这次海岸之旅前的最后几天，他就是处于这种心不在焉的状态下，仿佛陷入沉思，但我一提及，他就冲我笑。

我央他带我一起去，因为我想着，看看大海是多么美妙的体验啊。一开始他答应了，随后又改变了主意，说不行。他不能带上我；他告诉我，绕去沃伊的旅程将非常艰苦，他可能得被迫在灌木丛中着陆，睡觉，所以有必要带一个土著男孩在身边。我提醒他，他曾经说过，把这架飞机弄到手就是想带我飞越非洲。没错，他说，他是这么说过；如果沃伊有大象，他肯定会带我飞过去看看，只要知道有着陆点和露营场地就行。这还是唯一的一次，我央求丹尼斯带我上飞机却被他拒绝了。

他在八号那天起飞，是个星期五，"星期四等我回来，"他走的时候说，"我会准时回来和你共进午餐。"

当他发动车子，前往内罗毕的小型机场时，却在拐进车道时又折返回来找一本之前给过我的诗集，他现在想带着去旅行。他单脚站在车的踏板上，一根手指夹在书页间，给我朗读一首我们曾经讨论过的诗。

"这是你的灰色大雁。"他说。

"我看到灰色的大雁飞过平原，野雁在高高的空中生机勃勃——从地平线到地平线，坚定不移，灵魂如鲠在喉——它们的灰白色在辽阔天空绘出条条纹路，太阳的光轮笼罩崎岖山丘。"

而后他彻底离开了，冲我挥手告别。

丹尼斯在蒙巴萨着陆时，降落过程中损坏了螺旋桨。他给内罗毕发回电报，要求他所需要的备用部件，东非航空公司派了一个男孩带上东西去蒙巴萨。飞机修好后，丹尼斯准备再次升空，他让航空公司的男孩和他一起飞。但那个男孩不愿。男孩其实对飞行习以为常，曾和许多人一起飞过，此前也和丹尼斯一起上过天，而且丹尼斯是一个优秀的飞行员，无论是飞行技能还是其他方面，都在土著人当中享有极高声誉。但这一次，男孩却不愿意和他一起上天。

很久以后，当这个男孩在内罗毕遇到法拉赫，两人商讨事情时，他对法拉赫说："我可不会为了一百卢比而和先生一起飞上天。"丹尼斯在恩贡的最后几天其实已经感受到命运的阴霾，而如今，则更为强烈地被土著人感知到了。

所以丹尼斯带了他自己的男仆卡毛去沃伊。可怜的卡毛非常害怕飞。他曾在农场告诉我，当他升上天空，离开地面时，就拿眼睛死死盯着双脚，直到再次落地，若他真的曾瞥一眼舷窗，从绝顶高处看一眼地表风光，肯定要吓破胆。

周四，我等待丹尼斯返航，我预计他会在日出时从沃伊起飞，在去恩贡的路上花两个小时。但他没有如约前来，而我刚好想起我在内罗毕有事情要处理，于是便开车进城去了。

每当我在非洲生病或担忧时，我都被某种特殊的强迫性观念所困扰。在我眼中，彼时彼刻环绕我的一切都濒临险境，困苦窘迫，而身处这场灾难当中，我自己不知何故站错了边，因此所有人都不信任我，惧怕我。

这个噩梦实际上是对战争时期的回忆。因为那时候，有好几年时间，殖民地的人都深信我内心是亲德的，对我猜忌重重。他们的怀疑源于这样一个事实：我曾怀着天真无邪的心情，在战争爆发前不久，去奈瓦沙为德属东非的冯·莱托将军买过马。六个月前，我们一起踏上前往非洲的旅途时，他曾请我帮他买十匹阿比西尼亚繁殖母马，但初到这个国度，我有其他事情要操心，就给忘记了，所以后来，当他不断给我写信提醒马匹时，我才最终去奈瓦沙帮他买马。随后战争一触即发，那些母马压根没能离开过这个国家。可我还是无法摆脱这样一个事实，即战争爆发之初，我曾为德国军队购买过马匹。不过对我的怀疑没能持续到战争结束，当我的兄弟自愿参加英军，并在罗伊北部的亚眠战役中获得维多利亚十字勋章后，嫌疑便烟消云散。这件事甚至以《东非的维多利亚十字》为标题，在《东非标准报》上予以宣布。

当时，我对自己的孤立不以为意，因为我一点儿也不亲德，而我认为，如有必要，我也能够澄清事实。但它对我的影响肯定更为深远，远远超出了我的认知，多年以后，当我疲惫不堪或是发高烧时，这种孤立感便会回到我身上。我在非洲的最后几个月，诸事不顺，这种感觉有时会突然如黑暗一样笼罩住我，我有点惧怕它，就像惧怕某种精神错乱。

这个星期四在内罗毕，噩梦意外来袭，并且变得如此强烈，以至于我怀疑自己是不是就要疯了。不知怎么的，整座城市，以及我遇见的所有人，都弥漫着一种深深的悲伤，在这悲伤之中，每个人都在转身离开我。没有人会停下来和我说话，朋友们一看到我就钻回车里，开车走人。甚至连苏格兰杂货商老邓肯先生也是，我跟他买了多年杂货，还在总督府的大型舞会上一起跳过舞，当我走进商店，他也略显惊恐地看着我并离开了商店。我开始感觉到，在内罗毕，我孤独得如同置身荒岛。

我把法拉赫留在了农场接丹尼斯，所以身边没有能说话的人。基库尤人对这种情况无能为力，因为他们对现实的看法，以及他们的现实，都与我们不同。但午饭我要和麦克米兰夫人一起在奇罗莫吃，我想着，在那里应该能找到白人交谈，从而恢复心态平衡。

我开车前往内罗毕古老可爱的奇罗莫庄园，发现在幽深竹林道的尽头正在举办午餐会。但奇罗莫的情形和内罗毕的街上如出一辙。人人似乎都伤心欲绝，我一进来，谈话便戛然而止。我坐在我的老朋友布尔佩特先生边上，他垂下眼帘，只蹦出几个字来。我试图甩脱此刻已然重重压在我身上的阴影，并同他聊起他在墨西哥的登山经历，可他似乎给忘光了。

我心想：这些人帮不了我，我要回农场去。此刻丹尼斯应该已经到那儿了。我们会机智交谈，举止得体，交谈并理智地行事，然后我将神清气爽，理解一切。

然而吃完午饭后，麦克米兰夫人要我和她一起去她的小会客室，并在那里告诉我沃伊发生了事故。丹尼斯连同飞机一起翻覆，在坠落中丧生。

正如我曾经所料：哪怕只是听到丹尼斯的名字，真相也昭然若揭，我知晓并理解了一切。

之后，沃伊的地区长官写信给我，告知了我事故细节。丹尼斯曾在他那里过夜，并于翌日早上从小型机场出发，带着他的男仆一起上了飞机，要去我的农场。他才刚出发就飞快调头回来了，飞得很低，只有两百英尺。突然间，飞机摆动起来，打起转来，如鸟儿俯冲一般坠落下来。飞机刚一撞到地面便起火了，跑过去的人被高温阻挡。等他们找来树枝和泥土扔到火上将其扑灭时，他们发现飞机已经完全损毁了，机上的两人都在坠落中殒命。

此后多年，殖民地仍然感到丹尼斯的死是无可挽回的损失。在当时，殖民地定居者对他的态度普遍表现出了某种敬意，是一种对自己所无法理解的价值观念的崇敬。谈论到他时，他们最常称他为运动员；他们会讨论他作为板球运动员和高尔夫球运动员的赫赫功绩，而这些我以前从来没有听说过，所以直到现在我才知道他在所有比赛中享有盛誉。而后，当人们致敬作为运动员的他时，还会补上一句，当然了，他一直都卓尔不群。而人们真正铭记在心的，则是他完全缺乏自我意识，或者说毫不自私自利，有一种无条件的诚实正直在，除他之外，我只在白痴身上见过。在殖民地，这类品质通常并不会被奉为榜样，但在一个人死后，或许会比在其他地方更有可能得到真心实意的赞美。

土著人比白人更了解丹尼斯；对他们来说，他的死是丧亲之痛。

当我在内罗毕得知丹尼斯的死讯时，曾试图到沃伊去。航空公司派汤姆·布莱克去现场报告事故情况，我开车到机场，要他带我一起去，可就在我进入机场时，他的飞机升入空中，向着沃伊飞去了。

还是有可能开车去到那里，但正值长雨季，我必须得搞清楚路况才行。当我枯坐着等待路况报告时，想起丹尼斯曾告诉过我，他有多希望埋骨恩贡山。真是太奇怪了，在此之前我从没想起过这件事，这些话竟然真的意味着要埋葬他，这是我完全想象不到的。而现在，就好像是有人将一幅画展现在我眼前。

山上有那么一个地方，在野生动物保护区的第一道山脊上，在我认定自己将扎根非洲，并在这里死去时，我曾作为将来的墓地指给丹尼斯看过。那天晚上，当我们坐在屋中，远眺山峦时，他表示他也想埋葬在那里。从那以后，每逢我们开车上山，丹尼斯便偶尔会说："让我们一直开到我们的坟墓那去吧。"有一回，我们在山上扎营，寻找水牛，当天下午我们曾走到那片斜坡上，近距离观察了一番。那里的视野广阔无垠；在落日金晖中，我们同时看到了肯尼亚山和乞力马扎罗山。丹尼斯吃着橘子躺在草地上，说他想长留于此。我自己的墓地位置还要稍高一点。从这两个地方都可以看到我的房子掩映在东边遥远的森林中。第二天我们就要回到那里去，永远永远，我心想，才不管普世理论认为人总有一死。

当古斯塔夫·摩尔听说丹尼斯的死讯时，从他的农场赶来我家，结果他在家里没找到我，便又去内罗毕寻我。过了一会儿，休·马丁来了，和我们一起坐下。我告诉了他们丹尼斯的心愿，也说了山间的墓地，他们给沃伊的人发去了电报。在我回到农场前，他们通知我，第二天早上他们会搭火车将丹尼斯的遗体带来，这样中午的时候就可以在山中举行葬礼。那时我必须将他的墓地准备好。

古斯塔夫·摩尔和我一起回了农场，并留在农场过夜，翌日早上给我搭把手。我们必须得在日出前就赶到山上，确定地点，及时挖好坟墓。

雨下了一整夜，清早我们离家时，空中飘洒着毛毛细雨。路上的车辙积满了水。开车入山如同开进了云层。平原在我们左侧，在山脚下，但我们看不见，也同样看不见右侧的山坡或山峰；乘卡车跟着我们来的男孩们消失在我们身后十码远的地方，随着道路爬升，雾气越来越浓。通过路上的指示牌，我们得以知道是从何处进入了野生动物保护区，因此我们继续往前开了几百码，然后下了车。我们把卡车和男孩们留在了大路上，直至我们找到想要的地方。清晨空气是如此冷冽，冻得手指痛。

墓地的位置不能离公路太远，也不能地势过于陡峭，卡车很难开上去。我们一起走了一会儿，聊着雾水，然后分开，走上不同的小路，几秒钟后就看不见彼此了。

山中的大片土地不情不愿地在我周围铺展开，又再度闭合，这一天很像北国的阴雨天。法拉赫跟在我身旁，拿着一把湿漉漉的来复枪；他觉得我们有可能闯进水牛群。身旁的事物，倏忽跃然眼前，看上去庞大到不可思议。灰色野生橄榄树的叶子，没过我们头顶的高草，全都在滴水，气味浓烈——我穿了雨衣和胶靴，但很快就浑身湿透，仿佛一直在溪流涉水而行。山里万籁俱寂，只有在雨势更猛烈时，才有如喁喁私语的声音从四面八方传来。雾气一度消散，我看到眼前及远处有一大片蓝紫色地带，宛如一块岩板——那肯定是远处高耸入云的山峰之一——片刻之后，它又被缓缓飘来的灰色雨雾遮住了。我走啊走啊，最后我一动不动地站住了。在天晴之前，什么也做不了的。

为了找出我的位置，古斯塔夫·摩尔朝我喊了三四声，并向我走来，雨水糊满了他的脸和手。他告诉我，我们已经在雾中走了一个小时，如果现在不能确定墓地选址，肯定会来不及。

"但我看不清我们在哪里，"我说，"我们不能把他放在被山脊遮住视线的地方。让我们再等一小会儿吧。"

我们无言地站在高草丛中，我抽了一根烟。就在我扔掉它时，雾气略散开了些，一片苍白冷峻的清晰画面逐渐填满了世界。十分钟后，我们便清清楚楚地看到自己的所在之处。平原就横陈脚下，我来时的那条路沿着山坡蜿蜒盘旋，朝我们的方向攀爬而来，盘绕迂回，再继续前行，我全都一览无余。往南望去，远处，在变幻万千的云层下，绵延着乞力马扎罗山断断续续的深蓝山麓。当我们转向北方，光线变强，苍白的光束瞬间斜打在空中，一道闪亮的银色勾勒出肯尼亚的山肩。忽然间，在东边的山脚下，离我们更近的地方，在一片灰色与绿色之中有一个小小的红点，是唯一的红色，那是我家铺了砖瓦的屋顶，矗立于林间空地。我们不必再往前走了，我们就在对的地方。过了一小会儿，雨又下了起来。

比我们所立之处高出约二十码的地方，山坡上有个狭窄的天然露台，我们在此处用指南针标出了墓地位置，设置为东西向。我们把男孩们叫来，让他们用大砍刀把草割掉，并挖掘湿润的土壤。摩尔带了其中几个人去为卡车开一条路，好从公路开到墓地这儿来，他们夷平地面，从灌木丛中砍下树枝堆在小路上，因为地面湿滑。我们无法将路直接修到墓地，周围的地形实在太过陡峭。直到现在，这里一直寂寂无声，然而男孩们一开始工作，我就听到山谷中有回声飘荡，它回应铲子的敲击声，像小狗在吠叫。

内罗毕开出来几辆车，我们派了个男孩下去给他们指路，在这片辽阔的乡间，他们不会注意到灌木丛中墓地旁边的那一小群人。内罗毕的索马里人来了，他们把骡车停在大路上，三四个人一起，慢慢步行上来，以索马里的方式进行哀悼，仿佛裹住头部，从生活中隐退。丹尼斯的一些朋友得知他去世后，从内陆的奈瓦沙、吉尔-吉尔和埃尔蒙泰塔开车赶来，由于长时间快速行驶，他们的车沾满了泥巴。此时天色愈加清朗，四座山峰出现在我们头顶，高耸入云。

中午之后不久，他们从内罗毕把丹尼斯带出来，沿着他从前去往坦桑尼亚的游猎之路，在湿淋淋的道路上缓缓行驶。来到最后一处陡峭的斜坡时，他们搬起那覆盖旗帜的狭窄棺材，抬了过来。当棺材放入墓穴，整个乡间变了模样，成了它的背景，如它一般岿然不动，山峦庄严耸立，它们知晓并理解我们在山中所做的一切；很快，它们便自行接管了仪式，这是它们与他之间的行动，在场之人都化作风光之中一群渺小的旁观者。

丹尼斯曾考察并追索过非洲高地所有的道路，比所有白人都了解高地的土壤与季节、植被与野生动物、风与气味。他曾观察过其中的天气变化，观察过这里的人民、云朵、夜晚的繁星。就在这些山丘之中，不久前我还见过他，头顶午后的阳光，驻足凝视大地，并举起望远镜去探索有关它的一切。他早已接纳这个国度，在他眼中与心中，它已经不同于当初，是被他本人的个性标记过的，并成了他的一部分。现在，非洲接纳了他，并将改变他，使他与自己融为一体。

我被告知，内罗毕主教不愿出来是因为没有时间为墓地祝圣，但有另外一位牧师出席，主持葬礼仪式，我之前从没听过，在这辽阔的空间里，他的声音微弱而清晰，宛如山中鸟儿的啁啾。我想，等到仪式结束时，丹尼斯肯定最欢喜。牧师宣读了一句赞美诗："我要向山举目①。"

其他白人纷纷离开后，我和古斯塔夫·摩尔又继续坐了一会儿。穆斯

---

① 引自《圣经·旧约·诗篇》。

林一直等到我们走后再去墓前祈祷。

在丹尼斯去世后的几天里，他的游猎随从聚集到了农场。他们没说为什么要来，也没有要求任何东西，只是背靠房子外墙坐下来，手背贴在铺了砖的地面上，大多数时间都沉默不语，完全违背土著人的习惯。马里姆和萨尔·西塔也来了，他们是丹尼斯勇敢、精明、无畏的扛枪人和追踪者，陪伴了他每一次游猎。他们曾与威尔士亲王一起外出，多年以后，亲王还记得他们的名字，并说这两个人团结在一起，战无不胜。而在这里，了不起的追踪者失去了方向，一动不动地坐着。他的司机卡努西亚也来了，他曾驾车驶过乡间数千英里的崎岖道路，是个瘦削的基库尤青年，有着猴子般警觉的目光，此刻坐在屋旁，如笼子里悲伤瑟缩的猴子。

丹尼斯的索马里仆人比利亚·伊萨从奈瓦沙赶来农场。比利亚跟着丹尼斯去过两次英国，在那里上过学，说起英语完全就是个绅士。几年前，我和丹尼斯一起参加了比利亚在内罗毕的婚礼；那真是一场华丽的盛会，持续了七天七夜。在那个场合，这位伟大旅行家和学者回归了祖先的传统，身穿金色长袍，在迎接我们时鞠躬至地，并跳了剑舞，浑身上下散发着沙漠中亡命之徒的精神。比利亚前去凭吊主人的坟墓，并坐在上面；回来后就不怎么说话，很快便同其他人一起背靠墙壁坐下，将手背贴在路面上。

法拉赫走出去，与哀悼者们站着交谈。他神色肃穆。他对我说："如果先生还在这里，就算你要离开这个国家，情况还不会那么糟糕。"

丹尼斯的仆人们大约待了一个星期，然后一个接一个地离开了。

我经常开车去丹尼斯的墓地。离我家直线距离不超过五英里，但盘山路有十五英里。墓地比我的家高出了一千英尺，这里的空气不同，如一杯水般清澈；当你摘下帽子，轻柔甜美的风吹起发丝；山巅之上，云朵从东方迁徙而来，在广袤起伏的大地上投下生动的影子，而后在东非大裂谷中溶解消散。

我在商店买了一码白布——土著人称为亚美里卡里，和法拉赫一起在墓碑后面立了三根高高的柱子，将布钉在了上面，这样从我家就能确定坟墓的位置，宛如绿色山丘上一个小小白点。

长雨季始终大雨滂沱，我很害怕草会长高，盖住坟墓，让它所在的位置消失无踪。因此有一天，我们搬走了车道边所有刷成白色的石头，就是卡罗门亚曾经费劲搬到我家门口的那些；我们把石头装进车厢，带去了山上。我们割断墓边的草，将石头排成正方形，标记墓地位置；现在就不会找不到它了。

由于我去墓地过于频繁，并且带着家仆的孩子们一起去，这里便成了他们熟悉的地方；他们能给前去凭吊的人指路。他们在近旁山丘的灌丛中建了个小凉棚。夏天里，丹尼斯的朋友阿里·本·萨利姆从蒙巴萨来，去到墓地，躺在墓上哭泣，这是阿拉伯人的方式。

有一天我在墓旁遇到休·马丁，便坐在草地上聊了很久。休·马丁对丹尼斯的死耿耿于怀。如果说有任何人曾在他特立独行、避世隐居的生活中占据一席之地，那就是丹尼斯。"完人"是一种难以置信的存在，你永远不会相信休·马丁竟然会视某人为完美，也不会认为失去这个"完人"会让他深受打击，就像失去了一个重要器官。可是，自从丹尼斯死后，他老了很多，也变了很多，他的脸浮出斑点，憔悴不堪。尽管如此，他仍然保持他的温和平静，如中国佛像一般微笑，仿佛知道什么众生皆不可见的无上乐事。现在他告诉我，夜里他突然想到了适合丹尼斯的墓志铭。我想他是从一位古希腊作家那里得到的灵感，他用希腊语引用给我听，随后翻译成英语让我明白意思。内容如下："死亡之中，纵然烈火与我的尘埃相混，但我毫不在乎。因为此刻，我一切都好。"

后来，丹尼斯的兄弟温切尔西勋爵在他的墓地上立了一座方尖纪念碑，刻有出自《古舟子咏》的碑文，这是丹尼斯赞不绝口的一首诗。在丹尼斯引述给我听之前，我从来没听说过它——我还记得，他第一次念给我听，是我们去参加比利亚婚礼的时候。我没能看到那座方尖碑；它是在我离开非洲后才立的。

在英格兰也有一座丹尼斯的纪念碑。他的老校友们为了纪念他，在伊顿公学建了一座石桥，横跨在两片运动场间的小溪上。其中一段栏杆上刻了他的名字和他在伊顿逗留的日期，另一段栏杆上则写着："在这些场地上声名显赫，并深受好友爱戴。"

在英格兰柔和风光中的河流与非洲的山脉之间，绵延着他的人生轨迹；这条路看似蜿蜒迂回，峰回陡转，其实都是错觉——陡转的是周围的环境。弓在伊顿公学的桥上释放，箭绘出轨迹，射中恩贡山上的方尖碑。

我离开非洲后，古斯塔夫·摩尔写信给我，告诉我发生在丹尼斯墓地的一桩怪事，我还真是闻所未闻。"马赛人，"他写道，"向恩贡的地区长官报告说，他们多次在日出和日落时分，在山上看到有狮子在丹尼斯的墓上。一只雄狮和一只母狮来到那里，站着或躺下，在墓地逗留良久。有些开着卡车去卡贾多的印度人在经过那里时也看到了。你走后，墓地周围的土地都整平了，变成了大露台一样的地方，我猜那个位置高度对于狮子而言是个好据点，从那里它们可以俯瞰平原，以及平原上的牛群与野生动物。"

狮子来到丹尼斯的墓地，为他坚起一座非洲纪念碑，如此相称，如此庄重。"你的墓永垂不朽。"我想起了特拉法尔加广场的纳尔逊勋爵[①]雕像，他身边也不过是石狮子罢了。

---

① 霍雷肖·纳尔逊勋爵（1758—1805）：英国海军上将，在特拉法尔加海战中牺牲。

第四章 我与法拉赫变卖家当

如今我独自一人在农场。它不再属于我，但是买下它的人愿意让我住在房子里，想住多久都可以，出于法律要求，他们每天以一先令的价格租给我。

我正在变卖家具，这让我和法拉赫忙得不可开交。我们必须把所有的瓷器及玻璃器皿摆在餐桌上进行展示；后来，桌子卖掉后，我们就把它们摆在地板上，排成长长的一列。钟里的布谷鸟在那排器具上方傲慢地唱出时间，随后它自己也被卖掉了，就这样飞走了。有一天我卖掉了玻璃餐具，结果到了晚上又改了主意，于是翌日一早便开车到内罗毕，请买下它的女士取消交易。我没有地方放这套玻璃器皿，但有许多朋友的手指与嘴唇都曾触碰过它，我也曾用它饮下过朋友们赠予的美酒；它仍旧保留着往日餐桌闲谈的回响，我不想与之分离。毕竟，我如果愿意，打碎它易如反掌。

我有一个旧的木质屏风，上面画着中国人、苏丹人和黑人，人们都牵着狗，一直摆在壁炉旁边。每当夜幕降临，火光明亮时，那些人像便栩栩如生起来，为我讲给丹尼斯的故事充当插图。我盯着屏风注视良久，而后将它折起来，装进箱子，在那里，这些人物都可以暂时休息一下了。

当时，麦克米兰夫人正在内罗毕建造的麦克米兰纪念馆即将竣工，是为她的丈夫诺斯罗普·麦克米兰爵士而建。这是一幢精美的建筑物，里面有一间图书馆和多间阅览室。现在她开车来到农场，坐下来哀伤地谈论过去的日子，并买下了我大部分丹麦旧家具，要放在图书馆。这些家具是我从家里带出来的。我很高兴知道那些令人愉悦、充满智慧、热情好客的木质储物箱与储藏柜将继续留在一起，在满是书籍与学者的环境中，就像一小群女士，革命时期在大学里觅得了一处避难所。

我把自己的书都打包进了箱子，坐在上面，或在上面吃饭。

在殖民地，书籍在你的生活中所扮演的角色与在欧洲时不同；它们在你的生活中需要独当一面；因此，依据它们的质量，你会比在文明国度时对它们更为感激，或更为愤怒。

书中的虚构人物奔跑在你的马边或田间地头，在玉米地里昂首阔步。就像聪明的士兵，它们能凭借一己之力马上找到适合自己的地方。晚上我读了《克罗姆·耶娄》，作者的名字我从未听说过，书是在内罗毕的一家书店挑到的，我就像在海上发现了一座绿色小岛般心花怒放，翌日一早，当我骑马穿过野生动物保护区的一条山谷时，一只小羚羊跳起来，并立刻变成了赫拉克勒斯爵士同妻子一起追逐的那只雄鹿，同时还有他那三十只黑色与浅褐色的哈巴狗。沃尔特·司各特笔下的所有人物都在乡下优哉游哉，随时随地都可能遇到；奥德修斯和他的随从也是如此，奇怪的是拉辛创造出的诸多人物也是如此。彼得·施莱米尔脚踩七里格靴走过山丘，蜜蜂克劳恩·雅各罕就住在我河边的花园里。

房子里的其他东西都卖掉了，打包寄走，所以这几个月里，房子变成了"物自身"，如颅骨般高贵，是个凉爽又宽敞的居所，回声荡漾，草坪上的草没上了门阶。最后，房间里什么也不剩了，此刻在我看来，这种状态反而比以往适合居住。

我对法拉赫说："我们其实一直都应该这样住才对。"

法拉赫明白我的意思，因为所有索马里人都有点禁欲主义的特质。在这段时间里，法拉赫坚定不移、全力以赴帮助我处理一切；但他看起来也越来越像一个真正的索马里人了，就像他在亚丁时的模样，那时我初来非洲，他被派去那里接我。他很担心我的旧鞋，并向我吐露说，他打算每天都向上帝祈祷，它们能够撑到我抵达巴黎。

这几个月里，法拉赫每天都穿上他最好的衣服。他有很多漂亮衣服：我给他的金绣阿拉伯背心，伯克利·科尔给他的猩红色金边制服背心，优雅极了，还有色彩缤纷美丽的丝绸包头巾。通常它们都是在储物箱，只在特殊场合才穿。但现在，他穿上了最好的衣物。他如盛装出席的所罗门王，在内罗毕的街道上，以一步之遥的距离跟在我身后，或者等在政府大楼和律师办公室的脏楼梯上。这是只有索马里人才能做到的事。

现在我还得处理马匹和狗狗们的命运。我一直是打算射杀它们，但很多朋友写信给我，请求我送给他们。从那以后，只要我骑马出去，带着狗在身边，都觉得射杀它们是不公平的——它们还有很长的日子要过。我花了很长时间才做了决定，我觉得在其他所有问题上，我都不曾如此频繁地改变想法。最终我决定把它们送给朋友。

我骑着我最喜欢的马"胭脂"进入内罗毕，走得很慢，左顾右盼，看看北边，瞧瞧南边。我想，对"胭脂"来说，沿着内罗毕大道进城，却不再折返，肯定奇怪极了。我颇费了一番功夫才把他装进奈瓦沙火车的马车厢，我站在车厢里，这是最后一次，他丝滑的口鼻紧贴我的手和脸。"胭脂"，你不给我祝福，我就不容你去。我们曾一同在土著人的小农田和小屋之间，找到通往河边的那条骑行小径，在陡峭打滑的下坡道上，你像骡子般敏捷地走着，在棕色的水流中，我曾看到我们的头紧挨在一起。愿你现在在云雾缭绕的山谷中，右边吃康乃馨，左边吃着紫罗兰。

当时在我身边的两只年轻的猎鹿犬是大卫和迪娜，是帕尼亚的后代，我把它们给了一个住在吉尔-吉尔附近农场的朋友，在那里它们能得到一片好猎场。它们身强力壮，活泼调皮，当它们风风光光地被人用汽车接走，离开农场时，它们喘着气，头靠在一起探出来，舌头耷拉在外面，仿佛是正在追踪某只华丽的新猎物。那敏锐的双眼，敏捷的腿脚，还有活蹦乱跳的心，都离开了房子与平原，去往崭新的土地上呼吸，嗅闻，快乐奔跑。

如今一些仆从也离开了农场。由于农场再也没有咖啡和咖啡磨坊，普兰·辛格发现自己失业了。他不想在非洲另觅一份工作，因此最终下定决心回到印度。

普兰·辛格精通矿物，在作坊外就像个孩子。他根本意识不到农场的终结已然来临；他为此伤心欲绝，洒下清澈的泪水，顺着黑色的络腮胡滑落，而且有很长一段时间都试图让我留在农场，并搞出了各种维持农场运转的计划，让我焦头烂额。他对我们的机器深感自豪，虽然并不怎么样，而现在，已经有一段时间，他好像被钉在了工厂里的蒸汽机和咖啡烘干机上，他细腻的黑眼睛吞噬着其中每一个螺母。等到最后，他终于相信走到绝境，便瞬间放弃了所有，他还是很伤心，真的很消极，偶尔碰见他时，他跟我谈了很多他的旅行计划。离开时，除了小箱工具和焊接设备外，他什么行李也没带，仿佛他已经将心脏与生命送过大海，现在只剩下他单薄、谦逊、棕色的身体，以及跟随其后的焊盘。

在普兰·辛格离开前，我想给他一份礼物，我希望我手里能有他喜欢的东西，然而当我跟他说起这件事，他立刻兴高采烈地说他想要枚戒指。我没有戒指，也没钱给他买一个。这已经是几个月前发生的事了，当时丹尼斯正要来农场吃饭，所以晚餐时我把情况告诉了他。丹尼斯曾经给过我一枚软金制成的阿比西尼亚戒指，可以拧紧以适应任何一根手指。于是他认定我是打算把那枚戒指给普兰·辛格，因为他常常抱怨，每次他给了我什么，我就会马上散给身边肤色各异的人们。为了防止这样的事发生，他从我这儿拿走了戒指，戴在自己手上，并说他会一直保管戒指，直到普兰·辛格离开。那是在他去蒙巴萨的几天之前，然而戒指就这样和他一起埋葬了。不过在普兰·辛格离开前，我卖掉了家具，筹到了足够的钱，在内罗毕给他买了他心心念念的戒指。那是重金戒指，上面镶有一颗大大的红色石头，看起来像玻璃。普兰·辛格开心极了，又流了几滴泪，我相信这枚戒指帮他度过了与农场及机器的最后分别。在农场的最后一周，他每天都把戒指戴在手上，只要到我家来，便会举起他的手给我展示，绽开灿烂而温柔的笑容。在内罗毕火车站，我对他的最后一眼记忆是他漆黑修长的手，曾以风驰电掣的速度在锻造炉上作业。那只手从挤破头也热过头的土著人车厢里伸出窗口，普兰·辛格就站在工具箱上，当那只手上下挥舞道别时，戒指上的红石头闪耀如一颗小小的星。

普兰·辛格回到了旁遮普的家人身边。他有好多年没有见过他们了，但他们一直给他寄自己的照片，同他保持联系，他全都保存在工厂旁边的瓦楞铁皮小屋里，并怀着深深的柔情与自豪展示给我看。我已经收到了普兰·辛格的好几封信，是从去往印度的船上寄来的。它们都以同样的方式开头："亲爱的夫人。再见。"然后继续告诉我他的近况，并向我汇报他的冒险之旅。

丹尼斯死后一周，一天早晨，我遇到了一件奇怪的事。

我躺在床上，思索着过去几个月发生的事，试图搞清楚究竟发生了什么。

在我看来，我一定是以某种方式，脱离了人类生活的正常轨道，进入了一个我永远不该卷入的漩涡。无论我走到哪里，地面都在脚下塌陷，星星也从空中坠落。我想起了有关世界毁灭的诗歌，其中便描述了这般星辰坠落的景象，还有关于侏儒的诗篇，他们在山中洞穴里深深叹息，因恐惧而死去。我想，人们所谓的一连串厄运，这一切不可能只是命运的巧合，其中必然有着某种核心原则。若是我能找到这原则，它就能拯救我：我认真思索，如果我是在正确之处寻找，事物间的连贯性或许就能对我清晰浮现。我心想，我必须起床，去寻找一个征兆。

许多人认为寻找征兆是不理性的。这是因为需要某种特定的心态才能做到，而且没有多少人曾陷入这样的境地。如果在这种心情下，你请求一个征兆，答案绝不会让你失望，那就是所求之事自然而然的结果。同样的，一个有能力的牌手从桌上随机摸走十三张牌，并拿起所谓的一手牌，合二为一。其他人根本看不到叫牌的可能，他却看到大满贯正盯着他的脸。牌中是否有大满贯呢？对于合适的玩家而言，有。

我去屋外寻找一个征兆，漫无目的地向男孩们的小屋走去。他们刚把鸡放出来，鸡在房屋之间跑来跑去。我驻足看了它们一会儿。

法蒂玛的大白公鸡趾高气扬地走到我面前。突然间，它停下来，先把头歪向一边，然后又歪向另一边，并竖起了鸡冠。小路另一边的草丛里蹿出一只小小的灰色变色龙，像公鸡一样，正出来进行晨间侦查。公鸡径直朝它走去——因为鸡吃这些东西——并满意地咯咯叫了几声。一看到公鸡，变色龙立刻停下来不动。它怕极了，但同时也非常勇敢，它稳稳地把脚扎进地里，尽可能张大嘴巴，并且为了吓唬敌人，它瞬间朝公鸡弹射出球棒状的舌头。公鸡愣了一秒，仿佛吃了一惊，随后迅速而果断地凿下自己的喙，像锤子一样，拔掉了变色龙的舌头。

两者间的狭路相逢持续了十秒。现在我赶走了法蒂玛的公鸡，拿起一块大石头杀了变色龙，因为没有舌头它无法生存；变色龙需要用舌头来捕食它们赖以生存的昆虫。

我被目睹之情形吓坏了——这微缩的画面里蕴藏着令人毛骨悚然、敬畏惊叹的事物——我离开那里，在屋子旁边的石凳上坐下来。我在那里坐了很久，法拉赫把我的茶端了出来，放到了桌子上。我低头盯着石头，不敢抬起眼来，世界在我眼中真是个险境。

在接下来的几天里，我才慢慢意识到，我的呼唤已经得到了最具精神性的回答。我甚至以一种奇怪的方式得到了嘉奖，受到了青睐。我所呼唤的力量比我自己还要更维护我的尊严，我还要他们给出什么别的答案呢？这显然不是溺爱的时候，因此他们选择了纵容我的祈求。伟大的力量向我笑了笑，笑声在群山之中回荡，在号角声中，在公鸡和变色龙之中，他们笑道：哈哈！

我也很欣慰今天早上出门去了，从而及时救了变色龙，让它免于缓慢而痛苦的死亡。

大约就是这个时候，是在我把马都送走之前，英格丽德·林德斯特朗从她位于恩乔罗的农场过来，和我住了一段时间。这是英格丽德的友好举动，因为她很难从自己的农场抽身离开。为了还清恩乔罗的土地欠债，她的丈夫接受了一份工作，在坦噶尼喀的一家大型剑麻公司，当时他正在两千英尺的海拔上汗流浃背，就好像为了农场，英格丽德把他当奴隶一样租了出去。因而在此期间，她独自经营农场；她扩大了家禽饲养场和菜园，并且还在那里养了猪和一窝窝的小火鸡，因此她根本离不开，哪怕只有几天也不行。尽管如此，为了我，她把一切都交给了科莫萨负责，冲到了我身边来，就像冲去帮助房子着了火的朋友一样，这一次她没有带科莫萨来，鉴于目前的情况，对法拉赫来说是件好事。英格丽德用强大的力量，

307

用某种自然环境本身的力量，从心底理解并意识到，当一个女农夫不得不放弃自己的农场，并离开它，到底是怎样的心情。

英格丽德和我在一起时，我们既没有讨论过去，也没有讨论未来，更没有提及任何一个朋友或熟人的名字，我俩的心思全都集中在眼前的灾难上。我们一起，从农场上的这样东西走到那样物件，边走边说出它们的名字，一个接一个，如同在心里盘点我的损失，又好像是英格丽德正代表我收集写作素材，要向命运呈上一本怨言书。从自己的经历当中，英格丽德深知并不存在这样的书，但是这念头仍旧是女性生活的一部分。

我们来到牛圈，坐在篱笆上，牛进来时一头头地数。我无声地给英格丽德指它们："这些牛。"她也无声地回答："是啊，这些牛。"并将它们记在她的书里。我们绕到马厩去给马儿喂糖，等它们吃完，我伸出黏糊糊、沾满口水的手掌，向英格丽德展示，并哭喊着："这些马啊。"英格丽德重重地叹了口气，"是啊，这些马啊。"并把它们记下来。在我的河边花园里，想到我必须离开这些从欧洲带来的植物，她完全无法接受；她对着薄荷、鼠尾草和薰衣草绞着手，后来又提起它们，仿佛正在琢磨什么计划，或许能让我把它们统统带走。

我们整个下午都对着我小小的土著奶牛群沉思，它们就在草坪上吃草。我一一报上它们的年龄、特征和产奶量，英格丽德听着那些数字又是哀叹又是尖叫，好像受到了身体伤害。她一头一头仔仔细细地检查它们，并非从做生意的角度，因为我的牛要留给家仆们，她是为了评估和掂量一下我的损失。她紧紧地抱住那些柔软香甜的小牛犊；经过长期努力，她在自己的农场上也养活了几头带小牛的母牛，但是毫无理由，也并非她的本意，她那愤怒至极的目光责备我抛弃了这些小牛。

一个男人走在遭遇丧亲之痛的朋友身边，心里一直重复着这样的话：

"感谢上帝，幸好不是我。"我相信他会愧疚难当，并尽量克制这种感觉。但在两个女性朋友之间，其中一方正在表达自己对另一方遭遇不幸的深切同情，那情况就不同了。不言而喻，更走运的那个肯定在内心不断重复同样的话："感谢上帝，幸好不是我。"这种念头并不会在两人之间引起不愉快，反而会让她们更加亲密，并给这种客套的安慰平添一丝个人色彩。我想，男人们很难轻易或和谐地嫉妒彼此或战胜彼此。但毋庸多言，新娘要胜过伴娘，探望产妇的访客嫉妒孩子的母亲；并且任何一方都不会因此而不舒服。一个失去孩子的女人可能会把孩子的衣服给朋友看，知道那个朋友正在内心重复"感谢上帝，幸好不是我"，对她们俩来说都是自然而然、恰如其分的事。英格丽德与我也是如此。当我们走遍农场，我清楚她正在想自己的农场，庆幸它还属于自己，并将拼尽全力去保住它，在这个基础上，我们关系还是很好。尽管我们身着破旧的卡其色外套和裤子，但事实上，我们是一对神话中的女神，分别被白与黑所笼罩，融为一体，是非洲农场生活中的精灵。

几天后，英格丽德同我告别，乘火车回到恩乔罗。

我再也不能骑马出门，没有狗狗的陪伴，散步也变得寂静而庄严，但我还有车，很高兴我还有它，因为这几个月我有很多事要做。

占地者们的命运压在我心头。由于买下农场的人打算拔掉咖啡树，切分土地，作为建筑用地出售，他们不需要占地者，因此一旦交易完成，他们就给所有占地者发了通知，要求他们在六个月内离开农场。对于占地者来说，这是个始料未及又令人困惑的决定，因为他们一直活在幻觉中，认为这片土地是属于他们的。他们中的许多人在农场出生，其他人从小就跟随父亲来到这里。

这些占地者深知，为了留在这片土地上，他们必须每年为我工作180天，每30天获得12先令的报酬；这些账目都保存在农场办公室里。他们也清楚必须向政府缴纳棚屋税，每间棚屋12先令，对男人来说是个沉重负担，他们在世间几乎没有其他财产，但人人都有两三间茅草棚，数量由娶妻数决定，因为基库尤丈夫必须为每个妻子提供一间属于她的棚屋。我的占地者曾一次次因为某个过错而受到驱逐出农场的威胁，因此他们也必定在某种程度上感到他们的位置并非百分百牢固。他们非常讨厌棚屋税，当我代表政府在农场上进行征收时，他们真的是给我找了一堆事儿，还得听他们喋喋不休。但他们仍旧将这些事看成人生中的常见变故，从未放弃过以某种方式绕道而行的希望。他们从未想到过，或许有那么一个潜在的普遍原则，对他们所有人都适用，时机成熟，便以致命方式浮出水面。一段时间以来，他们选择将新农场主的决定视为可以大胆无视的烦恼。

虽然不是全部，但在某些方面，白人在土著人的心目中的位置，即是上帝在白人心目中所占据的位置。我曾经和一个印度木材商拟了份合同，里面有这样一句话：不可抗力。我不太熟悉这个表达，起草合同的律师试图给我解释。

"不，不，夫人，"他说，"您还没有完全理解这个术语的意思。那些完全无法预料的、与规则或理性不符的，就是不可抗力。"

最终，搬迁通知确定无疑，使得占地者们黑压压涌向我家。他们觉得这是我离开农场的后果——我自己的运气越来越差，还波及他们身上。他们并没有怪我，因为我们之间已经谈过了；他们问我他们该何去何从。

我发现，从各种角度来说，都很难回答他们。依照法律，土著人自己不能购买土地，而且我所知道的农场中，没有任何一处足够容纳他们作为占地者。我告诉他们，在我询问这件事时，得到的答复是，他们必须进入基库尤保留地，在那里寻觅土地。听了这话，他们又严肃地问我，他们能否在保留地找到足够空地，把所有的牛都带上？而且，他们接着说，他们一定能在同一片区域找到土地吗？这样农场上的人就能继续一起生活，因为他们不想分开。

我很惊讶，他们竟然如此坚决地要待在一起，因为在农场上，他们很难和平共处，并且从来没有说过彼此什么好话。然而，他们全都来了，像凯塞古、卡尼努和毛格这样神气十足的养牛大户，和瓦韦鲁和丘萨这样身无分文、连一头山羊也没有的卑微工人，可以说是携起手来；他们同心同德，下定决心要留住彼此，一如留住自己的奶牛。我觉得他们不仅是向我讨一个居住地，而是向我讨要他们的生存。

你从人们那里夺走的，不仅仅是他们的土地，原本就属于他们的土地，你夺走的还有他们的过去，他们的根基以及身份。如果你夺走了他们习惯看到并期待看到的东西，你或许也算夺走了他们的双目。比起文明人，这在原始人身上更为突出，动物也会长途跋涉，历经艰难险阻，回过头，在它们熟悉的环境中，寻回失落的身份。马赛人的故土在铁路线以北，从那里搬到现在的马赛保留地时，他们也带来了曾经山丘、平原与河流的名字，把它们赋予了新家的山丘、平原与河流。对旅行者而言，这事令人困惑。马赛人将斩断的根茎作为药物随身携带，并试图在流亡中用一剂处方来保存他们的过去。

现在，我的占地者们也出于同样的自保本能而相互依附。如果他们要离开自己的土地，那身边必须有曾熟悉那片土地的人，这样才能证明他们的身份。然后未来若干年，他们还可以谈论农场的地形与历史，一个人忘记的事另一个人会记得。就目前而言，他们感觉到灭绝的耻辱正降临到他们身上。

"去吧，夫人"，他们对我说，"帮我们去找政府，让他们承诺我们可以把所有的牛都带到新地方去，而且我们要一起去要去的地方。"

由此我开始了漫长的朝圣之旅，或者说乞讨之旅，它占据了我在非洲的最后几个月。

肩负基库尤人的使命，我先是去找了内罗毕和基安布的地区长官，然后又去了土著事务部门和土地管理局，最后去找了总督约瑟夫·拜恩爵士，在此之前我还没见过他，因为他才刚从英国来任职。到最后，我都忘了自己为什么而来。我被潮水席卷，随波逐浪。有时候我不得不在内罗毕泡上一整天，或者一天之内去个两三回。每次回去，总有大量占地者驻扎在我家旁边，但他们从不向我打探消息，他们就守在那里，只为用某种土著魔法，把打持久战的耐力传递给我。

政府官员们都是耐心十足、乐于助人之人。这件事的困难并不是他们造成的：要在基库尤保留地找到这样一大块空地，足够容纳所有人和牛，的确是个难题。

大多数官员都在这个国家生活了很久，很了解土著人。他们只是含糊地提出让基库尤人卖掉一些牲口的办法。因为他们深知，在任何情况下，他们都不会这样做，而且，把他们的牧群带去一个不够大的地方，他们肯定会在未来几年给保留地的邻居惹出无休止的乱子来，其他地区长官就得去处理。

但是，当我们谈及占地者们的第二个要求，即他们要留在一起时，权威人士说真的没有必要这样。"哦，不要跟我说什么必要不必要，"我想，"最卑贱的乞丐也有他不值钱的身外之物。"①我一生都坚持认为，你可以想象人们会怎样对待李尔王，并据此给他们分门别类。你不能和李

---

① 引自莎士比亚戏剧《李尔王》。

尔王讲道理，和基库尤老人也不行，从一开始，李尔王对每个人的索取就太多了；但他是国王。的确，非洲土著并没有以伟岸的姿态将自己的国家交给白人，所以眼下的情况与老国王及他的女儿们的状况多少有所不同；白人占据这里，作为保护国。但我牢牢记得，并非很久之前，在人们依然还记得的某一个时刻，这个国家的土著毫无疑问拥有他们的土地，从来没有听说过白人和他们的法律。他们的生存普遍没有保障，在这样的动荡不安中，土地对他们而言依然坚定不可动摇。有些人被奴隶贩子掳走，在奴隶市场上出售，但也有人一直留在这里。那些被带走的人，在遍及东方世界的流亡和奴役中，必定渴望回到高原，因为那是属于他们的土地。饱经沧桑、皮肤黝黑、目光清澈的非洲土著，饱经沧桑、皮肤黝黑、目光清澈的大象，他们是相似的；你看到他们脚踩大地，周遭世界的印象在他们朦胧的心中缓缓收拢，堆积，让他们庄严肃穆；他们本身就是这片土地的特征。两者中的任何一个目睹周围正在发生的巨变，可能都会困惑，或许会问你他身在何处，你不得不用肯特的话来回答他："在你自己的王国里，陛下。"①

最后，就我渐渐觉得我必须得开车去内罗毕再回来，一辈子都要在政府办公室说个没完时，突然得知我的申请已经获得批准。政府同意把达戈拉提森林保护区的一块土地分给我农场上的占地者们。他们可以在这里建立自己的定居点，离以前的老地方不远，并且在农场消失后，他们仍然可以作为一个社区，保留下其中的面孔与名字。

农场以深深的沉默情绪接纳了这一盖棺定论。从基库尤人的脸上看不出他们是否一直以来对这个案子抱有信心，还是已经心灰意冷。一旦事情

---

① 引自莎士比亚戏剧《李尔王》。

定下来，他们立刻提出一系列五花八门的复杂要求与提议，而我全都拒绝处理。他们依然逗留在我家周围，用一种新颖的方式观察我。土著人对命运就是有这样的感受与信念，如今，既然已经取得了一次成功，他们很可能开始相信一切都会好起来，我会继续留在农场。

至于我自己，占地者们的命运得以尘埃落定，是对我的极大安慰。我难得如此知足。

随后，过了两三天，我生出了一种感觉，我在这个国家的工作已经到头了，现在我可以走了。农场上的咖啡收获季结束，磨坊停止运转，房子空空荡荡，占地者拥有了自己的土地。雨季过去了，平原与山丘上的新草已经长得很高。

我一开始制定的计划是在所有的琐事上让步，以保住对我而言至关重要的东西，结果证明是失败的。我同意放弃我的财产，一件接一件，作为某种人生的赎金，然而到了什么也不剩的时候，我自己反而成了最无足轻重的东西，可以被命运轻易摆脱。

那几天里有一次满月，它照进家徒四壁的房间，将窗户的图案投影到地板上。我想月亮可能正朝屋里张望，想知道在其他一切都已离开的地方，我还打算停留多久。"哦，不"，月亮说，"时间对我没什么意义。"

我本来想留下来，看到占地者们在新家园安居落户后再离开。但是土地测量需要时间，而且也不确定他们什么时候能搬到新地方去。

第五章　告别

就在那时，附近的老人家决定为我举办一场恩格玛鼓。

过去，祖先们的恩格玛鼓曾是盛大的典礼，但现在很少跳了，我在非洲时从来没有亲眼见过。我本来很想看看，因为基库尤人自己也极为重视。老人们的舞蹈要在农场表演，人们认为这是一种荣誉，舞会举行前，农场上的人就对此谈论了很长时间。

即使是向来瞧不上恩格玛鼓的法拉赫，这一次也被老人们的决心打动。"这些人都上年纪了，夫人"，他说，"很老很老了。"

年轻的基库尤男子如雄狮，听到他们充满敬畏地谈起老年舞者，真是非同寻常。

关于这些恩格玛鼓，有一件事是我不知道的，那就是它们已经遭政府禁止。禁止的原因我不了解。

基库尤人肯定知道这项禁令，但他们选择忽视它，要么他们认为在这种激烈动荡的年代，可以做些平常不能做的事，要么就是舞会点燃了大家强烈的激情，以至于真的把禁令抛诸脑后。他们甚至都没想着要对恩格玛鼓保密。

年迈舞者们到场时是一派罕见又崇高的景象。他们大约有一百人，同时到达，肯定是在离我家很远的地方事先集合完毕。土著老人都很体寒，往往会用皮毛和毯子把自己包裹得严严实实，但此刻他们却赤身裸体，仿佛郑重地陈述着令人敬畏的真相。他们的服饰与战争彩绘都很含蓄，但其中几人在光秃秃的头顶上戴着黑鹰羽毛制成的巨大头饰，你在年轻舞者头上也能看到这种头饰。他们不需要任何装饰品，他们本身就足以震撼人心。他们不像欧洲舞厅里那些迟暮美人，努力呈现出年轻的模样。无论是对于他们自己，还是对于观众，舞蹈全部的重点与分量就在于表演者的年纪。他们身上有一种奇怪的线条，我以前从来没见过类似的纹路，白垩线条顺着他们弯曲的四肢蜿蜒，仿佛是在以一种残酷的真实性来强调皮肤之下那僵硬而易碎的骨骼。当他们和着缓慢的序曲行进时，动作极为怪异，我很想知道即将呈现在我眼前的会是怎样的舞蹈。

当我伫立原地，看着他们时，曾摄住我的某个念头又冒了出来：不是我要离开，我本身根本没有离开非洲的权力，而是这个国家正慢慢地、庄严地从我身边退去，就像退潮的大海。经过此处的队列，实际上正是我昨天与前天的那些年轻舞者，强壮而丰润，他们正在我眼前枯萎凋零，他们即将永远消失。他们正以自己的方式离去，温文尔雅，在一场舞蹈之中，人们与我同在，我与人们同在，夫复何求。

老人们不说话，即使自己人之间也不交谈，他们正在为即将到来的努力积蓄力量。

就在舞者们排好队准备跳舞时，一个来自内罗毕的警卫来到家中，捎了封信给我，信上说恩格玛鼓决不能举行。

我不明白，因为这对我来说完全在意料之外，我不得不把那张纸读了两三遍。带来信的警卫打乱了这场重要的表演，连他自己都深受震撼，因此既没有对老人家或我的家仆说什么，也没有像警卫们惯常那样趾高气扬或大摇大摆——他们一向喜欢朝其他土著人展示自己大权在握。

回溯在非洲度过的所有日子，我还从没经历过另一个如此苦涩的时刻。此前我从不知晓，在这样一场风暴中，我竟会心如刀绞，难以接受发生在我身上的一切。我甚至没想到要说话；此刻我清清楚楚认识了言语的虚无。

基库尤老人站在那里，如一群老迈的绵羊，他们所有人的眼睛都从褶皱的眼睑下盯着我的脸。他们无法立刻放弃一心期待的东西，有些人用腿做出幅度很小的抽搐动作；他们是来跳舞的，他们必须跳舞。最后我告诉他们，我们的恩格玛鼓取消了。

　　我很清楚，这个消息在他们心中会呈现出不同面貌，但具体情况我就不得而知了。也许他们马上就意识到恩格玛鼓是彻底取消了，理由是，既然我不再存在，那就再也没有人可以看他们跳舞了。也许他们认为，一场无与伦比的恩格玛鼓其实已经举办了，它是如此有力，让其他一切都相形见绌，当盛会结束，一切也都结束了。

　　草坪上有只小土狗趁着寂静无声大叫起来，叫声回荡在我的脑海中：

　　……小狗和所有的一切，

　　特雷，布兰奇和甜心，看，它们都在冲我吠叫。[①]

　　卡曼特被派去负责烟草，是舞蹈结束后要分给老人们的，他一向有着不动声色的机智，此刻判断是时候拿进来了，于是拿着装满鼻烟的葫芦瓢走上前来。法拉赫挥手让他退后，但卡曼特是基库尤人，与年迈的舞者心意相通，因此坚持自己的做法。鼻烟是实际的。我们现在把它分给了老人们。过了一会儿，他们就都走开了。

　　我想，农场上最为我的离开感到悲伤的是老妇人们。老基库尤妇人一生艰辛，她们在这样的生活下变得像燧石般坚硬，就像上了年纪的骡子，逼不得已时就会咬你一口。比起她们的男人，任何疾病都别想轻易杀死她们，这是我在医疗实践中所了解到的，她们比男人更野性，甚至也比他们更为彻底地缺乏赞美能力。她们生了许多孩子，又看到许多孩子死去；她

---

① 引自莎士比亚戏剧《李尔王》。

们什么都不怕。她们背着三百磅重的柴火，用一根缰绳勒住额头保持稳定，在重压之下步履蹒跚，却从未屈服；在自己的小农田里，她们在坚硬的土地上劳作，从清晨到深夜，鞠躬尽瘁。"从那里窥看食物，眼睛远远观望。她的心结实如石头，如下磨石那样结实。她嗤笑可怕的事。她几时挺身展开翅膀，就嗤笑马和骑马的人。她岂向你连连恳求，说柔和的话吗？"①然而她们依然精力充沛，散发出活力。老妇人对农场上发生的一切都深感兴趣，并且会走上十英里去看年轻人的恩格玛鼓；一个笑话或一杯藤布，就能让她们皱纹密布、牙齿掉光的脸上露出笑容。这种力量，以及对生活的热爱，在我看来不仅值得高度尊敬，而且还灿烂迷人。

农场上的老妇人和我一直是朋友。喊我"杰莉"的就是她们；男人和孩子们——除了非特别年轻的——从来不这么叫我。"杰莉"是个基库尤的女名，但有一些特殊的品质——每当一个女孩是在兄姊出生后很久才降临基库尤人的家庭，她就会被命名为"杰莉"，我猜这个名字包含着深深的喜爱之意。

如今，老妇人们遗憾于我即将离开她们。在最后的这一刻，我记住了一个基库尤女子的模样，我不知道她姓甚名谁，因为我跟她不太熟，我想她应该来自卡特西古的村子，是他众多儿子中某个人的妻子或寡妇。她沿着平原上的小路朝我走来，背着一捆细细长长的木棍，那是基库尤人用来搭建棚屋屋顶的——对他们来说，这是女人的分内事。这些木棍可能有十五英尺长；女人背起它们时将两端都捆起来，当你目睹她们行过土地，这高高的圆锥形重担给压在下面的人赋予了属于史前动物或是长颈鹿的轮廓。这个女人背的木棍全都是乌黑烧焦的，是被棚屋中经年累月的烟雾熏染的；那意味着她已经拆掉了自己的房子，正将这些简陋的建筑材料

---

① 这段话引用自《圣经·旧约·约伯记》，作者是将不同小节进行了重组，并且将经文中的"它"改成了"她"。

吃力地拖到新地方去。当我们狭路相逢,她一动不动地站住,挡住了我的路,以长颈鹿般严谨的目光盯着我,在开阔平原上,你会遇到这样一群长颈鹿,以我们无从知晓的方式生活、感受、思考。片刻后,她突然哭了起来,泪水顺着脸庞滑落,就像平原上在你面前撒尿的奶牛。她和我都只字未言,几分钟后,她给我让开了路,我们便分开了,朝着相反的方向走去。我想着,毕竟她还有一些材料可以盖新房子,我想象着她将怎样开始工作,怎样将木棍绑在一起,给自己铺一方屋顶。

农场上的小牧童们,他们从出生到现在,我都一直住在这栋房子里,他们不知道还有过我不在这里的时光,但另一方面,想到我即将离开,他们又为这一悬念而紧张激动。对他们来说,想象一个没有我的世界或许既困难,又大胆,就好像知道上帝要退位了一样。当我经过时,他们就从高高的草丛里冒出来,对我大喊:"你什么时候走啊,夫人?夫人,你要在多少天之内走呢?"

等到最后,我离开的那一天终于到来,我学到了一个奇怪的知识,即有些我们无法想象的事情就是会发生,无论是事情发生前,还是正在发生,抑或是事后回顾,都无法想象。环境能够具备某种动力,无须人类的想象或忧惧相助,也能引发事件。在这种情况下,你自己通过时时刻刻密切追踪来同正在发生的事保持联系,就像被牵着走的盲人,小心翼翼却又稀里糊涂地将一只脚放在另一只脚前面。事情正发生在你身上,你感觉到它们正在发生,但除此之外,你同这些事件毫无连接,无法掌握缘由,也搞不清其意义。我相信,马戏团里表演的野生动物也是以同样的方式完成它们的节目。那些亲身经历过的人,从某种程度上而言,可以说他们已然经历过死亡,是一段超出想象范围的路程,但又在经验范畴之内。

古斯塔夫·摩尔一大早就开车来接我去火车站。那是个凉爽的早晨,天空与地面中几乎没有多少色彩。他自己看起来也很苍白，目光闪烁，我想起了一位挪威老船长对我说过的话，他在德班驾驶一条捕鲸船，他解释说挪威人在任何风暴中都处变不惊，但他们的神经系统却无法承受平静。我们在磨盘桌上一起喝茶，我们曾这样喝过很多次。向西望去，面前的山峦耸立眼前，小溪里飘着丝丝缕缕的灰色雾气，庄严地度过了它们数千年岁月中的又一个时刻。我冷极了，仿佛置身山中。

我的仆人们还在空荡荡的房子里，但是，可以说他们已经把自己的生活转移到了别处，他们的家属和所有物已送走。法拉赫的女眷及儿子萨乌非前一天坐卡车去了内罗毕的索马里村庄。法拉赫要亲自陪我去蒙巴萨，朱玛的小儿子通博也是如此，因为这就是他在这世上最最想做的事，作为分别礼物，他可以在一头牛和去蒙巴萨之间做选择，他选择了这趟旅程。

我向每一位仆人告别，当我走出去时，他们在我身后敞开大门，我原本仔细吩咐了他们要关上门。这是一种典型的土著姿态，仿佛他们是想表达我还会再度回来，不然他们这么做就是为了强调，现在已经没有什么东西值得关上房门了，向所有的风敞开也无妨。法拉赫开车带我绕车道，房子淡出了视野，慢吞吞的，我估计和骑骆驼的速度差不多。

当我们来到池塘时，我问摩尔是否有时间停留片刻，随后我们下了车，在岸边抽了支烟。我们在水里看到一些鱼，如今它们要被那些不认识老克努德森的人捕捞和吃掉，这些人也不了解这些鱼本身有多重要。希伦加出现了，他是占地者卡尼努的小孙子，患有癫痫，他是来同我最后说一声再见，最后的几天里，他一直都在我家周围，不断同我告别。等我们再次上车离开时，他开始竭尽全力追着车跑，犹如被风卷起的尘土。因为他个头太小了，就像炉火中最后一星小火花。他一路跑到农圃路与公路的交会处，我担心他可能会跟着我们上公路；若是如此，那就好像是此时此刻，整个农场分崩离析，如谷糠般随风飘散。但是他停在了拐角处，毕竟他仍然属于农场。他杵在原地，注视我们，直到我再也看不见农圃路的转弯处。

去内罗毕的路上，我们在草地和路上看见了大量蝗虫，有几只嗡嗡叫着飞进了车里，看起来它们似乎又要卷土重来。

许多朋友都来到车站送我。休·马丁也在，心宽体胖，漫不经心，当他走上前来同我说再见时，我看到了农场上的庞格洛斯博士，一个孤独的人物，一个英雄人物，倾其所有换来这份孤独，在某种程度上成了非洲的象征。我们友好告别：我们曾有过许多欢乐，也有过许多冒着智慧火花的交谈。德拉米尔勋爵比我在马赛保留地同他喝茶时老了一点儿，白了一点儿，头发也剪短了些，那是战争刚开始时，我带着我的牛车运输队去了那儿，不过此刻，他还是和那时一样谦逊，彬彬有礼。内罗毕的大部分索马里人都在月台上。老牛贩子阿卜杜拉走来，给了我一枚镶有绿松石的银戒指，以期给我带来好运。丹尼斯的仆人比利亚沉重地请我代他向主人在英国的兄弟致敬，比利亚以前曾在他家里住过。上火车的时候，法拉赫告诉我，索马里女人们已经坐人力车来车站了，可是看到那么多索马里男人聚集于此，她们就失去了勇气，只好打道回府。

我已经上了火车，古斯塔夫·摩尔同我握手。现在，火车要启动了，已经在动了，他恢复了内心的平衡。他是如此强烈地希望能给我注入勇气，以至于脸烧得彤红；他的脸火辣辣的，浅色的眼睛闪闪发光地望着我。

在途中的桑布鲁站，火车头加水时我下了车，和法拉赫一起在月台散步。

从那里远眺西南，我看到了恩贡山。在一望无际的平原环绕之中，壮丽的山峦高高耸立，如天空般蔚蓝。但它如此遥不可及，四座山峰显得那样微藐，难以辨认，全然不同于从农场看到的样子。山脉的轮廓被距离之手缓缓抚平，趋向平坦。

译后记：请你书写自己

我有个习惯，翻译完一本书后，会先放上一个月，将书中事束之高阁，让书中人远走，等待故事与情感的洪流退潮，然后才会重读、校对、修改。

在搁置初稿时，我去读其他书，读到这样一个片段。作者问年届九十的奶奶，年轻时她的理想是什么，有没有想过长大以后要做什么。奶奶的答案是"成为母亲"。

作者当然是像我们一样错愕，于是问奶奶为什么。

奶奶回答，因为她完全不知道身为一个女人，长大后除了成为母亲，还能成为什么，那时，没有任何女性拥有职业身份。

读到这里，我才恍然，那句话没有说错啊，人无法想象自己没有见过的生活。

今天的我们，可以轻松又果断地说出自己的理想，可以理所当然地想要成为老师、警察、学者或宇航员，那是因为，我们在生活中、在书报中见过从事这些职业的女性。

伍尔夫在《一间自己的房间》里感叹，当她埋首史料，想看看18世纪的女人究竟如何生活，她们吃什么，穿什么，做什么来生活，拥有怎样的才华与爱好，结果一无所获。

所以书写自身是那么重要。

如果没有任何女性将自己的内心世界与外在生活写下来，身为后来者的我们回头望向漫长历史，除了成为母亲，的确看不到任何可能，甚至分辨不出这个母亲与另一个母亲有什么不同，她们共用同一个头衔，拥有同一张面孔。

那一刻，我又想起《走出非洲》，幸好啊，幸好在一个世纪前，只身面对莽荒非洲的凯伦·布里克森在远离故乡的东非高地，在那间起居室的餐桌上，决定写下这本书。

于是，我再度打开文档，开始重读。书中写道：

凯伦·布里克森（1885—1962），笔名伊萨克·迪内森，于1885年4月17日出生在丹麦，她的家族繁荣兴旺，是商人与地主的后裔。其父是个闲不下来的旅行家、作家、政治家，一度参军，在凯伦九岁时，他自杀了。凯伦很小就开始写诗歌、剧本和故事，并违抗家人的意愿，于1903年起在哥本哈根皇家学院学习艺术。青年时期，她过着繁忙的社交生活，周游英国、法国与意大利。在发表了几篇短篇小说后，她暂时放弃了写作。

1912年，她与二表哥巴伦·布罗尔·布里克森-芬纳克订婚，并于翌年同他一起前往肯尼亚，经营咖啡种植园。一到蒙巴萨，他们就结婚了。几个月后，她发现自己被丈夫传染了梅毒，于是在1915年返回欧洲接受治疗。她后来评论道："在这种情况下，你可以做两件事，射杀那个人，或者接受他。"此后，她回到非洲，继续和布罗尔一起生活，在内罗毕附近一个全新的大农场上住了数年。在这段时间里，她与丹尼斯·芬奇-哈顿展开了一段恋情，哈顿是英国士兵，也是种植园主；两人断断续续地保持联系，直到1929年，芬奇-哈顿死于一场坠机事故。事实证明，布罗尔是个不称职的农场经理，1921年他离开凯伦，并诉请离婚。她在一封信中写道："你千万不要认为我心凄苦……我相信，只要我能留下来，胜利完成我已承担起来的任务，就一定能最终恢复力量，尽管经历这一切，我依然感到自己的生活从某种意义上来说是光荣、富足且幸福的。"尽管遭受干旱和经济困难，凯伦仍然留在了非洲，直到1931年，农场的经济崩溃使她身无分文，芬奇-哈顿的死令她深受打击，于是她回到了丹麦的家中。

晚年，凯伦深受梅毒折磨。早期治疗虽然控制了病情，但未能痊愈。1934年，她出版了《七个哥特故事》，是一本短篇小说集，大约从八年前开始，她就在用英文写这些故事。

谈及这些短篇小说，她是这样说的："不久之前，现实以如此丑陋的方式与我照面，我再也不想同它接触了。我心中某处仍蛰伏着阴暗的恐惧，我躲入奇幻世界避难，如同苦恼的孩子躲在神话故事书里一样。"在美国，这本书被每月读书会选中，取得了意想不到的广泛成功。

《走出非洲》写的是她在肯尼亚的亲身经历，于1937年出版。她后来的作品包括《冬季故事》（1942年），化名皮埃尔·安德烈塞尔撰写的小说《天使复仇者》（1944年），《最后的故事》（1957年），《命运轶事》（1958年），另著有一卷非洲回忆录《草地上的阴影》（1960年），以及一部在她去世后出版的长篇小说《埃伦加德》（1963年）。1959年，尽管身体极为虚弱，她还是享受了一次漫长的美国之行。她于1962年去世。

读毕，更为庆幸也更为唏嘘，如果没有这本书，我们永远也不会知道，曾经有个妙龄少女，远离故土，落脚东非高地，养过瞪羚，杀过狮子，挖过湖泊，建过堤坝，为战争运送物资，苦心经营种植园，只身投入陌生种族，勇敢地一次次搭飞机鸟瞰非洲大陆，最终亲手将挚爱埋葬在看得见风景的山中，带着病痛之躯与满心遗憾回到欧洲。

如果她不曾记录下那段波澜壮阔的拓荒年代，百年后的我们便无从知晓，原来那时，一个年轻女子便能如此强悍，如岿然礁石，无惧风雨，独当一面。

非洲点燃了她的心，直至烧成灰烬，而《走出非洲》这本书，便是那场大火煅烧出的舍利。

在翻译时，我常常一边敲击键盘，一边自言自语，这是我想成为的女性啊，可以跋涉荒原，攀爬山涧，从骨骼到心脏都包裹着饱满结实的肌肉，是在呼啸的朔风中也能锚定脚下的一个人。

写作者的形象往往和强悍相去甚远，可我跟随凯伦的非洲回忆，对强悍的渴望越发清晰。

所以你看，理想并非凭空显现的幻想，而是前人留给我们的背影，哪怕是海市蜃楼，也是别处存在过的光景。

我又想到了去世时93岁的奶奶。我的奶奶恰好出生在凯伦身处非洲时，虽然相差二十多岁，但也算是在地球的此端与彼端走过了同样的一个世纪。她们过着截然不同的生活，却又如此相似。

相似是，我的奶奶也是个强悍的女人。她抽烟，偶尔享受美酒，目光如鹰，是个早早丧偶、独自养育四个孩子的母亲，直至晚年依旧坚毅，倔强，头脑敏锐，好恶清晰，亲历战争与动荡。

不同的是，她不识字，93岁的她一生只会写自己的名字——王永珍。所以当她离开，没有留下任何日记、书信或只言片语，就像一本书被永远焚毁，里面的人物与故事从此失传，你再也不能读到。

艺术是漫漫长路，而人生转瞬即逝。有多少像我的奶奶一样的"王永珍"们不曾留下属于自己与时代的长歌短章便消失了。她们一生的天真烂漫，跌宕起伏，辗转流离，传奇冒险，承受过的苦难，付出过的辛劳，失去丈夫后的孤独，晚年生活的细节，她们的欢欣与失落，渴求与欲望，都随着生命的消逝而湮灭了。她们内心的声音，无从传达，也无人倾听。

在大法官金斯伯格的纪录片中，金斯伯格的孙女同样就读哈佛法学院，奶奶是她的偶像，是她想要成为的人。

而更多个普普通通的我们，看向奶奶们的背影，好像无法说出想要成为她们。是我们的奶奶太寻常，太平庸，毫无个性与成就，不值得成为丰碑吗？我想一定不是。因为我也曾偶然偷翻外婆上了锁的抽屉，看到她在十几岁时写下满满一本诗。可她永远地锁了起来，绝口不提。

因此我相信，我们的祖辈，她们这一生一定也经历过许多事，有过许多梦想与骄傲，可无人为她们著书立说。

试想，如果凯伦不曾写下那常人无法想象的非洲岁月，我们恐怕会错以为，百年前的贵族小姐只会喝茶读书，手不能提，肩不能挑，醉心享乐，无所事事。

如果三毛不曾写下属于她的浪漫非洲传奇，又怎会有那么多年轻女孩儿敢于只身踏上遥遥旅途，挣脱一身束缚？

有个女孩写来邮件，附上了我母校的录取通知书照片。她说因为喜欢我的某本书，原本摆烂的心突然有了愿望，想考到北京来，想成为我的校友，于是高三一年悬梁刺股，得偿所愿。

那一刻我是震惊的，原来，我们写下的文字，真的能成为线索，让他人按图索骥，走出不一样的人生路径。

近来我接连看了许多书写女性的非虚构题材的作品，我被欧洲第一位女性空间站指令长的能力折服；我才知道送第一架火箭上天的计算操作员都是女孩，也是她们编写了初代的计算机代码；揭露N号房事件的两个韩国女孩儿，涉险深入调查时还只是大学生……我常常读得热泪盈眶。

所以我常常鼓励身边的女性朋友，写日记也好，开设社交账号也好，请无论如何都要记录下自己的生活。我深信，每一个女性对自己生活的记录，都是为我们同时代的以及未来的女性架桥铺路。放诸历史长河，我们留下的文字，图片，声音，都将具有非凡的力量与意义。今天的我们，在不同领域，记录天差地别的生活，也能让更多走在我们身后的女孩，看到人生更多的可能性。

往前追溯，19世纪时，勃朗特姐妹仍需化名男子，才能让出版商接受自己的作品。她们要隐于书后，才能让自己笔下的女主角走向公众。

20世纪时，许多女作家在投稿时也都采取同样的策略，隐去自己的女性身份。

女性为了被看见，反而要隐藏身份。

如今，又是一个新的世纪，我们不再需要女性去隐藏身份，不再需要躲在文字背后，我们可以大胆署上自己的名字，去书写，去开口。我们是女性写作者们努力几千年的受益者，也同样是参与者，为下一个百年的女性提供更广阔的海面。

历史上每一个提起笔的女作家，以及今天每一个在网络上记录生活，哪怕只是记录日常一瞬的女孩，都是在讲述，我们还能成为什么样的角色。

属于女性的生活在延续，所以有关女性的故事永远也不会过时。无论再过多少个五年，也会有新的读者在凯伦的旧故事里获得共鸣，并将她的笔接过去，继续书写。

　　我始终相信，今天的我们努力划桨，便能让未来的女孩们都有顺风送行。

姚瑶，2023年夏，于北京